MIREILLE CALMEL

Née en 1964, Mireille Calmel écrit depuis l'âge de huit ans. Ses romans aux héroïnes entières, fières, courageuses, connaissent un immense succès : rappelons *Le lit d'Aliénor*, *Le bal des Louves* et *Lady Pirate*, vendus à près de deux millions d'exemplaires et traduits dans plus de dix pays. Les trois premiers tomes du *Chant des sorcières* sont parus chez XO en 2008 et 2009.
Mireille Calmel vit en Aquitaine avec son mari et ses enfants.

W0377600

LE CHANT DES SORCIÈRES

DU MÊME AUTEUR

CHEZ POCKET

LE LIT D'ALIÉNOR (2 tomes)

LE BAL DES LOUVES

LA CHAMBRE MAUDITE

LA VENGEANCE D'ISABEAU

LADY PIRATE

LES VALETS DU ROI

LA PARADE DES OMBRES

LA RIVIÈRE DES ÂMES

LE CHANT DES SORCIÈRES (tome 1)

MIREILLE CALMEL

LE CHANT DES SORCIÈRES

tome 1

XO EDITIONS

Le papier de cet ouvrage est composé de fibres naturelles, renouvelables, recyclables et fabriquées à partir de bois provenant de forêts plantées et cultivées durablement pour la fabrication du papier.

Le Code de la propriété intellectuelle n'autorisant, aux termes des paragraphes 2 et 3 de l'article L. 122-5, d'une part, que les « copies ou reproductions strictement réservées à l'usage privé du copiste et non destinées à une utilisation collective » et, d'autre part, sous réserve du nom de l'auteur et de la source, que les « analyses et les courtes citations justifiées par le caractère critique, polémique, pédagogique, scientifique ou d'information », toute représentation ou reproduction intégrale ou partielle, faite sans le consentement de l'auteur ou de ses ayants droit ou ayants cause, est illicite (article L. 122-4). Cette représentation ou reproduction, par quelque procédé que ce soit, constituerait donc une contrefaçon sanctionnée par les articles L. 335-2 et suivants du Code de la propriété intellectuelle.

© XO Éditions, 2008
ISBN : 978-2-266-18865-4

À
Michel COURJAUD
Dan CHARTIER
retournés trop vite au pays
des fées…

1.

— Non, j'ai dit NON ! s'insurgea Algonde en repoussant les mains un peu trop empressées de Mathieu vers sa taille.

— Juste un petit baiser, alors. Un tout petit baiser, insista le fils du panetier en arrondissant la bouche.

— Suffit ou mon genou calmera tes ardeurs ! menaça la jouvencelle.

Elle ne plaisantait pas. Mathieu s'écarta d'elle, inquiet pour son entrejambe. Ils se chamaillaient depuis le berceau et il savait bien de quoi sa belle était capable. Choisissant une autre approche, il s'installa en tailleur sur la litière de la vache qui meugla de désapprobation, tandis qu'Algonde glissait un tabouret sous ses flancs.

— C'est pas une heure pour traire, se moqua-t-il. Avec l'orage qui monte, ton lait va tourner.

— Qu'est-ce que tu en sais ?

— Tout le monde le sait… Je parie que c'est Marthe qui l'a exigé.

Algonde haussa les épaules. Elle détestait cette chambrière que Leurs Seigneuries amenaient dans leur sillage lorsqu'ils séjournaient en ce château. Marthe le lui rendait bien d'ailleurs, qui ne perdait aucune occasion de la persécuter. De fait, Marthe s'était octroyé les droits d'une dame de compagnie, sans que dame Sidonie ou le baron Jacques, considéré pourtant comme un des plus puissants seigneurs du Dauphiné, y trouvent à redire. Pire même, quoi que sa chambrière dise ou fasse, dame Sidonie l'excusait. Depuis le temps, Gersende, la mère d'Algonde et l'intendante de la maisonnée, avait fini par s'en accommoder. Algonde quant à elle souffrait de cette injustice et aurait volontiers étranglé cette garce dont la laideur n'avait d'égale que la méchanceté.

— Et si on se fiançait ? la coupa Mathieu dans sa réflexion amère, la fauchant net.

Algonde immobilisa ses doigts sur les pis, suspendant le rythme alternatif des jets qui cascadaient dans son pot. Elle tourna la tête vers lui. Couché à présent sur le côté, le buste surélevé par son coude replié, un brin de paille au coin des lèvres et l'œil mutin, le jouvenceau semblait ravi d'avoir réussi à la distraire.

— Nous fiancer ? Toi et moi… se moqua-t-elle dans une moue sceptique, pour dissimuler son émoi.

Sa gorge se noua de ne pouvoir l'envisager.

— Et pourquoi non ? Nous allons sur nos quinze ans. Je suis un bon parti et fort joli garçon…

— Modeste aussi, tu as oublié, ajouta-t-elle tout en se recentrant sur sa tâche.

Si elle ne s'activait pas, Marthe se servirait de son retard pour la faire punir. Elle ne voulait pas lui donner ce plaisir. Certes, Jacques de Sassenage avait toute confiance en son intendante et prêtait peu d'attention aux récriminations de Marthe à l'encontre d'Algonde, mais, chaque fois qu'ils demeuraient au château, la jouvencelle se tenait sur ses gardes. Elle sentait bien qu'un secret liait dame Sidonie à sa chambrière.

— Ça t'écorcherait la langue, pas vrai ?

Algonde sursauta. Mathieu revenait à la charge.

— Qu'est-ce qui m'écorcherait la langue ? répéta la jouvencelle.

— D'avouer que je te plais, pardi !

— Ce qui me plairait serait que tu retournes à ton fournil. N'entends-tu donc pas la voix de ton père qui te cherche ?

Refusant de s'engager davantage dans cette conversation, Algonde jugea qu'elle avait trait assez de lait pour satisfaire à l'envie de Marthe d'en tamponner le visage de dame Sidonie. Elle repoussa son tabouret pour reboucher le récipient. La voyant prête à repartir, Mathieu cracha le brin qu'il avait mâché, étira ses longues jambes et se remit debout avec nonchalance, les braies piquetées de paille.

— Tu sais, à force d'être repoussé, je pourrais m'amouracher d'une autre, menaça-t-il en s'époussetant les fesses.

— Grand bien me fasse !

L'anse du pot dans une main, Algonde ramena de l'autre sa longue tresse couleur châtaigne sur le devant de son corsage où pointaient de jolies rondeurs. Sa taille fine emprisonnée par la ceinture d'un tablier ajoutait encore à la délicatesse de son allure. Mais c'était la douceur de son visage, où une bouche finement ourlée répondait à la malice d'un regard gris-vert, qui lui donnait tout son charme. Elle était de loin la plus ravissante des jouvencelles de la maisonnée.

D'un naturel facétieux, Mathieu détestait la voir en peine. Il enroula ses bras autour du cou de la vache et planta son regard émeraude dans celui, inexpressif, de l'animal.

— Dis-lui, Blanchette…

Le comique de la situation dérida enfin Algonde. Il lui était impossible de conserver longtemps son sérieux avec ce bougre. Si seulement on ne l'attendait pas. Si seulement…

– Je vous souhaite beaucoup de bonheur, conclut-elle en leur tournant le dos.

Peine perdue. En trois enjambées, Mathieu la rattrapa à la porte de l'étable, laissant Blanchette meugler derrière eux.

– Elle au moins se désespère quand je l'abandonne…

– Ce n'est pas du désespoir, c'est de la consternation.

Voyant qu'il n'arriverait à rien ce jourd'hui, Mathieu abdiqua et projeta d'un pied vengeur un caillou qui se trouvait en travers du portail de l'étable, l'envoyant ricocher plus loin.

Côte à côte, les jeunes gens débouchèrent dans la cour intérieure du castel et longèrent les écuries où le palefrenier bouchonnait les chevaux. Ces derniers raclaient du sabot dans leur stalle, agitaient leur tête, soufflant bruyamment des naseaux malgré les caresses et les soins qu'on leur prodiguait.

Mathieu leva le front. Sexte avait sonné depuis peu. Le ciel était bas et sombre, la chaleur étouffante. L'orage s'annonçait. De toute évidence il serait violent. Les coups répétés du maréchal-ferrant sur son enclume envoyaient des gerbes d'étincelles à quelques pas d'eux. D'ordinaire, le Jeannot les gratifiait d'un trait d'esprit lorsqu'il les voyait acoquinés ensemble. Cette fois, concentré sur son ouvrage, il ne les remarqua même pas. Que ce soit à cause de la menace de l'orage ou de la présence de dame Sidonie et du baron Jacques, en ce premier août de l'an de grâce 1483, on percevait une tension inhabituelle à Sassenage. Mathieu refusa de se laisser gagner.

– Tu l'as vraiment vue, Mélusine ? demanda-t-il comme ils atteignaient les marches de l'entrée du donjon par lequel on accédait au château, d'une austérité inchangée depuis des siècles.

Piqué au sommet de la colline des Côtes, celui-ci dominait l'Isère au nord, le village et les gorges du Furon à l'est.

— Tu le sais bien, répliqua Algonde en baissant d'un ton.

— Non, je ne sais pas. Je n'y étais pas, sous la montagne.

— Personne n'y était à part moi, alors une fois pour toutes, Mathieu, laisse-moi en paix avec cette histoire.

— À vos ordres, princesse…

Il se fendit d'une courbette.

— … Pour ce soir, ajouta-t-il avant de détaler à toutes jambes dans un grand éclat de rire.

Entre l'agacement et la tristesse, Algonde le regarda contourner l'angle de l'imposante bâtisse et disparaître pour rejoindre la paneterie accrochée aux murailles intérieures de la cour, comme la forge, l'écurie, la chapelle et le bâtiment des domestiques. Chaque jour la même question, chaque jour la même réponse pensa-t-elle. Elle n'en avait pas d'autre à lui fournir…

Elle pénétra dans le donjon par la porte voûtée. La contrée était paisible depuis longtemps et les gardes jouaient aux dés dans la salle d'armes. La plupart, âgés, avaient vu grandir les jouvenceaux. Le baron Jacques n'avait pas jugé opportun de renouveler leurs rangs, estimant qu'ils étaient en nombre suffisant pour assurer la sécurité aux alentours du château. Il comptait davantage sur l'escorte composée d'une trentaine d'hommes que Dumas, leur chef, fidèle à son service depuis dix ans, menait avec efficacité pour protéger ses voyages.

De nature aimable et généreuse, Algonde était, comme sa mère, appréciée de tous. Elle gratifia d'un sourire amical les soldats qui, à son approche, levèrent la tête de leur jeu. Barbu jusqu'aux oreilles qu'il avait décollées, Dumas se trouvait parmi eux.

— Est-ce donc maître Janisse qui te contraint de la sorte ? s'étonna-t-il en découvrant sa charge.

— Il s'en voudrait, répondit-elle en fronçant son nez mutin.

Si le chef cuisinier avait su quelle recette avait imaginée Marthe, son sang qu'il avait vif se serait échauffé.

— T'envoyer traire à cette heure, et par ce temps, je me disais aussi… je ne vois guère que…

— Marthe… acheva Algonde en levant les yeux au ciel.

Dumas cracha sur les dalles.

— Charogne…

— Pour sûr que c'en est une, grinça un des gardes, sauf votre respect, damoiselle Algonde…

— Suffirait de la trousser pour lui dresser le caractère, mais je ne vois pas qui de nous s'y dévouera, se moqua un deuxième tout en faisant rouler les dés dans sa main, retardant le moment de les jeter sur le tapis.

— Tiens donc ta langue devant la petiote, lui intima Dumas en le piquant du coude.

L'homme ricana :

— La petiote a ben grandi ma foi… Y a qu'à voir le Mathieu ! Y s'y trompe pas.

Il lança ses dés, obligeant ses compagnons à suivre leur roulement. Ils se stabilisèrent sur un deux. Il jura. Le rire des autres fusa.

— Hâte-toi donc, conseilla le chef d'escorte à la jouvencelle.

Elle hocha la tête et les laissa à leurs comptes pour passer dans le corps de logis carré renforcé de quatre tours reliées au donjon par une coursive.

Algonde enfila l'escalier à vis, laissant au sous-sol la réserve et la cave à glace, puis, au premier niveau, la cuisine, domaine de maître Janisse, et au deuxième, face au logement qu'elle occupait avec sa mère dans le donjon, la salle de réception. Le troisième étage était réservé à dame Sidonie et à sa famille. Leurs Seigneuries y avaient leur chambre dotée de latrines sur siège, vidées chaque jour, d'un recoin pour la toilette et d'un autre pour le lit de Marthe. Une vaste pièce richement meublée et décorée y était contiguë.

C'est devant celle-ci qu'Algonde s'arrêta. Elle toqua à la porte. Comme elle s'y attendait, Marthe s'encadra dans l'entrebâillement.

Anormalement grande et massive pour une femme, les doigts noueux du bout desquels partaient des ongles longs et griffus, la chambrière de dame Sidonie avait le front large et haut surmonté d'une bosse au-dessus d'arcades sourcilières saillantes et fournies. Les yeux enfoncés profondément dans ses orbites creuses et noires, le nez crochu et étroit, la peau granuleuse et sèche, collée à son visage osseux sur lequel la torche piquée au mur projetait des ombres mouvantes, Marthe semblait sortie tout droit des enfers.

— Que veux-tu donc ? aboya-t-elle.

— Vous porter le lait que vous m'avez commandé, répondit Algonde avec autant de dégoût que d'envie de mordre.

La chambrière sortit de la pièce, referma la porte, avança de quelques pas et, tournant le dos à l'escalier, les isola toutes deux sur le palier.

— Est-il frais au moins ? grinça-t-elle en lui arrachant le récipient.

— Je viens de le traire, se contraignit à répondre Algonde.

« Charogne ! » pensait-elle tandis que la chambrière relevait le couvercle et approchait le liquide de ses narines.

— Te moques-tu ? Il est tourné, cracha-t-elle en le lui projetant à la face.

Algonde poussa un cri de surprise et de fureur tandis que le lait lui dégoulinait du visage sur la poitrine.

— Mauvaise ! Mauvaise ! Tu le savais bien qu'avec l'orage il se perdrait, rugit la jouvencelle devant cette injustice.

Elle se jeta en avant pour l'empoigner, mais Marthe, plus vive qu'elle ne le pensait, s'écarta de côté, le rire haut perché.

Algonde vit arriver le vide. Trop tard. Elle dégringola trois marches et s'écrasa douloureusement le bras dans l'angle du mur de la tourelle.

— Plains-toi donc à ta mère, lui assena la chambrière qui s'était rapprochée. J'ai bien plus de pouvoir sur Sidonie que vous n'en aurez jamais…

Sur ce, laissant la jouvencelle se frotter l'épaule, le regard brillant des larmes de sa haine, elle lui tourna le dos. Avant de regagner le logis de sa maîtresse, Marthe projeta le pot de lait de la pointe du soulier. Algonde le reçut à ses pieds en même temps que l'ordre de nettoyer.

Elle entendit la porte se refermer. Dans la lueur de la torche piquée au mur, qu'elle avait évitée par miracle, elle s'avisa qu'un peu de sang perlait à sa manche. Elle s'était écorchée sur une pierre saillante. Sa tresse, ses joues et son linge empestaient le caillé.

Humiliée, elle demeura quelques minutes à ravaler son amertume. Lorsqu'elle voulut descendre dans ses appartements pour se laver et se changer, elle reconnut le timbre du baron à l'étage inférieur. Il signifiait à Gersende qu'elle pouvait leur faire servir le dîner.

Refusant qu'il se moque de sa mise et la punisse de sa maladresse, la jouvencelle arracha prestement ses souliers, ramassa le pot, se précipita sur le palier, s'agenouilla puis épongea le parquet avec son jupon. Dans le même élan, elle se précipita pour gravir l'escalier qui menait, côté logis, sur le toit en terrasse du château et, de l'autre, à l'étage condamné du donjon. Déjà, au-dessous d'elle, le baron parvenait à ses appartements. Sachant qu'on allait s'y succéder pour apporter les plats, Algonde jugea plus prudent d'attendre.

Elle passa sous le porche de pierre frappé à son fronton d'une femme-serpent et s'adossa sans crainte à la porte scellée qui fermait la chambre maudite. Mélusine qui y avait autrefois séjourné ne lui en tiendrait pas rigueur !

Un petit rire nerveux la gagna. D'une certaine manière, la fée l'avait de nouveau sauvée.

Deux semaines plus tôt, Mathieu était venu lui apprendre qu'on avait aperçu une truite énorme dans le cul-de-sac des Cuves du Furon. Il trépignait d'impatience à l'idée de la prendre. Ses corvées achevées, Algonde l'avait suivi. D'un même geste répété depuis l'enfance, ils avaient tendu leurs lignes. Bien vite pourtant, la jouvencelle avait dû se rendre à l'évidence : Mathieu n'avait trouvé là qu'un prétexte pour l'isoler et lui parler d'amour. Elle aussi l'aimait. De toutes ses forces et de tout son cœur, et ne demandait pas mieux qu'être sa femme. Mais elle ne supportait pas qu'on la dupe. Elle s'était fâchée quand il avait finalement avoué que la truite n'était qu'un gardon, et encore, pas plus gros que celui accroché à leur hameçon. Elle avait décidé de rentrer. Le Furon, à cet endroit, était éloigné d'une bonne demi-heure de marche du château. Depuis toujours, les gens le fuyaient. La légende voulait que Mélusine y ait son territoire et qu'il soit dangereux de la provoquer.

Le jouvenceau, vexé d'avoir été repoussé, avait fait mine de continuer sa pêche. Algonde avait escaladé le talus abrupt, dans le fracas du torrent qui, à l'extrémité d'un réservoir naturel, disparaissait sous la roche au pied de la falaise. Une pierre s'était détachée sous son soulier et elle avait dégringolé la pente, jusqu'au lac. Ne pouvant reprendre pied, elle avait été emportée par le courant en quelques secondes sous les yeux désespérés de Mathieu. Algonde s'était cru perdue, suffoquant déjà, entraînée dans les méandres des eaux sombres, lorsqu'elle s'était sentie agrippée. Elle avait émergé à demi consciente dans une grotte souterraine, serrée contre un corps de femme visqueux et froid et dont la taille se prolongeait par une queue de serpent de mer : Mélusine.

Incapable de se résigner à la perte d'Algonde, Mathieu, en larmes, s'était effondré sur le bord. Quelques longues minutes plus tard, il l'avait vue ressurgir, comme si on l'avait propulsée hors du trou. Il s'était jeté dans l'eau et l'avait ramenée sur la berge, frigorifiée mais vivante. L'instant d'après, Algonde se blottissait dans ses bras en lui révélant qu'elle devait son salut à la fée, mais qu'il fallait en garder le secret.

Le soir venu, la jouvencelle avait dit la même chose à sa mère. Algonde aurait bien voulu partager avec elle l'impression désagréable que lui avait laissée sur la peau ce contact inhumain, tout comme son étonnement à ce qui avait suivi, mais, à l'inverse de Mathieu, Gersende n'avait pas réclamé d'en savoir davantage. L'intendante du château de Sassenage avait juste hoché la tête avant de changer de sujet.

C'était le lendemain seulement qu'Algonde s'était souvenue du serment qu'elle avait prêté à la fée. Dès lors, sa vie avait basculé.

Même si elle en avait le cœur brisé, elle devait s'y résoudre : ce n'était plus à Mathieu qu'elle était destinée.

2.

Le baron Jacques de Sassenage était veuf depuis cinq ans. Répondant aux dernières volontés de Jeanne de Commiers, son épouse, il avait placé ses fils aînés comme pages chez une de leurs cousines et confié trois de ses filles à la garde de l'abbaye de Saint-Just-de-Claix, à quelques lieues de sa résidence principale de la Bâtie en Royans. Il n'avait gardé auprès de lui que sa cadette, mise en nourrice à la mort de sa mère.

Malgré ses cinquante ans, Jacques de Sassenage était un bel homme. Grand et altier, les cheveux grisonnants, la bouche fine mais aussi gourmande que les yeux, le front et les pommettes hauts malgré l'affaissement des traits, il attirait encore les regards. Quelques mois après la mort de son épouse Jeanne, Sidonie lui avait rendu visite à la Bâtie. Harmonieuse de corps et le visage encadré de jolies boucles dorées, sa nièce, au regard noisette et aux lèvres naturellement carminées, souffrait d'une réputation sulfureuse. Veuve d'un vieux nobliau acariâtre et ruiné, Sidonie avait tant eu d'amants pendant son mariage que la rumeur prétendait ses trois enfants illégitimes. Jacques avait toujours refusé d'y prêter oreille. Au fil de leurs rencontres, il s'était raccroché à sa joie de vivre. Sidonie avait fini par céder à ses avances contre la promesse qu'il l'épouserait lorsqu'il se sentirait prêt. Les années avaient passé, pourtant, sans qu'il donne suite. Le souvenir de Jeanne l'obsédait. Sidonie n'avait rien exigé, Jacques s'étant pris d'affection pour Enguerrand, le dernier de ses fils qui allait aujourd'hui sur ses dix-sept ans.

Début juillet de cette année 1483, Jacques avait eu envie de rafraîchir la décoration de ses appartements à la Bâtie. Sidonie et lui étaient venus s'installer à Sassenage dans l'attente de la fin des travaux, d'autant que le baron avait commandité l'agrandissement d'un autre manoir de ses possessions, celui de la Rochette, placé sur la route de Grenoble. Manoir qu'il comptait offrir à Enguerrand.

C'était pour juger de l'avancement des travaux qu'en cette belle matinée ensoleillée du 2 août, ils mirent pied à terre dans la cour intérieure de cette demeure modeste, mais non dépourvue de charme, située à une lieue à peine du château de Sassenage.

Face à la porte qui clôturait l'enceinte de la Rochette se trouvaient deux tours, reliées entre elles par un long bâtiment rectangulaire de deux étages. La plus grande était flanquée d'un double escalier d'une quinzaine de marches, d'où le maître d'œuvre, un géant à la carrure de bûcheron, déboula avant de s'incliner avec déférence devant eux.

— Bien le bonjour, mes seigneurs.

— Bien le bonjour à toi, maître Dreux.

— Votre visite ne saurait m'honorer davantage. Si vous voulez bien me suivre, invita-t-il avant de les devancer vers le perron.

L'intérieur de la bâtisse se trouvait en plein chantier. Les murs étaient par endroits recouverts de chaux, à d'autres bruts encore de pierres, que des ouvriers enduisaient. Ici, on sciait une planche en équilibre sur deux tréteaux. Là, juché sur une échelle, un menuisier ponçait une poutre. Dans la petite chapelle, un maître verrier terminait la pose d'un vitrail. Sur leur passage, le travail cessait et les ouvriers s'empressaient de les saluer. Le baron s'attardait près de chacun, demandant des nouvelles des enfants, félicitant celui-ci, encourageant celui-là, satisfait des commentaires de maître Dreux tout autant que du travail lui-même.

Une bonne heure durant, ils passèrent ainsi de pièce en pièce avant d'atteindre la salle de réception au deuxième étage de la grosse tour rectangulaire. Maître Dreux s'immobilisa devant une grande cheminée au manteau de laquelle une sculpture en pierre figurait Mélusine, la queue enroulée autour d'une épée.

— Dans un mois, l'ensemble des travaux sera achevé à l'exemple de cette salle, assura-t-il, ravi de pouvoir leur montrer les finitions.

Sidonie s'assura d'un regard qu'aucun ouvrier ne se trouvait alentour.

— Et pour le souterrain ? demanda-t-elle.

Le maître d'œuvre prit un air ennuyé.

— Des carriers de Valence ont creusé jusqu'ici, prenant pour point de départ l'endroit de la forêt que vous m'avez indiqué, mais ils n'ont pas pu déboucher où vous vouliez, tant la roche était dure au-dessus d'eux. Alors je me suis débrouillé, expliqua l'homme en s'approchant de l'âtre.

Il enfonça l'œil de Mélusine et s'écarta. Pivotant sans plus de bruit qu'un léger frottement, une porte dérobée se révéla dans le prolongement du mur.

— C'est une coursive intérieure, elle permet de relier cette pièce à celle d'où part le souterrain, expliqua maître Dreux avec fierté.

Sidonie s'avança sur le seuil tandis que l'homme se saisissait, pour l'allumer, d'une lanterne posée sur un linteau.

— Ne risquons-nous pas d'étouffer ? s'enquit le baron.

— L'air circule par des fentes à la base et au sommet des parois extérieures. J'ouvrirai aussi des œillets à hauteur des yeux quand le chantier sera terminé. Cachés dans le drapé d'une tapisserie, ils permettront de voir et d'entendre.

— Maître Dreux, vous me surprenez, le complimenta Sidonie, sincère.

Flatté, il la remercia d'une courbette avant de s'engager dans le passage et de tendre son falot pour les éclairer.

Quelques minutes plus tard, ils parvenaient dans une petite salle barrée de l'intérieur que Sidonie ne se souvint pas d'avoir visitée préalablement. Deux tréteaux placés près de la fenêtre soutenaient une planche sur laquelle un plan de la demeure était étalé à côté d'autres, roulés. Plumes, encriers et chandelier achevaient de l'encombrer.

— Mon bureau. Personne ne peut y entrer, annonça maître Dreux, ravi de son stratagème pour écarter les importuns.

— Le souterrain part-il de la cheminée ? demanda Sidonie en s'approchant de celle-ci, sculptée de la même manière que l'autre.

— Point n'est besoin, Votre Seigneurie. La coursive que nous venons de quitter y suffisait. Elle se poursuit par une volée de marches. Mais je voulais d'abord vous montrer où vous étiez.

Il se dirigea vers la croisée et l'ouvrit en grand. Face à eux, le pigeonnier leur dévoilait sa charpente. Ils se trouvaient dans la seconde tour, plus modeste et carrée.

— C'est du bel ouvrage, s'enthousiasma Sidonie, jamais je n'aurais pensé avoir fait autant de chemin, et si facilement. Maître Dreux, je vous félicite !

L'homme rosit de fierté.

— Allons à présent voir ce que vous m'avez commandé, dit-il en enfonçant l'œil de Mélusine pour rouvrir le passage.

Quelques instants plus tard, l'escalier franchi, ils débouchaient dans une galerie étroite qui descendait en pente douce. Éclairés par le falot, ils s'avancèrent pour juger du travail des carriers.

— En creusant, ils ont découvert un petit lac dans une grotte naturelle à trois cents coudées d'ici. Comme ils ne sont pas du coin, ils ne pouvaient pas savoir pour la fée… Et moi, j'ai pas osé aller la déranger… Des fois que ce serait sa tanière, on ne sait jamais.

— Remontons, exigea soudainement Sidonie en tournant les talons.

Bien que surpris par son empressement, le baron se rangea à sa décision. Maître Dreux leur ouvrit le chemin, visiblement soulagé. Lorsqu'ils eurent regagné la salle de réception, Sidonie fouilla la bourse qui pendait à sa ceinture et en sortit trois pièces d'or qu'elle tendit au maître d'œuvre.

— C'est bien trop ! s'étonna-t-il avec honnêteté.

— Ne faites pas de manières. Vous avez montré initiative et ingéniosité, deux qualités qui me sont chères. Je ne vous demanderai qu'une chose désormais, c'est de ne plus descendre dans le souterrain. Jamais. Ai-je votre promesse ?

— Vous l'avez, Votre Seigneurie, assura l'homme en empochant sa récompense, avant de les raccompagner jusque dans la cour et de héler le palefrenier.

Le baron Jacques respecta le silence de son aimée tandis qu'ils traversaient le rideau de forêt qui entourait le manoir, leur escorte en retrait. Il la sentait troublée. Maintenant leurs chevaux au pas, ils parvinrent à la croisée du chemin qui d'un côté filait sur Grenoble et, de l'autre, ramenait vers

Sassenage. Ils s'engagèrent côte à côte sur ce dernier. N'y tenant plus, il tourna la tête vers elle et posa la question qui lui brûlait les lèvres :

— Me direz-vous quel est ce tourment qui altère vos traits ?

— Vous vous moqueriez.

— Et si je vous promettais le contraire ? insista-t-il dans un sourire enjôleur.

Sidonie hésita un instant encore, le temps pour eux de dépasser un char à bœufs chargé de tonneaux de vin. Le conducteur s'en venait livrer maître Dreux pour qu'il étanche la soif de ses ouvriers. Sidonie répondit d'un signe de tête à son salut puis talonna sa monture. Au-devant d'eux la route était déserte. Le baron revint au niveau de son encolure. Ils chevauchèrent ainsi quelques secondes.

— Cette galerie, c'est Mélusine elle-même qui me l'a réclamée, lâcha-t-elle dans un souffle.

— Mélusine ?

— Mélusine, répéta Sidonie.

— La fée que mon aïeul Raymondin épousa et qu'il surprit changée en femme-serpent dans son bain ?

— Je n'en connais pas d'autre.

— Palsambleu ! Et qu'importait donc à Mélusine la présence d'un souterrain à la Rochette ?

— Je l'ignore, mais elle a insisté pour qu'il y fût, quand elle m'a visitée.

— Sur les berges du Furon ?

— En songe…

N'y tenant plus, le baron partit d'un rire léger. Sidonie le couvrit d'un œil triste.

— Je savais bien que vous ne me croiriez pas.

— Mais je vous crois, ma mie. Je suis seulement réjoui de vous découvrir embarrassée d'un rêve comme de la réalité.

— Et si parfois les deux se mélangeaient ?

— Ce serait affaire de sorcellerie, conclut le baron.

— Alors, souffrez que je sois sorcière au service d'une fée, car, dans ce songe, Mélusine se mettait à pleurer de voir que je lui résistais. Bouleversée, j'essuyai sa joue et me resta en main une pierre translucide, en forme de larme.

— Ainsi que le veut la légende...

Sidonie fouilla dans la bourse à sa ceinture et en ressortit son poing fermé.

— M'expliquerez-vous en ce cas pourquoi ceci se trouvait en ma main lorsque je m'éveillai ?

Elle l'ouvrit sous les yeux ébahis du baron.

La larme de Mélusine scintillait comme un petit diamant sous le soleil déjà chaud du matin.

3.

Laurent de Beaumont n'eut que le temps de ramener son arme devant son visage pour parer la frappe meurtrière que lui réservait Philibert de Montoison. Leurs lames se heurtèrent de nouveau dans un fracas qu'étouffa le roulement du tonnerre. Déchirant le plafond anthracite des cumulus assemblés au-dessus des coteaux de Saint-Just-de-Claix, un éclair foudroya la cime d'un chêne dans la forêt toute proche.

Laurent de Beaumont s'écarta de côté, feinta, puis fendit de l'avant, profitant du léger déséquilibre de son adversaire sur un sol inégal. Il reprit l'avantage, mais il sentait bien que ce n'était qu'un leurre.

Philibert de Montoison rétablit sa garde et lui fit face.

— Renonce ! cracha-t-il.

— Plutôt mourir, gronda Laurent de Beaumont avant de réengager le combat.

La chaleur accablante de ce mois d'août 1483 les rendait plus agressifs encore tandis qu'insidieusement leurs corps flanchaient. Laurent de Beaumont le sentait au choc du métal qui se répercutait à présent jusqu'en ses jambes lourdes et lui vrillait les poignets. Avant longtemps, il s'effondrerait.

« Qu'à cela ne tienne, décida-t-il, finissons-en avec panache ! »

Ramassant ses dernières forces, il se rua sur Philibert de Montoison, la pointe en avant.

Philippine de Sassenage retint un cri d'épouvante en les voyant si proches l'un de l'autre qu'elle les devina embrochés de concert.

— Cette fois, c'en est fait ! s'étrangla sœur Aymonette.

Parvenue au même constat que la fille aînée du baron Jacques de Sassenage, elle tordit ses mains de désespoir. Leurs prières ininterrompues depuis l'engagement des deux hommes ne leur avaient été d'aucun secours.

— Il faut faire quelque chose, gémit Philippine en se tournant vers la grande abbesse qui se tenait à leurs côtés, roide et digne.

Celle-ci la couvrit d'un œil glacial :

— N'en avez-vous pas assez fait ?

Le regard de Philippine se noya. Elle s'efforça pourtant de ne pas le baisser.

— Je vous en prie, ma mère, insista-t-elle.

L'abbesse essuya d'un revers de main agacé la goutte épaisse qui venait de s'écraser sur son visage disgracieux.

— La pluie s'en vient, trancha-t-elle. Je vous ordonne de rentrer.

— Il s'agit de mon neveu, madame… lui rappela sœur Aymonette.

Sa voix tremblait.

À une centaine de mètres de ces trois femmes, les corps de Laurent de Beaumont et de Philibert de Montoison gisaient, face contre terre dans l'herbe qu'ils avaient piétinée.

La révérende mère releva le menton. Toute cette affaire la contrariait au plus haut point et cependant elle ne pouvait laisser ces deux hommes agoniser à sa porte.

— Lapogne et Lardeau se chargeront d'eux, décida-t-elle en s'écartant résolument du tragique spectacle pour remonter vers la herse relevée de cette ancienne forteresse.

Devant son portail, les autres moniales rassemblées n'avaient rien perdu de la scène. Elles s'en retournèrent à leurs tâches en voyant l'abbesse s'avancer vers elles. Soulagée de savoir que les deux convers ramèneraient les duellistes à l'hospice, sœur Aymonette la suivit de son pas claudicant.

Philippine ne parvenait quant à elle à détacher son regard des moribonds. Rajoutant à son sentiment de culpabilité, l'abbesse aboya par-dessus son épaule :

— Cessez de vous abîmer en contemplation morbide et allez m'attendre dans mon bureau... Immédiatement !

L'orage s'abattit avec violence sur l'abbaye de Saint-Just-de-Claix, comme la jouvencelle en franchissait le seuil à la suite de ses aînées, les épaules voûtées par le poids de sa détresse.

Tout avait commencé une semaine plus tôt alors que Philippine avait reçu pour corvée de désherber le jardin des plantes aromatiques. La vie monastique lui pesait, bien qu'allégée par les dérogations consenties à son rang.

Sœur Albrante, l'infirmière, avec laquelle la demoiselle s'entendait le mieux, ne lui avait pas caché que toutes à l'abbaye espéraient la voir prononcer ses vœux.

Mais Philippine n'avait aucune envie d'embrasser le noviciat. À quatorze ans, elle éprouvait des sentiments incompatibles avec le service de la foi. Elle était amoureuse de l'idée d'amour. Son attention se portait sur un des trois convers admis dans l'enceinte de l'abbaye pour en assurer l'entretien. Sitôt dégagée de l'enseignement dont elle bénéficiait, Philippine n'avait de cesse de le guetter, grisée de l'émoi que cette attente lui procurait.

Ce jour-là, accroupie dans le carré des simples, elle dégageait une touffe d'*Althæa officinalis* du chiendent qui la parasitait, lorsqu'une voix masculine inconnue lui avait fait lever la tête.

Curieuse de nature, elle avait suspendu son geste pour jauger le visiteur qui déambulait aux côtés de sœur Aymonette, la préchantresse de la communauté. Âgé d'une vingtaine d'années, le front haut et altier, le jouvenceau affichait une jovialité qui illuminait des traits raffinés. Philippine avait aussitôt décidé de mesurer sur lui son pouvoir de séduction. Elle s'était redressée, avait frotté ses mains sur ses jupes, rajusté son hennin avant de simuler une quinte de toux pour attirer son attention. Comme elle l'avait escompté, les deux promeneurs s'étaient immobilisés pour se tourner vers elle.

Un seul regard échangé et Laurent de Beaumont s'était enflammé. Dès lors, délaissant sa tante Aymonette qu'il venait chaque jour visiter, ce jeune seigneur, page du fils aîné du roi Louis le onzième, s'était empressé auprès de Philippine. Or, si la jouvencelle était charmée de cette cour assidue, elle avait bien vite dû admettre à son grand regret qu'elle n'était pas aussi troublée par Laurent de Beaumont qu'elle l'aurait espéré.

Le hasard, pernicieux, avait voulu qu'un autre visiteur s'annonce quelques jours plus tard aux portes de l'abbaye royale et y demande l'hospitalité. L'homme, à la quarantaine ténébreuse qu'accentuaient un menton creusé d'une fossette et des yeux noirs en amande, était un chevalier de l'ordre des Hospitaliers de Saint-Jean-de-Jérusalem et proche du grand prieur d'Auvergne, Guy de Blanchefort. Bien que religieux, il avait à peine croisé Philippine qu'il en avait été épris. Il s'était mis à la courtiser, sous le prétexte qu'il pouvait briser ses vœux puisque son frère aîné venait de mourir sans héritier.

Ce jourd'hui, Philippine se trouvait en sa compagnie dans le verger, à rire de quelque trait d'esprit, lorsque Laurent de Beaumont les avait surpris. Les deux hommes se connaissaient et visiblement ne s'appréciaient guère.

Philippine s'était rengorgée de lire sur leurs visages l'enjeu qu'elle représentait. Elle ne les aimait éperdument ni l'un ni l'autre, mais les trouvait séduisants et goûtait leur compagnie. Peu lui importait donc lequel son père lui choisirait pour époux. Enroulant ses bras autour de ceux de ses prétendants, elle les avait entraînés sous la frondaison des pommiers, se prenant l'espace d'un instant pour une de ces dames soupirant autrefois en cour d'amour.

— Quel dommage, avait-elle minaudé, que nous soyons dans cette forteresse. Dès que j'en sortirai, je demanderai à père d'organiser un tournoi pour vous départager, car de vous, Laurent, que mes yeux virent en premier, ou de vous, Philibert, qui, si vite, les fîtes prisonniers, à présent je ne saurais choisir.

— Pourquoi attendre ? avait rétorqué Laurent de Beaumont en se figeant, forçant leur groupe à faire de même.

Philibert de Montoison avait lâché le bras de Philippine et s'était porté face à son rival.

— Sortons, avait-il suggéré, la main au plommel de son épée.

— Voyons, messires, avait-elle tempéré en cillant exagérément, vous n'y songez pas ?

Pour toute réponse, ils s'étaient inclinés devant elle. Philibert de Montoison s'était redressé le premier :

— Offrez-nous d'arbitrer ce duel, ma dame…

Philippine avait cessé de s'amuser.

— Vous vous moquez, n'est-ce pas ?

— Pour l'amour de vous et nulle autre jamais, avait proclamé Laurent de Beaumont, la main droite sur le cœur.

Elle n'avait pu les retenir. La plantant là, ils avaient côte à côte et en silence quitté le verger, longé le potager que sarclaient des moniales, avant de sortir par une des anciennes tours de guet.

L'angoisse succédant à l'incrédulité, Philippine avait retroussé le bas de sa robe, et filé quérir l'aide de la mère supérieure dans l'ancien donjon reconverti. Elle n'avait pas eu besoin d'un long discours. Depuis la fenêtre de son bureau, la grande abbesse avait suivi des yeux le pas des deux visiteurs et compris à leur figure de quoi il retournait.

— Courez prévenir sœur Aymonette, avait-elle ordonné sèchement.

— Mais vous allez les empêcher de se battre, n'est-ce pas ?

— Sachez qu'il n'est rien de plus obtus que deux hommes à l'orgueil bafoué, ma fille. Tout ce que nous pouvons faire pour eux, c'est prier…

Philippine était ressortie de là aussi essoufflée que terrifiée. Mais elle l'avait été plus encore lorsque, sous les hauts murs crénelés, elle avait entendu leurs épées s'entrechoquer.

Le déluge qui s'abattait à présent sur la contrée royannaise avait emprisonné l'abbaye de Saint-Just-de-Claix dans de précoces ténèbres. N'osant allumer de bougie pour ne pas courroucer davantage l'abbesse par quelque initiative, Philippine plaquait en visière ses mains contre la croisée de l'antichambre où elle patientait. Son regard désespéré fouillait le rideau de pluie derrière la vitre embuée par son souffle. La jouvencelle y frotta sa manche puis reprit sa posture dans une ultime et muette prière. Face à elle, de l'autre côté de la cour intérieure, Philippine devinait sœur Albrante, l'infirmière de la communauté, penchée au-dessus des duellistes. Elle refusait de les croire morts. Par deux fois, au long de ces minutes qui s'égrenaient dans le carcan de sa solitude, cette idée l'avait rattrapée. Elle en avait perdu la respiration, hoquetant, s'étouffant de panique, tremblant de tous ses membres tandis qu'un vertige la forçait à s'accroupir, le front contre le mur de pierre. Il lui avait fallu trouver en elle la force de s'apaiser, consciente que l'abbesse la fustigerait plus sévèrement encore si elle la découvrait ainsi. Philippine s'était reprise.

La pluie se calmait tandis que le roulement du tonnerre s'éloignait. Elle ne tarderait plus à être fixée sur son sort et le leur. Elle se prit à espérer l'arrivée de l'abbesse et plus encore sa punition, certaine que seul son propre sang répandu pourrait exorciser celui qu'elle avait fait verser.

La porte s'ouvrit enfin, puis se referma dans le dos de Philippine, amenant dans la pièce une brassée d'air chargé d'odeur de tourbe. Elle s'arracha à sa méditation pour se tourner vers l'abbesse qui venait d'entrer.

— Suivez-moi, ordonna celle-ci après avoir fait glisser de ses épaules pour le suspendre le mantel dont elle s'était protégée.

Dans sa main droite, la lanterne qu'elle avait apportée vacilla, promenant des lueurs fantasques sur les murs. Philippine suivit leurs méandres le long du corridor, écoutant résonner ses pas sur les dalles comme un glas.

La révérende mère déposa son falot dans une niche prévue à cet effet, à droite de la porte de son bureau. C'était là que la jouvencelle avait fait irruption quelques heures plus tôt, l'interrompant dans la rédaction de son courrier. Le parchemin qu'elle avait commencé à couvrir de son écriture se trouvait encore sur sa table de travail. L'abbesse contourna le meuble et s'installa derrière, laissant Philippine refermer la porte avant de lui faire face, les mains jointes et tremblantes.

L'abbesse la considéra un instant sans la moindre indulgence, puis se radoucit.

— Vous souvenez-vous de votre mère ? demanda-t-elle enfin, brisant ce silence qui pesait au-dessus de leurs têtes.

La question prit Philippine au dépourvu. En un instant pourtant sa mémoire accrocha des yeux sombres dans un élégant visage aux traits réguliers, une chevelure tressée et ramenée en chignon sous la coiffe, un sourire qui bombait des pommettes rosées. Une bouffée de tendresse réchauffa Philippine, repoussant les affres de ses tourments.

— Comment l'aurais-je oubliée ? répondit-elle sans malice.

— Vous venez pourtant de le faire, mon enfant, rétorqua l'abbesse d'un ton accusateur.

Philippine sentit ses jambes se dérober. Elle s'obligea pourtant à rester droite et digne. Elle savait que rien ne lui serait épargné.

— C'est dans ces bois, alors qu'elle venait me visiter, que des malandrins s'en sont pris à son équipage. Dans cet hospice qu'elle a agonisé, ajouta la religieuse.

Philippine tourna machinalement les yeux vers la croisée.

— Savez-vous pourquoi elle vous a confiées, vous et vos sœurs, à ma garde ?

Philippine secoua la tête, la gorge nouée d'un sanglot, assaillie par d'autres images : sa mère transpercée d'une épée. Devant ses yeux embués dansait la ronde macabre de son escorte qui tombait autour d'elle, comme les deux hommes tout à l'heure dans le pré.

— Elle est morte dans mes bras à l'aube, me faisant promettre de vous donner à chacune l'éducation qu'elle avait reçue en son temps, ici même, par mes soins…

L'abbesse marqua une pause, promena sa déception sur le visage exsangue de Philippine, puis secoua la tête d'un air navré.

— Sœur Sophie était dans le verger ce tantôt. Elle m'a rapporté votre propos.

— Je…

— Taisez-vous ! Vous avez agi de façon impardonnable ! Certes, votre méconnaissance des hommes ne vous permettait pas de mesurer les conséquences de votre jeu, mais jamais votre mère ne se serait abaissée à tel comportement.

Des larmes roulèrent sur les joues de la damoiselle. À ce constat, elle aurait cent fois préféré le fouet.

— Il faut croire que le démon de la débauche s'est posé sur votre épaule. J'ai passé outre pour le jeune convers…

Philippine sursauta, amenant un rictus affligé sur le visage de la moniale, qui la cingla, impitoyablement :

— Vous imaginiez-vous que votre manège était passé inaperçu ?

Philippine sentit son cœur cogner si violemment dans sa poitrine qu'il lui écartelait les côtes. L'abbesse secoua sa main devant son visage pour en chasser une mouche importune.

— Seule la tendresse que j'éprouvais pour votre mère m'a empêchée de vous renvoyer. Las, grinça-t-elle, il ne se passe pas un jour sans que sa mémoire soit souillée. Par votre père qui a ouvert sa couche à sa dépravée de nièce, et par vos manières, ici même, dans cette abbaye où elle est enterrée !

Son poing rageur s'écrasa sur le plateau de châtaignier, faisant sursauter plumes et encriers. Elle se dressa en s'appuyant sur ses phalanges, froissant le parchemin. Philippine recula d'un pas devant sa mine ulcérée. Jamais elle n'avait vu autant de colère noircir le regard de l'abbesse.

— Vous auriez pu convoler en épousailles avec Laurent de Beaumont que cela aurait été dans l'ordre des choses, mais sans doute n'était-il pas assez aimable pour vous ? Pourquoi se contenter d'un convers lorsque l'on peut avoir un page ? Pourquoi un page lorsque l'on peut troubler un Hospitalier ?... Que faudra-t-il donc pour vous satisfaire ? Finir comme une catin dans le lit d'un prince ?

Philippine recula sous la morsure de l'insulte. Ses épaules heurtèrent le bois massif de la porte. Elle ramena ses mains devant son visage, épouvantée de l'image que lui renvoyait l'abbesse. Son ricanement la rendit plus misérable encore :

— Est-ce votre seul repentir ? Vous voiler la face ? Vous m'avez déçue, Philippine de Sassenage. Votre mère avait espéré vous voir un jour me succéder dans ce lieu qui fut son tombeau. Je brûlerai en enfer plutôt que de vous laisser le profaner encore. La vie de ces hommes est entre les mains du Seigneur tant les blessures qu'ils se sont infligées sont graves. Qu'ils vivent ou meurent n'y changera rien pourtant. Vous êtes devenue indigne de cette communauté !

La colère de l'abbesse retomba avec cette dernière phrase. Philippine n'osa la regarder, l'implorer, quémander. Elle était anéantie. L'abbesse se laissa choir sur son siège.

— Sortez à présent, ordonna-t-elle encore. Il me faut informer votre père de vos actes et de ma décision. Elle sera sans appel. Jusqu'à ce qu'il vienne vous chercher, vous jeûnerez et prierez dans l'isolement et le dépouillement le plus total d'une des cellules du sous-sol. Vous ne verrez plus ni les moniales ni vos sœurs, qu'il me faut préserver de vos égarements.

Philippine hocha la tête avant de se détourner et de soulever la clenche. Elle ne fit qu'un pas pourtant dans l'embrasure de la porte avant de glisser sur le parquet, avalée par l'abîme qu'elle avait elle-même ouvert sous ses pieds.

4.

Philibert de Montoison écarquilla ses yeux vitreux dans une semi-obscurité balayée d'arabesques claires. Il n'éprouvait aucune douleur. Simplement une intense lassitude. Il aurait été incapable, à l'instant, de dire où il se trouvait. Pas davantage qui il était. Mais, curieusement, cela ne l'effrayait pas. Il demeura un long moment ainsi à regarder se mouvoir ce ballet lumineux, lorsque, par réflexe, sa langue claqua dans sa bouche sèche, amenant un goût de fiel dans sa gorge. Un spasme suivit qui remonta sa trachée, et l'étouffa un peu. Il tourna aussitôt la tête vers la droite dans l'espoir de l'apaiser et, à la faveur de la bougie aux trois quarts consumée sur sa table de chevet, avisa qu'il n'était pas seul dans la pièce. Dans le lit voisin, un homme dormait. Il lui parut blafard et respirait à grand-peine dans un chuintement pulmonaire.

Philibert eut l'intuition qu'il le connaissait et se concentra sur sa face pendant de longues minutes. Les contractions de sa glotte s'apaisèrent. Peu à peu, des bribes de souvenirs refirent surface, éclatant telles des bulles sur une mare sombre. Il se réappropria son nom, son rang, et jusqu'à l'identité de son compagnon. Tout aussitôt une bouffée de rage le prit, qui lui ramena la vision de leur duel. Elle fut balayée par le constat de sa victoire. À ce qu'il pouvait en juger, son rival était bien plus touché qu'il ne l'était lui-même. Un rictus de satisfaction tordit sa bouche fine.

Ses yeux le piquèrent et il eut de nouveau le sentiment qu'un voile les opacifiait. Il les ferma pour le chasser, certain qu'on l'avait drogué lors des soins, et écouta les bruits alentour. Outre la respiration bruyante de Laurent de Beaumont, des ronflements lui parvenaient. De toute évidence, il se trouvait dans l'hospice de l'abbaye de Saint-Just-de-Claix. Ses idées remises en place, il se concentra sur lui-même. Il ne se souvenait pas s'être évanoui, seulement d'une estafilade au bras gauche. Sans doute avait-il perdu plus de sang qu'il ne le croyait. Il porta l'autre main à son épaule et la trouva bandée jusqu'au poignet. Cela le réconforta. Dans quelques jours tout au plus il serait sur pied et pourrait coiffer les prétentions de ce roquet de Laurent de Beaumont auprès du seigneur de Sassenage. Son rythme cardiaque s'accéléra.

Pourquoi l'évocation du nom de Sassenage le troublait-elle à ce point ? Certes, il n'avait jusque-là jamais envisagé l'idée du mariage, mais il était un chevalier que diable, au service du grand prieur d'Auvergne… Guy de Blanchefort… Sa mission… Le souffle lui manqua. Comment avait-il pu oublier dans le regard de Philippine ce qui l'avait amené en Royannais ? Fallait-il qu'elle l'ait troublé au-delà de toute raison… Car c'était dame Sidonie qu'il était venu voir et n'avait pas trouvée à la Bâtie en Royans. Apprenant que le baron avait ses filles à Saint-Just, il avait espéré l'y rejoindre. Tout lui revenait à présent. Un tressautement vrilla une veine à sa tempe. Il y porta ses doigts avec agacement tant en lui montait l'angoisse d'avoir été retardé. Dès le lendemain, il enverrait un courrier à Guy de Blanchefort pour l'informer de son retard. Son index rencontra un bandage. Sa pensée se figea. Il suivit le pansement le long de son front, en fit le tour. Sa nuque était prise de même. Ce n'était pas à cause de son bras qu'il avait perdu connaissance, mais de cette blessure-ci !

— La peste soit de toi, Laurent de Beaumont, gronda-t-il en tournant la tête vers lui, les yeux écarquillés de colère.

Sa vue se brouilla si intensément cette fois qu'une brume écarlate noya le visage de son rival. La douleur fut fulgurante sous son crâne, et Philibert de Montoison se sentit aspiré vers le trou noir qu'il avait précédemment quitté.

Derrière la courtine qui la séparait des blessés, sœur Albrante se dressa en sursaut dans son lit. Elle le quitta en toute hâte et en chemise pour se précipiter auprès du chevalier. Elle le découvrit dans la position où elle l'avait laissé. Il était blafard, pourtant. D'un doigt expert, elle lui souleva une paupière. Le blanc du globe oculaire était révulsé, le pouls qu'elle prit à la carotide, faible et irrégulier.

Albrante balaya d'un regard la salle voûtée plongée dans la pénombre. Dans le lit voisin, Laurent de Beaumont sommeillait, la poitrine barrée par un pansement, la tête détournée de son adversaire. Personne d'autre pour la surprendre à cette heure… Emportant la chandelle, elle gagna l'office et se dirigea vers un coffre haut, flanqué d'une serrure ancienne, dans lequel elle gardait ses ingrédients médicinaux les plus précieux. Elle ouvrit la serrure, puis s'empara d'un coffret qu'elle déverrouilla cette fois à l'aide d'une clef curieusement ouvragée qui ne la quittait jamais. Un flacon pyramidal de verre bleu serti d'une curieuse dentelle de fils d'argent apparut à la lueur de la bougie. Une image, furtive, passa devant les yeux de l'infirmière. Albrante se trouvait au milieu des bois où elle ramassait en toute hâte des mousses pour un cataplasme, le lendemain du jour où on leur avait ramené la mère de Philippine, grièvement blessée.

— Cet élixir possède un pouvoir à nul autre pareil. Quatre gouttes pour fortifier, une cuillère pour régénérer, une rasade pour guérir. Utilise-le chaque fois que tu en sentiras l'utilité. Lorsqu'il sera vide, je reviendrai le chercher, lui avait dit la sorcière en le lui confiant.

Personne n'en avait rien su.

Ce jour-là, pourtant, la vie d'Albrante avait basculé.

L'infirmière s'en retourna sans plus attendre auprès de Philibert de Montoison. Dans d'autres circonstances, elle aurait dès le premier jour laissé la nature faire son office, mais elle refusait que Philippine porte à jamais la culpabilité de son trépas. Elle déboucha le flacon, et lui ouvrit la bouche en lui pinçant les joues. Quelques gouttes coulèrent au fond de sa gorge. Elle attendit. Une minute, deux, un doigt boudiné contre la carotide. Il n'en fallut pas davantage pour que le rythme cardiaque s'apaise et que l'homme retrouve quelques couleurs.

Cinq coups résonnèrent à la cloche de l'église. Dans une heure, le premier office de la journée serait célébré. Albrante renonça à se recoucher et s'en fut ranger son flacon.

Cela faisait cinq jours à présent que Laurent de Beaumont et Philibert de Montoison s'étaient affrontés sur le tertre de l'abbaye.

Cinq jours que le courrier à l'intention du baron Jacques de Sassenage était parti sans bien savoir où se trouvait ce dernier.

Cinq jours aussi que Philippine attendait son père dans sa geôle, acceptant sa punition avec plus de rigueur encore qu'on ne lui en imposait. La grande abbesse avait ordonné qu'aucune nouvelle des deux hommes ne lui soit donnée, afin qu'elle use son repentir dans le doute. Philippine n'en avait pas demandé. Elle passait ses journées en prière, la peau écorchée à force d'être agenouillée face au mur et au crucifix qui l'ornait. Lorsqu'elle se retrouvait engourdie au point de vaciller sur ses talons repliés, elle s'allongeait sur sa paillasse et se mettait à pleurer, non sur elle-même, mais sur le sort qu'elle avait fait à ses prétendants. Lorsqu'elle n'en pouvait plus de pleurer, elle s'endormait. À son réveil, tout recommençait. Elle ne toquait à sa porte que si la nécessité l'y obligeait, pour changer sa chandelle, vider son bassin d'aisance ou faire remplir son pichet. Une converse entrait alors et récupérait l'un ou l'autre que Philippine avait placé sur le côté du chambranle afin qu'elle n'ait pas à s'avancer plus avant dans la pièce. Pas une fois elle ne lui avait offert son visage. Pas une fois elle n'avait prononcé un mot.

Ne sachant pas quand le baron Jacques viendrait la chercher, l'abbesse avait levé le jeûne pour qu'elle ne tombe pas malade. Mais Philippine n'avait plus le goût de manger. À ses vêtements qui flottaient autour de ses hanches, on pouvait aisément deviner qu'elle avait maigri.

Cinq jours, songea sœur Albrante à laquelle une des converses, effrayée par son état morbide, s'était confiée.

C'était plus qu'elle ne voulait le tolérer.

— Comment vont-ils ? demanda l'abbesse, la voix basse, en s'approchant des lits près desquels sœur Albrante, qui l'attendait, avait repris son poste de veille après la messe.

— Mieux pour Laurent de Beaumont. Mais je suis inquiète pour Philibert de Montoison. Cette nuit, sa voix m'a éveillée en sursaut. Je me suis précipitée, certaine de le trouver conscient. Son état m'est apparu stationnaire, mais du sang frais avait imprégné son bandage crânien.

— Vous aurez rêvé.

— C'est ce que j'ai pensé. Je n'en suis pas si sûre. Si vous voulez me suivre, madame, nous serons plus à l'aise à côté pour parler, l'invita sœur Albrante en se levant de son tabouret.

L'abbesse abandonna les convalescents à leur repos et lui emboîta le pas. La porte de l'office se referma sur les deux femmes.

— Bien qu'abruti par les drogues que je lui administre, Laurent de Beaumont m'a affirmé ce matin avoir lui aussi entendu la voix du chevalier.

L'abbesse grimaça. Cela n'augurait rien de bon.

Elles s'attablèrent face à face sur un banc de bois et nouèrent d'un même geste leurs avant-bras sur le plateau de chêne encombré de mortiers de buis et de bocaux de toute nature. Atténué par le vitrail de la fenêtre, un mince rayon de soleil caressa leurs mains sèches.

— Philibert de Montoison vous aurait-il donné d'autres raisons d'être en nos murs ? Des raisons qui l'auraient suffisamment mis en peine pour provoquer une nouvelle hémorragie ? demanda sœur Albrante.

— Rien que vous ne sachiez.

— Peut-être alors serait-il judicieux de fouiller ses affaires.

L'abbesse l'enveloppa d'un œil réprobateur.

— Vous oubliez de qui nous parlons, ma sœur.

— Ne vous semble-t-il pas étrange qu'un Hospitalier s'en vienne séjourner en nos murs, sans même un cheval de bât et un écuyer ?

L'abbesse s'accorda un instant de réflexion. Prise dans le cours tragique des événements, cette pensée ne l'avait pas effleurée.

— C'est en effet curieux, admit-elle, mais cela ne nous regarde en rien.

— Au contraire, madame. J'ai la responsabilité et le devoir de sauver ce chevalier, et tout ce qui me permettrait de le faire présente un intérêt.

— Je vais y songer, décida l'abbesse en se redressant.

— Je n'ai pas terminé, assena sœur Albrante.

Leurs regards se rencontrèrent. Celui, déterminé, de l'infirmière força l'abbesse à se rasseoir. Albrante souleva un pichet et remplit deux gobelets d'eau fraîche. Elle en poussa un devant l'abbesse et avala une gorgée du sien. Pour ce sujet-là qui lui faisait soudain la gorge sèche, elle avait besoin de s'éclaircir la voix.

Dédaignant de boire, l'abbesse croisa de nouveau ses doigts noueux et attendit, la pensée prisonnière malgré elle de ce que venait de lui soumettre Albrante.

— Il s'agit de Philippine, se décida la sœur infirmière.

L'abbesse sursauta. Une bouffée de chaleur lui empourpra le visage. Ses paumes s'ouvrirent et se posèrent sur le bois de la table.

— L'affaire est close, dit-elle d'un ton sec en prenant appui de ses mains pour se lever, bien décidée cette fois à quitter la pièce.

— Rasseyez-vous, Isabelle ! ordonna sœur Albrante.

L'abbesse devint écarlate.

— Comment osez-vous ? demanda-t-elle, courroucée.

Elle se tenait droite, coincée encore entre le banc qu'en son élan elle avait repoussé et le plateau de la table. Albrante lui fit face de même.

— J'ose du droit d'assistance qui me mit autrefois au service de cette communauté.

L'effort que faisait l'abbesse sur elle-même pour se contenir était visible. Elle y parvint pourtant et articula d'une voix sèche :

— Je vous écoute.

— Si Philippine refuse encore de s'alimenter, sa vie sera en danger…

La mâchoire crispée par la colère, l'abbesse ne releva pas. La rage emporta sœur Albrante :

— Alors quoi, vous la préférez morte plutôt que de lui pardonner ?

Elles s'affrontèrent un instant dans un silence si pesant qu'elles semblaient prêtes à s'empoigner. Ce fut sœur Albrante qui céda la première.

— Vous ne changerez jamais, n'est-ce pas ? Pétrie d'orgueil et de suffisance jusqu'au tombeau. Faudra-t-il donc que je vous rappelle nos obligations vis-à-vis de Jeanne de Commiers ?

— Taisez-vous, sursauta l'abbesse, la voix blanche.

— L'heure n'est pas à la querelle et je n'en cherche pas. Vous voulez sauver l'âme de Philippine, moi je veux la guérir en entier.

L'abbesse hocha la tête. Vaincue.

— Que voulez-vous ?

— Que Philippine m'assiste. Sa punition n'en sera pas allégée pour autant. S'occuper de ceux-là mêmes qui se sont entre-tués pour elle lui sera plus difficile encore que de prier. Mais au moins pourrai-je veiller à ce qu'elle en tire leçon sans s'abîmer dans la mélancolie.

L'abbesse se dirigea vers la porte sans que cette fois sœur Albrante songe à la retenir. À l'instant d'actionner la clenche, elle se retourna vers l'infirmière.

— Avez-vous des remords parfois ?

— Chaque jour depuis que c'est arrivé, mais j'ai trouvé en moi la force de me pardonner.

— Je croyais, moi, les avoir dépassés, avoua l'abbesse avant de sortir, les épaules voûtées.

— On n'oublie jamais le mal que l'on a fait, murmura Albrante pour elle-même, en se levant à son tour pour retourner à sa veille.

Ajoutant encore à sa charge, elle trouva une des moniales qui l'attendait sur un banc, une main plaquée sur son bas-ventre. À peine salua-t-elle l'abbesse qui sortait de l'hospice, pâle et défaite dans sa dignité.

— Menstrues ? demanda seulement Albrante en s'approchant de la malade. Celle-ci hocha la tête, et Albrante s'en fut lui chercher un remède tout en se fustigeant de se sentir si lasse quand elle venait de remporter la bataille qu'elle avait déclenchée.

5.

Philippine était recroquevillée en position fœtale sur sa paillasse. Elle souffrait depuis la veille de maux d'estomac, si violents ce matin qu'elle n'avait pas trouvé le courage de seulement se lever pour boire. Appeler à l'aide ne lui vint pas à l'idée. Elle aurait voulu vomir, comme elle s'y était obligée à deux ou trois reprises, pour se dégager du dégoût qu'elle s'inspirait, mais la force lui manquait. Elle pleurait en silence, les mains plaquées sur son ventre. Les cauchemars qui habitaient sa conscience lorsqu'elle dormait ne la quittaient plus. Tels des revenants, ils erraient dans la pièce autour d'elle. Chaque bruit lui rappelait le cliquetis de l'acier, le grondement de l'orage. Chaque odeur, sa sueur comprise, la ramenait à celle des deux hommes sur le tertre. Leur danse macabre s'enroulait autour d'elle. Elle s'y était laissé entraîner en punition. Elle en était devenue prisonnière dans sa folie destructrice.

De sa gaieté naturelle, de sa joliesse, de son regard chargé de malice, il ne restait rien. Son visage s'était émacié, ses yeux étaient cernés d'anthracite, ses lèvres et son nez pincés retenaient un souffle court et, malgré ses couvertures, elle grelottait dans la froideur souterraine de sa cellule. Mourir lui semblait la seule échappatoire à sa détresse, à sa honte.

Parfois, elle se surprenait à demander pardon à sa défunte mère, puis se fustigeait. Le tort qu'elle avait fait à sa mémoire était indélébile. Qui était-elle pour espérer pouvoir s'en sauver ? Le diable avait soufflé sur son âme pour la salir, qu'à cela ne tienne, elle refusait de vivre encore dans son péché. Le purgatoire, tel qu'on le lui avait enseigné ici, à Saint-Just, lui semblait préférable aux flammes d'un enfer dans lequel, de toute évidence, elle finirait par se jeter si elle survivait. Au moins, là-haut, auprès du Seigneur, pourrait-elle peut-être lui échapper.

Sur les murs de pierre, la lueur de la chandelle avait l'allure d'un bûcher.

Une crampe la plia plus encore et un gémissement lui échappa. Satan se plaignait, captif dans ses entrailles vides. Philippine serra les dents. Qu'il la brûle, la tenaille, la transperce, peu importe ! Elle ne lui céderait plus, ne le laisserait pas s'échapper. Au moment de mourir, elle ne serait pas damnée.

Elle n'entendit pas la porte s'ouvrir, ni les pas s'approcher. Elle sentit juste la main sur son épaule qui voulait la forcer à se retourner. Elle la repoussa d'une poigne ferme, les yeux clos sur son délire.

— Jamais, grinça-t-elle, imaginant qu'un démon voulait l'emporter.

L'abbesse blêmit en la découvrant ainsi prostrée. Elle n'avait pas voulu voir, savoir, entendre. Elle s'accroupit au chevet de la jeune demoiselle de Sassenage, bouleversée et coupable à son tour. Comment avait-elle pu se laisser aveugler par son orgueil alors même qu'au dernier étage de sa tour…

— Philippine, mon enfant, murmura-t-elle, la voix éraillée.

La jouvencelle se recroquevilla plus encore.

L'abbesse la secoua d'une main ferme :

— Regardez-moi, Philippine, au nom du Seigneur tout-puissant, REGARDEZ-MOI ! hurla-t-elle, recouvrant d'un coup sa fermeté.

Elle seule, telle que Philippine la connaissait de froideur et de rigidité, pouvait la ramener.

Philippine se débattit un instant encore, jusqu'à ce que les paroles de l'abbesse parviennent à son subconscient, et lui rappellent qu'elle lui devait obéissance et respect. Elle ouvrit les yeux, tourna la tête et reconnut sur son épaule les doigts noueux aux ongles courts et striés.

— Est ce vous, madame ? demanda-t-elle d'une voix craintive.

— C'est bien moi, ma fille, s'adoucit l'abbesse.

Elle l'attira vers elle et Philippine roula sur le dos, ramenant ses genoux sur son ventre, tant le spasme la tordait. La main qu'elle avait crispée sur son estomac s'accrocha à celle de l'abbesse, comme un refuge.

— C'est fini, ils sont saufs, et vous l'êtes aussi. Votre punition est levée, Philippine.

La douleur quitta le visage tourmenté de la jouvencelle.

— Mon père est-il arrivé ?

— Pas encore. Je vais vous faire porter de l'eau pour votre toilette, une robe propre, et du brouet… que vous mangerez. Cela suffira, je pense, à calmer vos aigreurs. Il est probable que vous aurez la nausée, voire des vomissements, après, c'est sans importance. Il faut que votre corps réapprenne ce que vous avez voulu lui faire oublier.

— Oui, madame, accepta Philippine, soumise.

— Lorsque vous serez prête, vous vous rendrez à l'hospice. Sœur Albrante vous y réclame.

Un voile de panique balaya de nouveau les prunelles de la damoiselle. Elle blêmit et se remit à trembler.

— Je ne pourrai pas, balbutia-t-elle.

— Bien sûr que si. Ressaisissez-vous, mon enfant, c'est un ordre.

Philippine hocha la tête.

— Votre rédemption est à ce prix, ajouta l'abbesse dans un sourire réconfortant avant de sortir de la pièce, sans se retourner.

Elle avait fait ce qu'elle devait.

Positionnée entre les deux lits, sœur Albrante aidait Laurent de Beaumont à se maintenir sur le côté lorsque Philippine entra. Lui tournant le dos, le jouvenceau toussait dans un sifflement détestable. Philippine n'eut pas le temps d'en être effrayée. Sa nature charitable la précipita sans qu'elle le décide. Elle s'agenouilla derrière lui à même les draps et le maintint dans la position où l'infirmière l'avait mis. Abruti par la liqueur de pavot qu'on lui faisait prendre toutes les deux heures, Laurent de Beaumont était un poids mort, et sœur Albrante, visiblement, peinait.

— Te voici enfin, l'accueillit-elle dans un sourire. Il était temps, je n'en puis plus.

Philippine hocha la tête, la gorge soudain serrée.

Elle venait de se rendre compte que ce dos large et puissant, bandé par le travers et couvert d'ecchymoses, était celui d'un des hommes dont elle s'était jouée. Un vertige la saisit qui la fit basculer en arrière. La main d'Albrante la rattrapa.

— Eh bien, eh bien, mon Hélène, la tança-t-elle, pas de ça ici…

Philippine la regarda sans comprendre quel était ce surnom qu'elle lui donnait. Son malaise s'estompait.

— Pardon, dit-elle, la digestion sans doute.

— Va respirer un peu de menthe, lui conseilla Albrante, tandis que Laurent de Beaumont achevait de s'époumoner et expectorait un petit caillot de sang.

Philippine s'écarta du lit. Il y retomba, les yeux clos, cadavérique, un filet de bave rougeâtre à la commissure des lèvres. La damoiselle porta les mains à sa bouche et détala à l'extérieur. À peine eut-elle vomi son déjeuner près d'un bosquet de verveine que l'envie de fuir la saisit. S'il n'y avait eu les moniales qui, face à elle, s'apprêtaient à pénétrer dans l'église, Philippine y aurait sans doute cédé. Au lieu de cela, consciente qu'elle était une fois de plus un bien piteux exemple pour ses cadettes, elle s'essuya d'un revers de manche et rentra en courbant la tête. Sœur Albrante la cueillit sur le seuil, lui passa un bras sous l'aisselle et l'accompagna à l'office.

— Il va falloir t'endurcir. Comme tu peux le constater, nos amis ne sont pas encore debout, et je compte sur toi pour me seconder à leur chevet.

— La révérende mère m'avait dit… commença Philippine, qui tituba jusqu'à la table.

Ses jambes lui obéissaient à peine.

— Est-elle infirmière ? coupa Albrante. Moi seule ici peux dire qui va ou ne va pas. Tu vas. Ils ne vont pas. C'est ainsi que sont les choses.

— Vous vous trompez, ma sœur, je ne vais pas, la contredit Philippine en se laissant choir sur le banc où tantôt la grande abbesse s'était emportée.

Barrant la porte, Albrante récupéra dans l'armoire le flacon bleu de la sorcière. La faiblesse de Philippine justifiait son usage. Elle en versa trois gouttes dans une cuillère qu'elle lui mit sous le nez.

— Avale ceci au lieu de dire des sottises. Dans deux minutes, il n'y paraîtra plus. Et garde-toi de confier à quiconque ce que tu as goûté.

Philippine grimaça au contact du liquide brunâtre sur son palais.

— C'est bien amer, dit-elle en s'ébrouant comme un cheval.

Albrante partit d'un rire clair.

— Faudrait-il donc encore que les remèdes aient bon goût ? Point non, mon Hélène, ou, par tous les saints du paradis, cet hospice ne désemplirait jamais !

Une chaleur bienveillante fit rosir les joues de la damoiselle, gagna sa nuque, descendit sur ses épaules, puis petit à petit jusqu'à ses pieds. Elle se prit à sourire. Sœur Albrante lui faisait face, de la tendresse plein les yeux, une fesse posée sur le bois de la table, les mains l'une dans l'autre, comme à son habitude lorsqu'elles se trouvaient ensemble auparavant.

— Je me souviens, dit-elle, ragaillardie. J'y ai déjà goûté.

— C'est vrai.

— C'était juste après la mort de maman, à notre arrivée ici. Cet endroit aux murs si hauts, si épais, semblables à ceux d'une prison. L'odeur de l'encens, partout. Je me souviens d'un malaise sur son gisant. C'était la première fois que je vous rencontrais, ma sœur. Vous aviez dit que le temps viendrait à bout de ma peine.

— Et je te le répète, assura l'infirmière. Il vient à bout de tout. Mais tu m'as causé bien du tourment, sais-tu ?

— Je n'en suis pas fière, avoua Philippine sans détourner son regard.

— Je ne parlais pas d'eux, mais de toi, de cet état dans lequel tu t'es mise. Avais-tu besoin de te laisser dépérir de la sorte pour ces deux-là ? la gronda-t-elle.

Philippine écarquilla les yeux. Elle ne s'attendait pas à ce discours. Sœur Albrante agita ses mains comme des battoirs.

— N'en tire pas pour conclusion que j'excuse ton attitude à leur égard, damoiselle, point non, mais tout de même, mourir pour si peu, à ton âge, tss, tss, tss…

— Si peu, bégaya Philippine, Laurent de Beaumont est si blanc…

— Non, Laurent de Beaumont va mieux. Je ne peux en dire autant de Philibert de Montoison, qui me fait souci, mais ces deux-là se seraient battus pour toi ou pour une autre. Il est dans le tempérament des hommes de ce temps de se tâter de l'épée à la moindre occasion pour prouver leur valeur. Ils me font penser à des cerfs devant une biche, tiens…

— Vous êtes bien bonne, ma sœur, de vouloir adoucir mon fardeau, mais je le sais bien que tout est de ma faute, murmura Philippine.

— Rien n'est jamais seulement blanc ou noir. Tu apprendras la mesure, tu verras. Pour l'heure, il convient que tu te débarrasses de ce sentiment de culpabilité, bien inutile à présent, et m'assiste dans ma tâche. T'en sens-tu capable ?

— Je m'y emploierai.

— J'y veillerai. Bien sûr, tu ne verras personne d'autre que moi et nos querelleurs.

— Bien sûr.

— À la bonne heure.

Sœur Albrante reprit la cuillère et retourna y verser deux gouttes supplémentaires avant de boucler le flacon dans l'armoire.

— Allons, dit-elle en revenant vers la jouvencelle, plus, ce serait de la gourmandise.

— Je m'en voudrais, ma sœur, assura Philippine en prenant l'élixir sur le bout de la langue, le nez pincé.

— En voilà des manières quand on voudrait à coup sûr m'en arracher le secret !

— Avec moi, il sera bien gardé !

— Tant mieux, mon Hélène, car avant que ton père ne s'en vienne te chercher, j'ai l'intention de t'en confier quelques-uns.

Philippine la fixa d'un œil soupçonneux, puis, devinant qu'elle ne plaisantait pas, se leva pour la biser sur la joue avec tendresse. Depuis qu'elle était arrivée à l'abbaye, c'était ici, auprès d'elle, qu'elle s'était toujours sentie le mieux.

— Allons, à présent il me faut te donner en détail les consignes de soins pour ces damoiseaux sans cervelle.

— Une chose encore, demanda Philippine en lui emboîtant le pas, parfaitement remise à présent. Pourquoi m'appelez-vous Hélène ?

Sœur Albrante eut un sourire triste. La vérité était une épine en son cœur. Elle avait juré. À la sorcière. À Jeanne de Commiers. Rendre à Philippine sa véritable identité le jour où elle serait en âge de convoler. Sans révéler les raisons qui en avaient décidé. Elle se drapa dans un mensonge de circonstance.

— « Prenez soin de mon Hélène, m'avait demandé ta mère, sa beauté surpassera celle des autres et le nom de Philippine sera bien fade alors à son teint. » Le moment est venu de se conformer à ce testament, ma toute-petite, car je le prédis et il faudra t'y préparer : ils seront nombreux sur ton chemin à vouloir te posséder.

6.

Au pied des falaises du Vercors, le village de Sassenage s'alanguissait sous la chaleur orageuse. Août s'y étirait comme un chat paresseux. Des enfants s'aspergeaient, torse nu et les pieds enfoncés dans le limon des berges du Furon. Le torrent roulait vers l'Isère en contrebas et le pont l'enjambait de ses rondins de bois. Sur la rive opposée aux ébats joyeux des jouvenceaux, des pierres plates servaient de lavoir naturel. On y battait des draps tour à tour ramenés de l'onde vive et frottés de cendre, le rire aux lèvres, et le regard sur les marmots qui laissaient le courant emporter leurs embarcations d'écorce. Au loin, vers Grenoble, la chaîne des Alpes, majestueuse avec ses pics aux neiges éternelles, se découpait dans un azur sans tache.

Le temps semblait suspendu jusqu'en la rue principale du village où, devant une des maisons basses en pierre, assis sur un banc et adossés au mur, la nuque renversée, la bouche ouverte et édentée, deux vieillards somnolaient côte à côte. Dans une encoignure, des chenapans les guettaient en complotant autour d'une farce. À leurs pieds nus, gâtés et sales, des poules picoraient quelque nourriture invisible, indifférentes à leur manège.

Elles se dispersèrent pourtant en caquetant au moment où les drôles sursautèrent, surpris du bruit d'un galop qui s'approchait. Abandonnant aussitôt leur veille auprès des ancêtres, ils coururent en bande de six jusqu'au pont, avant de se disperser au passage d'un coursier qui le traversa en criant gare. Les deux vieillards réveillés tout à fait eurent à peine le temps de ramener leurs pieds sous le banc, que le cavalier passait devant eux à vive allure, traversait les maisons du bourg, longeait l'église et s'en allait en direction du castel, enveloppant d'un nuage de poussière grise les habitants aussi surpris qu'inquiétés.

Dans la salle de réception du château, appliquée, Algonde astiquait l'argenterie lorsque, alertée à son tour par le galop, elle vit, au travers de la fenêtre ouverte, le cavalier immobiliser son cheval écumant des naseaux et sauter à terre. Sa curiosité éveillée, la jouvencelle abandonna sa corvée pour se pencher à la croisée.

– J'ai un bref urgent à remettre au baron Jacques de Sassenage, l'entendit-elle expliquer à un soldat, deux étages en dessous d'elle, avant qu'il s'engouffre dans le château.

Espérant de toutes ses forces que cette nouvelle amorcerait le départ de dame Sidonie et de sa détestable chambrière, elle s'amusa de voir Mathieu accourir l'air de rien pour s'enquérir du visiteur auprès du portier. Ne résistant pas à l'envie de le chahuter, elle attendit qu'il fût placé à sa portée, attrapa un pichet où traînait un fond d'eau et le déversa d'un coup.

– Bougre de bougre de bougre, tempêta Mathieu en sursautant, les cheveux et les épaules trempés d'un coup.

Le rire du garde fusa, qui accentua sa colère. Le jouvenceau leva les yeux en même temps que le poing, et se heurta au visage facétieux d'Algonde, qui avait croisé les bras sur le rebord, après avoir prestement reposé le broc.

— Bigre, quelle averse soudaine ! Mon pauvre Mathieu, te voilà tout embistrouillé, ma parole. À croire que le ciel te trouvait trop échauffé, se moqua-t-elle.

— Ris donc, ris donc, tu ne perds rien pour attendre ! fustigea-t-il la jeune fille, plus vexé qu'on se moquât de lui alentour que véritablement fâché contre elle.

Pour tout argument, elle lui tira la langue et referma la croisée. Sa farce accomplie, elle avait mieux à faire.

Ramassant les hanaps qu'elle avait achevé de nettoyer, elle s'empressa de les boucler dans un coffre, puis gagna l'étage supérieur par l'escalier à vis. Par la porte qu'on avait négligé de refermer et qui béait sur le palier, elle avisa le cavalier qui remettait le bref au baron Jacques. Jugeant qu'elle se trouvait encore trop loin pour bien entendre, perturbée par les bruits du dessous, elle s'avança hardiment pour se glisser derrière le battant. À quatre pattes dans un angle, elle sortit son chiffon de sa manche pour se donner une contenance et tendit l'oreille.

— C'est votre intendant qui m'envoie. Il a jugé que cela pouvait être urgent, ajoutait l'homme tandis que le baron faisait sauter le cachet de cire et dépliait le parchemin.

— Qu'est-ce donc ? demanda Sidonie en levant les yeux de sa broderie pour les tourner vers Jacques.

Il ne répondit pas, tout absorbé par sa lecture, mais, à sa mine, elle jugea que l'affaire était grave. Sans attendre, elle rangea son ouvrage dans le panier où reposait le reste de son nécessaire, quitta son fauteuil placé à côté de celui de Marthe, qui cousait de même sous une des fenêtres, et s'avança vers le coursier.

— Allez donc vous sustenter en cuisine, mon brave.

Un franc sourire se dessina sur le visage de l'homme. Il remercia Sidonie, s'acquitta d'une courbette et tourna les talons.

Algonde baissa un peu plus la tête et s'activa à frotter rudement, le cœur battant la chamade, tandis que l'homme descendait l'escalier. La prudence eût voulu qu'elle lui emboîte le pas, mais elle se convainquit que, s'il n'avait pas fait attention à elle, elle risquait de se faire prendre à bouger. À la crainte du danger s'ajoutait l'excitation de son indiscrétion. Elle mordit sa lèvre, retint son souffle et suspendit son geste. L'écran de bois que lui offrait le battant de la porte émoussait les voix, et elle devait être vigilante pour ne rien rater.

— Un ennui, mon aimé ? demanda Sidonie en posant une main délicate sur le poignet du baron.

Ce dernier consentit enfin à lever les yeux sur elle. La tristesse qu'elle vit dans son regard gris lui poignarda le cœur.

— Il s'agit de Philippine, révéla-t-il.

Sidonie blêmit à son tour tandis qu'il lui tendait la lettre. Il ne lui laissa pourtant pas le temps de la parcourir et enchaîna :

— Deux hommes se sont battus en duel pour elle devant l'abbaye. Ils sont entre vie et mort. La grande abbesse prétend que c'est Philippine qui les a incités à cette échauffourée par des pratiques indignes des bonnes mœurs, lâcha-t-il d'une voix morte.

Le rouge de l'indignation monta aux joues de Sidonie.

— Je n’en crois pas un mot, trancha-t-elle en déposant le bref sur une petite table qui, à quelques pas de là, supportait un chandelier.

Elle se tourna vers Marthe :

— Descends prévenir le coursier que nous aurons besoin de lui avant longtemps et referme la porte sur toi.

Sidonie attendit que sa chambrière se fût exécutée pour se rapprocher de Jacques et glisser entre les doigts qu’il avait croisés sur ses reins une main secourable.

Fuir aurait été pire. Algonde s’était réconfortée un instant de l’idée que, comme le cavalier, Marthe serait descendue sans se douter de sa présence. Il n’y fallait plus compter. Elle s’appliqua à donner le change en astiquant le parquet, mais à peine Marthe les eut-elle isolées qu’elle se sentit découverte.

Algonde fit semblant de ne pas s’en inquiéter, le nez rasant le sol, mais la douleur lui fut soudain si vive qu’elle hurla. Protégée du bruit par l’épaisseur de la porte, Marthe s’était penchée brusquement au-dessus d’elle pour lui empoigner la natte à hauteur de la nuque et la forcer à se redresser.

— Regardez donc quelle vilaine souris je viens de prendre. N’en as-tu pas assez de te trouver dans mes griffes ? grinça-t-elle en tirant plus fort.

Algonde eut l’impression qu’elle lui arrachait le cuir chevelu. Elle porta instinctivement les deux mains à sa nuque, bien décidée à se défendre.

— Lâche-moi ! rugit-elle, en pivotant pour se dégager.

— Tais-toi donc, mauvaise bête, renchérit Marthe à mi-voix, ou je te fais battre pour avoir voulu espionner.

— Je n’espionnais pas et je ne me tairai pas ! décida-t-elle en haussant exagérément le ton.

Cette fois, quoi qu'il advienne, elle ne se laisserait pas humilier. La cruauté du regard de la chambrière qui s'acharnait sur elle la rendit enragée. La porte s'ouvrit sur Sidonie, intriguée par son éclat, au moment où elle plantait ses dents dans l'avant-bras de l'infâme. Trop tard pourtant pour empêcher une gifle retentissante de lui cingler la joue.

— Petite garce, vas-tu en finir ou faudra-t-il que je te…

Marthe n'acheva pas. La main qu'elle avait levée pour frapper encore demeura suspendue en l'air par la poigne de Sidonie.

— Il suffit !

Le bras retomba.

— Je l'ai surprise en train d'écouter aux portes.

— Est-ce vrai, Algonde ?

— Quel intérêt aurais-je ? mentit la jouvencelle, d'autant plus effrontément qu'elle refusait de laisser la part belle à son bourreau.

Marthe ricana :

— Médire, parbleu ! Elle espionnait, je vous dis.

— Non. Je faisais briller le parquet que j'ai ciré hier, renchérit Algonde en récupérant son chiffon avant de se redresser.

Elle le brandit comme preuve et ajouta :

— J'allais redescendre, mon ouvrage achevé, quand cette furie m'a agressée.

— As-tu entendu ce qui se disait ? demanda Sidonie.

— J'étais à mes pensées, Votre Seigneurie… commença la jouvencelle avant de se reprendre, gagnée par le souvenir de ce qu'elle avait perçu : réfuter l'évidence aurait plus sûrement trahi ses intentions.

— … mais la porte était ouverte et vous sembliez en peine.

Marthe jubila :

— Là, voici enfin, garce.

— Je ne suis pas une intrigante, lui rétorqua Algonde.

Sidonie en eut assez. Elle était suffisamment en souci pour se laisser distraire plus longtemps. Elle balaya leur querelle d'un geste de la main avant de se tourner vers Marthe :

— Hâte-toi.

Marthe foudroya encore Algonde d'un regard terrible avant de dévaler l'escalier en relevant ses jupes.

— Puis-je disposer, Votre Seigneurie ? demanda Algonde, espérant s'en tirer de même.

— Envoie-moi ta mère, décida Sidonie en se détournant.

Avant qu'Algonde ait pris la mesure de ce que cela pouvait sous-entendre, la porte s'était refermée sur elle. Sidonie avait rejoint Jacques.

Algonde descendit les marches en traînant des souliers, le cœur lourd. À cause de sa sottise, on allait renvoyer sa mère, c'était sûr. Elle songea à retourner auprès de sa maîtresse pour s'accuser de mensonge, et supplier qu'on ne punisse pas l'intendante à sa place, mais elle n'en eut pas le courage. Cela n'aurait fait qu'aggraver son cas. Autant tout raconter à sa mère et lui demander pardon de son inconséquence, avant de faire son maigre bagage.

Le visage rieur de Mathieu passa devant ses yeux humides, balayé par celui de Mélusine, et un rire aigri lui échappa : de toute évidence, la fée s'était méprise sur son compte.

Elle haussa les épaules. Quelle importance désormais ? Lorsqu'elle parvint à la cuisine où elle savait trouver sa mère, elle se retrouva nez à nez avec Marthe qui en sortait, son message délivré au coursier.

— Je finirai bien par t'écraser, lui souffla la chambrière, haineuse.

Algonde s'offrit le luxe de la braver encore d'un rictus de défi, mais son regard dut trahir sa détresse car Marthe ajouta, perfide :

— Mais peut-être est-ce déjà fait…

Dans les cuisines du château, on s'activait en tous sens à la préparation du repas. Des odeurs de viandes rôties le disputaient au fumet des tourtes qui cuisaient sous la cendre. Sur un billot, une volaille tout juste plumée attendait qu'on vienne la fagoter pour la pendre au-dessus des braises, à côté de la potée qui y mijotait déjà. D'ordinaire, Algonde aimait à traîner dans cet endroit pour le seul plaisir des parfums qui s'y mélangeaient. Sa gourmandise y trouvait toujours quelque fond de crème que lui gardait maître Janisse.

Elle le vit justement qui discutait avec sa mère à quelques pas du cavalier attablé devant sa pitance. Gersende, la mère d'Algonde, était ce qu'il convient d'appeler une maîtresse femme. Sévère mais juste, d'une honnêteté sans faille, attentive à chacun et de nature généreuse bien que disciplinée, elle était aussi grande qu'elle était ronde, et dépassait d'une tête le cuisinier auquel elle dictait ses ordres en les énumérant sur ses doigts boudinés. Gersende aurait pu se remarier à la mort accidentelle de son époux, mais elle avait préféré élever sa fille et se consacrer à son emploi d'intendante, jugeant que les hommes n'étaient bons qu'à faire des enfants et à tomber d'une toiture parce qu'ils avaient trop bu. Quand, comme son mari, ils ne levaient pas la main sur leur compagne ! De sorte qu'elle abordait ce jourd'hui la trentaine fière de son veuvage, mais plus encore de son métier et de sa fille dont chacun lui faisait éloge.

Sachant à quel point son inconséquence allait coûter à la naturelle bonhomie de sa mère, Algonde s'avança vers elle, la mine sombre et le pas traînant.

Ce fut maître Janisse qui l'aperçut le premier et l'accueillit comme à l'accoutumée :

— Te voilà donc, ma bécaroïlle !

Puis, se tournant vers Gersende :

— Quand je vous le disais qu'elle ne tarderait plus. Il suffit que je tourne mes œufs au lait pour qu'elle montre son nez.

Mais la bécaroïlle n'avait pas le cœur à rire. Comme le rouge-gorge dont on lui offrait le surnom, elle avait les ailes collées et se sentait bien incapable de les ouvrir pour s'envoler. Sa mère la couvrit d'un regard inquiet.

— Es-tu malade ? s'inquiéta-t-elle aussitôt, comme Algonde les rejoignait enfin.

— C'est vrai qu'elle a l'air chiffouillée, ajouta maître Janisse en frottant ses mains grasses sur son tablier.

— Il faut que je vous parle, mère, se lança Algonde, la gorge serrée.

— Cela ne peut-il attendre ? s'étonna Gersende.

Algonde secoua la tête, le regard suppliant. Maître Janisse éclata alors d'un rire clair.

— Allez-y donc, dame Gersende, chagrin d'amour empoisonne bien plus sûrement le ventre qu'une baie de laurier et on en meurt tout autant.

Gersende pinça les lèvres. Elle connaissait trop sa fille pour s'en laisser conter. Certaine que quelque chose de grave venait d'arriver, elle la suivit d'un pas pressé jusqu'en leurs appartements.

7.

— Vous m'avez fait mander, Votre Seigneurie, s'annonça Gersende.

Sidonie, tout autant que le baron Jacques penché sur son écritoire, avait l'air grave. Mais Gersende n'était pas de celles qui se dérobent à leurs responsabilités.

— Je tenais à vous prévenir de mon départ précipité, ma bonne Gersende ; je resterai absente une dizaine de jours tout au plus et reviendrai avec Philippine. Pouvez-vous lui aménager une chambre ? Je conçois que cela sera difficile compte tenu de l'exiguïté de ce château, mais elle a passé de longues années au couvent et il est indispensable qu'elle puisse s'isoler.

Au même instant, d'un geste qui manquait de détermination, le baron apposa sur sa lettre un cachet de cire, et son parfum âcre piqua le nez de Gersende. L'intendante planta son regard droit et humble dans celui de sa maîtresse.

— Souhaitez-vous que je rende mes appartements ?

— Quelle curieuse idée ! la faucha Sidonie en haussant les épaules. Vous y êtes installée avec votre fille, et vous déplacer toutes deux pour si peu de temps serait bien plus incommode. Je suis sûre que vous trouverez une autre solution. N'est-ce pas, Jacques ?

Sidonie pivota vers le baron. Il hocha la tête, visiblement accablé.

— Je ne saurais évidemment me passer de Marthe, aussi je compte sur votre Algonde pour servir de chambrière au baron durant mon absence, reprit Sidonie en revenant vers Gersende.

— Vous ne la fâchez donc pas ?

— Et pourquoi donc ?

— Pour son indiscrétion de tantôt…

Sidonie balaya ce souvenir d'un revers de main.

— Qu'elle tienne sa langue me suffira, assura-t-elle, avant d'ajouter pour clore l'entretien : Faites-moi porter une collation légère. Je déjeunerai sans attendre, et partirai dès que la charrette des bagages sera chargée. Le baron par contre se mettra à table comme à l'accoutumée.

— Je vais prévenir maître Janisse, de même que le palefrenier et le sire Dumas. D'ici une heure, vous pourrez vous mettre en route sous bonne escorte, assura Gersende avant de s'incliner en une courte révérence.

Avant de tourner les talons, elle ajouta, sincère :

— Je suis persuadée que votre Philippine sera heureuse chez nous. Je vous souhaite un bon voyage, dame Sidonie.

On la gratifia d'un sourire et Gersende sortit le cœur en paix. Dame Sidonie lui avait renouvelé sa confiance. Aussi intrigante que fût Marthe, elle n'avait pas réussi à la chasser de cette maisonnée !

Ses dernières larmes, Algonde les avait versées neuf ans plus tôt. Ce soir-là, comme trop souvent, son père était rentré du travail bien après le couvre-feu, ivre. Son œil fou avait balayé la pièce et Algonde avait eu peur. Il était trempé par la pluie qui battait la campagne et sentait le purin comme s'il avait roulé dans la fosse aux pourceaux qui voisinait leur masure. Gersende, discrète, lui avait servi la soupe. Il en avait avalé quelques cuillères avant de vomir dans son écuelle, plié en deux. Gersende s'était précipitée pour l'aider. Il l'avait repoussée violemment avant de se dresser, un couteau à la main. Algonde s'était aussitôt accroupie dans un coin, effrayée, les mains sur les oreilles, les yeux fermés. Lorsqu'elle les avait ouverts, elle l'avait vu courbé au-dessus de sa mère allongée à terre. Gersende le suppliait.

— Pas devant la petite…

Il n'était pas en état d'entendre. Il avait cogné des poings et des pieds avant de la traîner par les cheveux sur la paillasse et de se coucher sur elle. Algonde était restée terrée contre le coffre jusqu'à ce qu'il ronfle et que sa mère, tuméfiée, vienne la chercher. Au matin, le père ne se souvenait de rien. Il était parti à l'aube. La vie avait repris ses droits. Algonde avait passé la matinée à ruminer sa colère, jusqu'à ce qu'elle l'emporte. Elle s'était dirigée vers la maison voisine, sur le toit de laquelle son père travaillait à dresser une charpente. Elle voulait lui dire qu'elle n'en pouvait plus, qu'elle voulait retrouver son papa d'avant. Elle l'avait fixé depuis le sol. Debout sur une poutre, il buvait au goulot de sa gourde. Du vin. Comme toujours. Les poings d'Algonde s'étaient serrés de rage. L'envie qu'il tombe, là, mort à ses pieds. Dans les secondes qui avaient suivi, un épervier avait surgi de nulle part et s'était mis à tournoyer au-dessus de lui, avant de fondre en piquet. Le père avait été déséquilibré. La gourde lui avait glissé des mains. Elle s'était écrasée avant lui, éclaboussant Algonde. Gersende s'était précipitée, tandis que la voisine déjà l'entraînait, elle la bécaroïlle, loin de ce visage aux yeux vides qui, de nouveau, souriait.

Algonde avait eu la certitude que la mort avait délivré son père du démon qui le possédait. De fait, depuis quelques mois, il cherchait querelle en toute occasion et sans raison. Sa violence à l'égard des autres ne cessait d'empirer, de sorte qu'il avait réussi à se fâcher avec le village tout entier. Si Gersende n'avait pas été, comme sa mère et sa grand-mère avant elle, intendante du château de Sassenage, personne ne se serait dérangé pour son enterrement. Au lieu de cela, on était venu rendre au défunt un hommage de bon aloi qui avait fait douter Algonde des sentiments qu'elle lui portait. Ce père qu'elle avait détesté lorsqu'il levait la main sur sa mère, n'était-il pas au fond ce papa qu'elle avait aimé quand il lui fabriquait de jolis jouets ? Trop jeune pour faire la part des choses, elle en avait été troublée quelques semaines durant, jusqu'à ce qu'elle entende sa mère rire aux éclats. C'était la première fois qu'elle voyait Gersende avec ce visage-là. Leur complicité n'avait cessé de croître depuis, tout comme sa gaieté et son espièglerie naturelles.

Du coup, face à la tristesse qui la submergeait ce jourd'hui, Algonde était démunie. La seule idée de devoir quitter ce château, cette vaste pièce même où sa mère avait été logée à dater de son veuvage, la désespérait. Elle éprouvait ce sentiment détestable d'être l'instrument du malheur de Gersende, comme son père, autrefois, l'avait été. Elle s'en voulait amèrement. Non pas d'avoir espionné dans l'espoir de voir Marthe quitter la contrée, mais d'avoir été prise et jugée. Elle savait au fond d'elle qu'elle n'avait rien fait de mal. Ses larmes n'en finissaient plus de couler sur son oreiller. Au point qu'elle n'entendit pas Gersende pousser la porte du logis, traverser la pièce principale et écarter la courtine qui séparait leurs lits.

— Eh bien, eh bien… dit la voix de sa mère en même temps qu'elle posait une main entre ses omoplates secouées de sanglots.

Algonde releva la tête et attendit à peine que Gersende s'asseye à ses côtés sur la courtepointe pour se jeter dans ses bras.

— Oh ! pardon, pardon, pardon, mère, hoqueta-t-elle.

— Et de quoi, tudieu ? D'être plus habile que Marthe ?

La légèreté du ton ourlé de tendresse fit redresser la tête de la jouvencelle. Son regard se perdit dans celui, serein, de Gersende.

— Ne sommes-nous pas renvoyées ? demanda Algonde entre deux reniflements.

Gersende secoua la tête. Algonde lui opposa un pâle sourire, le cœur hésitant encore entre le soulagement et la crainte.

— Mais dame Sidonie ?

— Me prévenait de son départ avec cette garce.

La face d'Algonde s'éclaira. Son naturel reprit le dessus. D'un revers de manche, elle balaya prestement ses paupières gonflées et humides.

— Ne vous a-t-elle pas réprimandée ? insista-t-elle pourtant, craignant que sa mère n'omette de lui parler de sa punition pour ne pas l'accabler davantage.

— Ni toi ni moi, ma bécaroïlle. Bien au contraire, te voici promue chambrière du baron, qui me semble bien ennuyé des frasques de son aînée, Philippine.

— Moi, chambrière du baron ?

La surprise arrondit les yeux d'Algonde. Attendrie par l'ampleur de son tourment, sa mère essuya une larme rebelle dans le sillage du nez droit et fin.

— Jusqu'au retour de l'autre, mais je compte sur toi pour faire tant et si bien qu'il conseille à notre dame de te garder à la place de Marthe.

— Et vous quitter ? Vous n'y pensez pas, mère.

— Tu me quitteras de toute façon, ma bécaroïlle. N'est-ce pas ce que t'a dit Mélusine ?

La jouvencelle se figea, tandis qu'amusée, Gersende replaçait derrière son oreille une mèche couleur châtaigne échappée de la longue natte.

— Parlerais-je en dormant ? demanda Algonde, penaude d'avoir dissimulé à sa mère la raison pour laquelle la fée l'avait sauvée de la noyade dans les eaux tumultueuses du Furon.

— Non point, mais je te connais bien, mon Algonde, et te voir faire avec Mathieu m'a suffi pour comprendre ton secret.

Algonde baissa les yeux.

— Une partie seulement, mère, avoua-t-elle.

Gersende lui releva le menton d'une main affectueuse.

— Garde le reste, ainsi nous en aurons un chacune que nous échangerons le moment venu.

Algonde sursauta :

— Vous, mère ? Vous avez un secret ?

Un rire léger franchit les lèvres de Gersende.

— Et pourquoi non, damoiselle ?

Gersende se leva aussi prestement que le lui permettait sa corpulence et ajouta :

— Il me faut te laisser, j'ai des ordres à donner. Lorsque tu auras retrouvé ton allant, rends-toi en cuisine. Je crois bien que nous avons désespéré ce brave Janisse, qui sera ravi de voir revenu ton appétit. Et accompagne Mathieu au moulin où il a à faire. Il sera heureux d'apprendre ce que je viens de te conter. Pas un mot sur les malheurs de Philippine pourtant…

— Je vous le promets, mère, assura la jouvencelle en se levant à son tour pour défroisser sa robe du plat de la main.

— Il te faudra faire de même avec ton visage, ma bécaroïlle, si tu ne veux pas que le pays tout entier s'étonne de ta mine, se moqua Gersende, soulevant la courtine pour s'en aller.

La tenture retomba derrière elle et Algonde se précipita sur un miroir pour en juger.

Le cavalier repartit à bride abattue trois quarts d'heure plus tard, pour précéder dame Sidonie à la Bâtie en Royans et faire préparer leur séjour, aussi court soit-il.

Le baron embrassa sa maîtresse sur le front après qu'elle se fut installée à côté de Marthe. Autour de la voiture, les chevaux de l'escorte commandée par le sire Dumas battaient des oreilles, agacés par des mouches plates que la chaleur de nouveau orageuse rendait enragées.

— Hâtez-vous, ma mie, supplia Jacques à l'oreille de Sidonie, je vous aime trop pour ne pas me languir de vous.

Le baron descendit le marchepied et referma la portière de la litière. À peine l'eut-il bouclée que Sidonie se penchait au volet pour prendre la main qu'il lui tendait.

Il ne parvenait pas à la laisser. Sitôt qu'elle lui avait proposé d'aller seule à Saint-Just-de-Claix pour faire la lumière sur cette méchante affaire et ramener Philippine, il s'était trouvé rattrapé par le souvenir. N'avait-il pas regardé Jeanne, sa défunte épouse, partir confiante pour l'abbaye d'où elle ne revint jamais ? Sidonie à laquelle il avait confié son tourment l'avait assuré que rien ne lui arriverait. Ils ne pouvaient laisser l'abbesse porter d'aussi graves accusations quant aux mœurs de Philippine sans réagir. Bien qu'il eût conscience que Sidonie n'était sans doute pas la meilleure alliée de la jouvencelle dans cette affaire, le baron n'avait rien trouvé à lui opposer. De fait, il le savait, face à l'abbesse, il serait reparti penaud et la tête basse, tant au procès de sa fille on aurait ajouté le sien. Sidonie avait l'habitude de se défendre et ne manquerait pas d'évaluer à sa juste valeur le degré d'objectivité de la moniale. De ce point de vue, elle avait raison. Elle devait partir et lui, rester. Le baron Jacques n'était pas un couard. Lorsqu'il fallait guerroyer, il était le premier en ligne face à l'ennemi, mais les affaires de cœur étaient sa faiblesse. Lorsqu'il se piquait d'aimer, il était plus fragile qu'un nouveau-né.

— Gardez le cœur en paix car je vous aime aussi, assura Sidonie en portant sa main à ses lèvres en guise d'au revoir.

— Assez pour m'épouser ? se décida soudain le baron, en plantant dans les siens des yeux chargés d'espoir autant que de gratitude.

Ceux de Sidonie s'éclairèrent.

— De tout cœur et plus encore.

— Dès votre retour, proposa Jacques, rasséréné par cet augure.

— Il ne saurait tarder, promit Sidonie.

Le baron s'écarta et leva en direction du voiturier cette main où subsistait le parfum de sa dame. Le cortège s'ébranla dans un effluve épicé. Ils s'étreignirent du regard jusqu'à ce que la voiture passe les tours portières et que le baron Jacques se retrouve seul sur le pavé.

— Votre déjeuner refroidit, messire, insista Gersende comme il tardait à regagner le château, le soleil planté sur son crâne dégarni.

Le baron la rejoignit en haut des marches.

— Accompagnez-moi, Gersende, je voudrais vous parler.

Ce ne fut pourtant qu'à la fin de son repas auquel il toucha à peine qu'il tourna un visage soucieux vers l'intendante, plantée près de la porte :

— J'ai demandé Sidonie en épousailles tantôt et elle a accepté.

— C'est une heureuse nouvelle, se réjouit Gersende, ravie.

— Certes, certes. Je ne saurais toutefois attendre que les travaux de la Bâtie soient achevés. Pour que nous puissions réintégrer nos appartements, il ne faudra qu'un mois, mais quatre ou cinq avant que nous y donnions de nouveau la moindre réception. Non, bien que ce soit contraire à l'usage et qu'une telle précipitation empêche la venue de l'ensemble de mes vassaux, je n'ai que trop tardé. Ils nous rendront hommage plus tard.

— Que proposez-vous ? s'inquiéta Gersende.

— De la surprendre. Sauriez-vous tout organiser d'ici son retour ?

Gersende s'étrangla. C'était pire que ce qu'elle avait craint.

— Sous huitaine ? Seigneur Dieu, messire, c'est impossible.

— D'ici la fin du mois, au moins ? Le roi décline et sa bénédiction me serait chère.

Gersende soupira. L'argument lui sembla déplacé, le caprice, inconséquent, mais Jacques de Sassenage était son maître et elle savait que, tôt ou tard, elle obéirait. Autant donc gagner dès à présent ce temps qui lui manquerait.

— Le château est petit mais la saison se prête aux festivités de plein air. Un camp pour loger vos invités, la frondaison du gros chêne pour abriter le banquet, énuméra-t-elle sur ses doigts boudinés.

— Et les lices pour le tournoi. Aymar de Grolée m'a assuré qu'Enguerrand était un écuyer de valeur. Il est temps de le faire chevalier. Je pourrais l'adouber au lendemain du mariage pour qu'il puisse participer aux joutes. Qu'en pensez-vous ?

— Il mérite cet honneur, en effet, y consentit Gersende, qui avait vu grandir Enguerrand en ces murs.

De fait, après son veuvage qui l'avait laissée ruinée, Sidonie et ses enfants, déjà flanqués de Marthe, s'étaient installés au château de Sassenage que le baron Jacques et Jeanne de Commiers avaient généreusement mis à leur disposition. Algonde, Mathieu et Enguerrand étaient inséparables avant que ce dernier n'entre en formation à Bressieux auprès du baron Aymar de Grolée.

— Je peux donc compter sur vous, ma bonne Gersende…

— Je ne peux garantir la perfection.

— Nul ne songera à vous en tenir rigueur.

— En ce cas ! Avec l'aide de Dieu et de toutes les bonnes volontés, je me fais fort d'y arriver.

Un sourire satisfait balaya le visage du baron.

— Je peux vous le dire à présent. J'avais craint un instant que vous ne m'opposiez l'argument de cette vieille légende.

— Les légendes sont ce qu'elles sont, messire. Je doute que Mélusine s'offusque de vos épousailles.

— Même si l'on rouvrait le dernier étage du donjon ?

Gersende tiqua.

— Pourquoi le ferait-on ?

— Pour Philippine.

— Vous ne croyez pas que dame Sidonie l'aurait suggéré plutôt que de m'embarrasser avec ce problème de chambre ?

— Elle n'y aura pas songé, voilà tout. D'ailleurs, vous le savez bien. Plus personne depuis des siècles n'a envisagé de modifier ou de rénover quoi que ce soit dans cette demeure.

De fait, Sassenage était le seul château de la région à avoir conservé son allure d'origine. Bâti comme celui de Lusignan en Poitou par Mélusine, peu de temps après son mariage avec Raymondin, comte du Forez, ce castel avait servi d'écrin à leur bonheur. Cinq de leurs enfants y étaient nés. Nul, pas même Raymondin, n'aurait pu se douter que son épouse était en réalité une fée, qu'une malédiction transformait tous les samedis en femme-serpent dans le secret de sa chambre. Le jour où la vérité avait éclaté, Mélusine avait plongé dans les Cuves du Furon. Raymondin avait posé les scellés sur la porte de ses appartements, exigeant que nul ne les enlève jamais, sous peine de voir le diable s'y installer de nouveau.

Jacques de Sassenage avait, par habitude plus que par conviction, fait perdurer la légende. Ce lieu avait gardé une âme mystérieuse qui lui permettait parfois de s'extraire de ses obligations tout autant que de ses trop nombreux courtisans, et par là même de se rapprocher des siens. Ce jourd'hui cependant, il le pressentait, Philippine avait besoin de cette magie.

— Avez-vous une autre idée pour loger ma fille ?

— Lui abandonner mes appartements serait préférable à ce que vous proposez.

Le baron dodelina de la tête.

— Et si je vous disais que Sidonie a rencontré Mélusine et qu'elle est avec elle dans les meilleures dispositions, penseriez-vous encore que ce serait folie ?

— J'en conclurais que c'est un avertissement dont il ne faut pas se moquer.

Ils s'affrontèrent du regard.

— Qui a la clef du dernier étage ? s'enquit le baron.

Gersende détacha le gros trousseau qui pendait par une chaîne à sa ceinture et en dégagea une clef ouvragée qu'elle posa sur la table. Ensuite de quoi elle se leva. Froide. Résignée.

— Ce sera comme vous l'entendrez.

Le baron soupira et repoussa la clef vers elle.

— Gardez-la. J'irai trouver maître Dreux à la Rochette pour lui demander conseil. Philippine doit avoir ses aises. Si ce n'est possible en l'état, alors nous briserons les scellés. Le temps a passé sur cette affaire, de sorte que nul ne sait véritablement ce qui est conte ou vérité.

— Vous ne croyez pas à l'existence de Mélusine, messire ? s'étonna Gersende.

— Je crois davantage au royaume de Dieu qu'à celui des fées…

L'intendante le couvrit d'un regard empreint d'une compassion sincère qu'il eut du mal à s'expliqucr.

— Ma fille se mettra à votre service dès qu'elle sera rentrée d'une course dont je l'ai chargée. Me permettez-vous de me retirer ?

— Faites, Gersende.

L'intendante se fendit d'une courbette et sortit, laissant le baron Jacques seul avec ses certitudes qu'elle était loin de partager.

Lorsqu'elle fut partie, il s'avisa qu'elle avait oublié la clef sur la table. Il ne savait pas comment l'idée lui était venue d'installer Philippine dans les anciens appartements de son aïeul. Quelques jours plus tôt, troublé par la pierre que Sidonie lui avait montrée à leur retour de la Rochette, il s'était tu, perplexe. Refuser de croire ou se moquer encore de Sidonie aurait été l'insulter. Il avait préféré ne pas en reparler. Lui-même ne pouvait réfuter le fait qu'il avait songé à la malédiction lorsque son épouse était morte. Avant de se convaincre qu'il n'y avait là que superstitions et survivance d'une crainte païenne que la religion chrétienne avait pourtant amplement balayée. Mélusine ne pouvait être tenue pour responsable des morts violentes des épouses Sassenage, sous le prétexte qu'elle aurait jalousé leur bonheur ! C'était stupide. Mélusine était de toute évidence une mortelle que son aïeul avait certainement surprise en galante compagnie et qu'il avait dû punir en la noyant dans la rivière, avant d'inventer une belle histoire pour laver sa réputation. De génération en génération, on le savait chez les descendants du comte du Forez, on avait l'honneur tatillon et vindicatif.

Dès le lendemain, il s'en irait à la Rochette à la rencontre de maître Dreux, et en profiterait pour descendre dans le souterrain. Il verrait bien alors si Mélusine avait quelque chose à lui objecter.

Fort de cette décision, il rejoignit sa chambre et s'allongea pour se reposer. Sidonie lui manquait déjà et une méchante migraine l'avait gagné.

8.

Sa tresse refaite, ses yeux baignés d'eau de mélisse, le visage tamponné de cet onguent que la sorcière de la contrée avait donné à sa mère pour apaiser les rougeurs, nul n'aurait pu imaginer à quels tourments Algonde s'était abandonnée. À peine maître Janisse lui trouva-t-il le regard plus brillant que d'ordinaire, ce qu'il attribua sans réserve à la passion amoureuse. Voir la jouvencelle engloutir les deux pots d'œufs au lait qu'avaient délaissés dame Sidonie et sa chambrière pour ne pas se retarder davantage l'avait rasséréné. Il considérait Algonde comme sa fille depuis la mort de son père et aurait bien marié la mère si Gersende ne s'était entêtée à le repousser. Veuf lui-même depuis trois années, il se serait volontiers laissé aller au penchant d'affection qui le poussait vers les deux femmes depuis longtemps. Gersende et Algonde, qui connaissaient comme tous au castel les sentiments de maître Janisse, y répondaient l'une par l'amitié, l'autre par la tendresse d'une fille en manque d'un père, et il n'était pas rare qu'Algonde lui confiât ses petits secrets. Cette fois pourtant, comme pour la mission dont l'avait chargée Mélusine, elle s'abstint, préférant lui laisser croire qu'elle s'était chamaillée avec Mathieu au point d'avoir eu besoin des conseils éclairés de sa mère pour s'en consoler. Aussi, lorsque la jouvencelle le quitta pour s'en aller retrouver le fils du panetier, ne put-il s'empêcher d'espérer que ces deux-là finissent par se marier.

— Pas trop tôt ! l'apostropha Mathieu de méchante humeur, comme elle franchissait la porte du donjon.

— Je te manquais donc ? le nargua-t-elle en dévalant les marches pour le rejoindre.

— M'en voudrais, tiens !

— Dans ce cas, tu n'as qu'à aller tout seul au moulin…

Il se dressa, les poings sur les hanches.

— Ah non, ce serait trop facile ! Je veux, je veux pas… J'en ai assez, damoiselle, de me laisser ridiculiser.

Algonde haussa les épaules, l'œil moqueur.

— Tu y arrives bien tout seul…

Avant qu'il ait trouvé à répliquer, elle gagnait le char à bœufs qu'il avait rangé à quelques pas de là et s'y installait.

— Rejoins-la donc, mauvaise graine, ou tu finiras par prendre racine avec ton air benêt, lui conseilla un passant.

— Tu ferais bien de l'écouter, renchérit Algonde du haut de son siège. Une averse est si vite arrivée…

Le souvenir de la farce dont il avait fait les frais ramena une bouffée de rage aux joues de Mathieu. Vengeur, il se hâta de grimper à la place du conducteur. Les rênes dans ses poings serrés, il cria pour faire avancer les bêtes avant de se détendre d'un coup. Le soleil était au zénith, et Algonde à ses côtés s'était mise à chantonner.

Ayant passé les deux tours portières, ils franchirent la cour extérieure, le corps de garde puis le pont-levis, bercés l'un et l'autre par la comptine que fredonnait Algonde. Ils parvinrent ainsi au pas lent des bœufs jusqu'au croisement de la route qui menait vers le moulin, le regard perdu l'une vers les champs de blé que des paysans achevaient de faucher en bras de chemise, l'autre vers le village dans la vallée.

— Qu'est-ce qu'il voulait, le cavalier ? C'est à cause de lui que notre dame est partie ?

Algonde fut sur le point de lui raconter pour la fille du baron mais se retint.

— En quoi ça nous regarde ?

— J'aime pas quand Marthe te met en peine.

— Ai-je l'air en peine ?

— Tu as pleuré.

Algonde tourna vers lui un visage surpris.

— Qu'en sais-tu ?

Il haussa les épaules.

— À la couleur de tes yeux. Elle a changé.

Algonde aurait bien aimé avoir un face-à-main pour le vérifier.

— Elle est comment ? demanda-t-elle, intriguée.

Il ne répondit pas. Il avait soudain l'air grave et triste.

— Elle est comment, la couleur de mes yeux ? insista-t-elle.

— Comme les eaux du Furon quand il se laisse avaler par la montagne. Comme les eaux du Furon quand il t'a avalée.

Algonde se figea. Curieusement, le timbre assourdi de la voix de Mathieu l'effraya.

— Que veux-tu dire ?

— Que tu avais les yeux couleur du Furon quand je t'ai ramenée sur sa berge.

Un silence pesant s'installa entre eux, ponctué du raclement des sabots des bêtes sur le sol caillouteux. Puis Mathieu ajouta :

— Tout à l'heure aussi tu t'es noyée, pas vrai ?

— Je me suis fait prendre par Marthe à espionner dame Sidonie.

Mathieu hocha la tête. Un pâle sourire éclaira ses traits.

— Un jour, je la tuerai, déclara-t-il froidement.

Algonde frissonna malgré la chaleur qui les accablait.

— Elle n'en vaut pas la peine, et puis j'étais dans mon tort. Je voulais savoir pour le cavalier… J'ai cru qu'on allait me punir et ma mère avec moi, que cette intrigante veut sûrement détrôner. Je me suis trompée. Dame Sidonie l'a emmenée et m'a promue chambrière du baron pendant son absence.

— Chambrière du baron ? sursauta Mathieu en la fixant d'un œil inquiet.

— Marthe n'était-elle pas verte de rage en partant ? J'aurais aimé m'en assurer, mais je m'évertuais…

— S'il te touche, lui aussi je le tuerai, jura le garçon, la foudroyant dans son élan.

— Qui me toucherait ?

— Le baron, tudieu ! Sa dame partie, il pourrait bien vouloir se contenter !

Algonde fronça les sourcils. Elle savait peu de chose de l'amour, n'ayant surpris, enfant, que les violences de son père sur sa mère lorsqu'il avait trop bu. Le baron n'avait pas l'air bien dangereux, à voir le bonheur qui brillait dans les yeux de Sidonie. Mathieu se faisait des idées ! Si elle avait couru le moindre danger, Gersende l'aurait prévenue.

— Je me garderai le plus loin possible de lui, affirma-t-elle pour le rassurer.

Il hocha la tête. Le moulin, dont les ailes tournaient avec lenteur et cadence, grossissait au bout du chemin. Un raclement de meule discret leur parvint.

— Tu ne veux pas me dire pour le cavalier ?
— J'ai promis de garder le secret.
— Comme pour Mélusine ?
Algonde soupira.
— Tu n'as pas confiance en moi, voilà la vérité, tu as tort, Algonde, car je le jure devant Dieu, je tuerais pour te défendre s'il le fallait. Je tuerais parce que je t'aime et que je préférerais me balancer au bout d'une corde que de te perdre jamais.
Algonde ne sut que répondre et fut heureuse de voir s'avancer vers eux le meunier qui les attendait.

Jacques de Sassenage ne savait pas bien s'il était réveillé ou s'il cauchemardait, mais de son corps baigné de sueur des écailles semblaient vouloir pousser, emprisonnant ses jambes dans un étau qui se resserrait à le faire hurler. Il essaya de réfléchir. À l'exception de Mélusine, avait-on jamais entendu dire que quiconque se soit ainsi transformé ? Et puis, que faisait-il dans cet endroit ? De toute évidence il s'agissait d'une chambre, mais elle ne ressemblait à aucune de connue avec ce lit richement sculpté au ciel duquel pendaient des rideaux déchirés. Un des montants de bois, rongé par la vermine, avait craqué en son milieu. Tout puait l'humidité et le délabrement. Seule la cheminée restait belle avec ses montants de pierre ouvragés. Il aurait voulu s'approcher d'elle pour mieux examiner le portrait sur bois qui s'y trouvait d'une belle dame en robe d'azur, retenant dans son tablier une brassée de fleurs des champs. La jouvencelle, pour sûr, il la connaissait avec sa chevelure châtaine, mais que faisait-elle là, dans toute cette vétusté ? Au diable la vérité et la douleur dans ses mollets, Jacques était attiré vers elle. Dans ses oreilles, une voix douce l'enchantait d'une mélodie qu'il jugea ancienne. Il se laissa bercer avant de se rendre compte qu'il se dandinait sur le parquet poussiéreux comme un serpent, les jambes collées. Lors il plaqua ses mains sur ses oreilles et ferma les paupières, le cœur battant la chamade. Lorsqu'il les rouvrit, il se découvrit allongé sur la courtepointe de son lit, un rayon de soleil sur son front. Il se redressa, avisa que ses jambes étaient bien celles qui le portaient depuis sa naissance et qu'elles bougeaient librement. Il se mit à rire de sa bêtise avant de retomber en arrière sur l'oreiller, fauché par la douleur. Sa migraine avait empiré.

Algonde s'était remise à chanter en retrouvant sa place sur la charrette, et cette fois, rattrapé par son tempérament, Mathieu, à ses côtés, l'accompagnait d'une voix de fausset. Le meunier avait aidé le jouvenceau à charger les sacs de farine, tandis qu'Algonde faisait sauter sur ses genoux le plus petit des enfants de la maisonnée, soulageant ainsi sa mère occupée à éplucher des légumes. Algonde aimait bien la douceur tranquille du foyer de ce couple, et profitait souvent des visites que le métier de Jean, le père de Mathieu, nécessitait. Avant de rentrer, les deux jouvenceaux que rien ne pressait descendaient toujours au village pour se baigner les pieds sous le pont, là où le Furon était le plus sage. Ils y retrouvaient d'autres de leur âge qui s'accordaient une pause dans leur dure journée, profitant des dernières lueurs de l'été. Fidèles à leur habitude, ils attachèrent les bœufs à un piquet le long du chemin et les laissèrent paître, car nul ne toucherait à leur chargement qu'on savait destiné au château, puis dévalèrent le sentier. Parvenus à la berge, ils ôtèrent leurs souliers et se mêlèrent avec insouciance au petit groupe qui s'aspergeait à grand renfort de rires.

Ils atteignirent les tours portières deux heures plus tard, sans avoir échangé autre chose que des plaisanteries et des banalités, pour se séparer devant la porte du donjon, humides encore de leurs jeux, mais tristes pareillement de devoir retourner à leurs corvées.

Alors qu'elle montait pour remettre un peu d'ordre à sa mise avant d'aller se présenter au service du baron, Algonde perçut le timbre exaspéré de sa mère au-dessus d'elle dans l'escalier.

— Tu aurais dû me prévenir.

— Je n'ai pas pensé…

— Penser, penser, te le demande-t-on ? Obéir me suffirait, gronda Gersende.

La jouvencelle à laquelle elle s'adressait éclatait en sanglots comme Algonde parvenait à leur hauteur.

— Ah ! te voici enfin, grommela sa mère à son encontre, avant d'ajouter à l'intention de la servante : Cesse donc de pleurer. Le mal est fait. Je trouverai bien le moyen de m'en accommoder. Mais à l'avenir…

L'index boudiné de Gersende s'agita, menaçant, devant le visage de la pauvrette qui hocha la tête en reniflant. Il suffit à Gersende de tendre son doigt en direction de l'étage inférieur pour que la servante s'y précipite.

— Suis-moi, intima l'intendante à sa fille.

D'un pas pressé, Gersende gravissait déjà les degrés. Par-dessus son épaule, elle expliqua :

— J'avais chargé cette sotte de débarrasser la table du baron. None sonnait et elle s'en allait lorsqu'elle l'a entendu crier. Crois-tu donc qu'elle serait allée voir de quoi il retournait ou m'alerter ? Penses-tu ! Elle a collé l'oreille à la porte de sa chambre et n'entendant plus rien est retournée vaquer.

— Et en quoi est-ce mal ? demanda Algonde qui ne comprenait pas l'inquiétude de sa mère.

Le baron à son sens était bien assez valeureux pour se garder lui-même. Gersende s'immobilisa et, se retournant vivement, domina sa fille d'une hauteur de marche.

— Cela fait plus de trois heures. Il aurait dû se rendre à la chapelle pour l'office et il ne s'y est pas présenté.

Algonde se tut. Quelque chose dans le regard de sa mère avait changé. Elle n'aurait su dire ce que c'était, d'autant que ce fut fugace, mais, comme lorsqu'elle avait glissé dans les eaux du Furon, la jouvencelle perçut la sensation froide et sournoise du danger.

Elles pénétrèrent dans le logis seigneurial. La table rectangulaire aux piètements épais avait été nettoyée, et deux candélabres y encadraient une coupelle garnie de figues. Un plateau d'argent supportant une aiguière d'eau fraîche et un hanap reposait sur une autre table, carrée, entre les deux fenêtres. Tout était trop bien ordonné. Le baron ne s'était pas levé. Elles se dirigèrent vers la porte de la chambre d'un pas inquiet. Gersende y toqua :

— Messire…

Comme rien ne bougeait, elle insista. Un silence lourd de leur angoisse pesa sur la pièce.

— Entrons, décida Gersende.

Elle releva le loquet et pénétra dans la chambre. Le baron s'y trouvait bien, étendu sur son lit, les bras croisés. Algonde le crut mort tant il était pâle et demeura sur le seuil, effrayée, tandis que sa mère se précipitait.

À peine l'intendante eut-elle approché du lit qu'elle se retourna vers sa fille.

— Il est brûlant de fièvre. J'ai aperçu la sorcière tantôt qui entrait chez le forgeron. Elle y est peut-être encore. Cours la chercher.

Algonde tourna les talons pour s'exécuter.

Demeurée seule, Gersende défit les boutons du pourpoint de son maître. Il était resté habillé pour sa sieste et baignait dans sa sueur.

— Baron, essaya-t-elle, en tapotant ses joues du plat de la main.

Un gémissement lui répondit.

— Souffrez-vous ?

Les paupières se relevèrent au prix d'un effort qu'elle devina considérable.

— Lumière, implora-t-il d'une voix morte en les refermant aussitôt.

Gersende s'avança pour ramener les tentures devant la croisée, ne laissant filtrer dans la chambre qu'un filet de jour.

— C'est fait, messire.

Les yeux du baron s'ouvrirent en une fente douloureuse.

— Migraine, articula-t-il.

— J'ai envoyé quérir pour vous soigner, le rassura Gersende. Voulez-vous un peu d'eau ?

Elle admit son râle pour un acquiescement et l'abandonna pour s'en revenir avec un hanap.

— Il faudrait que vous vous redressiez un peu. En êtes-vous capable ?

Il écarta les mains pour ce faire. Quelque chose s'en échappa qui tomba sur le plancher dans un bruit métallique. Sans s'y attarder, Gersende lui porta le gobelet en bouche, puis l'aida à se recoucher.

— Me voici, s'annonça la sorcière en franchissant le seuil, comme Gersende se penchait enfin sous le lit.

L'intendante empocha prestement sa trouvaille avant de se redresser.

— Où se tient Algonde ? demanda-t-elle.

— Ici, mère, lui répondit celle-ci en passant la tête par l'encadrement de la porte.

— Restes-y, je vais avoir besoin de toi, ordonna-t-elle, tandis que la vieille femme qui, au castel, faisait office également de ventrière examinait le baron, crispé de douleur.

— N'est-il pas resté au soleil tantôt ?

— Si fait, un long moment et sans chapeau, au départ de notre dame, se souvint Gersende.

— C'est une forte insolation, diagnostiqua la sorcière en se redressant autant que le lui permettait son dos voûté. Il s'en remettra sous peu. Entendez-vous, baron ?

Un grognement lui répondit.

— La fièvre tombera dans la nuit, mais vous devrez rester alité jusqu'à la prochaine, le temps que les humeurs vous quittent tout à fait.

N'attendant pas de réponse, elle lui tourna le dos et s'approcha de Gersende.

— Vaquez à vos occupations. Je veille.

— Au moindre souci…

— Il n'y en aura pas, assura la sorcière dans un sourire édenté.

Gersende hocha la tête avant de rejoindre sa fille.

— Suis-moi et prends une chandelle.

La jouvencelle lui emboîta le pas. L'air grave qu'affichait sa mère ne lui plaisait pas. Gersende gravit les marches, passa dans le donjon et s'arrêta devant la porte de la chambre maudite pour en vérifier les scellés.

— Que se passe-t-il, mère ? Pourquoi sommes-nous là ?

— Je crois que l'heure est venue de te révéler mon secret, répondit l'intendante en sortant de sa poche la clef, ramassée sous le lit du baron.

Elle la tourna dans la serrure. Grinçant sur ses gonds rouillés, la porte s'ouvrit et Gersende s'effaça pour laisser la jouvencelle la précéder et en trouer l'obscurité.

9.

Bien que Laurent de Beaumont ait repris des couleurs et de la vigueur en ce 10 août 1483, Philippine de Sassenage ne parvenait pas à se départir d'un profond sentiment de culpabilité. Munie de son remède, elle s'approcha du jeune seigneur, redressé contre son oreiller.

— Philippine, chère Philippine, l'accueillit celui-ci.

— Je vous ai demandé de m'appeler Hélène, gronda la jouvencelle en lui tendant le gobelet.

Il le vida d'un trait avant de le lui restituer, docile et l'œil tendre. Philippine appliqua, comme le lui avait appris sœur Albrante, sa main au front du malade. Elle se sentit soulagée. Ce matin, sa température était tombée.

— Vous vous remettez chaque jour davantage, se réjouit-elle.

— Grâce à vos bons soins, ma mie.

Il lui prit la main et la porta à ses lèvres. Gênée, Philippine se dégagea avec fermeté.

— Cette potion est amère, désirez-vous un peu d'eau pour la faire couler ? demanda-t-elle, espérant ramener leur échange à moins de futilité.

— C'est vous seule que je désire…

— Là donc, mon neveu, en voilà des manières !

Philippine se tourna avec soulagement vers l'arrivante. Sœur Aymonette venait de franchir le seuil, escortée de sœur Albrante.

— Me reprocherez-vous d'être vivant, ma tante ? se défendit Laurent de Beaumont.

— Osez encore pareil langage et je me chargerai moi-même de vous achever, gronda la préchantresse comme Philippine s'éloignait vers le fond de la pièce après l'avoir gratifiée d'un sourire reconnaissant.

Le souffle régulier de Philibert de Montoison, qu'on avait déplacé pour plus de discrétion, l'accueillit derrière la tenture qu'elle venait d'écarter. Elle s'approcha de lui, contrainte à la même inquiétude, au même dégoût. L'inconscience dans laquelle il s'abîmait le faisait ressembler à un gisant et le rendait effrayant. Rongé de barbe, blafard, le chevalier s'était émacié malgré les soins constants qu'on lui prodiguait. De surcroît, l'endroit puait l'urine. Cette fois encore, elle en fut incommodée au point qu'un spasme lui tordit la glotte. Pour l'apaiser, elle repassa la courtine. Adossée à un pilier, elle fouilla la petite bourse qui pendait à sa ceinture et plaqua contre ses narines un morceau de toile imprégné de liqueur de menthe. Le rire de Laurent de Beaumont lui parvint. Comment arrivait-il à se montrer si léger et insouciant alors que la camarde lui avait caressé l'échine et rôdait encore si près ? Cela restait pour elle un mystère. Il se montrait empressé auprès d'elle et elle ne savait plus quoi faire pour s'en garder, n'osant le repousser totalement pour ne pas gâter sa guérison. À tout prendre, elle eût mieux aimé encore retourner dans sa cellule, ne rien voir, ne rien savoir. Philippine de Sassenage se découvrait lâche devant Dieu. Devant les hommes. Même si elle s'appliquait à montrer le contraire. Certes, elle mangeait. Sœur Albrante n'aurait pas permis qu'il en fût autrement. Mais c'était sans appétit et les viscères lourds. Certes, elle dormait. Mais c'était d'un sommeil troublé, l'esprit embrouillé de cauchemars. Veiller Philibert de Montoison lui retournait les sens. Sans compter qu'il y avait la chose. Rabougrie et inerte, puante et molle. Écœurante. Elle en avait découvert l'existence au lendemain de son arrivée, quand l'infirmière lui avait demandé de se détourner : « Le temps que je place mon drain, sinon il urinera dans les draps et, avec cette chaleur, l'odeur nous deviendrait insupportable », lui avait expliqué celle-ci par-dessus son épaule.

Pour confirmer ses dires, le pot de chambre posé près du lit et dans lequel trempait la paille s'était immédiatement rempli. Quand sœur Albrante s'était détournée, Philippine avait soulevé la couverture. Par curiosité. Comme elle le regrettait ! Elle avait cherché la nuit durant pourquoi son bas-ventre à elle était différent, jusqu'à acquérir la certitude que si l'on faisait autant de mystère d'un point d'anatomie, c'était de toute évidence qu'il était lié à la procréation. Évidemment, cela ne lui avait pas amené de réponse quant à la façon de procéder, mais l'idée d'avoir un jour à faire avec cette excroissance pisseuse lui soulevait l'estomac. Au point de se demander si au mariage, finalement, elle n'aurait pas préféré rester dans cette communauté. Réflexion qui la renvoyait à sa misère, sa misère à Philibert de Montoison, Philibert de Montoison à Laurent de Beaumont, et Laurent de Beaumont au mariage.

Sa nausée atténuée par les effluves mentholés, elle s'en revint auprès du chevalier. S'activer sans le regarder, voilà à quoi elle en était réduite pour pouvoir accomplir la tâche qu'on lui avait confiée. Elle changea le seau empli d'urine par un autre, propre, et voulut se précipiter à la fenêtre pour vider le premier dans la rigole qui courait au fossé lorsque l'abbesse souleva la tenture.

— Comment va-t-il ?

— Son état est stationnaire, débita Philippine, la gorge piquée par l'odeur fétide, si proche de son nez.

— Sœur Albrante m'a informée qu'il avait parlé cette nuit alors que vous étiez de veille.

Reprise par la nausée, la jouvencelle hocha la tête.

— Laissez cela et venez, lui proposa l'abbesse, vous terminerez plus tard votre corvée.

Pour un peu, Philippine l'aurait embrassée ! Elle se retrouva bientôt face à elle, débarrassée de son fardeau, à l'écart des deux hommes.

— Je vous écoute, mon enfant.

— J'ai dû rêver, madame, car le chevalier n'avait pas bougé, expliqua-t-elle.

— Laissez-moi en juger, voulez-vous ? Qu'avez-vous entendu ?

— « Prince ou pas, il en fera une tête, le Turc, quand je la lui aurai coupée. » Voilà ce qu'il a dit. Vous le voyez bien, madame, un songe, tout au plus.

L'abbesse fronça les sourcils, intriguée.

— Et rien d'autre ?

— Rien d'autre.

— En ce cas, ma fille, vous pouvez vaquer.

— Des nouvelles de mon père ? osa Philippine.

— Pas la moindre. Mais je me réjouis toutefois de vous avoir autorisée à assister sœur Albrante. Vous avez meilleure mine, lui affirma l'abbesse comme l'infirmière, ayant raccompagné sœur Aymonette, les rejoignait.

Laurent de Beaumont s'était assoupi sous l'effet de son médicament. Comprenant qu'elle gênait l'échange entre les deux femmes, Philippine retourna d'où elle venait, non sans avoir de nouveau tamponné son nez.

— Cette affaire, sœur Albrante, me semble bien mystérieuse, dit l'abbesse en baissant le ton.

— Avez-vous fouillé ses affaires comme je vous l'ai recommandé ?

— Si fait, mais elles ne m'ont fourni aucun indice. Force est de constater que ce chevalier nous pose souci, car enfin, cette phrase, cette nuit…

— … fait référence à un meurtre, de toute évidence, madame. Ce qui me semble incompatible avec la fonction des Hospitaliers.

— Un meurtre, comme vous y allez… Il est question d'un Turc, tempéra la grande abbesse.

Le visage de l'infirmière s'empourpra.

— Et en quoi cela fait-il une différence ?

— Voyons, Albrante, se moqua l'abbesse, ces Turcs sont des païens. Nous n'allons pas refaire l'Histoire…

— Mais une croisade, pourquoi pas…

L'abbesse considéra le dédain de l'infirmière avec surprise, avant de hausser les épaules.

— Il faut toujours que vous exagériez, ma fille. Et puis cette affaire ne nous regarde point.

— Pardon, madame, mais il me déplaît d'héberger un assassin.

Cette fois, la grande abbesse s'exaspéra.

— Mais enfin, que vous arrive-t-il ?

— Il m'arrive, grinça l'infirmière dans un souffle mauvais, que si ce chevalier est ce qu'il est, peut-être Philippine est-elle innocente de ce dont on l'a accusée.

— Ne péchez pas par angélisme, ma fille, se moqua l'abbesse, qui savait l'ampleur de son indulgence.

— La phrase parlait d'un prince et Laurent de Beaumont est un des pages de notre dauphin Charles.

— Et alors ?

Albrante s'agaça. Visiblement, l'abbesse n'avait pas envie de comprendre.

— Notre bon roi est malade. Un complot ne pourrait-il se tramer contre le dauphin pour le tuer ? Vous savez comme moi que ce dernier est trop jeune pour régner et que le duc d'Orléans brigue le trône. Admettons que Philibert de Montoison découvre ici Laurent de Beaumont, dont il sait la qualité. Il a pu vouloir s'en débarrasser avant que n'arrive la personne qu'il attendait. Ces affaires d'État ont souvent besoin de honteuses alliances. Lors, quel meilleur prétexte pour découdre un témoin gênant que l'innocence et la beauté d'une jouvencelle ?…

— Et si Philippine avait seulement rêvé ? proposa la grande abbesse que cette affaire préoccupait.

— Nous ne pouvons rester sans rien faire, insista Albrante.

— Et pourquoi pas ? Philibert de Montoison est entre vie et mort. Il est donc inoffensif jusqu'à nouvel ordre. Laissons Notre-Seigneur tout-puissant en juger.

— Je persiste à croire…

— Persistez, Albrante, c'est votre droit. Le mien est de veiller à ce que la règle de notre ordre et sa morale soient respectées. Laurent de Beaumont ne semble pas prêter à Philibert de Montoison d'autres intentions qu'une querelle amoureuse, il vous l'a lui-même confirmé. Extrapoler ne nous mènera à rien, sinon bien loin sans doute de la vérité. Attendons. C'est…

Elle se figea, laissant en suspens la fin de sa phrase.

— Qu'est-ce donc ? s'étonna Albrante en se tournant vers la porte, que la grande abbesse fixait d'un œil aussi surpris que mauvais.

— Doux Jésus ! maugréa l'infirmière en se signant, tandis que, imperturbable et hautaine, Sidonie de La Tour-Sassenage venait de pénétrer dans l'hospice, en outrepassant toutes les règles.

Au même moment, quittant enfin Philibert de Montoison, ses soins achevés, Philippine soulevait la courtine.

— Cousine ! s'étrangla-t-elle de bonheur.

Si Sidonie fut choquée de la découvrir si pâle et les traits tirés, elle n'en laissa rien paraître, se contentant de lui ouvrir les bras tandis que la jouvencelle accourait, méprisant les nones sur son passage. Les deux femmes tombèrent dans les bras l'une de l'autre. Elles se séparèrent comme l'abbesse et sœur Albrante les rejoignaient, silencieuses et graves.

— Où est mon père ? demanda Philippine, anticipant la question que les moniales espéraient.

— Il a été retenu à Sassenage, expliqua Sidonie, mais je suis venue te chercher.

— Je doute que cela soit possible, l'apostropha l'abbesse d'une voix sèche.

Le regard de Sidonie soutint celui de la mère supérieure. Au moment même où elle avait proposé au baron Jacques de partir pour Saint-Just-de-Claix, elle avait pressenti qu'on lui ferait des difficultés. Elle les avait anticipées, aussi sortit-elle de sa manche la recommandation que son amant avait pris soin de rédiger.

— Va préparer tes affaires, Philippine. L'abbesse et moi avons quelques formalités à régler.

L'abbesse fronça les sourcils devant son assurance. Elle se drapa dans une dignité austère.

— Suivez-moi, aboya-t-elle.

Sidonie lui emboîta le pas.

Lorsqu'elles eurent quitté la pièce, l'infirmière couvrit l'épaule de Philippine d'une main chaleureuse.

— Allons, mon Hélène, dit-elle d'une voix triste, il semble que le temps soit venu pour toi de nous quitter. Laissons ces deux-là à leur guerre et préparons-nous. Il me reste quelques recommandations à te faire et deux ou trois secrets à te confier.

— Inutile de feindre, je ne vous respecte pas davantage que je ne vous aime, déclara sans ambages la grande abbesse à peine la porte de son bureau refermée.

Les deux femmes se firent face, la même dureté à l'égard l'une de l'autre dans le regard.

— Le contraire m'eût indisposée, révérende mère.

— En ce cas, finissons-en, décida l'abbesse en s'écartant pour gagner l'asile confortable de son bureau.

Sidonie la laissa s'y installer et décacheter le bref d'une main ferme. Comprenant qu'on ne l'inviterait pas à s'asseoir, elle en prit l'initiative, refusant l'idée de comparaître à son tribunal. L'abbesse parcourut l'écriture élégante du baron Jacques puis repoussa le parchemin.

— Cette procuration ne vous donne pas tous les droits, commença-t-elle.

— Certes, mais elle me couvre d'un devoir, celui de ramener une fille salie et humiliée à son père. Avec ou sans votre consentement.

— Pour lui transmettre vos manières sans doute, ricana l'abbesse.

— Mes manières valent mieux que les vôtres, si j'en juge par l'état dans lequel Philippine se trouve !

L'abbesse serra les mâchoires sur l'envie de jeter hors de l'abbaye cette impertinente. Ses poings se serrèrent sur le plateau de chêne.

— Le baron réclame des explications concernant les faits, je vais vous les donner, grinça-t-elle. D'ailleurs, vous avez vu vous-même l'une des victimes de l'inconséquence de votre cousine, messire Laurent de Beaumont, que vous avez dédaigné de saluer.

— Il dormait, allégua Sidonie, haussant les épaules.

Si c'était là toute la morve de l'abbesse, elle avait de quoi la moucher.

— Admettons, lui accorda celle-ci. Vous direz de même pour le sire de Montoison, qui se meurt à côté sans doute.

— Philibert de Montoison ? s'étonna Sidonie.

Son trouble apparut si nettement à l'abbesse qu'elle se demanda si la réponse à l'énigme qu'elles se posaient tantôt avec Albrante n'était pas dans les manigances de cette perverse.

— L'attendiez-vous, pour en être aussi affectée ? demanda-t-elle d'une voix de fausset qui fit recouvrer instantanément à Sidonie sa maîtrise.

— Nos pères s'appréciaient, mais il y a fort longtemps que je ne l'ai vu, répondit Sidonie, s'abstenant d'ajouter que la dernière fois elle avait les jambes enroulées autour de sa taille et se réjouissait du mouvement de va-et-vient qu'il y promenait.

— Je doute que vous le reconnaissiez, enchaîna l'abbesse, comprenant qu'elle ne tirerait pas d'autre confidence.

— Que reprochez-vous à Philippine au juste ? D'être belle et candide au point d'avoir généré une tuerie ? Il vous faut vous être bien détachée du monde, révérende mère, pour ne pas savoir que les hommes sont ainsi faits à se chercher querelle sans cesse.

— Et vous bien dévoyée pour accrocher leurs hommages à votre cou tel un collier…

Sidonie partit d'un rire léger qu'elle brisa net en se levant d'un bond :

— Ce que je porte en sautoir ne vous concerne pas, et je vous conseille fortement de ranger vos sarcasmes. Avant longtemps je serai mariée, et il se pourrait bien que votre figure de carême m'indispose assez pour que je demande à Jacques d'intervenir auprès du roi pour vous ôter la charge de cette communauté. Suis-je assez claire ?

La rage empourpra le visage fané de l'abbesse. Prenant appui de ses mains sur les accoudoirs de son fauteuil, elle se redressa à la hauteur du visage de Sidonie.

— Jamais Jacques de Sassenage ne vous épousera, jamais, éructa-t-elle.

— Et qui l'en empêcherait ?

— Moi, je l'en empêcherai…

— Avec trois Pater et deux Ave ? À moins que vous ne lui mettiez sous le nez votre pitoyable secret ? la brava Sidonie.

L'abbesse blêmit tant à ces mots que Sidonie éclata d'un rire carnassier :

— Vous avez pu tromper les filles et le mari, mais pas moi. Souvenez-vous, j'étais là lorsque vous avez enterré la dame de Sassenage, votre chère protégée, une sainte femme…

— Taisez-vous, fille du diable ! Je vous interdis de souiller sa mémoire, glapit l'abbesse, certaine que Sidonie feintait.

Les moniales présentes alors avaient toutes prêté serment de silence devant Dieu. Aucune n'aurait parlé.

— Sa mémoire… Le terme est bien choisi, car c'est de cela qu'il s'agit, n'est-ce pas ? D'un corps sans âme, sans souvenirs, sans raison, que vous gardez enfermé comme une relique au dernier étage de cette tour.

Sidonie acheva sa tirade par une grimace de dégoût devant le triste spectacle de la décomposition de la religieuse. Dès les premiers mots de son adversaire, l'abbesse s'était effondrée dans son fauteuil, la poitrine barrée d'une douleur sourde. Sidonie refusa de se laisser attendrir.

— Osez donc, dit-elle encore, osez donc avouer au baron Jacques que son épouse chérie et tant pleurée est toujours en vie, mais tant marquée par ses blessures qu'elle ne le reconnaîtrait pas si elle le croisait. Osez dire que vous avez menti devant les siens ! Et pire, que vous avez fait bénir un cercueil empli de terre ! Et pourquoi donc, mon Dieu ? Parce que vous n'avez pas eu le courage de vous séparer de cette femme que vous aimiez ? Et vous osez me juger ? Juger Philippine ? Notre-Seigneur tout-puissant me laisserait plutôt cracher sur votre tombe à l'heure du Jugement dernier !

— Comment… comment avez-vous su ? bredouilla l'abbesse, le souffle court malgré la douleur qui s'estompait.

Sidonie la toisa d'un mépris cinglant :

— Je vous l'ai dit, j'étais là. Pourquoi ai-je levé les yeux quand tous les gardaient baissés, je l'ignore, mais je l'ai reconnue qui assistait depuis la fenêtre étroite de sa prison à ses propres funérailles, impavide, le regard absent. Ce fut fugace, car sœur Albrante a paru derrière elle pour l'écarter, mais suffisant pour que je comprenne.

— Si vous n'avez agi, vous êtes aussi coupable que moi, la brava l'abbesse, qui reprenait quelque assurance en même temps que des couleurs.

Elle se versa un gobelet d'eau qu'elle avala à petites gorgées.

— Coupable ? Loin s'en faut ! Complice tout au plus, mais il faudrait le prouver. Jeanne de Commiers, épouse de Jacques de Sassenage, est morte au regard des hommes, et le baron libre de se remarier. Le reste m'indiffère, car à l'inverse de ce que vous pensez j'aime sincèrement Jacques et le rends plus heureux qu'il ne le serait de votre vérité. Votre tête est au prix de mon mariage et de la réhabilitation de Philippine. Ne me donnez pas le plaisir de la faire tomber.

L'abbesse se savait vaincue. Sidonie l'écœurait. Que pouvait-elle comprendre des raisons qui avaient motivé leur geste, avec Albrante ? Il n'avait été qu'amour et compassion pour la mère de Philippine, dont le cerveau trop longtemps mal irrigué était redevenu celui d'une enfant à qui il avait fallu tout réapprendre, y compris à parler. Que pouvait savoir cette intrigante du temps qu'elle passait chaque jour auprès de Jeanne, comme s'il s'était agi de sa propre fille ?

Elle planta son regard dans celui de Sidonie qu'elle voyait exulter et lâcha, avec toute la morgue qui lui restait :

— Faites ce que vous voudrez de Philippine et même du baron, Sidonie de La Tour-Sassenage, mais une fois quittée cette abbaye, n'y revenez jamais !

Sidonie se dirigea, hautaine, vers la porte.

— Vous avez encore la garde de ses deux autres filles, ma mère, et il est hors de question que je cesse de les visiter. Mais je vous promets de ne pas vous voir si vous ne vous montrez.

Sans un au revoir, elle appuya sur la clenche.

10.

Philippine ne parvenait plus à entasser dans sa malle les potions et les onguents que lui tendait sœur Albrante. Au point que ses maigres affaires ne se voyaient plus.

— Et celui-ci pour les engelures, et celui-là encore pour fortifier le teint, car tu es restée pâlotte de ne pas voir le soleil. Prends garde qu'il ne te brûle. Mets une voilette pour te protéger, et une coiffe, et…

Sœur Albrante s'immobilisa, un regain d'émotion aux paupières, face au sourire attendri de la jouvencelle qui lui faisait face, les mains chargées du trop-plein.

— Je sais, je sais, je radote, je redoute, mais que veux-tu, je ne peux m'empêcher de me languir déjà de toi. Cinq années. Cinq années, mon Hélène. Comment veux-tu que je les efface en cinq minutes ? glapit-elle, un sanglot étouffé dans la voix.

— Nous nous reverrons, ma sœur. Je viendrai avec mon père visiter mes sœurs. L'abbesse ne pourra l'empêcher dès lors que je ne dépendrai plus de son ministère.

— C'est vrai, vois comme je suis idiote, s'excusa Albrante.

Elle se délesta des deux petits pots de terre cuite, les ajoutant à ceux qui encombraient déjà la jouvencelle.

— Prends tout de même ceux-là.

Elle lui tapota la joue puis la pinça pour en faire rosir les pommettes.

— Et puis cesse de te tourner les sens. Je l'ai bien vu, tu sais, que tu te tourmentais de m'assister. Il est vrai que Philibert de Montoison est peu ragoûtant dans cet état et Laurent de Beaumont, trop entreprenant. Tu oublieras très vite leurs misères, tu verras. Sidonie n'est pas un modèle de vertu, certes, et il te faudra protéger la tienne à son contact, mais elle amènera de la légèreté sur ta peine et, bon an mal an, les jours passeront et…

De nouveau sa bouche se tordit. Une larme jaillit qu'elle essuya de sa manche.

— Je sais, je sais, répéta-t-elle, je ne suis qu'une sotte, j'ai trop de sentiments. Tu t'éloigneras de nous, c'est dans l'ordre des choses, et je serai heureuse d'apprendre tes épousailles, et la naissance de tes enfants, et…

— Nous n'en sommes pas là, coupa Philippine, reprise avec dégoût par le souvenir de cette trompe au bas-ventre de Philibert de Montoison.

Elle le chassa aussitôt. À l'instant de partir, elle s'apercevait à quel point elle était attachée à sœur Albrante, à son tempérament fantasque. Sa joie de quitter son calvaire s'en ternit. L'infirmière lui faisait face et elle la voyait empotée bien que fébrile, balayée par sa tristesse. Elle lui tomba spontanément dans les bras, laissant choir les pots d'onguents sur les tomettes de l'office où ils se fracassèrent.

Un long silence ponctué de leurs reniflements les maintint ainsi accrochées l'une à l'autre, jusqu'à ce qu'Albrante trouve le courage de s'écarter et de prendre à pleines mains ce visage défait, pâle reflet du sien.

— Allons, dit-elle en ramenant un sourire à ses lèvres, croirait-on à nous voir que c'est jour de grâce et d'allégresse ? Ma petite Hélène s'apprête à son premier bal et nous voici des mines d'enterrement !

De ses index, elle gomma les larmes le long de la ligne du nez.

— Vous voilà bien arrangée, ma fille. Et ces pommades par terre ne me serviront à rien pour y remédier.

— Je suis désolée, elles m'ont échappé, s'excusa Philippine.

Un regard complice. Elles se mirent à rire avant de s'enlacer de nouveau avec tendresse.

— Vous me manquerez aussi, ma sœur, assura Philippine. Je vous écrirai. Tous les jours…

— J'en serai heureuse, mais une fois par mois y suffira. Tu auras mieux à faire. Je n'ai pas toujours été dans ces murs, je sais de quoi je parle. Vis, mon Hélène, vis. Pense à moi comme on se soucie d'une amie chère, mais n'y perds pas ton temps.

— Je vous le promets. Veillez sur mes cadettes en retour et sur nos malades. Le chevalier en a bien besoin.

Philippine s'écarta et tira un bref de sa manche.

— J'avais écrit cette lettre à son intention. Je voudrais que vous la lui remettiez lorsqu'il s'éveillera. Car il s'éveillera, n'est-ce pas ?

— Dieu seul le sait, répondit Albrante en prenant le parchemin plié et cacheté. Mais tu peux compter sur moi. Toutes les fois où tu en auras besoin. Sache que ma porte te reste ouverte aussi longtemps que Notre-Seigneur me prêtera vie.

— Je doute que cela soit du goût de l'abbesse, modéra Philippine.

— Je voudrais bien voir qu'elle l'empêche, ricana Albrante en fronçant les sourcils.

Philippine éclata de rire. Le chagrin les quittait. Restait leur mutuelle affection comme un ciment solide.

— Je vais aller faire mes adieux à Laurent de Beaumont, décida la jouvencelle.

— Et moi nettoyer ta maladresse… Hâte-toi. Sidonie ne sera pas longue.

Philippine hocha la tête et passa la porte comme Albrante s'emparait d'un balai.

Laurent de Beaumont promenait encore un œil lointain sur la pièce lorsqu'elle s'approcha du lit. Les médications de l'infirmière l'abrutissaient au moment où il les prenait, mais leurs effets de somnolence duraient peu.

— Je vais vous aider à vous redresser, proposa Philippine en se penchant au-dessus de lui.

Il enroula aussitôt ses bras autour d'elle pour l'attirer. Philippine hurla de surprise avant de se débattre vivement.

— Lâchez-moi, ordonna-t-elle, ou je jure par Dieu de vous écorcher vif !

Il obtempéra, davantage parce que les mouvements et le poids pourtant léger de la jouvencelle comprimaient ses côtes à l'endroit de sa blessure que par crainte de ses menaces. Philippine se redressa tandis qu'alertée par son cri, Albrante se montrait à la porte.

— Laurent de Beaumont, grommela l'infirmière en agitant un index menaçant, prenez garde à vos manières sous mon toit ou je vous jette dehors et abandonne aux charognards le soin de vos restes !

— J'étais encore dans un rêve délicieux, ma sœur, s'excusa le jouvenceau dans un sourire angélique qui ne trompa personne.

— En ce cas, oubliez-le ! Et vite ! le fustigea Albrante en tournant les talons.

Il attendit qu'elle ait disparu pour s'inquiéter :

— Vous ne m'aidez plus ?

Philippine approcha un tabouret du lit, s'y posa et croisa les bras sur sa poitrine.

— Puisque vous semblez aller si bien, débrouillez-vous donc, lui assena-t-elle, fâchée.

Il s'escrima à s'adosser à l'oreiller de plumes, soupira comme un enfant grondé, grimaça à outrance, gémit même pour attendrir la jouvencelle. Elle ne bougea pas d'un pouce.

En désespoir de cause, il s'installa et la couvrit d'un regard d'ange qui contrastait avec ses joues ourlées d'une barbe naissante, ses lèvres gourmandes et ses cheveux empesés de sueur.

— Ces manières de soudard sont le résultat de ma faiblesse, commença-t-il.

— Votre faiblesse ? Vous vous conduisez comme un pourceau, messire, et vous parlez de faiblesse quand j'attends des excuses ! gronda Philippine, qui ne décolérait pas d'avoir été enlacée comme une servante.

Laurent de Beaumont courba la nuque, penaud. L'espace d'un instant, il s'était souvenu de la jouvencelle avec laquelle il avait ri au long de ses visites à sa tante. Une jouvencelle gaie, riche d'esprit et d'espoir, nourrie d'attente et de promesses, disposée mieux qu'une autre et malgré le lieu aux mystères de l'amour. Une jouvencelle qu'il avait respectée jusqu'à ce qu'elle minaude sous les frondaisons du verger, le dressant contre son rival. Il se rendait compte qu'en place de l'avoir guéri, son attitude ne l'avait rendue que plus désirable, comme une fleur vénéneuse dont la beauté fascine au point de la cueillir et d'en mourir. L'espace d'un instant, il l'avait désirée si fort qu'il avait refusé de la voir flétrie. La vérité était là pourtant. Philippine de Sassenage avait changé. Elle ressemblait davantage à une moniale qu'à l'impertinente qu'il avait eu envie de posséder passionnément.

— Pardonnez-moi, implora-t-il. Vous avez raison, je n'ai pas d'excuses.

— Je vous pardonne, si vous me jurez de ne plus recommencer. Ni maintenant ni jamais.

— Sans votre permission jamais, accepta-t-il, car je vous aime, Phi… Hélène, je vous aime à me damner. Épousez-moi et je promets de passer mes jours à vous chérir mieux qu'un autre ne le ferait.

Philippine soupira. Elle préférait finalement que ce fût lui qui abordât le sujet, car elle n'aurait su comment l'amener.

— C'est impossible, messire, je suis navrée.

Laurent de Beaumont se durcit :

— Douteriez-vous de ma flamme ?

— Comment le pourrais-je alors qu'elle a failli vous brûler ? J'en suis responsable, je le sais. Mon inconséquence doublée du péché d'orgueil qui me fit me réjouir de votre jalousie…

— Philibert de Montoison et moi avions d'autres sujets de querelle avant que nous ne soyons rivaux, coupa Laurent de Beaumont. Je n'aime pas ses manières. C'est un Hospitalier certes, mais il est suffisant et à mon sens indigne des vœux qu'il a prononcés. Par deux fois déjà, alors que j'étais au service du dauphin, il m'a bousculé, prenant plaisir à mon ridicule. Hors la présence de notre prince, je l'aurais provoqué pour en demander réparation. Ne vous accablez pas, ma douce, tôt ou tard, nous nous serions frottés, et, Dieu me pardonne, je le préférerais trépassé que guéri et me réjouis de le voir agoniser.

Loin de rassurer Philippine, cette dernière confidence la mortifia :

— Vous ne pouvez songer à pareille chose. Et en ce lieu…

— Il y a bien pire pour le salut de mon âme, Hélène, car je ne pense qu'à vous, nuit et jour. Et cet amour nourrit ma haine à son égard, car la seule pensée qu'il puisse vous courtiser encore et vous posséder enfin me rend fou.

Philippine se leva, effarée.

— Jurez-moi, Laurent, de ne rien tenter contre lui.

— Me croyez-vous assez lâche pour l'achever dans son sommeil ? s'indigna Laurent de Beaumont en s'écartant de son oreiller pour se redresser plus encore, au mépris de la douleur qui lui poignarda les côtes.

— Certes, non, s'adoucit Philippine. Recouchez-vous, je vous en prie. Le sang quitte votre visage et je m'en voudrais d'être la cause une nouvelle fois de votre malaise.

Il obtempéra, car, de fait, le souffle lui manquait. Il se prit à tousser et Philippine se précipita pour remplir un gobelet d'eau. Elle le fit boire entre deux quintes, l'autre main soutenant sa nuque, inquiète du sifflement dans ses bronches.

— Nous reprendrons cette conversation plus tard, voulez-vous ? demanda-t-il, les traits tirés.

— J'en doute, lui assena-t-elle en s'écartant.

Elle attendit qu'il se fût recouché pour ajouter :

— J'étais venue vous faire mes adieux. Je rentre chez mon père tantôt.

— Un malheur aurait-il frappé les vôtres ?

— Il est venu par votre épée et me condamne au regard de cette communauté. Je la quitte donc, plus tôt qu'il n'était prévu. Mais pas avant d'avoir obtenu votre promesse que, quoi qu'il advienne, jamais plus vous ne mettrez votre vie en péril au nom d'un attachement que je ne partage pas.

Il blêmit, mais ce n'était cette fois pas du fait de sa blessure.

— Dois-je entendre que vous ne m'aimez pas ?

— Ni vous ni Philibert de Montoison, je vous le répète. Je l'ai cru, innocemment. Je me trompais. Oubliez-moi, cela vaut mieux, avoua Philippine d'une voix blanche, devant ses mâchoires soudain crispées.

Il referma son poing sur le drap, y emprisonnant son orgueil blessé.

— Vous me demandez l'impossible.

— Je prierai pour que vous y parveniez.

Il la couvrit d'un œil douloureux.

— Êtes-vous prête, ma cousine ?

Sidonie venait d'entrer dans la pièce.

— À vous et à jamais, quoi que vous fassiez, chuchota Laurent de Beaumont en guise d'adieu avant de tourner son visage de l'autre côté.

Philippine n'insista pas. En quelques pas, elle rejoignit Sidonie qui l'attendait.

— Notre ami est-il réveillé ?

— Non point, mentit Philippine.

— Tant pis. Sœur Albrante lui transmettra nos vœux de bon rétablissement…

Sidonie lui enroula un bras autour des épaules.

— Je viens d'embrasser vos sœurs, qui sont bien tristes de votre départ et s'en verraient adoucies si vous les voyiez.

— Mais l'abbesse ? Ma punition ? s'étonna Philippine, en se laissant pourtant entraîner.

— N'y songez plus désormais, c'est une affaire réglée.

Elles sortirent de l'hospice et Philippine se trouva frappée par la chaleur. Elle l'avait oubliée, enfermée à son devoir dans la bâtisse gardée fraîche par l'épaisseur des murs autant que par l'étroitesse des fenêtres. Elle traversa la cour, revigorée soudain par les senteurs des aromates en leur carré, et gagna le dortoir où les filles de Jacques les attendaient.

Ces dernières se précipitèrent vers leur sœur. Philippine les enlaça tour à tour, heureuse de pouvoir leur faire ses recommandations. Quelques minutes d'un reste de son passé, avant qu'elle ne les quitte. Elle leur promit de les visiter souvent, et de leur écrire tout autant. Ensuite de quoi, alors que les cloches sonnaient pour annoncer le déjeuner, elle les encouragea à s'y rendre au plus vite.

Lorsqu'elles furent sorties, Philippine rejoignit Sidonie qui s'était mise en retrait.

— J'aimerais aller saluer l'abbesse.

Sidonie acquiesça d'un mouvement de tête. Le voile de tristesse que Philippine découvrit dans l'œil de sa cousine la surprit. Quelle qu'en fût la cause, Sidonie le chassa d'un sourire affectueux :

— Ma litière vous attend devant la herse. Prenez le temps qu'il vous faudra.

L'abbesse se tenait roide et les mains croisées dans le dos, l'œil balayant la cour depuis la croisée de la chambre de Jeanne de Commiers, l'épouse officiellement défunte du baron Jacques, lorsqu'on toqua à la porte. Elle ne bougea pas.

— On a frappé, madame, l'interpella Jeanne, comme on insistait.

— J'ai entendu.

— Voulez-vous que j'aille ouvrir ?

L'abbesse soupira, quitta son poste et s'en fut écarter le battant devant la servante qu'elle avait devinée derrière.

— C'est Philippine, madame, elle avait espéré vous voir avant de partir, chuchota la converse.

— Dites-lui que vous ne m'avez pas trouvée… C'est un ordre, ajouta l'abbesse, voyant que la servante dansait d'un pied sur l'autre, cherchant des arguments pour l'infléchir.

Elle repartit l'œil triste.

— C'est un joli nom, Philippine, qui est-elle ? demanda Jeanne.

L'abbesse arrêta son pas devant elle.

— Cela ne vous évoque rien ?

Jeanne arrondit sa bouche délicate, fouilla dans le néant de son esprit puis demanda, comme un enfant pris en faute :

— Cela devrait ?

— Non, la rassura douloureusement la moniale en retournant se planter devant la croisée.

Elle vit la jouvencelle qui sondait depuis la cour les fenêtres de son bureau, le visage défait par sa fin de non-recevoir. Dans son dos, Jeanne insista :

— Pourquoi part-elle ?

— Pour convoler, répondit distraitement l'abbesse, qui suivait à présent le pas lourd de Philippine vers le mur d'enceinte.

Sœur Albrante l'y attendait. Elles le passèrent ensemble, disparaissant à sa vue.

— Êtes-vous triste ?

— On est toujours triste lorsque les gens qu'on aime nous quittent.

Il y eut un long silence pendant lequel l'abbesse vit la voiture traverser l'enceinte au pas lent des chevaux, encadrée par une solide escorte.

Le temps désormais n'était plus aux regrets.

L'abbesse vieillissait. Elle avait espéré que Philippine aurait la piété nécessaire. Lors, elle l'aurait désignée à sa succession et la jouvencelle aurait compris pourquoi Albrante et elle l'avaient privée de la caricature d'une mère. Elle aurait compris que la place de Jeanne de Commiers n'avait été et ne pourrait être nulle part ailleurs qu'ici, à l'abri des hommes. À l'abri d'elle-même. Elle avait espéré. Elle s'était trompée. Philippine de Sassenage était faite pour le mariage, comme sa mère avant elle. Trop légère, trop insouciante. L'abbesse n'aurait pu avoir confiance. Quel que soit l'amour qu'on pouvait lui porter, s'occuper de Jeanne de Commiers était un lourd fardeau. Aucune de ses filles ne pourrait le partager. Sa décision était prise désormais. Si Sidonie se taisait, l'abbesse mourrait avec son secret, et Jeanne serait prise en charge par la communauté. C'était mieux ainsi. Pour tous.

En revenant vers l'hospice, les bras ballants et le pas traînant, sœur Albrante leva les yeux vers le dernier étage de la tour austère, réservé à Jeanne de Commiers. L'abbesse ne se déroba pas au regard de l'infirmière. Leur peine, elle le savait, était semblable. Albrante avait seulement eu le courage de la montrer.

— Que veut dire convoler, madame ? s'enquit sa protégée.

Le temps n'était plus aux regrets.

Elle se retourna vers la femme-enfant qui lui souriait, installée comme à son habitude dans ce fauteuil, dans cette pièce qu'elle ne quittait jamais. Malgré ses trente-cinq ans, elle paraissait en avoir quinze tant elle était menue. Le portrait de Philippine. Voyant que l'abbesse ne répondait pas, Jeanne oublia sa question et lui tendit son ouvrage :

— Voyez, je n'ai presque pas débordé.

L'abbesse sentit son cœur se broyer. Sur le canevas, la rose qu'elle était censée broder n'était qu'un entrelacs de points désordonnés, un bouquet d'épines qui ne s'ouvrirait plus jamais.

11.

Tandis que la litière cahotait sur le chemin au pas lent des chevaux qui la portaient, Philippine raconta tout à Sidonie. Sa conversation avec Laurent de Beaumont et Philibert de Montoison dans le verger, le duel, sa punition, son égarement dans sa cellule, sa nausée à leur chevet, le refus de l'abbesse de la revoir, l'affection de sœur Albrante. Son soulagement à quitter l'abbaye et sa déchirure enfin pour cette part d'elle qu'elle y laissait.

— On abandonne toujours un peu de soi en grandissant, assura Sidonie avant d'ajouter, vive et enthousiaste, en clignant d'un œil complice : Le temps passant, on s'aperçoit que ce n'était pas la meilleure. Alors autant s'en débarrasser très vite, d'autant que ces deux-là se remettront et que sous peu, pour une autre comme pour toi, ils se chercheront querelle à nouveau.

Philippine se récria :

— C'est aussi ce que m'en a dit sœur Albrante. Est-ce donc la seule manière qu'ont les hommes pour se faire aimer ?

Sidonie éclata de ce rire de gorge qui cascadait, pur et généreux :

— Celle-là et bien d'autres, tu peux m'en croire. En matière de manigances et d'amour, ils ne sont jamais à court d'idées. Vois-tu, ma Philippine…

— Hélène, coupa la susnommée. C'est ainsi qu'il faut m'appeler désormais, en mémoire de ma mère qui dans son dernier souffle m'a rebaptisée.

— Hélène… Cela sonne bien à ton teint et à tes mérites. Sais-tu qu'il en est une autre de grande renommée, une Grecque dont la beauté fut néfaste à ceux qui l'entouraient ?

— Je l'ignorais… En ce cas…

— Ne change rien, la rassura Sidonie en posant une main baguée sur son poignet. (Sa voix s'enroua tandis qu'elle ajoutait, l'œil triste :) J'aimais sincèrement ta mère. Elle se montra avec moi douce et compréhensive. Pas une fois elle ne m'a fermé sa porte, refusé son aide, voire son épaule. Elle possédait ce don précieux de savoir lire au cœur des êtres. Les médisances lui étaient indifférentes.

— Étaient-elles fondées ? demanda Philippine sur ce ton de confidence qu'avait initié Sidonie.

— Sans doute, répondit sa cousine dans un haussement d'épaules. J'avais ton âge lorsqu'on m'a jetée dans le lit de mon époux. Il était laid, gras, il puait la sueur et la vinasse. Je ne savais rien du mariage. Je m'y suis faite comme d'autres, sans pour autant l'accepter. Là fut ma faute. Mon époux fut conciliant parce que pervers. Me regarder en pleins ébats avec un autre l'excitait…

Sidonie se tut, alertée par le fard piqué aux joues de Philippine.

— Pardonne-moi, dit-elle, attendrie. Il est vrai que tu ignores encore toutes ces choses. L'abbesse me flagellerait pour avoir osé te les laisser entendre. Il faudra bien pourtant que tu les apprennes, car je ne veux pas que tu souffres comme j'ai souffert. Je ne laisserai personne te salir, t'humilier pour aussi peu de chose qu'un orgueil bafoué. Séduire n'est pas un crime, Hélène. C'est un devoir. Seul l'amour devrait conduire aux épousailles. L'amour, pas l'intérêt.

— Mais comment le reconnaître ?

— C'est lui qui te reconnaît, mon Hélène. C'est lui et lui seul. C'est pourquoi je t'enseignerai ses pièges, ses travers, ses menaces. Pour qu'il ne puisse te duper. Je le ferai en mémoire de ta mère.

— Et mon père ? L'aimiez-vous avant qu'elle ne meure ?

— Au premier regard et sans espoir. Jamais je ne le lui aurais avoué s'il n'avait insisté. Longtemps je me suis sentie coupable de le prendre à cette dame qui m'avait tant donné.

— Vous n'êtes pas responsable. C'est elle qui s'en est allée.

Sidonie la couvrit d'un œil triste avant de conclure :

— C'est ce que j'ai fini par accepter. Pour donner un sens à sa mémoire, être auprès de lui comme elle l'aurait été si elle l'avait pu encore. Et me souvenir d'elle dans l'affection qu'elle vous portait. Car vois-tu, mon Hélène, il n'est à mon sens rien de pire que d'avoir oublié les gens qu'on a aimés.

Longtemps Philippine se berça du silence qui suivit ces paroles. Les yeux refermés sur un songe auquel la jouvencelle n'avait pas accès, Sidonie laissa la route s'étirer. Puis son timbre léger s'envola de nouveau :

— Nous ferons un détour par la Bâtie avant de gagner Sassenage. J'ai pensé que tu aurais à cœur de revoir toi aussi la décoration de ta chambre avant que les travaux ne commencent. Elle était celle d'une enfant quand te voici une femme. Ton père ne songera pas à nous le reprocher. De plus, ta sœur Claudine ne part que demain chez sa marraine où elle séjournera jusqu'à ce que tout soit achevé. Tu pourras ainsi l'embrasser.

— Comme elle a dû changer, se réjouit aussitôt Philippine. C'était un enfançon la dernière fois que je l'ai vue !

— Elle est ce jourd'hui, du haut de ses sept ans, plus vive qu'une anguille, plus facétieuse qu'un lutin et plus ronde qu'une citrouille ! Elle donne beaucoup de peine à sa nourrice. Ne t'en offusque pas, mais ta jeune sœur m'appelle maman. Je n'ai pas eu le cœur de la reprendre tant je m'y suis attachée.

— Vous avez bien fait ! Un lutin, dites-vous ?

Attends donc d'être arrivée, se lamenta Sidonie en levant comiquement les yeux au plafond.

Philippine se retrouva happée par ses souvenirs. La dernière fois qu'elle avait emprunté cette route, c'était en sens inverse, avec ses sœurs, quelques semaines à peine après la mort de leur mère.

Cinq années.

Le paysage qui se découpait par le rideau relevé ne lui sembla pas différent. Elle seule avait changé. Un léger ronflement lui parvint. Elle tourna la tête vers Sidonie. Sur la banquette de cuir brun, sa cousine s'était assoupie, la joue brinquebalant contre le montant rembourré. Un léger sourire échappa à Philippine. D'autres auraient semblé négligées dans pareille posture. Pas Sidonie. Cette grâce dont s'entourait chacun de ses gestes l'auréolait encore dans le sommeil. Philippine sentit monter en elle une bouffée de tendresse. Elle se sentait mieux, plus sereine.

À mesure que la voiture avalait les lieues la séparant de la Bâtie, elle se détachait de l'abbaye, de sœur Albrante, des duellistes comme de ses cadettes. Ses épaules s'allégeaient du fardeau de sa culpabilité. Sa conversation avec Sidonie l'y avait aidée. Ses confidences aussi. Même si elle s'était sentie gênée par ses propos alors qu'elle en ignorait le sens. Les ébats amoureux avaient, à ses yeux trop chastes, la forme d'un point d'interrogation. Elle se promit de questionner Sidonie, certaine désormais qu'elle y verrait une curiosité légitime, bien loin de l'esprit de dépravation que l'abbesse leur prêtait à toutes deux.

Le courant d'air qui s'engouffra dans l'habitacle charriait les parfums de l'humus des bois que la voiture longeait et lui fouetta le sang. La vie reprenait corps en elle. Lorsqu'elle reconnut le village de Saint-Laurent-en-Royans qu'ils venaient de dépasser, elle ne put résister au plaisir de pencher son visage à la fenêtre et de se remplir les yeux de ses gens, indifférente au nuage de poussière que soulevaient les roues et le trot des chevaux de l'escorte sur la route trop sèche.

Elle finit par se rabattre à l'intérieur, prise d'une méchante quinte de toux qui réveilla Sidonie en sursaut.

– Tudieu, s'exclama celle-ci en la découvrant toussant et éternuant, décoiffée, les yeux irrités, les joues en feu du soleil qui s'y était imprimé autant que de l'effort qu'elle produisait.

Peinant de longues minutes à reprendre son souffle, la jouvencelle finit par se moucher dans le carré de coton que Sidonie lui tendait, au moment où elles franchissaient les hautes tours du corps de garde.

C'est ainsi que Philippine de Sassenage, dite Hélène, fut de retour chez elle. Avant qu'elle ait pu remettre de l'ordre dans sa mise, sa portière s'ouvrait dans la cour du luxuriant château octogonal sur une fillette espiègle. Sa sœur Claudine grimpa lestement le marchepied, pensant accueillir celle qu'elle avait adoptée comme sa mère. Claudine trouva Sidonie attentive à soulager cette pauvre chose qui larmoyait et s'exclama, soudain furieuse d'une jalousie légitime :

— Mais qu'avez-vous en tête, maman ? Cette souillon vous donnera des puces si vous la gardez !

— Cette souillon est votre sœur, dit Sidonie en éclatant d'un rire joyeux, et si vous ne lui faites pas des excuses sur-le-champ, à défaut de puces, c'est une fessée que vous aurez !

Un moment sans voix, la fillette examina cette damoiselle, poisseuse de poussière aux cheveux et au visage, et, davantage décidée par la menace que par le respect, choisit de composer :

— Je veux bien l'accepter comme telle, maman, mais s'il me faut l'embrasser, j'attendrai qu'elle se soit lavée !

Pour toute objection, Philippine, qui se remettait enfin, attrapa sa sœur par la manche, la plaqua sur la banquette malgré ses protestations énergiques et la chatouilla tant qu'elle se tortilla de rire avant de demander pitié. L'instant d'après, relâchée, Claudine se jetait sur Philippine pour se venger. La nourrice parvenue à la porte de la litière les découvrit toutes deux mêlées par un fou rire qui avait gagné Sidonie, Dumas et jusqu'au voiturier.

— Claudine ! Voyons ! s'indigna la Marie.

— Laissez-les donc faire connaissance, objecta Sidonie en descendant de voiture.

— Tout de même... À son âge !

— Elle n'a que sept ans, Marie...

— Je ne parlais pas de damoiselle Claudine, madame...

Le rire de Sidonie repartit de plus belle. Elle avait craint en la découvrant aussi éteinte dans l'hospice que Philippine ne soit longue à recouvrer sa gaieté. Comment expliquer alors à la nourrice que cette joute lui réchauffait l'âme et qu'une fois de plus, elle se moquait bien que les convenances ne soient pas respectées ?

— Je vous souhaite la bienvenue, la sauva Marthe en se plantant devant elle.

Sidonie reprit son sérieux devant celui de sa chambrière.

— Mes ordres ont-ils été respectés ?

— J'y ai personnellement veillé, affirma Marthe en courbant la tête.

— Puis-je me retirer ? demanda à son tour le sbire Dumas, qui avait relaxé ses hommes à peine la herse franchie et venait de remettre la bride de son cheval au palefrenier.

Sidonie le lui accorda volontiers. Elle allait faire de même avec le conducteur, jugeant que la petite Claudine avait assez joué, lorsque la fillette descendit de la voiture, aussi dépenaillée que possible, Philippine sur ses talons, du bonheur plein les yeux. Marie étouffa un cri courroucé, auquel la voix fluette répondit à la volée :

— Eh bien, moi, je vous le dis, maman, cette sœur-là, elle plaira pas à monsieur le curé !

Forte de ce constat, Claudine se laissa entraîner par sa nourrice, laquelle jura qu'on allait la rendre folle et qu'on en serait bien embêté, ce qui eut pour effet immédiat sur la fillette de lui faire tourner la tête et adresser à sa sœur un clin d'œil chargé de promesses.

Philippine lui répondit par un signe de la main qui se figea lorsqu'elle remarqua Marthe aux côtés de Sidonie. Elle l'avait déjà vue dans le sillage de sa cousine et se désola de constater qu'elle y était restée. Ce n'était pas tant sa laideur qui venait de la glacer, mais la noirceur de son regard posé sur elle, fourbe et cruel. Philippine s'empressa de chasser cette désagréable sensation devant le visage réjoui de Sidonie. Si sa cousine s'en accommodait, elle n'avait aucune raison de ne pas faire de même. Mais son insouciance du moment était irrémédiablement gâtée.

— Je vous demande pardon. Chahuter n'est plus de mon âge, et je ne saurais dire ce qui m'a prise, sinon peut-être le souvenir de cet endroit et des belles heures que j'y ai passées, dit-elle à Sidonie.

— Ne t'excuse pas surtout. Nous avons beaucoup ri, n'est-ce pas, Marthe ?

— En effet, madame. Je vous souhaite la bienvenue, damoiselle Philippine.

Philippine lui rendit son salut avant de détourner la tête. Décidément, sa raison n'y suffisait pas. Même cette voix rocailleuse, comme sortie des entrailles de la terre, lui déplaisait.

Sidonie enroula un bras affectueux autour des épaules de Philippine. Elle l'entraîna vers l'escalier.

— Veux-tu que je te dise, mon Hélène ? À défaut de savoir comment on fait les enfants, il me semble que tu sais d'instinct t'en faire aimer. Car avec ce petit monstre, crois-moi, c'était loin d'être gagné !

Figée dans la cour, Marthe sentit son rythme cardiaque s'accélérer et une jubilation malsaine la gagner. Hélène. Sidonie avait appelé la jouvencelle Hélène.

Elle retint un ricanement. Si Jeanne de Commiers avait voulu protéger sa fille en la baptisant Philippine, elle s'était trompée. Visiblement, le destin de la jouvencelle l'avait rattrapée alors que sa mère n'était plus en mesure de rien empêcher. Le temps était venu. Enfin !

Elle accompagna la jouvencelle d'un regard vorace, jusqu'à ce que, en compagnie de Sidonie, elle disparaisse à sa vue, avalée par la porte. Marthe allongea son pas pour les rejoindre avant de s'immobiliser brusquement. Les sens exacerbés par cette nouvelle autant que par l'approche de la pleine lune, elle pivota, certaine qu'on l'observait. À quelques pas d'elle, une servante, qui peinait à ramener du puits voisin son seau empli d'eau, s'était arrêtée pour s'éponger le front. L'œil de Marthe se rétrécit encore.

— N'as-tu rien de mieux à faire ?

La jouvencelle, plus jeune que Philippine et chétive, renifla dans son col, s'empressa, trébucha et s'affala devant la chambrière en lui inondant les jupes. Sa maladresse exaspéra Marthe tout autant qu'elle l'excita. Empoignant la servante par le bras, elle la releva et la gifla à la volée avant de rugir d'une voix sourde :

— Pour ta peine, tu viendras me trouver à la nuit tombée. Et ne t'avise pas d'en parler à quiconque ou il t'en coûtera bien pire que ce qu'on a pu te raconter !

Terrorisée, la jouvencelle rampa vers son seau, se releva, courut le remplir et trouva cette fois la force de le porter jusqu'aux cuisines en priant Dieu pour qu'il détourne avant ce soir cette démone de son projet.

12.

L'histoire qu'avait révélée Gersende à sa fille ressemblait à un de ces contes colportés par les ménestrels. Algonde ne parvenait pas à y croire, et, cependant, elle savait confusément que tout était vrai.

Elle en avait perdu le sommeil. Cette nuit encore, comme les précédentes depuis qu'elles avaient franchi la porte de la chambre maudite, elle se retourna sur sa couche. De l'autre côté du lit qu'elles partageaient, sa mère ronflait, épuisée par sa dure journée.

Les événements, de fait, n'avaient cessé de s'enchaîner ce jourd'hui. Tout d'abord, la fièvre avait enfin daigné quitter le baron Jacques, disparaissant comme elle était venue. Après quatre jours de délire, il s'était éveillé sur sa couche avec le sentiment qu'il venait de s'y étendre après le départ de Sidonie. Gersende avait été contrainte de démentir, mais surtout de lui expliquer qu'il avait, de toute évidence, brisé les scellés de l'appartement du dernier étage avant de s'effondrer.

— Êtes-vous sûre, Gersende ? Je ne m'en souviens pas.

— Je l'ai vérifié moi-même, mon seigneur.

— Et alors ?

— Alors rien, avait répliqué l'intendante dc la maisonnée avec aplomb.

— Mélusine ?

— Elle ne s'est pas montrée.

— La cheminée. Y avait-il un portrait sur la cheminée ? avait-il insisté, rattrapé par l'image de son rêve.

— Non, messire. Aucun.

Il avait semblé soulagé.

— On raconte pourtant qu'il en existait un de la fée, était intervenue la sorcière toujours au chevet du baron.

— Il faut croire que la légende n'est rien de plus que ce qu'elle est, lui avait objecté Jacques, bien heureux visiblement de pouvoir l'affirmer.

La sorcière avait grimacé, demandé l'autorisation de s'en aller à présent que le maître était en pleine santé et disparu dès qu'il l'eut remerciée.

Gersende avait fait de même, sitôt que, ragaillardi, Jacques de Sassenage avait réclamé à boire et à manger. En cuisine, maître Janisse avait actionné ses soufflets pour redonner de la braise sous son pot de bouillon, puis enfourné deux perdrix et une tourte aux girolles en sifflotant d'aise. Une maison où le seigneur est malade végète avec lui et s'épanouit dès qu'il est guéri. La nouvelle avait couru jusqu'au village et l'aubergiste avait offert une tournée de cervoise à qui passait devant sa devanture.

Seule Algonde était restée en retrait. Car elle savait bien, comme sa mère, la vraie nature du mal qui avait touché le baron Jacques et les raisons pour lesquelles il avait guéri, indépendamment des potions qu'il avait absorbées.

Précautionneusement pour ne pas éveiller sa mère, elle se leva de son lit, passa sur sa chemise de nuit un mantel de laine fine, mais négligea ses souliers qui auraient fait grincer le parquet. Elle se dirigea à pas comptés vers la porte, l'ouvrit et se faufila sur le palier. Dans un renfoncement de mur, une lanterne allumée répandait une douce clarté. Algonde eût pu s'en saisir, mais elle savait qu'elle n'en aurait pas l'utilité. Elle grimpa l'escalier, passa devant la porte de maître Janisse qui logeait au-dessus d'elles avec ses marmitons et gagna le dernier étage du donjon. Gersende l'avait chargée de la clef de la chambre maudite. Le plus silencieusement qu'elle put, Algonde la fit jouer dans la serrure et entra. Un chat-huant poussa son cri. La jouvencelle s'enferma dans la pièce, un frémissement étrange le long des reins, fait à la fois d'angoisse et d'excitation, face aux objets délabrés qui meublaient la pièce autrefois splendide.

Le haut lit dont les rideaux grenat déchirés semblaient des toiles d'araignées monstrueuses. Ses montants rongés par l'humidité. La courtepointe crevée jusqu'au matelas de paille par la gourmandise des souris. Les tapis et les tapisseries recouverts de poussière, fanés à l'endroit où avait percé la lumière au travers des planches clouées hier encore devant la fenêtre. Le tabouret près du fuseau sur lequel une laine sale et torve n'espérait plus être filée. Le pare-vue jadis tendu de papier huilé qui n'était plus qu'un rempart troué et masquait mal la baignoire de la fée.

Baignés par la lueur blafarde que la pleine lune leur offrait, les objets paraissaient misérables et tout à la fois empreints d'un mystère que la lumière crue du jour leur avait ôté. Le regard d'Algonde s'arrêta sur la cheminée. Des cendres se soulevaient par intermittence à la faveur d'un vent lourd avant de retomber sur les chenets de bronze ou à côté sur le parquet. Un rat fila à travers la pièce et disparut derrière une pierre disjointe du mur. Algonde ne s'en émut pas. Son œil accrochait à présent au manteau de la cheminée la trace laissée par le portrait sur bois qu'avec sa mère elle avait emporté et caché.

En un instant, elle se revit quatre jours plus tôt, pénétrant dans cette pièce pour la première fois, l'appréhension mêlée à la curiosité.

Ses yeux avaient eu du mal à s'habituer à la pénombre.

— Aide-moi, avait exigé Gersende en se dirigeant vers la fenêtre condamnée.

Après avoir serpenté dans son sillage entre les meubles, le cœur accéléré du moindre bruit alentour, la jouvencelle s'était arc-boutée à l'exemple de sa mère pour arracher une des planches. Elle avait cédé sans effort tant le bois en était pourri par les intempéries. La lumière avait envahi la pièce. Une des lames de parquet, abîmée par l'eau qui s'était infiltrée au fil des années, avait craqué sous le talon de la jouvencelle. Algonde avait dû appuyer sa main à la paroi pour se dégager, distraite un instant de ce qui l'entourait.

— Ainsi donc, c'était vrai !

La voix troublée de sa mère à ses côtés l'avait fait se retourner. Le regard d'Algonde avait suivi le sien vers la cheminée. Le souffle lui avait manqué et elle avait dû s'adosser au mur, renfonçant sans y prendre garde son soulier dans le trou dont elle venait de se libérer.

« Ce n'est pas possible, ce n'est pas possible… » avait répété en boucle une voix dans sa tête qui ne parvenait à franchir ses lèvres. De toute évidence, ce portrait sur le manteau était celui de Mélusine. Et pourtant, c'était le sien qu'Algonde y voyait : même visage long aux pommettes hautes, même bouche gourmande. Même regard facétieux, même tresse châtaine ramenée sur la poitrine.

La main de sa mère avait accroché la sienne et leurs regards s'étaient rejoints.

C'était Algonde qui avait brisé le silence la première.

— J'ai vu Mélusine, mère. Je l'ai vue lorsqu'elle m'a sauvée. Ce n'est pas elle, ce n'est pas moi…

— Je sais, avait coupé Gersende à voix basse, pour ne pas que le vigile sur la terrasse puisse percevoir leur échange. J'ai les jambes qui flageolent, allons nous asseoir. J'ai beaucoup de choses à te raconter.

Elles s'étaient installées face à face sur la courtepointe poussiéreuse et fanée.

— Ce portrait est bien celui de Mélusine, avait commencé Gersende en guise de préambule, tel qu'il fut peint de son vivant et commandé par Raymondin…

— Mais…

L'objection d'Algonde s'était effacée devant le regard comminatoire de sa mère. Celle-ci avait enchaîné :

— Celle que tu as rencontrée a certainement été rendue méconnaissable par les siècles passés dans les eaux du Furon. De fait, l'histoire de Mélusine commence bien avant son mariage avec Raymondin, fils cadet du comte du Forez, ancêtre des Sassenage. Elle commence avec celle d'une race. La race des fées. As-tu entendu parler de la légende de Bretagne ?

— Celle du roi Arthur et de l'enchanteur Merlin ?

— Celle-là même.

— Le ménestrel qui est venu l'hiver dernier l'a chantée, se souvint Algonde, qui ne voyait pas quel rapport il pouvait exister entre ce poème et cet étrange portrait.

— Sur l'île d'Avalon cohabitaient les êtres de lumière, comme Merlin, qui détenaient le savoir originel, les druides et les prêtresses, mortels chargés de l'enseigner aux peuples de la terre, dcs créatures serviles comme les elfes, les gnomes et les lutins, maléfiques comme les harpies, ou encore les fées, immortelles de nature, ainsi que les harpies, mais généreuses, bienfaitrices et d'une beauté qui surpassait de loin toutes les autres. Parmi leurs nombreux pouvoirs se trouvait celui d'invisibilité qui leur permettait d'aller et venir dans le monde des humains sans que ceux-ci s'en doutent. De nombreux hymens avaient eu lieu pourtant, si désastreux que Merlin interdit aux fées de quitter l'île et de succomber de nouveau au charme d'un homme, sous peine d'être bannies à jamais. De fait, la puissance de l'Église s'étendait partout, transformait les lieux païens en sanctuaires divins et repoussait peu à peu les anciens cultes aux frontières de l'imaginaire. Les fées n'avaient plus leur place dans cette réalité austère. Elles acceptèrent donc ce que Merlin leur imposait, tandis que la grande prêtresse d'Avalon tentait de préserver ses anciennes alliances et d'en conquérir de nouvelles pour que la porte entre les deux mondes ne soit jamais refermée. Il y eut une fée, pourtant, qui refusa de se résigner…

— Mélusine, était intervenue Algonde, soudain passionnée.

— Non, sa mère, Présine. Le peuple des humains la fascinait. Elle ne perdait aucune occasion de se faire raconter ce qui se passait autour de l'île. Un jour, apprenant que le roi d'Écosse désirait s'entretenir avec la grande prêtresse, Présine se dissimula derrière une tenture du palais pour l'apercevoir. Le roi Elinas lui plut tant qu'elle en tomba amoureuse, au point, lorsqu'il revint la semaine suivante, de se révéler à lui dans la forêt qu'il traversa. Elle usa de mensonge, se fit passer pour une dame celte de haut lignage née avec la faculté de prophétie. Elle ajouta que ce don de Dieu ayant inquiété en Avalon où l'on se prétendait seul capable de le ressentir, on la tenait depuis séquestrée dans l'île. Sa beauté et sa ferveur la rendirent si convaincante qu'Elinas en fut aussitôt épris et ne songea plus qu'à la délivrer. Présine trompa la vigilance de Merlin, et rejoignit Elinas hors d'Avalon, dans la chapelle de Canterbury où ce dernier l'attendait pour l'épouser. Lorsque Merlin réalisa que Présine les avait dupés, il était trop tard, le mariage était consommé. Il se contenta de mettre en garde Présine sur les conséquences de ses actes et de lui faire jurer de ne jamais avouer qui elle était en vérité. La fée accepta tout ce qu'on voulut, y compris de regagner l'île et de se faire passer pour morte dès lors que son époux serait défunt. Elle promit aussi de ne pas enfanter.

— Elle n'a pas tenu parole, apparemment, avait commenté Algonde en se tournant de nouveau vers le portrait, avide de savoir en quoi toute cette histoire, pour passionnante qu'elle soit, la concernait.

— En effet, avait repris Gersende dans un soupir. Car c'est ici que commence notre lignée.

Algonde avait sursauté.

— Notre lignée… avait-elle répété, incrédule.

Gersende avait caressé d'une main affectueuse la joue de sa fille, un triste sourire aux lèvres.

— Et cette prophétie qui y est rattachée et dont, j'en suis certaine, Mélusine t'a parlé.

Algonde avait hoché la tête, l'invitant du regard à poursuivre son récit.

— Les premières années de ce mariage contre nature furent heureuses. Tant que la fée en oublia son serment et s'abandonna à cette existence que nourrissait son émerveillement pour le monde des humains. L'amour qu'elle éprouvait pour Elinas était si intense qu'elle lui offrit les enfants qu'il espérait, certaine qu'il respecterait sa promesse de ne pas chercher à la voir pendant ses couches. Cette nuit-là, elle donna naissance à des triplées : Mélusine, Mélior et Plantine, au plus haut degré de la tour où elle avait coutume de se retirer pour se laisser aller à sa nature de fée. Perturbée par la douleur de l'enfantement, elle oublia de boucler sa porte. L'entendant hurler, Elinas força l'entrée et la découvrit entourée de lumière bleutée et d'elfes venus l'assister. Loin d'en être émerveillé, il s'imagina dupé par la grande prêtresse.

— Pourquoi ? avait demandé Algonde de plus en plus fascinée.

— Certain que son peuple en tirerait bienfait, Elinas avait autorisé les prêtresses à étendre leur pouvoir en Écosse. La seule condition qu'il y avait mise était que leur sang ne se mêle jamais, car il voulait éviter de se retrouver un jour sous la domination d'Avalon. Il crut que Présine avait été chargée par la grande prêtresse de pervertir sa lignée pour s'en assurer le contrôle.

— Qu'advint-il de Présine ?

— La colère du roi la renvoya en Avalon avec ses filles, sans qu'il accepte seulement d'entendre ses raisons. C'est ainsi que l'Écosse se vit privée de l'influence d'Avalon. Et que la grande prêtresse garda à Présine une rancune tenace refoulée par le respect qu'elle devait à Merlin.

— Or donc, Mélusine et ses sœurs étaient de sang mêlé… Quelle place pouvaient-elles avoir en Avalon ?

— Aucune en vérité, car, comme l'avait craint Merlin, bien qu'immortelles, elles était trop différentes des autres. Et d'autant plus qu'on leur cacha la vérité sur leur naissance. Elles finirent par l'apprendre alors qu'elles abordaient leur quinzième année, d'un des elfes qui y avaient assisté. Réalisant tout ce dont leur père les avait privées, elles décidèrent de le punir. Au fil des ans, elles s'étaient découvert des pouvoirs magiques complémentaires qu'elles unirent : Mélusine pouvait nager comme un serpent de mer des heures durant, Mélior possédait un épervier qui donnait corps à ses rêves les nuits de pleine lune, quant à Plantine, outre la faculté de changer d'apparence comme sa mère, l'or qu'elle convoitait disparaissait pour réapparaître près d'elle. Jusque-là, en Avalon, elles n'avaient guère eu le loisir d'utiliser ces pouvoirs. Ce fut Mélusine qui parvint à situer le royaume de leur père. Mélior y envoya son épervier. Elinas fut capturé et enfermé au cœur de la montagne de Brumbloremmlion, tandis que Plantine s'appropriait le trésor du royaume. Évidemment, la disparition du roi parvint jusqu'aux oreilles de Présine, qui n'avait jamais pu ni lui en vouloir ni l'oublier. Subodorant la vérité, elle convoqua ses filles et tenta de leur faire révéler l'endroit où elles détenaient Elinas prisonnier. Elles ne surent que se moquer de la sensiblerie de leur mère. Furieuse et désespérée, Présine les châtia en faisant de leurs pouvoirs des tares. Mélusine se vit affublée d'une queue de serpent tous les samedis et condamnée à errer par les chemins. Mélior fut enfermée dans un château d'Arménie sous la garde de son épervier. La dernière, Plantine, fut emmurée en Aragon avec le trésor de son père qu'elle dut faire prospérer. La grande prêtresse, quant à elle, exigea qu'elles restent captives de cette malédiction à jamais. Ainsi fut fait. Mais au grand désarroi de la grande prêtresse, à peine les trois sœurs eurent-elles quitté Avalon que la grande prophétesse de l'île lisait dans les runes que rien ne serait comme elle l'espérait.

— « Le pouvoir des trois, du mal triomphera, et l'enfant né velu d'Hélène et d'un prince d'Anatolie, les Hautes Terres conquerra », énonça Algonde dans le silence de la chambre maudite, facc à cette lune ronde qui lui souriait, complice.

Un épervier se mit à tournoyer en contre-jour avant de gagner la cime d'un arbre.

Grâce à la dernière révélation de Gersende, tout prenait un sens désormais.

— Je ne saurais te dire comment les trois sœurs apprirent la prophétie, avait poursuivi Gersende, mais elle leur donna le courage d'affronter leur destin. J'ignore ce qu'il advint de Plantine, mais Mélusine s'éprit de Raymondin, reproduisit l'erreur de sa mère et, comme elle, fut condamnée à l'exil par son époux après l'avoir doté d'une solide descendance. Mélior, à l'inverse, refusa de survivre à l'homme qu'elle aimait. Elle n'eut de cesse de chercher le moyen de se libérer elle-même en perdant son immortalité. Elle y parvint en offrant les yeux de son amant en sacrifice à son épervier. Elle demeura près de l'aveugle jusqu'à ce que la vieillesse les gagne tous deux et les emporte côte à côte. Elle ne pouvait pour autant abandonner ses sœurs. La prophétie elle-même tendait à prouver que son pouvoir devait lui survivre. Avant de mourir, elle eut une vision qu'elle confia à sa fille, hélas mortelle, la chargeant d'avertir Mélusine puis de transmettre de génération en génération qu'une de sa descendance naîtrait pour la remplacer, à qui l'épervier obéirait et qui ressemblerait trait pour trait aux triplées… Toi, Algonde. Je l'ai craint lorsque l'épervier a plongé sur ton père, le lendemain du jour où tu l'as surpris en train de me battre sauvagement, je l'ai compris lorsque Mélusine t'a sauvée… Nous en avons à présent la preuve avec ce portrait.

Algonde bâilla devant la croisée. Détaché de la cime d'un arbre, un épervier piqua vers le sol pour saisir une proie invisible. Était-il celui de Mélior ? Celui-là même qui avait provoqué la mort de son père ? Était-elle vraiment responsable de ce qui était arrivé ? Elle ne parvenait pas à se sentir coupable. Comment savoir ? Il y avait tant de choses qu'elle ignorait encore sur elle-même, sur ce qui l'attendait. Si seulement Mathieu pouvait y être associé. Le cri insistant et indéchiffrable du rapace retentit dans la nuit, alors que, les ailes à demi déployées, il planait en lisière de la forêt dans un long vol glissé. Les paupières lourdes, Algonde quitta la chambre en ayant soin de la refermer à clef.

Tôt ou tard, les réponses viendraient.

13.

Debout sur le palier, Jacques de Sassenage leva les yeux vers la volée de marches. L'envie de grimper à l'étage de Mélusine le tenait depuis le réveil, mais, entendant qu'on s'y activait déjà, il hésitait, cherchant une véritable raison de s'y rendre. Arguer de curiosité aurait été donner trop d'importance à une légende à laquelle son scepticisme refusait de croire. Il tapota du pied sur la marche. Avait-il besoin d'une excuse ? Il était le seigneur. Tout-puissant sur ses terres. Alors quoi ? Il releva le genou, le trouva pesant, et le souvenir de son cauchemar de la nuit le rattrapa.

Il s'était vu de nouveau dans la chambre autrefois condamnée, les jambes pareillement collées l'une à l'autre, recouvertes d'une écaille luisante, face au portrait sur le manteau de la cheminée. Mélusine… ou Algonde ? La ressemblance avec la fille de son intendante était telle qu'il s'était éveillé tandis que le poursuivait un rire caverneux dont il aurait pu jurer qu'il provenait de derrière les murs.

Un rai de lumière filtrait à la croisée des tentures de son lit. Il avait agité la clochette pour faire venir Algonde à son chevet. La jouvencelle, avenante comme à son habitude, lui avait souhaité le bonjour après avoir relevé les rideaux.

Lorsqu'elle s'était plantée en bout de lit pour lui demander s'il souhaitait qu'elle lui fît porter son matinel dans sa couche ou à côté, sur la table, il s'était adossé à ses oreillers.

— Je vais me lever, avait-il décidé, après l'avoir fixée un long moment en silence.

Il avait remarqué en homme de goût qu'elle s'affinait au fil de ses visites. Pour la première fois, il prit conscience qu'elle était devenue jolie. Excessivement. Sans doute gênée par cet examen, elle avait baissé les yeux et souhaité se retirer. Le baron ne l'avait pas retenue. Le désir qu'elle avait soudain éveillé en lui l'avait dérangé. Non qu'il fût homme à refuser de satisfaire ses pulsions lorsqu'elles se trouvaient bridées par l'abstinence, encore que, les années passant, elles se fussent émoussées, mais l'idée de contraindre la jouvencelle lui déplut. Précisément à cause de ce rêve et de son sens qu'il ne parvenait à déchiffrer. À peine sa toilette faite et son matinel avalé, Gersende lui avait annoncé qu'elle avait pu fixer une date pour ses épousailles avec Sidonie au 26 août, et commis Algonde au nettoyage de la chambre pour Philippine.

— Faites seller mon palefroi que je puisse chevaucher jusqu'à la Rochette et informer maître Dreux des nouveaux délais, avait-il commandé en retour, rasséréné par ces nouvelles.

Quelques minutes plus tard, il bouclait la porte de son appartement et l'envie de vérifier si le décor de son cauchemar était conforme à la réalité l'avait rattrapé.

Un bruit sourd en provenance de l'étage supérieur acheva de le décider.

Poussant la porte légèrement entrebâillée, il découvrit Algonde de dos, enveloppée d'un nuage de poussière soulevé par le balai qu'elle maniait. Un simple coup d'œil suffit au baron pour que remonte en lui le malaise. Immobilisé sur le seuil, il fixa le manteau de la cheminée où se découpait la trace sombre d'un cadre. Une veine tressauta à sa tempe tandis que son rythme cardiaque s'accélérait. Soit Gersende lui avait menti, soit le portrait avait été enlevé avant qu'elle pénètre dans la pièce. En ce cas, c'était lui qui l'avait retiré, même s'il ne s'en souvenait pas. Pour le mettre où et pourquoi ? Dans les deux cas, le mystère restait entier. Or le baron Jacques était trop féru de vérité pour se satisfaire de ne pas l'élucider.

La jouvencelle suspendit son mouvement de va-et-vient pour se précipiter à la fenêtre, prise d'une quinte de toux. Craignant qu'elle ne pivote et ne le trouve ainsi figé, il tourna les talons et dévala l'escalier. La réponse à tout cela se trouvait peut-être à la Rochette et dans ce souterrain que Mélusine avait demandé en songe à Sidonie d'y creuser.

Algonde avait perçu sa présence. Elle demeura encore quelques minutes immobile, feignant de s'étouffer, le cœur palpitant dans sa gorge, soulagée de voir que son subterfuge pour éloigner le baron avait réussi. Son regard sur elle tantôt l'avait effrayée. Aussitôt lui était revenue en mémoire sa conversation avec Mathieu. Il avait raison, de toute évidence le baron la voulait. Elle s'écarta de l'ouverture. Si le baron avait tenté de la prendre, elle aurait hurlé, ameutant le veilleur sur la terrasse. Elle aurait bien trouvé ensuite le moyen de se garder de son maître. Retournant à la porte, elle la barra de l'intérieur, se fustigeant de ne pas l'avoir fait avant. Elle récupérait son balai abandonné au sol lorsqu'il lui sembla entendre un appel si insistant qu'elle s'approcha du conduit de la cheminée d'où il provenait. Sans prendre conscience de ce qu'elle faisait, elle apposa sa main dans une empreinte taillée à même la pierre, sur la face intérieure du foyer. Ses doigts en épousèrent la forme à la perfection. Une dalle pivota, révélant un escalier qui descendait au cœur de la muraille. Une lumière diaphane le baignait, comme si des milliers de vers luisants tapissaient les anfractuosités du mur. Sans hésiter, Algonde posa le pied sur la première marche.

Au bout d'une centaine de degrés, elle déboucha dans une crypte visiblement ancienne et creusée sous les fondations du château. Toujours cette lueur, partout alentour. Elle progressa sans crainte sous les voûtes séculaires taillées à même le roc. La voix, de toute évidence, provenait de ce qu'elle prit pour un autel de pierre au centre de la pièce. La jouvencelle s'en approcha. Il s'agissait en réalité d'une margelle à hauteur de poitrine qui encerclait un bassin étroit empli d'une eau noire. Bien que l'appel de son nom ait cessé, elle se sentit irrésistiblement attirée par la surface liquide et dut se faire violence pour ne pas y basculer, rattrapée par le souvenir de son ébauche de noyade.

— Montrez-vous, Mélusine, ordonna-t-elle en reculant. Je ne voudrais pas que vous ayez encore à me sauver.

Un sifflement dans son dos lui répondit. Il ressemblait à celui d'un serpent, amplifié par l'écho de la salle. Algonde déglutit avec peine, cherchant dans le souvenir qu'elle gardait de la fée de quoi se rassurer. Elle fixa son ombre qu'un discret contre-jour découpait sur le mur et vit celle d'une créature se déplier lentement derrière elle jusqu'à la dépasser. Elle s'affola. Ce n'était pas Mélusine et elle se prit à espérer que ce monstre soit soumis à la fée comme l'épervier l'avait été à Mélior.

— C'est moi… Algonde, essaya-t-elle, se forçant à pivoter lentement, comme si le seul énoncé de son nom pouvait suffire à la protéger.

Un cri étranglé lui échappa en découvrant la réalité. Un serpent noir et jaune pourvu d'ailes déployées de chauve-souris et à la tête aussi grosse que la sienne oscillait sur sa base, enroulée à même le sol de terre, l'œil fixé sur elle. Algonde recula, heurta des reins contre la margelle. La langue fourchue et sifflante en avant, la bête fondit sur elle avant qu'elle ait eu le temps de s'écarter. Elle eut le sentiment d'une brûlure à la poitrine avant de se sentir agrippée aux épaules et de basculer en arrière.

L'eau noire lui emplit la bouche et le nez sans qu'elle cherche à se débattre. Tétanisée par la morsure, elle aurait été, de toute manière, incapable de respirer.

Obsédé par cette histoire de portrait, le baron couvrit sans s'en rendre compte la distance qui le séparait de la Rochette. De plus en plus, l'idée que Gersende l'avait subtilisé lui apparaissait comme la seule possibilité. Le fait qu'Algonde ressemble à Mélusine de manière aussi frappante pouvait le justifier. À condition que cela fût vrai. Car au fond rien ne prouvait que son subconscient troublé par la beauté de la jouvencelle n'en ait pas déformé l'image. Dès lors son cauchemar pouvait s'expliquer, qui avait mêlé habilement fantasmes et superstition. Sidonie, en lui parlant de son rêve avec Mélusine, avait dû amener le sien, tout comme l'idée de réhabilitation de l'étage. Le portrait avait concrétisé son désir d'Algonde. Quant à ses pieds entravés, ils symbolisaient sans doute cette appréhension qu'il gardait d'un nouvel hyménée.

Lorsqu'il mit pied à terre devant le manoir, il en était persuadé. Cette explication, mieux que toute autre, satisfaisait son besoin de rationalité. Restait l'énigme de la disparition du portrait. Il se pouvait fort bien que cette pièce ait été visitée par un de ses ancêtres, qui l'aurait ensuite de nouveau bouclée pour que la légende soit respectée.

Fort de cette explication, il s'avança jusqu'aux marches de l'escalier que dévalait déjà maître Dreux, alerté par son apprenti, un rouquin flamboyant aux vêtements blanchis par le sac de chaux qu'il portait à l'épaule au moment où le cheval du baron avait déboulé dans la cour.

— Bien le bonjour, mon seigneur, l'accueillit maître Dreux. Je ne vous attendais pas si tôt après votre dernière visite. J'espère que rien de fâcheux ne vous amène.

— Au contraire, mon ami. Au contraire. Où en êtes-vous de votre ouvrage ?

— Si vous voulez me suivre, vous pourrez en juger, lui concéda le maître d'œuvre en l'y invitant d'un geste.

Ils pénétrèrent l'un derrière l'autre dans le manoir où les ouvriers continuaient de s'activer, tandis que le baron lui exposait les faits.

— Deux semaines, dites-vous... Même en travaillant nuit et jour, je ne saurais pas vous le promettre, messire, se lamenta maître Dreux, visiblement ennuyé.

— En doublant vos effectifs, peut-être, essaya le baron Jacques, qui découvrait le chantier à peine plus avancé à l'intérieur que la fois précédente.

Seul le pigeonnier couvert par ses tuiles avait changé. Maître Dreux tortilla son bonnet et se mordit la lèvre.

— Ce sont les finitions qui prennent le plus de temps. Les bons ouvriers ne sont pas légion. Je pourrai tout au plus en trouver deux ou trois à Grenoble, à condition qu'ils ne soient pas embauchés sur un autre chantier, mais ce sera pas suffisant. Faut vous faire une raison, mon seigneur. Je ferai mon possible pour que la tour soit achevée et la salle de réception meublée. Le menuisier est occupé à assembler la table et les coffres. En cuisine, les fours sont en train de sécher, qui pourront servir bientôt. C'est tout ce que je peux assurer. Pour le reste, faut pas me demander de gâter le métier. J'y gagnerais ma fortune mais y perdrais ma renommée.

Jacques de Sassenage hocha la tête, résigné.

— Cela vous honore. Qu'il en soit donc ainsi. J'ai une faveur encore à vous demander.

Maître Dreux courba la tête, son sourire retrouvé. Du moment qu'on le laissait travailler à sa manière, il pouvait bien satisfaire à tout ce qu'on voudrait.

Le baron s'assura d'un regard qu'on ne pouvait les entendre, et, s'approchant de lui, baissa le ton :

— J'ai à faire dans votre bureau.

— Vous ne pensez pas ce que je crois que vous pensez, bredouilla le maître d'œuvre.

— Plus encore que vous ne croyez, lui assura le baron, l'air si décidé que maître Dreux en frémit de la tête aux pieds.

— J'ai promis à dame Sidonie, argua-t-il.

— Je n'ai pas l'intention de lui en parler.

Cette affirmation ragaillardit un peu le bonhomme. Sa curiosité naturelle prit le dessus.

— Soit, décida-t-il en sortant une clef de sa poche.

Quelques minutes plus tard, dans le réduit sombre du passage secret, ils descendaient l'un derrière l'autre l'escalier à la lueur de la lanterne que maître Dreux avait allumée.

La sensation était pire que tout ce qu'Algonde aurait pu imaginer. Plusieurs nuits durant, le souvenir de sa noyade l'avait éveillée sur sa couche en sueur, oppressée. De nouveau, c'était une réalité. Elle aurait voulu perdre conscience dès lors qu'elle s'était sentie entraînée en arrière dans l'eau glacée, voire mourir sur l'instant, mais étonnamment, bien que ses poumons lui semblassent vides, elle vivait. Elle était en apnée. Une apnée qui durait au-delà du concevable alors que Mélusine l'entraînait plus profondément de seconde en seconde par des boyaux dont parfois, au passage, elle sentait les aspérités sur ses membres ballottés. La douleur dans sa poitrine avait été brève mais fulgurante. Il lui en restait la certitude d'une transformation physiologique. Sans doute celle qui permettait ce prodige. Par instants, elle se prenait à inspirer par réflexe, paniquait de sentir sa respiration bloquée, s'agitait puis se calmait à la voix apaisante de Mélusine qui, la tenant étroitement serrée contre elle, lui assurait qu'elle ne courait aucun danger. Algonde se concentrait alors sur les mouvements de queue qu'elle sentait battre contre ses mollets et tentait de se rassurer : elle devait faire confiance à la fée. Elle finit par s'abandonner, faire corps avec elle et ouvrir les yeux. Sa surprise fut telle qu'elle en oublia aussitôt tout le reste. Loin de la noirceur qui l'avait précédemment avalée dans le puits, elle découvrit le lit d'une rivière profonde qu'habitait un monde insoupçonné d'algues et de poissons. Ces derniers fuyaient en banc ou s'éparpillaient vivement devant elles. Évitant les rochers, Mélusine remonta le courant, à peine embarrassée de sa charge, avant de piquer de nouveau dans l'ombre d'un boyau, si resserré qu'Algonde eut l'impression qu'elles y resteraient coincées. Au bout d'un temps qui parut à la jouvencelle une éternité, un coup de reins les ramena vers une trouée de lumière. Elles crevèrent la surface d'un lac dans une grotte souterraine emplie de dentelles de calcaire.

Algonde ouvrit la bouche par réflexe. À sa grande surprise l'air s'y engouffra aussitôt, brûla sa trachée et ses bronches avant de s'emparer de ses poumons comme s'il voulait les faire éclater. Elle se mit à tousser, foudroyée une nouvelle fois par la douleur à l'endroit de la morsure. Mélusine, qui la tenait toujours enlacée, lui appliqua sa main sur la bouche et lui pinça le nez. Algonde se trouva de nouveau en apnée, mais cette fois son corps ne voulait plus le supporter. Elle se débattit, cherchant l'air qui lui avait manqué.

Sans la lâcher, Mélusine ôta sa paume. Algonde en perçut l'odeur marine. Elle respirait de nouveau normalement. La nausée la prit pourtant. Elle n'eut pas le temps de s'en inquiéter qu'un martèlement de pas ébranla le silence de la salle, amplifié par l'écho.

— Viens, chuchota Mélusine à son oreille. Il faut nous cacher.

Algonde nagea dans son sillage jusqu'à l'abri d'un monticule de rochers baignés d'obscurité.

— Nous y voilà, messire, indiqua maître Dreux en balayant de sa lanterne l'arche naturelle qui rattachait le boyau des carriers à la salle souterraine.

Jacques s'y engouffra sans hésiter. Baigné de la lumière qui descendait en faisceau d'un trou dans la voûte à quelque deux cents pieds de haut, le lac couleur de bronze s'auréolait d'une tache plus claire en son centre. Ce faisceau s'avérait suffisant pour révéler la grandeur imposante de la grotte, de même que son décor somptueux. Jamais Jacques de Sassenage n'avait vu dentelle aussi travaillée au crochet d'une dame. Elle tombait en drapés par endroits, rejoignait comme une toile d'araignée les pointes de calcaire qui montaient ou descendaient, ruisselantes d'eau. On eût dit que la salle entière chuintait goutte à goutte une mélopée sans cesse continue et renouvelée.

— C'est magnifique, murmura le baron.

— Féerique me semblerait plus approprié, corrigea maître Dreux, parvenu à ses côtés.

Jacques de Sassenage ne releva pas. Il s'avança jusqu'en bordure de l'eau qu'un remous venait de troubler et suivit l'ondulation d'un regard curieux.

— Une anguille sans doute. On raconte qu'il en existe longues de plusieurs toises, dans les eaux du Furon, affirma-t-il au maçon.

Maître Dreux lui offrit un sourire entendu, avant de s'écarter de la berge. Si leur présence déplaisait à Mélusine, elle aurait tôt fait de les entraîner dans les profondeurs. Libre au baron de mesurer le danger. Avisant une pierre plate suffisamment en retrait, il s'y installa et, les sens aux aguets, attendit de voir ce qui se passait.

14.

— Ne bouge pas, il ne peut nous remarquer d'où il se tient, chuchota Mélusine à l'oreille d'Algonde, qui venait de reconnaître le baron penché au-dessus des eaux sombres du lac.

La jouvencelle opina du menton. La douleur en sa poitrine s'était calmée, même si ses poumons sifflaient discrètement à chaque expiration. Le froid de l'onde qui l'enserrait jusqu'à la taille la glaçait à présent qu'elle en avait conscience, et elle devait se contenir pour ne pas claquer des dents. Ses doigts agrippés, pour se garder en surface, à une des roches qui les dissimulaient, elle et la fée, avaient bleui et s'engourdissaient. Elle se demanda si Mélusine avait conscience de l'effort qu'elle fournissait. Elle tourna la tête vers elle. Comme la première fois qu'elle l'avait rencontrée, son teint verdâtre, granuleux, flasque et crevassé l'écœura, même s'il avait cessé de l'effrayer. Derrière les oreilles s'ouvraient des branchies que cachait la chevelure clairsemée, filasse et décolorée. La bouche autrefois riante et charnue, semblable à la sienne sur le portrait, n'était plus qu'un trait tombant et épais. Au-dessus de la taille, les seins s'étaient alourdis, bien qu'ils aient conservé leur galbe. Dans son dos, des ailes atrophiées rappelaient à peine la vaste envergure de celles que la légende lui prêtait. Seul le regard qu'elle portait au-delà des rochers restait vif, acéré. La remarque de Mathieu lui revint en mémoire au moment où Mélusine, prenant conscience de cet examen, se détournait du sien pour la fixer.

— Vos yeux ont la couleur du Furon, murmura Algonde.

La surprise s'y inscrivit.

— Je suis le Furon, répliqua Mélusine, comme une évidence.

Algonde devina dans le ton plus de tristesse que de fierté.

— Où sommes-nous ? demanda-t-elle d'une voix à peine audible, refoulant la pitié que cette caricature lui inspirait.

Malgré le froid qui la tétanisait, leur situation prêtait aux confidences et elle avait l'intention d'en profiter.

— À la Rochette, répondit Mélusine, suivant des yeux les déplacements du baron qui longeait la berge et se baissait parfois pour ramasser une pierre avant de la rejeter.

Elle savait ce qu'il cherchait et en souriait d'aise.

— Sous le manoir ? s'étonna Algonde.

— Exactement. Un souterrain mène à cette grotte depuis la maison forte.

— Pourquoi ? demanda Algonde.

Mélusine se tourna vers elle.

— Tu es curieuse comme je l'étais aussi, dit-elle. Il n'existe pourtant qu'une seule réponse. La prophétie.

— Vous m'avez demandé de vous amener l'enfant dont elle parle, mais je n'en comprends pas la raison, en vérité. Qui est-il ? Où le trouver ? Ces Hautes Terres qu'il doit conquérir, où se trouvent-elles ? Quel est ce serpent dont la morsure possède d'aussi surprenantes qualités ? Pourquoi me les avez-vous données alors que seul le pouvoir de Mélior peut servir à vous libérer, vous et Plantine ?

Mélusine frôla d'un doigt palmé la joue d'Algonde.

— Tu seras près de l'enfant lorsqu'il naîtra, c'est une certitude. Vous êtes liés l'un à l'autre et lui à moi. C'est la seule chose dont tu doives te soucier. Le reste ne te concerne pas. Je suis navrée, Algonde, mais je n'avais d'autre choix que d'obliger le baron à rompre les scellés. Ce passage dans mon ancienne chambre est le seul qui pouvait te permettre de me rejoindre. Cette vouivre est la gardienne de la crypte. Elle protège mon secret. Sa morsure est mortelle pour qui n'est pas immunisé. Ce qui nous amène à ceci, ajouta-t-elle en désignant Jacques de Sassenage qui levait vers la lumière une pierre pour mieux l'examiner.

Algonde fronça les sourcils. Le front du baron s'était plissé et sa bouche se tordait en un rictus étrange qu'on eût dit empreint de curiosité sceptique.

— Qu'est-ce que c'est ?

— De quoi nourrir ses doutes et l'amener à satisfaire ma volonté.

— Mais encore ? insista Algonde, qui devinait le plaisir de Mélusine à l'abreuver d'énigmes.

— Une de mes larmes cristallisées.

— Allons, maître Dreux, entendirent-elles prononcer à cet instant.

Le baron Jacques s'en retournait vers le maçon, la pierre empochée.

— Mélusine ne s'est pas montrée, en fin de compte, sembla se désoler ce dernier en sautant à bas du rocher.

— Légende, mon ami, légende… Pouvez-vous accorder une quelconque foi à l'idée d'immortalité ?

— Je m'en accommoderais bien, messire… Quoique… Vivre en ce lieu ne me tenterait guère si c'était pour l'éternité.

Un silence pesant s'installa entre Mélusine et Algonde, frigorifiée, le temps que les pas s'éteignent en remontant vers le castel. La fée le rompit d'une voix fataliste.

— En te sauvant de la noyade l'autre jour, je t'ai insufflé de quoi survivre provisoirement au venin de la vouivre. Mais il te terrassera si tu ne prépares pas l'antidote. Il n'y a qu'un seul moyen pour y parvenir. Te faire engrosser cette nuit par un de ma descendance. Jacques en l'occurrence.

Algonde sursauta. La fée était-elle sérieuse ?

— Je sais à quel point ce que je te demande est difficile, la devança Mélusine en posant une main sur son épaule.

Loin de la réchauffer, ce contact ne fit qu'aggraver son malaise. Algonde blêmit tant que Mélusine en prit soudain toute la mesure.

— Idiote que je suis, maugréa-t-elle contre elle-même. Toutes ces années en ce lieu m'ont fait oublier que tu n'es pas encore adaptée. Viens, dit-elle en lui tendant la main.

Algonde la saisit, entre la crainte du glissement de l'eau autour de ses épaules et l'espoir d'en être bientôt délivrée. À la limite de l'évanouissement, elle se laissa de nouveau engloutir, ballotter, en proie aux mêmes sensations que précédemment, mais aggravées cette fois, par l'engourdissement qui peu à peu la gagnait. Elles émergèrent dans une salle plus étroite, emplie de vapeur. Cette fois, Mélusine n'eut pas besoin de lui couvrir la bouche ou de lui pincer le nez. Le passage d'un état à l'autre s'était fait seul. Son corps s'acclimatait. Tout comme elle avait cessé de respirer à peine sa tête immergée, elle retrouva son souffle dans cette étrange atmosphère. Mélusine la hissa sur la berge.

— Étends-toi près de la source chaude. Tu vas peu à peu te reprendre.

Algonde lui obéit. Quelques minutes passèrent dans le sifflement de ses bronches qui, entre l'eau et l'air, ne savaient plus véritablement comment fonctionner. Ses dents claquaient par intermittence et des frissons la parcouraient. Accoudée à un rocher qui offrait une margelle plate, Mélusine la fixait, attentive et coupable de sa négligence. Lorsqu'elle la vit s'apaiser, elle poussa un soupir de soulagement. Algonde tourna alors la tête vers elle. La brume chaude qui les encerclait rendait le faciès de Mélusine plus désagréable encore. Leurs regards se fondirent. Celui de la fée n'était que douceur. Algonde en fut touchée. Un instant seulement. Car lui revint en mémoire comme une gifle le regard concupiscent du baron sur elle.

La peur la submergea plus sûrement que son bain forcé.

— Je ne veux pas, je ne peux pas, dit-elle simplement.

Mélusine fronça les sourcils. Elle devait profiter de ce semblant de faiblesse pour convaincre la jouvencelle de lui faire confiance. Forcer le verbe. Ne pas lui laisser le temps de penser…

— Tant de choses nous semblent insurmontables, murmura-t-elle d'une voix morte. Il m'a fallu goûter à l'amour d'un homme pour comprendre à quel point ma mère avait pu chérir notre père. Nous n'avions pas le droit de nous moquer des sentiments qu'elle avait éprouvés, du pardon qu'elle lui avait offert et que nous ne voulions accepter. Égoïstes, mes sœurs et moi ? Oui, nous l'avons été, sans le savoir, sans le mesurer. En Avalon, personne n'a eu l'idée de nous protéger contre cette partie humaine en nous. La colère, la rancœur, la vengeance. Nous les avons reçues en héritage, de plein fouet, sans y avoir été préparées. Tu ne peux imaginer, Algonde, combien j'en ai voulu à ma mère de nous avoir punies de cette manière, et tout autant pardonné lorsque j'ai rencontré Raymondin. À cet instant, j'ai compris ce qu'elle avait voulu nous enseigner. J'ai compris sa souffrance et son bonheur passé. J'ai voulu délivrer notre père, mais il était mort déjà. J'ai approché une prêtresse en pays celte, je l'ai suppliée de tout expliquer à Présine. Mes remords, ma repentance. C'est alors que j'ai appris pour la prophétie. Quant à ma mère, elle avait disparu. Nul en Avalon ne savait où elle se trouvait. Tout ce que la prêtresse pouvait faire, c'était de relayer mon message dans l'espoir qu'il lui parvienne un jour. J'ai attendu, espéré que cela arrive, confortée dans l'idée que l'amour de mon époux me mettait à l'abri de ce que ma mère avait vécu avec le sien. J'ai donné huit enfants à Raymondin, j'ai bâti nombre de châteaux en des endroits divers, dont ceux de Lusignan et de Sassenage, tendant l'oreille aux rumeurs dans l'espoir de me rapprocher d'elle. Hélas ! la suite, tu la connais. La détresse de Raymondin lorsqu'un de nos fils a mis le feu à l'abbaye de Maillezais, qui hébergeait son frère. Son regard fou, de douleur, d'incompréhension, qui m'accusait d'avoir perverti sa race. Je m'y suis vue monstrueuse, comme sans doute mère l'avait été pour l'homme qu'elle avait aimé. J'ai plongé dans les Cuves du Furon. Les siècles ont passé. La mort de Mélior m'a prouvé que nous possédions toutes un talon d'Achille, mais je n'ai pas su trouver le mien. Sa descendance comme la mienne s'est abâtardie. J'ai cru que la prophétesse s'était trompée. Je m'étais presque résignée, jusqu'à ce que je te repêche dans le Furon.

— Pourquoi me racontez-vous tout cela ? s'étonna Algonde, troublée par l'éloquence de cette confession.

— Parce que j'ai besoin de toi, Algonde. Ton sacrifice, c'est ma liberté.

Algonde s'assit sur la margelle et ramena ses genoux contre sa poitrine. Près d'elle, la source chaude bouillait dans une cuvette, éructant des bulles d'air à la surface. Son malaise s'était transformé. Elle avait beau être touchée par la triste histoire de la fée, la sienne lui paraissait plus injuste encore.

— Vous m'avez demandé d'éconduire Mathieu pour mieux vous servir. Cela n'est-il pas suffisant à ma peine ? Vous savez ce qu'il m'en coûte. Je ne veux pas du baron. Je ne veux pas porter sa descendance. Qu'en ferais-je ?

— Je te l'ai dit. L'antidote au venin de la vouivre. Cet enfançon m'est précieux. Tu dois vivre, Algonde. Vivre pour me l'amener. Vivre pour nous délivrer. Sans le pouvoir des trois, c'est impossible, tu le sais.

Algonde se durcit. Quelque chose d'obscur venait de voiler les traits trop doucereux de la fée. Elle s'emporta, certaine qu'on voulait la duper.

— Quel avantage en aurais-je ? Et si je préférais mourir que de subir ce destin ? Je suis la descendante de Mélior certes, mais cela ne me donne aucune obligation. Aucune responsabilité. Votre sœur vous a lâchement abandonnée et je devrais, moi, prendre sa place ? Vous mentez, Mélusine. Votre talon d'Achille, c'est votre orgueil. Vous auriez pu tout comme Mélior vous guérir de votre immortalité en offrant Raymondin à votre créature, j'en suis sûre. La vérité, c'est que vous êtes toujours aussi égoïste et que vous rêvez de redevenir celle que vous étiez. Seulement voilà. Je ne veux pas me passer de l'homme que j'aime. Je ne veux pas expier un crime que je n'ai pas commis sous le prétexte que je ne suis pour vous qu'une bâtarde et un moyen d'y arriver !

Un long silence les plomba toutes deux, l'écho de sa voix retombé. Visiblement, Mélusine n'avait pas envisagé sa rébellion. Sa voix se fit plus sèche, même si le timbre restait enchanteur.

— Tu te trompes sur moi, sur mes intentions, mais je comprends ta méfiance et la respecte. Tu feras comme tu l'entendras. Je ne peux l'empêcher. Il faut pourtant que tu saches, si tu choisis de mourir, que ce sera dans des souffrances effroyables.

Algonde haussa les épaules. Son regard toisa celui de Mélusine avec plus de détermination encore.

— Pires que les caresses du baron, insista la fée.

Algonde enserra ses genoux de ses bras et y appuya son menton.

— Je ne veux pas porter son enfant.

— Qui parle de cela, Algonde ?

— Toute innocente que je suis, je sais très bien ce que veut dire « se faire engrosser » !

— Une nuit de pleine lune, alors que tu n'es plus tout à fait humaine…

— À plus forte raison, s'obstina Algonde, qui refusa d'imaginer de quelle chose elle pourrait enfanter.

— Très bien, décida Mélusine. Je pensais qu'il valait mieux ne rien te dire encore, mais, puisque tu m'y forces, autant que tu décides en connaissance de cause. Si tu acceptes de rejoindre le baron en sa couche, tu garderas sa semence six mois seulement.

— Seulement ! Nous n'avons visiblement pas la même notion du temps…

— Au terme, tu perdras ce qui ressemblera à un œuf, poursuivit Mélusine, refusant d'entendre. Il te faudra le faire sécher trois lunes de plus avant de le réduire en poudre. Tu devras l'ingérer pour que les effets du poison demeurent permanents en toi sans te condamner, mais tu prendras soin d'en garder la valeur d'un ongle que tu devras glisser dans la bouche du nourrisson avant même qu'il soit mis au sein. C'est essentiel pour le protéger. Amène-moi ce nouveau-né, Algonde, c'est lui la clef de la prophétie. Lui qui concentrera le pouvoir des trois. Amène-le-moi et ton rôle dès lors sera achevé, je te le promets. Tu seras libre. Libre d'aimer Mathieu, de l'épouser et de lui faire autant d'enfants qu'il te plaira.

— Des enfants-serpents ? se moqua Algonde, cynique.

Mélusine retint un soupir d'agacement. Cette jouvencelle avait décidément un avis sur tout. Trop pertinent. L'amener à ses fins serait bien moins facile qu'il n'y paraissait. Elle allait devoir jouer finement.

— Tu n'es pas une bâtarde, Algonde. Loin s'en faut. Bien que mortelle, du sang féerique coule en tes veines, en plus grande quantité que toutes celles qui t'ont précédée. Notre ressemblance en est la preuve. Libre à toi d'utiliser ou non tes pouvoirs, ceux que tu as hérités de Mélior et, à présent, les miens, que t'a offerts la morsure de la vouivre. Des enfants que j'ai eus avec Raymondin, aucun ne portait des écailles. Ta descendance n'en sera pas davantage affectée.

Algonde resta sur la défensive :

— Ma mère sait-elle pour la vouivre, le baron, et tout le reste ?

— Non. Je ne l'ai même jamais rencontrée.

— Vous m'avez dit que je devais écarter Mathieu de mon chemin si je ne voulais pas qu'il soit condamné…

— Et je le crois encore. Tant, du moins, que la prophétie ne sera pas accomplie.

— Pourquoi ?

Mélusine retint un rictus de satisfaction. Elle avait vu juste. La peur de perdre son puceau saurait faire entendre raison à cette impertinente.

— Les harpies ont été libérées.

La surprise chassa un instant la colère d'Algonde.

— Ma mère les a évoquées, mais j'ignore ce que c'est.

— À l'origine, il s'agissait de trois créatures immortelles mi-femmes, mi-oiseaux, repoussantes de laideur, aussi vicieuses que maléfiques, tenues en captivité en Avalon après avoir été chassées de Grèce. Lorsque la prophétesse eut révélé à la grande prêtresse Morgane que l'avènement d'un enfant de notre sang sur le trône des Anciens nous délivrerait de la malédiction, elle n'a pu le supporter. Jusqu'à la fin de ses jours, elle tenta de se donner une héritière pour le lui transmettre. Sans succès. Tous ses enfants furent mort-nés. Pire, à l'exception d'Arthur de Bretagne dont elle était la demi-sœur, aucun roi n'accepta l'alliance qu'elle leur proposa, préférant s'accommoder des prêtres chrétiens plutôt que d'une influence druidique. Devenue une vieille femme, la grande prêtresse décida de se venger de tous. Des hommes qui l'avaient bafouée. De Merlin qui avait refusé ses avances. De ma mère. De nous. Elle passa un pacte magique avec les harpies. La mort de l'enfant de la prophétie contre le royaume des Hautes Terres, dont Avalon n'était qu'une partie. Pour ce faire, elle les dota d'une apparence humaine, leur conseilla de s'attacher au service de notre lignée et les délivra avant de se jeter à la mer. Entre-temps, Mélior était morte en emportant le secret de sa descendance. La harpie chargée d'elle retourna en Avalon pour prendre de nouveaux ordres et se fit piéger par Merlin. C'est ce que me raconta la descendante d'une des dernières prêtresses que je rencontrai en Anjou. J'ignore où se trouve la harpie chargée de surveiller Plantine, mais je sais bien qui est la troisième, et tu dois t'en douter aussi.

— Marthe… murmura Algonde, de nouveau glacée.

— Elle a dû apprendre la captivité de sa sœur, mais pas davantage. Nous sommes seules, Algonde. Merlin ne peut quitter Avalon pour nous aider. Pour l'heure, la harpie ignore ta parentèle. Elle se contente d'attendre la naissance de l'enfant pour le tuer, certaine que Mélior, Plantine et moi sommes toujours prisonnières de la malédiction, et que nous ne pourrons dès lors rien empêcher.

— Notre ressemblance n'a pu lui échapper.

— Elle ne m'a jamais rencontrée. Seul le portrait aurait pu te trahir, mais tu l'as enlevé, il me semble. Ne t'y trompe pas pourtant. À présent que ma chambre a été ouverte, la harpie va être sur ses gardes. En chercher la raison.

— Personne ne peut l'arrêter ?

— Toi, tu le peux. En permettant à la prophétie de s'accomplir. Libre, je deviens la régente du royaume des Hautes Terres jusqu'à ce que l'enfant soit en âge de régner. Mes pouvoirs alors seront à même de vous sauver de ses griffes, toi et ton Mathieu. Tu vois, Algonde, à quel point tu es importante pour moi.

Algonde se leva d'un bond, la colère de nouveau au ventre.

— Oh ! oui, je le vois. Je le vois tant que j'en suis écœurée de lucidité. Et j'en ai assez qu'on se joue de mes sentiments, de mes émotions et de ma vie ! Si je ne meurs pas du venin de la vouivre, c'est Marthe qui continuera à me persécuter. Et tout ça pour quoi ? Pour permettre qu'un royaume disparu et dont personne sur cette terre n'a que faire tombe entre vos mains.

— Pour le bien de l'humanité, Algonde.

— Pour votre gloire, surtout. Voilà la vérité. Ne comptez pas sur moi, Mélusine ! Je ne donnerai pas davantage d'arguments à Marthe pour m'abattre. Au contraire. Qu'elle emporte ce nourrisson et en fasse ce qu'elle veut, cela m'indiffère ! Je vais oublier ce cauchemar avec Mathieu, comme je l'avais décidé et le plus discrètement du monde. Si pour cela je dois sacrifier ma virginité dans le lit du baron, soit, j'y suis prête, mais c'est bien la seule chose que j'accorderai à cette prophétie ! La seule, vous m'entendez. Pour le reste, vous vous êtes trompée. Je ne suis pas celle qu'il vous fallait !

Sur ce, elle piqua la tête la première dans les eaux sombres, bien décidée à retrouver seule son chemin si la fée ne voulait pas l'aider. Le bras de Mélusine s'enroula pourtant autour de sa taille.

Quelques minutes plus tard, Algonde sortait du puits, traversait la crypte sans avoir seulement aperçu la vouivre, certaine d'être de nouveau seule maîtresse de sa destinée.

15.

C'est un gloussement en tous points semblable à celui d'une pintade qui cueillit Philibert de Montoison au moment précis où il émergeait des limbes fantomatiques dans lesquels sa blessure le tenait enfermé. Prolongeant son rêve où il se voyait enfant occupé à pourchasser une volaille dans une basse-cour, il tendit ses mains en avant pour l'attraper, un sourire vainqueur à ses lèvres pâles.

Un cri de surprise fissura l'image et son contentement. Il ne pensa pas un instant à ouvrir les yeux pour reprendre corps avec la réalité, persuadé que sa mère venait de découvrir son manège et s'approchait pour lui tirer les oreilles. Il y porta instinctivement les paumes et, les traits ratatinés par l'appréhension, rentra sa tête dans son cou comme une tortue dans sa carapace.

Attribuant l'exclamation de la novice à ses mains qui, hardiment, lui avaient remonté la tunique, Laurent de Beaumont poursuivit l'exploration de ses cuisses, le souffle court et sans vergogne. Prisonnier de son tempérament charnel contrarié depuis trop longtemps, il s'était laissé apprivoiser par les œillades de la jolie Marie, qui assistait sœur Albrante. Il avait suffi de quelques heures à Laurent de Beaumont pour comprendre qu'il plaisait à la jouvencelle au-delà de toute raison. Et trois nuits de rêves libidineux pour se persuader qu'il serait bien avisé de l'aider à jauger sa piété avant qu'elle ne prononce ses vœux. Fort de ce constat, il s'était assuré que sœur Albrante était occupée à la préparation de ses remèdes, tâche qui la retenait dans l'office après none, et avait rejoint sœur Marie auprès de Philibert de Montoison. Quelques mots choisis et la jouvencelle lui avait fondu dans les bras, si troublée de sa cour qu'elle en avait perdu le sens des usages. Il l'avait acculée à la paroi de pierre, le dos tourné au chevalier, tout en surveillant le restant de la pièce par le discret espace qui détachait légèrement la courtine du mur.

— Seigneur Jésus ! s'exclama de nouveau Marie avant de se tortiller, le corps tendu.

Laurent de Beaumont sentit qu'elle lui échappait, sans doute ramenée à la raison par quelque sursaut de conscience, et s'en enragea.

— Je n'en puis plus, ma douce, laisse-toi faire, feula-t-il contre son oreille, dégrafant à la hâte les boutons de sa brayette.

— Pas devant lui, oh ! non, pas devant lui. Il s'éveille, baron… Je ne saurais… implora-t-elle en le repoussant à pleines mains.

Elle se débattit avec tant de force qu'il jugea plus prudent de s'écarter avant qu'elle ne crie. La colère au cœur, il la laissa se jeter au-devant de Philibert de Montoison, bien décidé à la prendre fût-elle agenouillée à son chevet, avant de s'apercevoir à l'attitude du chevalier qu'elle disait vrai. L'ardeur de Laurent de Beaumont retomba aussitôt dans ses braies.

— Monsieur de Montoison… Messire ! M'entendez-vous ? implorait à présent sœur Marie.

Laurent de Beaumont se rajusta, couvrit d'un œil noir la pitoyable résurrection de son rival et disparut derrière la courtine. Il avait besoin d'air pour calmer l'envie de meurtre qui le reprenait.

Bien qu'il eût du mal à reconnaître le son assourdi de cette voix, Philibert de Montoison, tout à son délire enfantin, était certain que ces doigts qui tentaient d'arracher les siens étaient ceux de sa mère. Il plissa plus fort les paupières, fronça le nez, tordit la bouche et s'appliqua autant qu'il put à lui résister. Ce que voyant et ne sachant que faire, la jouvencelle l'abandonna à son rêve comme elle avait laissé Laurent de Beaumont à ses fantasmes et s'en fut en courant quérir de l'aide.

D'humeur morose, sœur Albrante brassait distraitement une décoction de plantes médicinales dans un petit chaudron placé au-dessus de l'âtre. Elle sursauta en entendant la porte s'ouvrir à la volée et s'écarta vivement du foyer pour protéger le bas de son scapulaire de toute projection d'étincelles, ravivées par l'appel d'air. Sa cuillère au long manche de bois à la main, elle se retourna, contrariée, et avisa la jouvencelle qui reprenait son souffle, une main sur la poitrine. La tunique de travers. Décoiffée.

— En voilà une façon de se présenter, sœur Marie ! Ne vous a-t-on pas appris à frapper ?

— Si fait, ma sœur, si fait, s'excusa à peine la novice, le souffle raccourci par sa course autant que par l'émotion.

— Alors quoi ? bougonna Albrante qui, depuis le départ de Philippine, avait quelque difficulté à retrouver son allant.

L'affectation de Marie pour la remplacer n'avait rien arrangé, au contraire. Elle n'était pas dupe du manège de Laurent de Beaumont auprès d'elle, trop jolie et vulnérable. Sœur Albrante était d'une nature tolérante, mais les limites de la bienséance comme celles de sa patience seraient bientôt dépassées.

— C'est Philibert de Montoison, je crois qu'il est réveillé, finit par lâcher Marie d'un trait.

— Vous croyez ? reprit Albrante, sceptique.

— J'en suis sûre, affirma la jouvencelle en bombant le torse devant l'importance de sa responsabilité.

— Soit, lui accorda l'infirmière pour ne pas la vexer. Où est Laurent de Beaumont ?

Un fard empourpra les joues de la novice.

— Il prend le frais, je crois, dit-elle.

Albrante soupira. Cupidon n'avait-il rien de mieux à faire que de troubler ainsi le cœur de cette abbaye ? Elle posa sa cuillère dans un pot de terre cuite qui en contenait d'autres sur une étagère et s'avança vers Marie, qui n'avait pas bougé, écarlate du souvenir indécent des caresses qu'on lui avait prodiguées.

— Vous croyez beaucoup, mais visiblement pas autant qu'il le faudrait pour consacrer votre vie au Seigneur.

La jouvencelle baissa les yeux, gênée.

— Je vous assu…

— Silence. Mentir vous couvrirait d'un péché supplémentaire, la coupa l'infirmière.

La jouvencelle se mit à trembler et Albrante la sentit prête à fondre en sanglots. Adoucie, elle se planta devant elle et la prit par les épaules

— Rien d'irréparable ?

La novice secoua la tête.

— Laurent de Beaumont partira demain. Il est bien assez remis pour voyager. Je le tiens pour seul responsable et ne dirai donc rien à la mère supérieure de votre complicité. Je vous laisse le soin de signifier vous-même à celle-ci votre décision de quitter la vie religieuse.

— Est-ce nécessaire ? se lamenta Marie en relevant le nez.

— Ce n'est pas une punition, mon enfant. J'ai deviné dès votre arrivée chez nous il y a six mois que votre piété était conditionnée par le souhait de vos parents. Aussi, je ne veux pas croire que l'exemple de Philippine soit la cause de vos débordements.

— Je ne saurais l'accuser, lui accorda la jouvencelle.

— Bien. J'appuierai de mon sentiment les arguments que vous donnerez à l'abbesse. Mais, jusqu'à son départ, je vous interdis d'approcher de ce diable.

Marie en pâlit de regret tout en acquiesçant du menton.

— À présent que cela est réglé, racontez-moi donc quel tour vous a joué ce chevalier qui parle en son étrange sommeil.

— Mais il n'a pas parlé, corrigea Marie, comprenant qu'Albrante ne l'avait pas crue.

— Ah non ? Et qu'a-t-il fait cette fois ?

Le temps d'étouffer dans les rares et longs poils noirs de son menton le juron qui faillit lui échapper à peine le récit de la jouvencelle achevé, Albrante se précipitait vers Philibert de Montoison, sa curiosité aux aguets.

Elle le trouva redressé contre son oreiller et les yeux ouverts qui roulaient d'un mur à l'autre. Ils s'arrêtèrent sur elle comme elle déboulait par la courtine relevée, Marie sur ses talons.

— Par tous les saints du paradis, c'était donc vrai ! s'exclama-t-elle en ébauchant un signe de croix sur sa poitrine.

Un sourire léger affranchit les traits pâles de l'homme tandis que, mue par un réflexe conditionné, Albrante s'approchait déjà pour lui prendre le pouls à la carotide.

— Il me semble, ma sœur, que ma barbe a poussé, lui dit-il en portant son autre main à sa joue. Quel jour sommes-nous ?

— Quinze de plus que celui où vous vous êtes accroché avec Laurent de Beaumont. Vous en souvenez-vous ?

Le front du chevalier se plissa.

— Le 16 août donc, compta-t-il, visiblement ennuyé.

— Vous souvenez-vous du duel, messire ? insista Albrante en lui soulevant une paupière pour mieux juger des mouvements et de la blancheur de l'œil.

— Et de Philippine tout autant.

— En ce cas, se réjouit à peine Albrante, je peux affirmer que vous voilà sauvé. Avez-vous faim ?

— Et soif. Et hâte de voir Philippine, de même que l'abbesse à qui j'ai à parler.

— Je vais envoyer quérir cette dernière. Quant à Philippine, il n'y faut pas compter, messire. Elle n'est plus des nôtres désormais, ajouta Albrante, un rien tranchante.

L'inquiétude balaya le regard de Philibert de Montoison.

— Est-elle…

— Philippine est retournée chez son père, le rassura Marie, à laquelle on ne demandait rien et qui le comprit aussitôt en se voyant foudroyée par l'œil réprobateur de l'infirmière.

Philibert de Montoison en revanche la gratifia d'un sourire enjôleur.

— Votre voix… dit-il. Étiez-vous à mon chevet lorsque j'ai émergé de ce rêve étrange ?

— J'en ignore la teneur, messire, mais en effet, lui répondit aimablement la jouvencelle.

— Filez en cuisine et ramenez au chevalier de quoi se sustenter, ordonna Albrante, qui ne tenait pas à ce que la novice se laisse séduire maintenant par Philibert de Montoison.

Marie hocha la tête et disparut.

— Je vais vous enlever cette sonde dont vous n'avez plus besoin, déclara sœur Albrante en écartant les draps à peine la courtine retombée.

Le chevalier, découvrant l'affaire, n'eut pas le temps de s'en inquiéter qu'elle retirait le jonc de son urètre sans le moindre ménagement. La douleur le surprit tant qu'il ne put retenir un cri.

— Vous voilà bien couard, se moqua-t-elle, en reposant avec indifférence son organe malmené.

Un instant, l'idée traversa Philibert de Montoison qu'elle avait peut-être œuvré pour qu'il le reste, mais il préféra la chasser. Sa virilité ne pouvait être entamée !

— Je ne saurai trop vous remercier pour vos bons soins, ma sœur, se fendit-il à l'inverse.

Albrante ramassa le pot de chambre et y noya le drain, ravie du doute qu'elle avait semé dans son esprit. Il méritait bien cela pour avoir tourmenté sa Philippine ! Sans parler du reste. Car, jusqu'à preuve du contraire, elle ne pouvait s'empêcher d'entrevoir la possibilité que Philibert de Montoison soit un meurtrier. Et dire qu'elle avait gaspillé de ce précieux élixir pour le sauver !

— La brûlure vous suivra au cours des premières mictions. Si elle ne disparaissait pas dans trois jours, je vous traiterais en conséquence. Pour l'heure et en attendant votre repas, je ne saurais trop vous conseiller de vous reposer.

— Qu'en est-il de Laurent de Beaumont ? demanda-t-il encore alors qu'elle se détournait avec la visible intention de s'éloigner pour vider l'urinoir.

— Il est sur le départ, comme vous le serez vous-même dès que vos forces le permettront.

— Le retour de Philippine chez elle annonce-t-il leurs épousailles ?

Le souvenir du regard concupiscent de Laurent de Beaumont sur Marie gâta le mensonge qu'elle aurait pu lui servir pour qu'il laisse Philippine en paix.

— Elle a laissé une lettre à votre intention. Je vous la remettrai, décida-t-elle en lui tournant le dos pour lui signifier que l'entretien était terminé.

Il n'insista pas et ferma les yeux, conscient de ses propres limites. Lorsque Marie revint avec un bouillon, du pain et un verre de vin, il dormait. Craignant qu'il ne fût retombé en léthargie, elle posa son plateau au pied du lit et lui secoua l'épaule avec violence.

— Messire… insista-t-elle.

Elle s'écarta lorsqu'il ouvrit un œil.

— Votre repas, bredouilla-t-elle pour s'excuser.

Elle le lui ramena sur les genoux à peine se fut-il redressé, lui souhaita un bon appétit et s'échappa pour rejoindre Laurent de Beaumont qui l'en avait priée, profitant de ce que sœur Albrante s'en était allée quérir l'abbesse.

Le jouvenceau la guettait, près de l'office. Il écarta la porte et elle s'engouffra derrière lui, tout à la fois pressée de son étreinte et résolue à ne pas lui céder.

— Ainsi que sœur Albrante vient de vous le signifier, vous partez demain, messire. Lors, si vous voulez de moi comme je veux de vous, je vous rejoindrai et nous pourrons nous marier, lui annonça-t-elle sans détour en s'écartant de lui suffisamment pour ne pas succomber.

— Douce et belle Marie, susurra-t-il en avançant d'un pas, convaincu sur-le-champ du piège qu'on lui tendait. Comment ai-je pu être assez égoïste pour croire que vous vous divertissiez seulement de votre pieuse existence à mes côtés ? Si j'avais entendu le murmure de votre cœur, et lu dans vos yeux au lieu de m'y noyer…

Elle recula, blême.

— Je n'ose comprendre, messire...

— Las, ma mie, il me faut l'avouer avant que vous ne fuyiez votre vocation. J'en aime une autre, et étais sincèrement certain que vous le saviez. Loin de moi l'idée de vous tromper.

Le menton de la jouvencelle se mit à trembler.

— Elle ne veut pas de vous. Elle vous l'a dit. Nous le savons toutes ici. Je vous croyais résigné.

— Je n'étais que troublé...

— Vous ne comprenez pas... C'est pour cela que j'ai insisté pour la remplacer. Je vous aime, messire. Je vous aime depuis le premier jour où je vous vis vous promener avec sœur Aymonette. Bien avant elle et à jamais. Je me suis offerte quand elle vous a repoussé. Vous ne pouvez me rejeter. J'en mourrais, avoua-t-elle d'une voix hachée par le tourment.

Il le devina si sincère qu'il en fut désarmé. Pas de piège non, juste l'élan d'une femme qui aurait été jusqu'à s'avilir pour se faire remarquer.

Malgré la haine que lui inspirait Philibert de Montoison, il se prit à louer sa résurrection qui l'avait empêché de la déshonorer. Fallait-il que Philippine lui ait troublé les sens pour qu'il se soit attaqué en prédateur implacable à proie si vulnérable, si pure. Et dans ce lieu même ! Il avait accusé le chevalier de toutes les perversités. Ce jourd'hui il ne valait pas mieux que lui. Il se sentit soudain misérable et se méprisa de le penser. Face à lui, les larmes de Marie coulaient, silencieuses, dans ses yeux clairs. Tant d'amour... Il n'en avait pas lu le dixième dans le regard de Philippine. Seulement de la fierté.

— Laissez-moi le temps, murmura-t-il sans y croire. Le temps de l'oublier.

— Je vous attendrai. Mais point dans le mensonge. Je ne saurais prononcer mes vœux à présent que vous m'avez touchée. Je retournerai auprès de mes parents. Jurez-moi que vous y viendrez si vous parvenez à vous détacher d'elle. Jurez, messire. Devant Dieu et dans sa maison.

— Je le jure, accepta-t-il, cette fois avec sincérité.

Si malgré tous ses efforts Philippine s'obstinait, il épouserait Marie. Elle était digne autant qu'une autre et davantage même de l'affection qu'il pourrait lui concéder.

— Laissez-moi à présent, dit-elle, un peu rassérénée. L'abbesse et sœur Albrante ne sauraient plus tarder.

Laurent de Beaumont s'effaça, le cœur en peine de celle qu'il avait faite. Il avait promis. Et s'y tiendrait si Philippine devait en épouser un autre. N'importe quel autre. À l'exception de Philibert de Montoison. Traversant la salle d'un pas vif, il le trouva qui évacuait sur le bas-côté un crachat qui le gênait.

— Je vois que vous avez gardé vos manières porcines, l'interpella-t-il.

Philibert de Montoison se retourna vers lui. Son œil s'alluma d'une lueur mauvaise.

— Et bien assez de dextérité encore pour vous faire ravaler les vôtres.

Laurent de Beaumont s'approcha.

— J'ai bien peur que vos aptitudes présentes ne soient pas à la hauteur de vos prétentions.

— Il me faudra donc vous supporter, reconnut Philibert de Montoison à regret. Si vous me donnez de ses nouvelles.

— Notre duel l'a considérablement affectée. Elle refuse de nous voir encore nous entre-tuer.

Philibert de Montoison afficha un sourire cynique.

— Et, bien entendu, vous vous y conformerez.

— J'ai promis de ne pas me repaître de votre sang et même de laisser Dieu décider de votre sort quand l'envie me démangeait chaque nuit de trancher votre gorge.

Philibert de Montoison se mit à rire.

— Devrais-je vous remercier de ne pas être un assassin ?

— Plutôt de l'aimer assez pour ne pas céder aux pulsions que vous m'inspirez.

Leurs regards s'affrontèrent, affûtés comme leurs lames.

— J'en prends acte, acquiesça Philibert de Montoison. Que proposez-vous pour nous départager ?

— De lui laisser le choix. En nous comportant en hommes de cour et non d'épée.

— Et s'il n'y suffit pas ? objecta le chevalier.

— Nous aurons dans les tournois bien assez d'occasions de nous mesurer.

— Fort bien, décida Philibert de Montoison. À la loyale…

— Sur la croix que vous portez ?

— Vous m'insultez, messire…

— L'insulte serait de ne pas reconnaître ce que vous valez, le salua Laurent de Beaumont en laissant retomber la tenture.

Le rire cynique du chevalier suivit son pas tandis qu'il s'éloignait. En face de lui, la grande abbesse et sœur Albrante s'en venaient.

— Ma décision est prise, leur annonça-t-il. Ma permission n'a que trop duré. Je retourne auprès du dauphin.

— Que Dieu vous garde, mon fils, le bénit l'abbesse en lui tendant sa main.

Il courba le front pour y approcher ses lèvres, puis, se redressant, se tourna vers sœur Albrante. Le soulagement qu'elle éprouvait à son départ s'inscrivait sans faux-semblants sur ses traits.

— Ma sœur, dit-il, je serai parti à l'aube. Je vais de ce pas en informer le palefrenier et embrasser ma tante. Sachez que j'emporte avec moi le souvenir de vos bontés et prierai pour vous…

— Je ferai de même, assura sœur Albrante, et insisterai auprès de Notre-Seigneur pour qu'il vous soutienne dans vos élans de vertu…

Leurs regards s'accrochèrent. Laurent de Beaumont baissa le sien, les salua encore d'un hochement de tête et tourna les talons.

— Et d'un ! Voyons à présent ce que l'autre nous réserve ! marmonna Albrante en emboîtant le pas à l'abbesse vers le fond de la salle.

16.

La cloche de l'église annonçait les laudes lorsque Philibert de Montoison s'éveilla. Il avait soif et tendit la main vers le pichet de terre cuite que sœur Marie lui avait laissé sur sa table de chevet, juste à côté de la chandelle qui s'étiolait, ratatinée sur elle-même. Dédaignant le gobelet, il versa l'eau directement dans sa bouche. Elle cascada dans sa gorge, en apaisant la brûlure. Il reposa l'aiguière et tendit l'oreille. Un silence de pierre plombait à présent l'abbaye. Sœur Albrante et la novice devaient avoir rejoint l'office comme leurs consœurs. Le jour pointait à peine. Philibert de Montoison retomba sur son oreiller et porta la main à son crâne, que sœur Albrante avait débandé. À l'endroit de l'impact, l'os était entaillé sur la largeur d'un ongle. Un duvet repoussait sur la cicatrice. Selon l'infirmière, c'était le choc qui était seul responsable de sa léthargie. S'il avait fini par en sortir, c'était sans doute que le sang coagulé sous la calotte s'était résorbé. Tout risque de rechute était pour elle écarté. Cette nouvelle avait rasséréné le chevalier. Leur curiosité à toutes deux concernant ses affaires, beaucoup moins.

— Nous nous demandions qui prévenir, messire, ignorant si votre visite en nos murs avait une quelconque relation avec l'Ordre, avait susurré l'abbesse de la manière la plus anodine qui soit.

Elle l'avait pourtant mis sur ses gardes.

— La question est réglée puisque me voilà remis pour ce faire. Vous n'avez plus à vous soucier de cela, avait-il répondu avec le plus de légèreté possible.

— Tout de même, chevalier, avait insisté sœur Albrante l'air sévère, un homme de votre condition, s'avancer jusqu'à Saint-Just sans même un écuyer... Pour seulement prier...

Il s'était aussitôt félicité d'avoir eu la sagesse de laisser son escouade à quelques lieues de là, avec ordre de l'attendre. Quelques hanaps de vin les auraient peut-être portés à moins de discrétion. Cela étant, ne le voyant pas revenir, son lieutenant Hugues de Luirieux risquait de se présenter avant longtemps aux portes de l'abbaye pour quérir de ses nouvelles, d'autant que son duel avec Laurent de Beaumont n'avait pas dû passer inaperçu. Il se demanda ce qui avait pu éveiller ainsi la méfiance des moniales alors même qu'elles l'avaient accueilli sans réserve à son arrivée. Aurait-il parlé durant son sommeil ? Du prince Djem et de sa captivité ? Des accords secrets et financiers de l'ordre de Saint-Jean avec le sultan Bayezid, son frère ? Avait-il avoué qu'il était venu quérir le soutien de Sidonie de La Tour-Sassenage ? Qu'elle avait été sa maîtresse ? Tant de questions sans réponse. Cette incertitude l'agaça.

Il avait clos l'entretien en se disant fatigué, non sans avoir réclamé la lettre que Philippine lui avait destinée. L'évocation du nom de la jouvencelle avait durci les traits de l'abbesse. Il s'était engouffré dans la brèche, insistant sur l'affection qu'il lui portait. Cela avait suffi pour qu'elle se lève et lui recommande le repos auquel il aspirait. Sœur

Albrante, qui l'avait raccompagnée, était venue lui remettre le bref de parchemin quelques minutes plus tard.

– La confession, mon fils, reste le meilleur moyen pour se libérer l'âme des noirceurs qui l'encombrent et en conséquence un complément non négligeable au traitement que je vous ai administré, lui avait-elle servi sans détour, comme il décachetait la missive.

– Je l'entends bien, ma sœur, et vous en remercie. Je vous promets d'y songer. À présent, si vous consentiez à me laisser…

Elle s'était inclinée. Il avait pris connaissance du billet : « Oubliez-moi, chevalier », le suppliait Philippine après lui avoir exposé toutes les raisons qu'elle y mettait. Il les avait écrasées dans sa main. Laurent de Beaumont avait dit vrai. Pas plus que lui, il n'avait l'intention de s'y plier. Bien au contraire. Sa mission, trop longtemps retardée, lui donnait l'occasion d'approcher de nouveau la jouvencelle hors du contexte culpabilisateur de cette abbaye.

La perspective de prendre de l'avance sur son rival parvint à le distraire un instant. Jusqu'à ce que lui revienne cette phrase qu'en guise d'adieu il lui avait lancée. Tantôt, elle l'avait amusé. À présent, éclairées du contexte soupçonneux dans lequel les moniales s'agitaient, les paroles de Laurent de Beaumont le troublèrent.

« L'insulte serait de ne pas reconnaître ce que vous valez… » Philibert de Montoison étouffa un juron. Force était d'affirmer qu'il avait dû s'épancher, suffisamment fort pour être entendu du seigneur de Beaumont. Comment expliquer sinon la méfiance que ce dernier avait affichée à l'égard de sa parole donnée ? Sans parler de son départ précipité au moment où lui reprenait connaissance.

Il se dressa, oppressé à l'idée que ce morveux puisse compromettre leurs projets en révélant au dauphin le double jeu que l'ordre de Saint-Jean menait. Repoussant les draps, il s'assit au bord du lit. Il devait se lever. Coûte que coûte. Un vertige le prit qu'il se força à contrôler. Laurent de Beaumont ne devait pas rejoindre le dauphin. Philibert de Montoison tituba sur ses jambes et s'appuya d'une main au mur. Le jour grandissait par une des fenêtres. Accordant à son corps le temps de se reprendre, il balaya l'espace du regard. Sur le dossier d'une chaise, ses vêtements lavés et rapiécés encouragèrent son projet.

Deux heures à peine après avoir avalé son bouillon la veille, il était tant affamé qu'il avait convaincu sœur Albrante de lui faire porter du consistant. Il avait dévoré à pleines dents sous l'œil médusé de sœur Marie. Sa survie, tout autant que cette récupération miraculeuse, restait pour lui un grand mystère. Sœur Albrante semblait être la seule à ne pas en paraître surprise en vérité. S'il avait eu plus de temps, il lui aurait demandé de lui en confier le secret. D'autant que de nouveau, la faim le tenait.

Il assura son pas, s'agaça de sa lenteur, mais finit par se saisir de ses affaires. Il enfila ses braies puis ses heuses, râla intérieurement du peu de dextérité de son épaule qu'une cicatrice grossière zébrait encore, ajusta sa chemise puis son pourpoint et enfin sa jaquette, avant de s'apercevoir que son baudrier manquait, ainsi que son épée. Les moniales avaient dû les lui confisquer, jugeant qu'il n'en avait pas l'utilité. Il refusa de se laisser contrarier. Le temps pressait. L'office achevé, les religieuses s'activeraient. Quant à Laurent de Beaumont, ne pouvant agir en ces murs pour le réduire au silence, il devait le prendre de vitesse, rejoindre ses hommes et lui tendre une embuscade. Si le baron succombait dans un bosquet, on accuserait un de ces brigands que l'on trouve parfois en forêt.

Il s'avança dans la salle, satisfait de voir que sa détermination lui donnait plus d'allant que son premier contact avec le sol ne l'avait laissé espérer, pour se renfrogner devant la couche de son rival. Les draps étaient ramenés au pied du lit. L'oiseau s'était envolé. Il se glissa dans la cour. De la chapelle, un chant liturgique s'élevait. Il se faufila jusqu'aux écuries et trouva son cheval qui mâchonnait quelques brins de paille dans la main du palefrenier, sans doute réveillé par Laurent de Beaumont au moment de son départ.

Philibert de Montoison n'hésita qu'un instant. Faire seller son destrier par l'homme qui bâillait à s'en décrocher la mâchoire aurait été trop long. D'autant, pour ce qu'il s'en souvenait, que l'homme était atteint de débilité. Inutile en conséquence d'espérer le contraindre à forcer sa nature. S'il se laissait surprendre par les moniales, on l'empêcherait de partir, le jugeant trop faible. Quant à justifier son empressement, il n'en était pas question. Si l'animal, reconnaissant l'odeur de son maître, avait relevé les oreilles, visiblement, le palefrenier n'avait pas quant à lui décelé sa présence. Philibert de Montoison se glissa précautionneusement derrière lui, en habitué des approches discrètes, et lui décocha un coup derrière l'oreille. L'homme s'effondra sans bruit dans ses bras. Lorsqu'il s'éveillerait dans un recoin, sur la paille où Philibert de Montoison le coucha, il aurait oublié qu'on l'y avait aidé. Le chevalier étira son épaule endolorie par l'effort et s'activa.

Quelques minutes plus tard, il franchissait la porte qu'on lui avait ouverte sans difficulté et lançait son cheval au galop sur la route du sud, sans même une arme pour se garder.

L'affaire qui justifiait ces mesures radicales avait commencé deux ans plus tôt, bien loin de la terre de France.

L'empereur ottoman Mehmed II avait plusieurs fils dont Bayezid et Djem, son cadet, à qui il avait promis le trône. Mehmed II était un homme fort et volontaire qui avait vaincu la puissante Constantinople et l'avait rebaptisée Istanbul. Il se trouvait ce 3 mai 1481 à la tête d'un immense empire, pensait avoir le temps de régler sa succession et se rengorgeait d'avoir donné à ses fils le gouvernement de lointaines provinces. Bayezid et Djem s'appliquaient à leur fonction lorsque la mort prit Mehmed II par traîtrise. L'homme chargé de prévenir Djem fut capturé en chemin. De sorte que lorsque Djem en fut informé, son frère était déclaré sultan à Istanbul. Six jours plus tard, Djem s'emparait de la ville d'Inegöl, dévouée à son frère. La guerre entre les deux hommes était commencée. Le 28 mai, l'armée de Bayezid était vaincue et Djem, se déclarant lui-même sultan d'Anatolie, faisait de Bursa sa capitale. Fort du principe de diplomatie qu'il préférait aux armes, il suggéra à son frère de partager l'empire. Bayezid ne céda rien. Ils s'affrontèrent en une bataille sanglante et forcenée près de la ville de Yenisehir. L'armée de Djem fut défaite et ce dernier dut se réfugier au Caire avec sa femme et ses enfants.

Un an plus tard, trahi par l'un des siens, il dut capituler une nouvelle fois alors qu'il assiégeait Konya, en Anatolie, depuis des semaines.

À bout de ressources, Djem avait alors cherché le soutien du grand maître de l'ordre des Hospitaliers de Saint-Jean. Si le roi de France l'aidait à récupérer son trône, Djem était tout disposé à favoriser leurs échanges en Méditerranée.

Le grand maître le reçut avec tous les honneurs qu'il était en droit d'attendre et lui promit une alliance qui allait dans le sens de leurs intérêts communs. Le 1er septembre 1482, Djem s'embarquait pour la France, dans l'idée d'y rencontrer le roi, sans savoir que le grand maître avait négocié avec son frère, le sultan Bayezid, le prix de sa captivité.

Philibert de Montoison, qui avait accompagné les Hospitaliers jusqu'à Istanbul, s'était vu aborder discrètement par une servante au détour d'un des couloirs du palais de Topkapi. Le sultan Bayezid voulait s'assurer que les chevaliers de Saint-Jean ne changeraient pas d'idée et était prêt à s'allouer les services de l'un d'entre eux pour une somme qui ne souffrait aucun remords.

Depuis que Djem avait débarqué, les Hospitaliers le leurraient, l'étourdissaient de fête en fête, de place en place, prétextant tantôt que les sauf-conduits manquaient pour s'aventurer sur les terres du roi de France, tantôt que les routes étaient devenues impraticables en raison du mauvais temps. À la vérité, le roi, malade depuis longtemps, s'intéressait peu à Djem. Il lui suffisait que Bayezid tienne, lui, ses engagements et que le commerce maritime de la France soit florissant.

Pour autant, Djem était convoité par les autres souverains, qui espéraient bien moins lui venir en aide que le récupérer et bénéficier par sa captivité des mêmes avantages. Force était donc de le déplacer souvent. Guy de Blanchefort, à qui le grand maître avait confié la garde de Djem, avait donc chargé Philibert de Montoison de se mettre en quête d'un lieu à l'écart de toute commanderie, facile à protéger et bien sûr discret. Philibert de Montoison s'était souvenu de Sassenage où il avait passé quelques belles heures en compagnie de Sidonie. L'endroit leur sembla parfait. Philibert de Montoison avait été envoyé pour conclure l'affaire.

S'il n'était tombé éperdument amoureux de Philippine avec les conséquences que son orgueil trop vif avait entraînées, il n'aurait pas été présentement occupé à longer l'orée d'un bois pour trouver la marque gravée dans l'écorce d'un chêne centenaire par un des hommes de l'escorte qu'il y avait laissée.

Il finit pourtant par repérer l'entaille. Mettant pied à terre, la longe de son palefroi en main, il repoussa de l'autre les branchages qu'on avait disposés anarchiquement pour dissimuler l'étroit sentier taillé à coups de lame dans les fougères et les épineux. Philibert de Montoison s'y enfonça sans crainte, son cheval, docile, au pas derrière lui. Connaissant ses hommes, il les savait déjà en alerte, prévenus par un des guetteurs qu'ils avaient dû placer autour du campement. Pour leur confirmer sa présence, il siffla par deux fois, selon le code d'approche qu'ils s'étaient donné. Comme il le supposait, l'un d'eux sortit de derrière un arbre pour lui barrer le chemin.

— Par Notre-Seigneur tout-puissant, c'est grand bonheur de vous revoir, messire !

— Vous en doutiez, Garnier ?

— Ma foi, je n'étais pas le seul.

— Pas d'ennui de votre côté ?

— Un renard, une biche et deux sangliers. Quelques trublions édentés et misérables aussi, qui eurent la malencontreuse idée de vouloir nous dépouiller. Les uns comme les autres ont cessé de respirer, s'amusa le soldat.

Philibert de Montoison hocha la tête. Se retrouver dans son élément le soulageait. Il emboîta le pas à Garnier, troublant le silence végétal de sifflements stridents à intervalles réguliers. Ils parvinrent très vite à une petite clairière où les hommes avaient établi leur campement. De sommaire, il s'était agrandi d'une hutte de branchages recouverte de mousse, près d'une source qui s'étirait en un ruisseau au milieu des rochers. Au centre, au-dessus d'un feu cerné de pierres, était embroché par l'épée un lapin qui, achevant de rôtir, répandait un délicieux fumet. La faim de Philibert s'en trouva décuplée.

Son ami Luirieux, qui commandait l'escorte en son absence, se précipita à sa rencontre pour l'accueillir. Les deux hommes s'étreignirent en une accolade amicale, heureux de se retrouver.

— Te voilà bien méchante mine, mon ami. De toute évidence, les choses se sont mal passées, s'inquiéta Luirieux en avisant le crâne de Philibert de Montoison que le coup de lame avait rasé.

— Plus encore que tu ne le penses, grimaça celui-ci. Le temps presse. Il faut partir sur-le-champ.

— Rien ne saurait davantage nous plaire, assura le lieutenant en se tournant vers les autres pour le leur annoncer.

Il ne leur fallut que quelques minutes pour s'apprêter tandis que Philibert de Montoison résumait la situation à son compère. Le lapin fut découpé et chacun en prit une part, qu'il désossa à pleines dents en traversant le bois.

À l'orée, ils se mirent en selle et gagnèrent la croisée des chemins à moins d'une lieue de là.

Philibert se tourna alors vers Garnier.

— Va, dit-il.

— Ce ne sera pas long, messire. Avant la tombée de la nuit, mon épée se couvrira du sang de ce morveux. Je vous retrouverai à la Bâtie.

Garnier tourna bride en direction d'Amboise, où logeait le dauphin Charles. Philibert de Montoison le regarda filer, un sourire satisfait sur ses lèvres fines. Il aurait aimé se charger lui-même de son rival, mais il n'avait que trop tardé.

Il talonna sa monture, rameutant les siens dans son sillage. Cette fois, c'était certain, sa mission accomplie, Philippine lui appartiendrait.

17.

À Sassenage, l'aube pointait, rosissant de ses pastels la petite fenêtre du donjon vers laquelle, depuis sa couche, Algonde avait tourné la tête. Gersende venait de se lever et la jouvencelle tardait à faire de même, triste de ce qui l'attendait. Une fois encore, comme chacun des matins qui avaient suivi son retour de la crypte, la nausée ramenait en elle les mêmes images.

Elle se revoyait franchir le seuil de leur appartement, trempée, les lèvres violacées et le cœur en arythmie. Fort heureusement, sa mère s'y trouvait, occupée à plier du linge propre. Gersende l'avait aidée à se déshabiller, puis frictionnée avec de l'alcool de lavande. Elle l'avait questionnée sur les deux marques cerise entre ses seins, là où les crocs de la vouivre avaient traversé le tissu du bliaud. Peu à peu, Algonde avait récupéré sa chaleur. Raconté. Tout, sauf sa décision de braver son destin. Elle refusait d'inquiéter sa mère. Lui dire son intention de s'offrir au baron pour se guérir du poison était bien suffisant à sa peine.

— J'aurais cent fois préféré que ce fût moi, s'était désolée Gersende.

Elles s'étaient enlacées. Les lèvres d'Algonde avaient tremblé quelques secondes, puis elle s'était reprise. L'instinct de survie en elle serait le plus fort. Elle le savait.

La jouvencelle avait repoussé sa mère avec tendresse, puis, ayant enfilé des vêtements secs, était sortie, assoiffée de lait frais. Ne trouvant pas le courage de traire Blanchette, elle s'était rendue aux cuisines où maître Janisse l'en avait abreuvée. Le cuisinier s'était assis en face d'elle, laissant ses commis s'activer.

– Te voilà bien pâlotte, ma bécaroïlle. Tu te manges le sang pour Mathieu, je le vois bien. Mais qu'attend-il donc ce bougre d'âne pour te faire sa demande ? Faudra-t-il que je lui botte le derrière pour le décider ?

– N'en faites rien surtout, j'en mourrais de honte, avait supplié Algonde.

Maître Janisse s'était relevé en soupirant et avait apposé un baiser paternel sur le haut de son crâne.

– Comme tu voudras, mais la tristesse te gâte les traits. Si tu veux m'en croire, accepte donc les œillades d'un autre, et tu verras ce benêt rappliquer.

Algonde avait senti son cœur se serrer. À la nuit tombée, avait-elle songé en se levant à son tour, un peu de crème à la commissure des lèvres, les conseils de maître Janisse risquaient bien d'être suivis.

Après avoir prévenu Mathieu qu'elle n'aurait guère de temps pour lui avant d'avoir remis la chambre maudite en état, elle y avait passé le reste de la journée. Dépoussiérée, astiquée, la pièce avait repris de l'allure. En fin d'après-midi, Gersende avait convoqué le menuisier pour qu'il répare le lit et les lames de plancher fatiguées, puis encastre une fenêtre vitrée dans la trouée de pierre. De même, la couturière était venue prendre les mesures pour changer les tentures. La tapisserie qui représentait une cour d'amour dominée par une jouvencelle au visage voilé avait été descendue pour être frottée de cendre puis rincée à l'eau de la rivière avant d'être mise à sécher sur l'herbe d'un pré voisin. Colportée par les petites mains qui avaient pénétré dans la pièce légendaire, la rumeur de son ouverture avait couru jusqu'au village, où l'on avait allumé des cierges pour se protéger de la colère éventuelle de la fée. Partout, au soir venu, on commentait l'affaire. Quelques fols s'en réjouissaient, la plupart bouclaient leurs volets, certains que la femme-serpent allait dans un vent mauvais balayer de son souffle démoniaque le village tout entier.

Le baron quant à lui était rentré en fin de matinée. Le simple bruit de ses bottes dans l'escalier avait paniqué la jouvencelle, qui s'était bouclée dans la chambre qu'elle achevait de cirer. Elle avait mis de longues minutes à s'apaiser, assise à même le sol, le dos contre le chambranle, les yeux rivés sur la cheminée et le passage secret qu'elle dissimulait. À sa frayeur avait succédé une haine renouvelée à l'égard de Mélusine.

Non, Algonde ne ferait pas le jeu d'êtres improbables. Lignée ou pas, elle était plus humaine que fée et entendait bien le rester. Ce n'était qu'une question de volonté.

Le baron n'était pas monté et elle s'était remise à l'ouvrage. None sonnait à l'église du village quand elle l'avait entendu depuis la croisée ouverte qui hélait le fauconnier. Elle s'était précipitée au rebord pour s'assurer qu'il partait chasser. Son cœur avait bondi dans sa poitrine. Sans doute attristé par son absence, Mathieu était planté dans la cour. La tête renversée en arrière, la main en visière au-dessus de la ligne épaisse des sourcils, il regardait vers la croisée. Déterminée à ne rien laisser paraître du tourment qui la rongeait, elle lui avait adressé un signe de la main. Il s'était fendu d'une courbette avant de lui envoyer un baiser et de tourner les talons au moment où le baron Jacques s'en venait sur son cheval, accompagné du fauconnier qui retenait un rapace sur son poing ganté. Comme Mathieu, il avait levé la tête vers le sommet de la tour. Algonde s'était écartée vitement de la croisée.

Lorsque, après le souper du baron, elle avait dû franchir le seuil de sa porte pour préparer son coucher, la morsure de la vouivre n'était plus qu'une brûlure qui marbrait sa peau d'une étoile noirâtre.

Algonde avait changé la chandelle puis ouvert le lit, résignée et tout à la fois effrayée. Le baron était entré dans la pièce. Elle lui avait fait face en baissant les yeux.

— Me veux-tu, Algonde ? avait-il demandé en s'approchant d'elle.

Elle aurait pu refuser. Il ne l'aurait pas contrainte. Elle avait hoché la tête et s'était laissé enlacer. Au petit jour, le ventre douloureux malgré la délicatesse qu'il avait mise à la déflorer, elle s'était levée pour vomir puis avait regagné sa chambre.

Gersende l'attendait, assise sur son lit en chemise de nuit, dans la lueur de la chandelle posée sur la table de chevet.

— C'est fait, avait dit Algonde.

— Dors. Je te remplacerai pour son lever.

À peine la courtine retombée derrière Gersende, ses vêtements ôtés, la jouvencelle avait approché son face-à-main de sa poitrine. Les veinules d'un noir d'encre qui partaient de la morsure couraient à présent sur le galbe des seins, et lui irriguaient bronches et poumons. Elle avait serré les dents sur un sursaut de colère et songé à Mathieu.

— Si le baron te touche, je le tuerai, avait-il menacé…

Il ne devrait pas savoir. Jamais.

Elle s'était effondrée, vaincue par le sommeil. S'était éveillée sous la main de sa mère qui la secouait.

— Il est presque midi. Lève-toi. Je t'ai préparé un bain de siège.

Algonde avait obéi, nettoyé le sang sur ses cuisses, puis s'était activée. Ce n'était qu'une journée comme les autres. Gersende avait vaqué à la préparation du mariage, Algonde était retournée au dernier étage du donjon pour vérifier l'avancée des travaux que sa mère avait commandés. Au soir suivant, le baron l'avait tout d'abord étreinte d'un baiser, puis repoussée avec délicatesse en la sentant se raidir à son contact.

— Jusqu'à ce que dame Sidonie revienne, tu gagneras ma couche au petit jour. Nue et offerte. Va à présent. Je suis fatigué.

Elle s'était retirée, presque reconnaissante, avant de comprendre que cette contrainte lui gâterait ses nuits bien davantage qu'elle le faisait de ses journées. Au point d'en avoir l'estomac retourné.

Un coq chanta dans la cour, au pied du donjon. Algonde repoussa ses couvertures, se leva et saisit son miroir pour juger comme chaque matin de la progression du poison en elle. La surprise se peignit sur ses traits. La trace de la morsure avait disparu. Les veinules aussi. Cela ne pouvait signifier qu'une chose : elle était enceinte.

Mélusine avait dit vrai. Elle était sauvée. Un instant, elle envisagea de ne pas répondre à l'invitation du baron, de prétexter qu'elle s'était endormie, mais elle chassa l'idée aussitôt. Il était doux et patient avec elle quand il aurait pu à loisir la brutaliser. Elle refusa de prendre le risque de le mettre en colère. S'il s'avisait pour la punir de la battre, elle pourrait perdre cette chose en elle. Forte de cette certitude, elle s'activa pour ne pas le faire attendre.

Le baron Jacques de Sassenage se dressa sur son lit, éveillé en sursaut par un cauchemar. Il se trouvait dans une voiture sans conducteur que des chevaux, devenus fous par l'apparition de Mélusine serpentant dans les airs, amenaient inexorablement vers un précipice. Malgré ses tentatives désespérées pour s'en extraire, il ne parvenait pas à ouvrir la porte, brinquebalé par les cahots du chemin. Face à lui, sur le siège, stoïque et décomposée, sa défunte épouse le regardait se débattre contre sa fin inéluctable. Se retrouver en sécurité dans son lit lui amena un râle de soulagement. Il se laissa retomber sur l'oreiller.

Il n'avait plus rêvé de Mélusine depuis qu'il s'était rendu dans la grotte avec maître Dreux. Peut-être parce que ses efforts pour initier Algonde aux jeux amoureux l'en avaient distrait. Il en avait oublié le portrait disparu et le caillou ramassé près du lac souterrain, semblable à celui que lui avait montré Sidonie. Il le conservait encore dans la sacoche à sa ceinture, précieuse relique d'un mystère qu'il avait renoncé à élucider. De fait, ses journées passaient plus vite qu'il n'aurait cru, Gersende sollicitant son avis constamment pour la préparation du mariage. À la Rochette, maître Dreux avait tenu parole au-delà même de ses exigences. La bâtisse grouillait de la main-d'œuvre qu'il avait finalement recrutée et qu'il appelait ses « ouvriers de Dieu », tant ils étaient providentiels et reconnus dans leurs corporations. Quant à la chambre de Philippine, Algonde la lui avait ouverte la veille, avant le coucher. Il avait à peine reconnu le lieu et l'avait chaleureusement félicitée. Le retour de Sidonie s'annonçait au mieux.

Le baron s'étira. À en juger par le nombre de coups que martelait le clocher de la chapelle, Algonde ne tarderait plus à le rejoindre. Il avait renoncé à comprendre pourquoi elle l'attirait tant. Plus encore pourquoi elle s'était offerte, tant il était évident qu'elle ne goûtait pas ses caresses. Il avait pourtant la réputation d'être un bon amant et ne se souvenait d'aucune entre ses bras qui n'ait eu envie d'y revenir. Certes, elle s'appliquait à le satisfaire, mais les paupières closes et le corps triste. Pas un gémissement, rien. Pas même l'ébauche d'une sensation. Cette pensée l'attristait.

Un froissement léger à sa porte. Il reconnut son pas, discret. Éteint. Alors que quelques jours plus tôt, elle était encore si malicieuse et gaie. Il refusa de s'en rendre responsable et, cependant, ne pouvait en écarter l'hypothèse. Elle passa les rideaux, s'étonna à peine de le voir éveillé.

— Viens, dit-il en lui tendant la main.

Nue, elle se glissa à ses côtés, un pâle sourire aux lèvres. Un instant il se sentit misérable de la contraindre, mais chassa l'envie de la renvoyer. La tendresse au cœur, il décida de s'appliquer à la révéler. Elle était trop belle pour demeurer dans l'austérité. Au bout de quelques minutes à la caresser sans obtenir plus de réaction que les autres fois, il immobilisa sa main sur son bas-ventre, la joue soutenue par sa main pour mieux la contempler.

— Me trouves-tu laid ? demanda-t-il avec douceur.

Algonde sursauta et ouvrit les yeux.

— Non, messire.

— Trop vieux alors ? Je me pensais pourtant encore charpenté.

— Vous l'êtes. Charpenté, je veux dire. Pas vieux… s'empêtra la jouvencelle avant de s'inquiéter : Vous aurais-je déplu ?

Il eut un sourire triste.

— Non point, rassure-toi. Je m'étonne simplement de ton manque de réaction.

Un voile de surprise passa sur les traits d'Algonde.

— Est-ce anormal ?
— Je le crois, oui.
— Je ne voulais pas vous décevoir.
— Il ne s'agit pas de cela, te dis-je. J'ai l'habitude de voir mes maîtresses s'enflammer quand tu restes froide. Lors, je m'interroge. Souffres-tu quand je te prends ?
— La première fois, ce fut le cas. Pas depuis, certifia-t-elle avec franchise. Que devrais-je ressentir ?
— Du plaisir. Intense. Foudroyant. Qui éclaterait là – il posa la main sur son pubis – et là – sur ses cuisses – et là encore – sur son estomac.
Algonde secoua la tête, navrée.
— Rien de cela, messire.
— Quoi alors ?
Sa bouche se tordit en un rictus ennuyé.
— Parle sans crainte. Je ne te veux pas de mal. Au contraire.
— Je ne sais trop. Je n'aime pas, je crois.
— On ne peut pas ne pas aimer beliner quand on a ton âge et ton tempérament.
Algonde ne répondit pas. Que lui dire d'ailleurs ? Qu'elle s'était glissée dans ses draps pour ne pas mourir ? Qu'il l'écœurait ? Non par son physique ou son désir, mais par le simple fait que…
— J'en aime un autre, terminèrent ses lèvres dans le prolongement de sa pensée.
— Le fils du panetier ?
Elle opina de la tête.
— Est-ce pour le rendre jaloux que tu t'es donnée ?
— Non. Non, répéta Algonde, horrifiée à cette idée. Il ignore tout et n'en doit rien savoir surtout.
— Alors pourquoi ? Rien ne t'y obligeait.
— Vous êtes le maître. Vous me vouliez. Vous auriez pu nous renvoyer, ma mère et moi.
Le baron fronça les sourcils. Elle avait l'air sincère et cependant il doutait.

— Est-ce donc la réputation qu'on me fait ?

Elle ne répondit pas. De fait, elle le découvrait sous un jour nouveau, bien éloigné du seigneur cruel et intransigeant que lui avait dépeint Mathieu. Mathieu qu'elle n'avait pas approché depuis qu'elle était revenue des souterrains de Sassenage, prétextant un surcroît de travail. Se doutait-il ? Elle ne pouvait l'envisager. Par amour pour lui, elle avait renié son destin, accepté le corps d'un autre, sali son âme. Et devrait en porter la flétrissure.

— Ferme les yeux, demanda le baron.

Elle obtempéra. La main sur elle recommença son voyage, lentement, comme le long glissement d'une feuille que le vent promènerait.

— Oublie qui je suis et où tu es. Pense à lui.

Elle sursauta, choquée :

— À Mathieu ?

— Tu veux me plaire ?

— Je ne veux pas vous déplaire, nuança-t-elle.

— Imagine que ces mains sont les siennes. Imagine, Algonde, et ce sera la dernière fois.

Cette promesse lui donna la force d'obéir. Les paupières closes emprisonnèrent le visage de Mathieu, son rire, ses grimaces, sa voix.

— Juste un baiser, un tout petit baiser, quémandait-il en tendant les lèvres.

Celles du baron la frôlèrent. Elle ouvrit la bouche pour embrasser les mots de son aimé. Se laissa apprivoiser par la caresse de la langue. Son sang s'échauffa dans ses veines, d'autant que plus bas, sur ses seins, les doigts hésitaient, timides et gauches. Mathieu aurait pu avoir les mêmes. Elle se laissa convaincre, peu à peu. Enroula ses bras autour de la nuque. Son souffle devint court mais pour rien au monde elle n'aurait voulu se défaire de cette bouche contre la sienne. Elle semblait l'entendre à son oreille, en elle, qui murmurait :

— Je t'aime, Algonde.

Les doigts fouillèrent son pubis. Elle en perçut la morsure du désir. S'arqua sous le frôlement, s'étonna de la vibration ressentie jusqu'en ses reins, et d'en réclamer encore. Le corps la couvrit. Chaud. Tendu. Elle écarta les cuisses pour le recevoir, s'arracha à ces lèvres qui soudain l'empêchaient de respirer, roula la tête de gauche à droite, cherchant le souffle qui lui manquait, ne le trouva pas et cria. Elle jouit par surprise, en ouvrant les yeux. Se réappropria l'image. Les tentures sombres, le visage du baron au-dessus du sien qui dansait au rythme de ses mouvements en elle. Une bouffée de honte l'empourpra. Elle voulut le repousser, mais n'en trouva pas la force. Réveillée, sa chair écartelée refusait de lui obéir. Elle l'immolait soudain. Torture. Du corps. De l'esprit. L'un fustigeant l'autre. Elle se cabra à l'unisson avec Jacques dans un râle de mourant, des larmes plein les yeux.

Vivante, certes.

Mais pourrait-elle se le pardonner ?

Le baron se laissa retomber à côté d'elle, un sourire satisfait sur ses lèvres minces. Elle ne bougea pas. Une onde de bien-être parcourait son corps que niait son âme, vaincue par traîtrise.

— Tu es libre, murmura le baron, lourd de sommeil.

Lorsqu'il sombrerait comme chaque fois, elle se retirerait sans bruit. Elle ne répondit pas. Attendit.

— Je ne veux pas que l'amour te soit une corvée, jolie Algonde. Tu y viendras donc de ton plein gré ou pas du tout. Le choix t'appartient désormais.

— Je ne pourrai plus, avoua-t-elle.

Il tourna la tête vers son profil. Elle avait refermé les yeux sur sa détermination, dans l'attente peut-être de son courroux. Il aurait certes préféré une autre réponse, mais, étrangement, ce qu'elle venait de lui offrir lui suffisait.

— J'aime ta franchise. Elle est rare. En récompense, je te dispense de ton service pour ce jour. Cours le rejoindre. Je serai heureux de bénir vos fiançailles le jour de mon hyménée.

Une bouffée de soulagement gagna le cœur d'Algonde. Immobile à ses côtés, elle chercha longuement les mots pour le remercier. Un ronflement les faucha. Le baron avait sombré.

18.

Gersende était assise à son pupitre, occupée à vérifier les comptes prévisionnels des festivités, lorsque sa fille franchit le seuil de leur appartement.

— Le baron m'a donné congé, annonça Algonde sans préambule.

— Lui aurais-tu déplu ?

Un sourire léger vint éclairer les traits de la jouvencelle.

— Au contraire, dit-elle. Nous avons parlé de Mathieu et il m'a accordé sa bénédiction.

Gersende fronça les sourcils, sceptique.

— Prends garde à toi. Ces gens ont l'art de changer d'avis selon leur humeur.

Algonde hocha la tête et se glissa derrière la courtine pour s'activer à sa toilette, pressée de chasser de sa peau l'odeur mâle du baron. Certes, elle se sentait toujours coupable du plaisir qu'elle avait éprouvé, mais était disposée à se convaincre que ce n'était, en somme, qu'un secret de plus à garder.

Quelques minutes plus tard, après avoir embrassé sa mère sur la joue et accroché du baume à son tourment, elle dévalait l'escalier. À peine le donjon contourné, elle reconnut les épaules de Mathieu qui, en nage, se courbait pour enfourner son pain.

Elle s'approcha sans bruit, rattrapée par un sursaut d'espièglerie, et son cœur qui bondissait dans sa poitrine.

Un soleil rouge embrasait les murailles. La brume orageuse qui avait étreint le Vercors ces jours derniers s'était levée. Un des apprentis de maître Janisse activait la chaîne du puits pour remonter le seau qu'il y avait plongé. À ses pieds un chiot jappait, bondissait, s'aplatissait, lui taquinait les souliers, tournoyait en remuant la queue, tant que le pauvre drôle en était embarrassé. La mère, couchée plus loin, suivait leur manège, le museau sur les pattes de devant, indifférente à un autre qui lui mordillait les oreilles.

La scène prêtait à rire. Algonde pourtant ne voyait que Mathieu.

Le jouvenceau, ceint d'un tablier qu'empoussiérait la farine, rechargeait déjà sa pelle de pâte rebondie que son père avait travaillée la nuit précédente. Mû par la force de l'habitude, et un sérieux coup de main, il la fit glisser sur la plaque chaude du four.

L'odeur de cuisson des petits pains dorés qu'il avait déjà sortis embaumait la cour du castel. Algonde se rendit compte qu'elle avait faim. Une faim impitoyable de vie. Secouant la souffrance qui lui collait au corps depuis son séjour dans l'onde, elle se glissa derrière lui, sa belle humeur retrouvée.

— Que me donnerais-tu en échange d'un baiser ?

Mathieu sursauta tant qu'il manqua se cogner à la porte du four. Il se retourna vivement comme la jouvencelle s'écartait, les mains dans le dos, l'œil malicieux, la moue aux lèvres. Un sourire benêt lui fendit la face. Sa pelle de bois vidée, il la posa contre le mur. En deux pas, il fut devant l'étagère, choisit la brioche la plus ronde et la lui tendit, si heureux de sa visite qu'il s'en retrouvait muet.

— Approche donc ta joue, dit-elle.

Il allait obéir lorsqu'un sursaut de lucidité le retint.

Il se renfrogna.

— Pour que tu puisses la pincer, merci bien…

Algonde éclata de rire. En d'autres temps, oui, elle aurait pu. Sûrement. Mathieu haussa les épaules, certain de s'être fait berner. Il se détourna d'elle pour surveiller la cuisson des petits pains. Elle le rattrapa, sa brioche à la main, et, vive comme l'éclair, embrassa cette pommette qu'il lui refusait. Il en resta statufié. Algonde recula. Ce simple contact venait de réveiller en elle le désir que le baron avait révélé. Son regard s'en chargea malgré elle. Mathieu se retourna, se rendant soudain à l'évidence que quelque chose en elle avait changé.

— J'ai congé ce jour, bredouilla Algonde, en baissant les yeux. Je me disais…

— On pourrait pousser jusqu'à la rivière, proposa Mathieu, le cœur battant.

— Quand tu auras terminé ta fournée…

Il hocha la tête.

La gorge nouée, elle tourna les talons avant d'ajouter, discrètement, par-dessus son épaule :

— Merci pour la brioche. Ça me manquait.

Mathieu la regarda s'éloigner jusqu'à ce que la voix du Jeannot, son père, qui revenait des latrines dans un recoin de la muraille, le rappelle à l'ordre :

— Active-toi donc, joli cœur ! Les femmes, c'est comme le pain, c'est à point qu'il faut les croquer… Autant dire quand on les a mariées…

Mathieu retourna au fournil, agréablement troublé.

Une heure plus tard, il se rendait en cuisine, son panier rempli au bras, qu'il échangeait chaque jour contre son matinel. Maître Janisse l'en débarrassa en clignant de l'œil.

— Sers-toi du lait de poule pour ta peine, dit-il en désignant d'un mouvement de tête le billot où la crème liquide refroidissait dans un pichet.

Algonde s'y trouvait attablée. Le jouvenceau délesté de sa charge s'avança vers elle, la joue brûlante encore de la trace de son baiser. Algonde l'accueillit d'un sourire. Aider maître Janisse à préparer ses tourtes lui avait permis de se remettre. D'autant que le brave homme s'était réjoui de la voir de nouveau pleine d'allant et de gaieté. Ils avaient discuté du mariage en préparation, pour lequel déjà on confectionnait toutes sortes de pâtés. Et de Mathieu aussi. Surtout. Algonde avait laissé entendre au cuisinier que le jouvenceau s'était enfin décidé.

Elle lui tendit un bol. Il y brûla ses lèvres.

— Vous voilà bien silencieux, s'esclaffa maître Janisse en revenant vers eux, une épaisse tranche de pain recouverte de beurre à la main.

Il la posa devant eux et la partagea de son couteau.

— La faute en est à votre lait de poule, se défendit Mathieu, qui se sentait gourd de cette nouvelle complicité avec la jouvencelle.

— Entendez-vous, vous autres, claironna maître Janisse, ses poings ramenés sur les hanches, quelques douceurs et ils sont sans voix !

Le rire gras des marmitons les gêna pareillement.

— Viens-tu ? demanda Mathieu en reposant son bol vide.

Algonde hocha la tête. Une œillade complice. Ils détalèrent d'un même élan comme lorsqu'ils étaient enfants.

— Et ma tartine ? se lamenta maître Janisse.

Ils ne se retournèrent pas. Le cuisinier, attendri, en prit un morceau entre ses doigts boudinés et l'enfourna dans sa bouche gourmande. Pas de gaspillage. Jamais.

Dans les gorges, le Furon formait parfois de petites enclaves plus calmes où Mathieu et Algonde allaient se baigner autrefois. Il y avait d'autres enfants au castel, mais ils étaient tous plus jeunes ou plus vieux, de sorte qu'ils avaient été embarrassés des uns et dédaignés des autres. La plupart du temps, ils les fuyaient pareillement dès lors que leurs corvées s'achevaient. Au fil des années, ces dernières avaient pris le pas sur le temps de jeu. Ils venaient de plus en plus rarement dans cette combe isolée, à l'abri des regards indiscrets. Ils s'y posèrent à bout de souffle, chacun sur un rocher qui affleurait l'onde vive. D'un même geste tant de fois répété, ils ôtèrent leurs souliers et y trempèrent leurs pieds.

— J'avais oublié qu'elle était si froide, frissonna Algonde, retrouvant d'un coup la sensation détestable du souterrain.

Tout à la fois pourtant, l'envie de s'y jeter lui oppressa les côtes. Elle ramena ses chevilles sur la pierre et manqua chavirer, surprise par la giclée d'eau que lui projetèrent celles de Mathieu. Il rit. Elle reprit son équilibre. L'été dernier, elle était tombée et s'était vengée en l'aspergeant copieusement. Pour se défendre Mathieu était entré dans la rivière à son tour. Ils avaient fini en bagarre, chacun cherchant à couler l'autre pour reprendre l'avantage. Insouciants. Amoureux, sans le savoir encore.

— Tu te souviens ? demanda-t-il, rattrapé sans doute lui aussi par la vision de leurs corps enlacés.

De ce baiser qui les avait surpris, chaste, aussi pur que l'onde. Rien n'avait plus été pareil ensuite.

Algonde hocha la tête, les yeux rivés sur le courant qu'une petite truite remontait.

Entrecoupé des trilles d'un épervier qui tournoyait au-dessus des arbres de la forêt toute proche, un silence embarrassé s'installa entre eux. Mathieu finit par le rompre d'un soupir.

— Elle est comment, la chambre de Mélusine ?

— Banale, répondit Algonde.

Elle aurait préféré aborder un autre sujet, mais n'en trouvait aucun.

— Tu ne veux toujours pas me parler d'elle ?

— Il n'y a rien à en dire, je t'assure. La chambre a été ouverte, j'ai nettoyé, Bastien le menuisier a réparé, et Bertille la couturière a décoré. Elle est prête pour accueillir la fille du baron.

— On raconte que deux hommes se sont battus pour elle…

— Qui te l'a dit ? s'étonna Algonde.

Il haussa les épaules.

— Tout se sait.

Elle frissonna. Quelqu'un avait-il remarqué son manège auprès du baron ? Elle n'avait croisé personne.

— Tu te battrais pour moi ? demanda-t-elle.

— Tu le sais bien. Mais il n'y a pas de raison, n'est-ce pas ?

— Non.

— Il ne t'a pas touchée ?

Elle comprit qu'il parlait du baron. Elle affirma sa voix. Ne pas le regarder.

— Non.

— Essayé ?

— Non.

— Parce que moi à sa place…

Elle se tourna vers lui.

— Je préfère la tienne.

Il sourit d'aise et gonfla le torse.

— Tu as raison. Je suis beau, amusant, jeune…

— … et je t'aime, le faucha Algonde que l'aveu étouffait.

Il se tut. Leurs regards se mêlèrent.

— Assez pour m'épouser ? Parce que jusqu'à maintenant tu…

— … ne me l'as jamais vraiment demandé.

— Et si je le faisais là ? Maintenant ? bredouilla-t-il en fouillant le limon de la rivière d'un bâton qu'il venait de ramasser sur le bas-côté, cherchant une contenance.

— Essaie…

— Tu ne vas pas te moquer ? s'inquiéta-t-il encore.

Algonde le couvrit de tendresse. Il s'en détourna, hésita quelques minutes. Il cherchait ses mots. Les traçait en des formes imaginaires dans le lit du cours d'eau. Y égarait son orgueil malmené à d'autres reprises. Puis, brusquement, comme piqué au derrière par une mouche plate, il se dressa sur ses jambes, franchit les deux pas qui les séparaient, les joues rouges de son trouble, et, au lieu de s'agenouiller comme elle s'y attendait, la culbuta dans la rivière. Algonde battit des bras pour s'en garder, mais l'eau pénétra sa bouche et son nez, y ramenant des sensations familières. Elle n'eut pas le temps de réaliser qu'elle ne pouvait pas se noyer que Mathieu l'attirait dans ses bras. Ils se retrouvèrent à genoux, de l'eau jusqu'à la poitrine, dégoulinants et enlacés. Assoiffés.

Leurs bouches se joignirent. S'explorèrent. Timidement tout d'abord. Fougueusement ensuite. Longuement. Lorsqu'il la laissa reprendre son souffle, elle sentit qu'un gardon lui chatouillait les orteils. Elle le chassa d'un mouvement discret du pied. C'est le moment que choisit Mathieu pour emprisonner ses joues dans ses mains et planter son regard dans le sien.

— Veux-tu être ma femme, Algonde ?

L'instant aurait dû être solennel. Elle éclata d'un rire nerveux. Pouvait-il savoir qu'elle venait de prendre conscience qu'il avait choisi pour sa demande cette rivière où leur amour aurait dû être englouti ? Comme un pied de nez à la prophétie ?

Les bras du jouvenceau retombèrent. Son œil se fit noir. Blessé. Déjà, il s'apprêtait à la planter là. Elle le retint d'un geste de la main. D'un regard empli d'amour. D'une phrase.

— À toi seul et à jamais.

— Alors c'est oui ?

— Oui, répéta Algonde en cherchant une nouvelle étreinte.

Il referma ses bras sur elle.

— Tu n'es vraiment pas possible, murmura-t-il. Avec toi, on sait jamais…

— Mais quelle idée aussi, cette baignade, se plaignit Algonde. Je suis glacée.

— Fallait que je t'embrasse. Avant. Pour être sûr. Mais avec toi, on sait jamais répéta-t-il, en l'aidant à regagner la rive.

Ils se laissèrent tomber dans l'herbe sous le soleil déjà chaud qui perçait les frondaisons des hêtres en bordure. Elle grelottait dans ses vêtements trempés. Mathieu s'agenouilla à côté d'elle. Elle éternua. Il effleura les lacets de son corsage.

— Ce serait mieux… Peut-être… Pour sécher…

Elle lui sourit.

— Ce ne serait pas la première fois.

— On était innocents…

— Pas tant que ça. Tu me regardais. Toujours.

Il sourit.

— Par curiosité. J'étais un garçon et toi une fille. Je voulais savoir où se situait la différence.

— Et maintenant ? demanda Algonde en tirant elle-même sur les lacets.

Mathieu déglutit.

— Je risquerais fort de te déshonorer.

Elle eut de nouveau envie de rire, mais contint ce cynisme qui l'effleurait. Refuserait-elle à l'homme qu'elle aimait ce qu'elle avait accordé à son maître ?

Le besoin d'effacer l'injure du plaisir menteur sur sa peau se fit impérieux.

— Quelle importance, murmura-t-elle en dénudant une de ses épaules, puisque tu vas me marier…

— À toi et à jamais, fit-il serment à son tour avant d'ôter son gilet.

Ils se déshabillèrent en silence, évitèrent de se regarder tandis qu'ils étalaient leurs vêtements sur les rochers, puis, nus comme aux premiers temps de la création, se rejoignirent dans cet écrin de verdure que la berge du Furon leur offrait.

Ils s'étreignirent avec tendresse jusqu'à ce que le désir mêle leur souffle et les emporte tous deux dans la félicité.

Lorsque Algonde reprit conscience du lieu qui l'entourait, Mathieu se tortillait dans son sommeil, chatouillé par une chenille qui progressait avec lenteur sur son ventre. Résistant à l'envie de rire, elle se leva et se glissa dans l'onde pour bassiner ses cuisses. Elle passa de même de l'eau sur son visage. Elle se sentait libre. Épurée de ce qui avait précédé avec le baron. Certes, Mathieu était plus gauche, moins expérimenté, mais le plaisir qu'elle avait éprouvé à ses caresses était sans commune mesure avec ce qu'elle avait ressenti à l'aube.

Elle en était transcendée.

— Tu es belle.

La voix de son amant la fit se retourner. Assis en tailleur, les cheveux hirsutes qu'il ébouriffait du plat d'une main, il la contemplait avec ravissement. Elle ramena de l'eau dans sa main et la lui jeta.

— Trop court, se moqua-t-il. Mais tu ne perds rien pour attendre.

Étirant ses jambes longues et musclées, il se redressa et se jeta en avant. Ils se débattirent ensemble dans un éclat de rire, retrouvant la légèreté et l'insouciance de leurs jeux d'autrefois, avant de finir de nouveau enlacés. Malgré le désir qui lui dressa le vit sur le bas-ventre, cette fois pourtant, Mathieu s'écarta d'elle.

— Il ne faut plus jusqu'à nos épousailles, décida-t-il. Je risquerais de t'engrosser.

Algonde ne pouvait arguer que le mal était fait. Elle se contenta de hocher la tête.

— Rhabillons-nous, c'est préférable, décida-t-il en sortant de l'eau.

Il s'avança jusqu'à ses vêtements et passa ses braies. Elles étaient quasiment sèches.

— Nous avons dû dormir longtemps !

— Nous nous sommes caressés longtemps, rectifia Algonde en nouant ses bras autour de sa taille.

— Ne me tente pas. C'est déjà assez difficile...

Elle s'écarta à regret. Le baron avait raison. Elle était bel et bien faite pour aimer.

Se tournant le dos, ils achevèrent de s'habiller en silence puis, l'un derrière l'autre, se glissèrent entre les parois de la combe pour retrouver le sentier qui serpentait dans la forêt.

— Il vaut mieux que nous revenions séparément, jugea Mathieu, comme ils en atteignaient la lisière.

— On nous a toujours vus ensemble, Mathieu. Nous cacher serait pire. Je ne veux rien changer. Nous rentrons, tu fais ta demande à ma mère et...

Algonde se tut. Au loin, sur le chemin qui, du village, remontait au château, une litière portée par quatre chevaux couverts d'un drap au couleur des Sassenage et dotée d'une solide escorte d'hommes en armure s'avançait au pas du conducteur qui, devant, la menait à pied.

— Dame Sidonie, en déduisit Mathieu qui avait suivi son regard.

Un frisson courut le long des reins d'Algonde.

— Et Marthe avec elle, murmura-t-elle.

— Bah, si damoiselle Philippine est aussi jolie qu'on le prétend, cette peste y verra une rivale plus dangereuse que toi. Elle te laissera tranquille.

— Puisses-tu dire vrai, soupira Algonde qui ne pouvait s'empêcher de penser soudain à ce que lui avait dit Mélusine.

Un désagréable pressentiment lui serra la gorge. Elle devait épouser Mathieu au plus vite. C'était la seule manière pour écarter d'elle les soupçons de la harpie. Mener une vie normale, effacée, discrète.

— Là, l'épervier ! s'exclama Mathieu en lui prenant le bras.

Le cœur d'Algonde s'accéléra dans sa poitrine. Elle suivit la direction du doigt qu'il tendait vers le ciel. Comme il l'avait autrefois fait avec son père, le rapace avait pris la litière pour cible. Les serres en avant et le cri strident, il semblait vouloir en lacérer le toit. La vision limitée par leurs œillères, les mouvements entravés par les bois de la voiture accrochés aux flancs, les chevaux hennissaient de crainte, tandis que le conducteur s'arcboutait sur la longe pour les faire avancer et que les hommes de l'escorte tournoyaient des bras dans l'espoir de faire fuir le rapace. Peine perdue, celui-ci s'acharnait.

— As-tu déjà vu pareille chose ?

Algonde chassa avec force la pensée qui l'avait saisie quelques minutes plus tôt. L'espace d'un instant, plus forte que tout, l'envie que Marthe disparaisse…

Ne pas se laisser gagner par la peur qu'elle lui inspirait. Penser à Mathieu, à leur étreinte, à la douceur de ses mots au creux de son oreille, à leur plaisir échangé, et s'en nourrir, oui, s'en nourrir comme de la certitude que c'était là sa seule et unique destinée. Elle s'adossa à son torse pour retrouver l'odeur de pain tiède qu'il dégageait.

Abandonnant sa cible aussi soudainement qu'il l'avait attaquée, l'épervier remonta pour disparaître dans l'ombre des falaises du Vercors. Un des soldats, Dumas sans doute, passa devant pour aider le voiturier à calmer les chevaux.

— Rentrons, décida Algonde.

— Es-tu si pressée de revoir cette garce ? se moqua Mathieu en lui emboîtant le pas qu'elle avait repris, rapide, pour longer les fortifications du château.

— Ne dis pas de sottises. Tu voulais que notre retour passe inaperçu. L'arrivée de Sidonie nous en fournit l'occasion.

— Tu as raison, dit-il en lui prenant la main.

Algonde la pressa dans la sienne. La muraille les baignait d'ombre. Il l'attira à lui. Elle s'abandonna au baiser qu'il lui donna, fougueux, intense. Et apaisant à la fois.

— Hâtons-nous vers le pont-levis à présent, comme si la curiosité nous y avait attirés, décida-t-il en s'écartant d'elle à regret.

Ils partirent en courant et parvinrent dans la cour du château, pareillement essoufflés, les côtes pointées d'une brûlure. Jacques de Sassenage s'y trouvait déjà.

Quelques minutes plus tard, devancée par Dumas et cernée de ses hommes, la voiture de dame Sidonie s'immobilisait dans la cour intérieure, près de l'escalier où Algonde et Mathieu venaient de se planter, les doigts discrètement noués les uns aux autres.

19.

Selon sa détestable habitude, Marthe n'avait cessé de bougonner. Tout lui avait été prétexte à râler. Les cahots du chemin, la chaleur oppressante, les haltes trop longues au point d'eau pour les bêtes, le temps et l'indécence que Philippine et Sidonie mettaient à y tremper leurs chevilles gonflées, quand elle-même se confinait dans la voiture, l'abbaye en quarantaine qui n'avait pu les héberger au soir venu, l'auberge trop bruyante sur laquelle elles s'étaient rabattues au village voisin, fortes de l'escorte de sire Dumas, les filles avenantes et lascives au cou des voyageurs, son souper qui manquait de sel, le vin, d'épices, le lit, d'épaisseur, la couverture rapiécée… Tant de choses nouvelles et excitantes qui avaient ravi Philippine au contraire. Refusant de se les laisser gâcher, elle n'avait cessé de les commenter, s'attirant des regards d'animosité flagrants de la part de la chambrière, qu'elle était seule à remarquer, Sidonie n'y prêtant aucune attention.

« Elle a son caractère, mais j'y suis attachée, avait expliqué sa cousine. Songe qu'après la mort de mon époux, alors que mon ventre pointait avec audace, elle fut la plus loyale de mes servantes, traquant la moindre médisance. Mes amies me fuyaient pour ne pas être associées à cette naissance qu'on supposait scandaleuse. Bref, rejetée de mes pairs, je sombrai dans une profonde solitude, qu'elle fut seule à distraire. De chambrière, elle fit office de dame de compagnie. Et ce jourd'hui encore en garde un privilège que je n'ai pas cœur de lui ôter. Comprends, mon Hélène, il n'est pas légitime et, bien que je l'aie assurée du contraire, Marthe ressent toutes celles qui m'approchent comme un danger suffisant pour la renvoyer à sa condition première. Sa froideur est le reflet de sa crainte. »

Cette nouvelle preuve de la grandeur d'âme de Sidonie n'avait pas apaisé son sentiment. Philippine ne parvenait pas, elle, à se faire à ce laideron.

Elles étaient ainsi arrivées aux portes de Sassenage, où l'attaque de l'épervier, aussi soudaine qu'incompréhensible, avait définitivement achevé de forger l'opinion détestable de Philippine sur Marthe. À peine les cris de l'oiseau avaient-ils retenti, mêlés à ceux des soldats, que la chambrière avait resserré ses doigts aux ongles longs et crochus et, la bouche sifflante, avait, de ces serres improvisées, balayé l'air au-dessus de sa tête.

Croyant qu'elle mimait le manège du rapace, Sidonie avait ri. Marthe s'était aussitôt ratatinée sur son siège, la tête basse. Si elle avait de nouveau adopté une attitude normale, Philippine avait pu constater d'un œil de biais que ses mains avaient conservé leur crispation jusqu'à ce que les trilles de l'oiseau s'éloignent et qu'elles en soient délivrées. La voiture avait repris son ballant au pas des chevaux et, malgré le souvenir cuisant de son arrivée décoiffée à la Bâtie, Philippine avait penché sa tête à la portière. Au-devant d'eux, un vilain escorté d'une jouvencelle, les jupons relevés sur ses mollets, une tresse châtaine tressautant sur ses reins, avait passé le pont-levis à la course. Leur impatience à découvrir son visage avait un peu apaisé Philippine, que la vision austère du château fort avait ramenée à celui dans lequel s'était installée l'abbaye de Saint-Just. Elle chassa l'idée d'en être prisonnière sous les impertinences et les étrangetés répétées de Marthe en découvrant la silhouette altière de son père qui l'attendait.

À peine la voiture s'arrêta-t-elle devant l'escalier droit qui montait au château qu'elle s'en arracha pour se jeter dans ses bras.

— Que te voilà transformée, ma Philippine ! s'exclama le baron en lui baisant la joue tandis qu'à contrecœur elle s'écartait de lui.

De fait, elle l'était, dans la soie de sa robe bleue gouttée, la tête coiffée d'un hennin qui en reprenait la teinte et mettait en valeur la finesse de ses traits. Le baron était plus ému qu'il ne s'y attendait. Un instant même il avait cru enlacer sa mère au même âge.

— Le mérite en revient à ma cousine, père. C'est elle qui m'a mise en beauté.

— N'en croyez rien, Jacques. Votre fille a le goût sûr des Sassenage, lança Sidonie gaiement, en s'avançant à son tour.

— Le temps me tardait de vous, ma mie. Mais me voilà comblé par les deux plus belles dames du royaume.

— Il faut toujours que vous exagériez, Jacques, se moqua Sidonie en pressant la main qu'il lui tendait, mais nous vous pardonnons bien volontiers, n'est-ce pas, Hélène ?

— Oh oui, père, bien volontiers, confirma Philippine en se tournant de côté pour l'embrasser de nouveau.

Son regard accrocha alors la silhouette des deux jouvenceaux qu'elle avait vus se hâter. Dans le renfoncement de l'escalier, ils se tenaient l'un derrière l'autre, de manière légèrement décalée pour ne rien perdre de son arrivée. Malgré ses joues rosies par la course, la jouvencelle venait de blêmir et un voile de tristesse gâtait ses yeux gris-vert fixés sur Philippine.

— Hélène… Ai-je bien entendu ? demanda le baron, tout aussi troublé.

— C'est une longue histoire, père, je vous la raconterai, lui promit Philippine après avoir spontanément adressé un sourire à la jouvencelle qui venait de reculer à toucher la chemise de son voisin.

— C'est inutile. J'avais choisi ce prénom à ta naissance, mais ta mère a réussi à m'en dissuader. Elle préférait Philippine et, tu le sais, je n'ai jamais rien pu lui refuser.

— Mère devait avoir des regrets puisqu'elle a demandé à sœur Albrante de me le rendre. C'était à ses dires son dernier souhait. Me permettez-vous de l'honorer ?

Le baron hocha les épaules, ému par ce cadeau posthume que son épouse lui avait fait. Il se reprit vite sous le regard enveloppant de Sidonie. Elle était son présent et son avenir. Le passé devait rester ce qu'il était.

— Venez, il me tarde d'entendre ce que vous avez toutes deux à me raconter, décida-t-il en les entraînant par les épaules.

Trois des malles que n'avait pu contenir la charrette des bagages ayant été arrimées au toit de la litière, un valet s'était précipité pour les descendre. Avant même qu'il ne les ait touchées, la corde de l'une d'elles se rompit. La malle bascula et vint se fracasser aux pieds de Marthe. L'ayant évitée d'un bond de côté en hurlant de surprise, elle darda vers l'homme le regard furieux dont elle couvrait jusque-là le baron et sa fille.

Devant les marches de l'escalier, Gersende masqua à peine le plaisir que cet incident lui donnait.

— Bien fait ! chuchota Mathieu à l'oreille de sa promise.

Il profita de ce que les regards étaient braqués sur Marthe, qui invectivait vertement le valet, pour y rajouter un baiser léger. Algonde ne s'en aperçut pas tant elle était tétanisée. Autant par la certitude que la fille du baron pour laquelle la chambre maudite avait été ouverte était bien la Hélène de la prophétie, que par cet accident lui-même. Ne venait-elle pas à l'instant de penser qu'elle serait ravie si Marthe recevait un des bagages sur la tête ? Se pouvait-il qu'elle puisse commander aux événements par la seule force de sa pensée ? Comme pour l'en convaincre, le valet se confondait en excuses tandis que la chambrière s'époussetait en maugréant.

— C'est pas ma faute, dame Marthe, la corde a lâché.

— Je parie que c'est cet épervier qui l'aura becquetée ! gronda le conducteur de la litière.

Le baron, alerté comme ses dames par le fracas, fronça les sourcils.

— De quoi parles-tu ?

— Un rapace nous a attaqués aux portes du château, s'interposa Dumas.

— Il était bien agressif, mon seigneur, ajouta le voiturier. Vous feriez pas mal d'en référer à votre fauconnier.

— Il dit vrai, Jacques, intervint Sidonie. Il vaudrait mieux le faire capturer.

— Je m'en occuperai dès ce soir, lui promit le baron en l'embrassant sur le front.

Puis, agacé de la désagréable manière dont Marthe venait de rabrouer le valet, il se tourna vers elle.

— Puisque vous voilà remise, Marthe, ramassez donc ces robes avant que la poussière ne les salisse tout à fait.

La harpie manqua s'en étrangler.

— Moi, messire ?

— Oui, vous, insista le baron, pour le plus grand bonheur de sa fille.

À ses côtés, Sidonie n'osa le reprendre et baissa les yeux pour ne pas croiser le regard de Marthe. Elle savait pourtant que tôt ou tard cette dernière la punirait. Contrairement à ce qu'elle avait dit à Philippine, la relation qu'elle entretenait avec sa chambrière n'était pas le fruit d'une reconnaissance justifiée, mais bien celui d'un esclavage qui durait depuis de longues années. Bien avant même son veuvage. Sidonie était la prisonnière de Marthe et nul, pas même Jacques, ne le savait.

— Une servante ferait aussi bien l'affaire, rétorqua Marthe, hautaine.

Était-ce la tension de l'orage que l'on sentait monter, ou la crainte que la chambrière ne se venge de cette affaire sur quelqu'un de la maisonnée, Marthe eut beau balayer la cour de son regard, tous avaient vaqué, et elle ne trouva personne à désigner, à l'exception de Gersende qui visiblement prenait grand plaisir à la voir humilier, de Mathieu qui lui adressa un pied de nez…

— Une servante ? Mais n'est-ce pas ce que vous êtes ? demanda le baron comme elle allait se rabattre sur Algonde.

Ne trouvant pas en Sidonie le soutien qu'elle escomptait, d'autant que, reprenant son allant, le baron les entraînait de nouveau, elle et Philippine, en direction des marches, Marthe ravala sa colère et s'agenouilla pour obéir.

— Je suis heureuse de vous revoir, damoiselle. Il y a bien longtemps. Je suis Gersende, l'intendante de cette maisonnée, se présenta celle-ci après avoir souhaité la bienvenue à Sidonie.

— Bien longtemps en effet, mais j'ai davantage changé que vous, dame Gersende, se mit à rire Philippine.

— Voici ma fille, Algonde qui a pris grand soin de votre chambre.

— J'espère, damoiselle Hélène, que vous vous y plairez, s'empressa Algonde en s'avançant, tandis que Mathieu disparaissait sous l'escalier.

— Ainsi donc, ma bonne Gersende, vous avez trouvé à vous accommoder du peu de place qu'offrait cette maisonnée, se réjouit Sidonie.

— Nous avons bénéficié d'une aide inattendue, ma douce. Si vous voulez me suivre, j'aimerais vous en entretenir en privé, s'interposa le baron, soudain grave.

— Comme vous voudrez, mon ami, accepta Sidonie, intriguée. Mais j'aurais préféré faire à Hélène les honneurs de cette maisonnée dont elle se souvient à peine.

— Algonde s'en chargera, proposa le baron.

— J'en serai enchantée, assura celle-ci.

— En ce cas, Hélène, nous te rejoindrons lorsque nous aurons terminé, lui glissa Sidonie en grimpant les marches d'un pas décidé, Jacques sur les talons.

Philippine attendit que son père et Sidonie aient disparu pour planter son regard franc dans celui d'Algonde.

— Ton galant est-il si timide qu'il préfère se cacher plutôt que de me saluer ? demanda-t-elle sans préambule, et la voix assez forte pour que l'intéressé l'entende.

Ne voulant risquer la colère de ses maîtres, Mathieu se dégagea de l'escalier et s'approcha à son tour, penaud.

— Eh bien, Mathieu, le gronda Gersende, comme si elle ne savait pas qu'il s'y trouvait.

— Que Votre Seigneurie me pardonne, s'excusa-t-il en offrant une révérence à Philippine, mais un bain dans la rivière a crotté mes braies, et je ne voulais pas vous en faire offense. Je serais venu avec mon père tantôt pour vous présenter mes hommages.

Le regard vif de Philippine accrocha la tresse mouillée d'Algonde qui gouttait sur sa robe. De toute évidence, ces deux-là avaient partagé la même eau avant son arrivée. Elle les trouva sur-le-champ fort à son goût.

— Par cette chaleur, dit-elle, c'était une belle idée. Il faudra que tu m'y emmènes, Algonde. Quant à toi, Mathieu, avoue que c'était pour mieux rire de cette peste de Marthe que tu t'es caché, pouffa Philippine en baissant la voix, profitant de ce que Gersende s'était éloignée, appelée par le voiturier qui demandait où il fallait monter les malles de la damoiselle.

— Ma foi, s'esclaffa Mathieu, puisque vous l'approuvez…

Ils se tournèrent de concert vers la litière que Gersende avait rejointe. Marthe avait achevé sa tâche, et leur faisait face, l'œil avide et cruel.

— La méchanceté lui colle à la peau. Je la déteste, grimaça Philippine.

— Nous aussi, avoua Mathieu. Si vous m'y autorisez, damoiselle, et puisque le spectacle est terminé, je vais prendre congé. Mon père, le panetier, a certainement des tâches à me confier.

— Va donc, lui accorda Philippine dans un sourire engageant.

Il détala sans plus attendre.

— Rentrons, décida Philippine, gênée par le regard fixe de Marthe sur elle. Je suis curieuse de voir cette chambre que tu m'as réservée. Si j'en juge par la stupeur qui s'est inscrite sur le visage du valet en entendant parler du dernier étage, elle ne doit pas être tout à fait comme les autres. Je me trompe ?

— Non, répondit Algonde, se souvenant des paroles de Mélusine.

L'attaque de l'épervier, Philippine devenue Hélène, les scellés brisés. Autant d'éléments qui avaient dû mettre Marthe sur ses gardes. Sur ses traces ? Algonde frissonna. Ces derniers jours, elle n'avait pas pris totalement la mesure du danger, trop perturbée par sa relation avec le baron, mais avec la harpie en ces murs…

Algonde allait devoir jouer finement pour n'être pas démasquée.

Elle précéda Philippine de Sassenage dans l'escalier. La damoiselle lui plaisait et réciproquement, c'était un fait. Le cœur lourd, elle se pressa. Renoncer à servir Mélusine revenait à sacrifier Philippine. À présent qu'elle savait quelle noirceur démoniaque habitait l'âme de Marthe, Algonde était certaine que la harpie ne ferait d'elle qu'une bouchée. Algonde refusa pourtant de se laisser attrister, se renforçant du souvenir de son étreinte avec Mathieu. Leur survie à tous deux devait, seule, compter. Elle se rasséréna. Là était sa vérité. Si elle ne s'occupait que de Mathieu, leur amour triompherait. Le reste ne devait ni l'en distraire ni la concerner.

Elle s'immobilisa au seuil du dernier étage du donjon.

— Nous y sommes. La chambre de Mélusine, révéla-t-elle, la voix affirmée par sa détermination.

— La fée ? Celle de notre aïeul Raymondin ? s'excita Philippine à qui sa mère, autrefois, avait conté les tristes amours.

Pour toute réponse, Algonde enfonça la clef dans la serrure et la tourna. La porte s'ouvrit, et la surprise de la petite damoiselle se teinta de ravissement. Elles pénétrèrent l'une derrière l'autre dans la pièce.

— J'aime, j'aime, j'aime ! C'est… Oh ! Algonde, s'exclama Philippine en lui prenant les mains près de la fenêtre ouverte, tu es la chambrière la mieux inspirée ! Cet endroit me semblait si austère, grâce à toi et à Mélusine, mon séjour à Sassenage va s'égayer !

Algonde allait la remercier de sa confiance, lorsqu'elle accrocha le reflet de Sidonie dans le miroir en pied, la main du baron dans la sienne. Tous deux venaient d'entrer. Une émotion intense se lisait sur les traits de Sidonie alors que son regard balayait la pièce. Il s'arrêta dans celui d'Algonde que le miroir lui renvoyait aussi.

Sidonie de La Tour-Sassenage lui sourit.

— Algonde, ton dévouement mérite récompense, dit-elle. À dater de cet instant, et jusqu'à ce qu'Hélène te donne congé, te voici promue à son service exclusif.

En ce 18 août 1483, un frisson parcourut l'épine dorsale d'Algonde, glacial comme le souffle de Mélusine. D'autant que, réjouie par cette nouvelle, Philippine ajoutait, en toute innocence :

— En ce cas, Algonde, je crois que ce sera pour l'éternité !

20.

Marthe essuya d'un revers de manche le filet de bave qui bordait la commissure de ses lèvres. La fièvre la tenait tout entière. Une fièvre de luxure. Depuis son lit relégué à cause du manque de place dans le réduit qui jouxtait la chambre de Leurs Seigneuries, elle s'excitait des gémissements de Sidonie que le baron avait commencé à beliner sitôt qu'ils s'étaient couchés. N'y résistant pas, elle avait eu tôt fait d'écarter la tenture pour entrevoir leurs ébats à la lueur des chandelles et renifler les effluves de leurs corps mêlés. Le sien réclamait son dû. Elle en salivait d'impatience. Au point de devoir se contenir pour ne pas se jeter entre les amants, poignarder ce verrat de baron et, comme autrefois, plier Sidonie à ses jeux saphiques dans le sang répandu. La respiration courte, elle s'efforçait pourtant au silence. Un meurtre en cette maison aurait gâté son but. Il était proche. Tout le lui indiquait. Jusqu'à ses sens inhabituellement exacerbés alors que la lune était descendante.

En son pubis, une onde lancinante lui fit resserrer ses cuisses à les toucher. Elle posa une main à leur jonction, écorcha sa peau imberbe.

Qu'ils s'endorment. Vite !

Il lui fallait sortir, quitter cet endroit. Sacrifier une chair innocente. Elle étouffa un râle. Jouir. Elle ne le pouvait en ces murs. Le besoin pourtant se faisait souffrance. Et ces deux-là qui n'en finissaient pas de s'étreindre, comme si ce pourceau avait encore vingt ans ! Dès le lendemain, elle verserait dans son vin de quoi tuer ses ardeurs. Ils l'avaient humiliée. Vengeance ! hurla son ventre. Elle serra ses dents pointues sur un râle étouffé.

Celui du baron, emporté enfin, lui parvint comme une délivrance. Quelques minutes encore et elle pourrait filer.

— Le manque de votre peau, ma douce, était une torture, murmura Jacques essoufflé, en se relâchant aux côtés de sa maîtresse.

— Me laisserez-vous croire que vous n'avez trouvé quelque servante pour l'apaiser ? se moqua Sidonie, en se pelotonnant contre lui.

— Si fait, mais ce furent de pâles étreintes au regard des vôtres.

— Sa joliesse augurait le contraire…

Le regard facétieux de Sidonie captura celui de son amant.

— Ainsi donc, vous n'avez pas commis Algonde à mon service par hasard.

— Elle était à mon goût. Il me parut évident qu'elle le serait aux vô…

Un baiser ardent étouffa la fin de sa phrase. Sidonie s'y abreuva, longuement. Elle aussi avait souffert de son éloignement.

— Je vous aime comme je n'imaginais plus pouvoir aimer, gémit le baron en quittant ses lèvres pour nicher les siennes dans le creux de son cou, sous le lobe finement ourlé de l'oreille.

Sidonie s'alanguit. Après les émotions contradictoires qui avaient accueilli son retour, elle était heureuse. Mélusine de toute évidence bénissait leur hymen, puisqu'elle s'était révélée à Jacques comme à elle. Elle prit une inspiration. Le moment était propice.

— Je suis enceinte…

La bouche s'immobilisa sur la petite tache en forme d'étoile qu'elle portait de naissance sur l'épaule. Sidonie s'écarta légèrement. Au fond des yeux du baron, une autre étoile s'était allumée.

— Je l'ai découvert à la Bâtie, ajouta-t-elle dans un sourire. Mes menstrues sont habituellement trop régulières pour me tromper.

— Mon bonheur n'en est que plus complet, s'attendrit le baron. Hélène sait-elle ?

— Point encore. Je voulais vous l'apprendre en premier. Et puis il est trop tôt. Je pourrais perdre cet enfant.

— Dieu ne le voudra pas, mais vous avez raison. Laissons Hélène à son contentement. La préparation du mariage, cette chambre, Algonde même, tout semble lui plaire. Son rire a roulé comme les eaux vives du Furon tout au long du dîner.

— Il m'a ravi aussi, mon amour. Je vous le prédis : nos lendemains seront joyeux. Dormons à présent. Vous m'avez éreintée.

Un rire léger échappa au baron tandis qu'elle se nichait au creux de son épaule.

— À mon âge, c'est un miracle…

— J'ai bien fait alors d'en profiter, se moqua de nouveau Sidonie dans un bâillement.

— Tu ne crois pas si bien dire, grinça Marthe dans un souffle mauvais.

Leur heure viendrait ! Elle laissa passer quelques minutes. Un ronflement lui parvint de la couche voisine.

Elle se leva, le ventre contracté par les spasmes du désir en elle. L'épervier. La chambre ouverte. Le temps de la prophétie était venu. Enfin ! Bientôt elle et ses sœurs régneraient sur les Hautes Terres. Oui. Bientôt. Elle s'habilla d'une mante noire sur sa chemise de nuit et souleva la tenture. D'un simple geste de la main en direction du candélabre, elle faucha la flamme des bougies. Les ténèbres retombèrent. Elle s'y enfonça avec une légèreté et une agilité insoupçonnables pour qui la voyait se déplacer en plein jour. Servie par l'acuité de sa vision nocturne, elle sortit de la pièce, nu-pieds.

Sur le palier, elle fut prise d'un vertige. Pourquoi aller plus avant ? hurlait son ventre. Gagner le dernier étage du donjon, relever le loquet, surprendre cette petite garce de Philippine dans son sommeil et jouir d'elle...

Elle dévala l'escalier pour s'en garder, reprise par la même pulsion face à la porte de l'appartement d'Algonde et de sa mère.

Elle se plaqua contre le mur, le souffle coupé. Le souvenir de son arrivée au château la rattrapa. Elle se revit gravissant ces marches, suivie de deux serviteurs embarrassés de la malle abîmée. Elle s'était encadrée dans l'embrasure de la chambre maudite, les sens aux aguets, la vengeance au cœur. Les deux pucelles s'étaient retournées vers elle d'un même élan, visiblement agacées de sa présence.

Une aiguille de feu lui piqua l'entrejambe. Pas elles. Elle ne le pouvait pas sans se dévoiler. Elle avait besoin de l'une et de l'autre, pour l'accomplissement de ses projets.

Elle descendit l'escalier et passa la salle des gardes, déserte à cette heure, les soldats ayant gagné la terrasse du donjon, les tourelles ou les coursives. Après avoir tourné la clef dans la serrure, elle ouvrit la porte cintrée et massive. Au-dehors, servie par la pleine lune, la nuit était claire. Une coiffe d'étoiles protégeait le sommeil des justes, aimait à dire l'abbé du château.

L’image amena sur son visage immonde un rictus pervers. Elles étaient, elle et ses sœurs, le pendant de cette caricature divine. Le diable des humains. La noirceur du monde. Qu’elles en prennent le contrôle, vite ! Qu’elles les asservissent tous ! Marthe rabattit vers elle le vantail, puis, de même, son capuchon sur sa figure, ct dévala les escaliers.

Elle se fondit dans l’ombre de l’enceinte. Dans les habitations flanquées aux murailles de la cour intérieure, tous dormaient, paisibles, dans l’attente de l’aube qui verrait l’activité reprendre avec la première fournée de pain. Quant aux veilleurs, elle les savait somnolents contre leurs hallebardes, habitués à ce que la contrée soit paisible. Le véritable risque d’être surprise venait des hommes de Dumas, qui logeaient dans une petite bâtisse accolée à une des tours de guet de la cour extérieure, celle-là même qu’elle devait franchir. Les restes d’un brasier rougeoyaient devant. Trois soldats s’en étaient rapprochés pour jouer aux dés. Un autre lui offrait la cambrure de ses reins. Il sifflotait en pissant allègrement sur l’herbe. Aucun ne regardait dans sa direction.

Resserrant autour d’elle les pans de sa cape, elle rasa les murs jusqu’à la poterne et leva les yeux. Pas de garde à son sommet. Les habitudes du château n’avaient pas changé. Elle passa sous l’arcade de pierre de la tour, ôta sans bruit la barre qui bouclait la porte massive et sortit en ayant soin de la repousser derrière elle.

Au nord-est, allongé en forme de poire de son église aux berges du Furon, le village somnolait en contrebas de la colline. L’œil de Marthe suivit le tracé de la route qui, de Grenoble, à l’est, via le village de Fontaine où se trouvait la Rochette, passait devant la métairie, enjambait le Furon par le pont aux portes du village, le traversait pour rejoindre à droite le moulin dont les ailes pendaient, immobiles à cette heure, et à gauche le château. Sur la portion visible, pas âme qui vive. Juste, à l'ouest, un couple de chevreuils qui broutaient à l'orée du bois tout proche. Rattrapés sans doute par son odeur, ils levèrent la tête dans sa direction avant de bondir sous le couvert des arbres qui s'étirait jusqu'à la falaise.

De nouveau, un spasme de désir contracta les cuisses de Marthe. Elle savait bien qui trouver pour le contenter. Elle ne se souvenait pas de son prénom, juste de la clarté de son teint, et de ses formes, à peine esquissées sous son corsage. Une pucelle aussi fraîche qu'un bouton de rose. La fille du métayer. Elle l'avait croisée à plusieurs reprises dans le sillage de son père venu présenter ses hommages à Jacques. Aiguillonnée par la perspective de ses caresses, elle se mit à dévaler la colline des côtes, indifférente à présent au regard des veilleurs. Elle les connaissait trop et savait qu'ils ne s'inquiéteraient pas si, par malchance, l'un d'eux suivait sa course.

Quinze minutes plus tard, elle se retrouvait, à peine essoufflée, sous le mur d'enceinte de la métairie. Une herse abaissée en interdisait l'accès. Il en fallait davantage pour l'arrêter. Elle se plaça devant, se concentra sur son mécanisme et releva les bras, paumes vers le ciel. La grille se souleva lentement, sans même un grincement. Un chant aux lèvres, elle se glissa dans la cour. Ni hommes ni bêtes ne pouvaient désormais la percevoir. De fait, pas un des trois chiens couchés en boule devant la maison basse ne broncha tandis qu'elle pénétrait dans la pièce principale. Dans le fond, une tenture séparait le coin repas de la chambre. Elle s'en approcha et la souleva. Un bonnet de nuit sur son crâne chauve, un pied dépassant du drap, le métayer dormait auprès de son épouse et de leur plus jeune fils sur le côté du lit qui lui faisait face. Elle les y laissa pour se rapprocher d'un autre. Une chevelure blonde tressée reposait sur la couverture. Marthe sourit. Belle et innocente. Oui, la fille du métayer était bien telle qu'en son souvenir. Le timbre de sa voix se fit caressant tandis qu'elle posait la main sur l'épaule de sa victime. Celle-ci releva les paupières, prisonnière déjà de l'enchantement que le chant de la harpie amenait en elle. Devant tant de laideur penché sur elle, le visage de la jouvencelle se troubla de terreur. Marthe ne s'en offusqua pas, au contraire. Son désir en était amplifié, chaque fois. Elle s'écarta et tendit la main, un sourire cruel à ses lèvres trop fines, le bas-ventre humide de ce corps frêle qui, conscient d'aller vers sa perte, ne pouvait cependant s'y soustraire. La pucelle repoussa les draps, se leva, referma ses doigts sur ceux de Marthe et lui emboîta le pas.

Elles traversèrent de nouveau la maison endormie, puis la cour. Des larmes roulèrent sur les joues de la damoiselle tandis que les ongles recourbés de son bourreau s'enfonçaient dans sa chair pour l'entraîner vers le bois. Aucun gémissement ne franchit pourtant ses lèvres. Sa volonté était sous contrôle. Pas sa conscience. Lorsqu'elles furent sous le couvert des arbres, Marthe lâcha la petite main sanguinolente et recula d'un pas. Brûlante de vice.

— Déshabille-toi, ordonna-t-elle, le souffle court.

Désespérée et cependant soumise comme tant d'autres avant elle, la jouvencelle obtempéra.

Philibert de Montoison était éreinté. D'élancements sporadiques, la douleur dans son épaule était devenue continue au fil des heures à chevaucher. Sans parler de sa migraine. Leur dernier repas était loin, qu'ils avaient sommairement pris au bord du chemin, se satisfaisant d'une tranche de lard, d'un morceau de fromage, d'un quignon de pain et d'une gourde de vin. À mi-chemin entre Saint-Quentin-sur-Isère et Sassenage, ils avaient prévu de terminer la nuit dans une tour, autrefois possession des templiers qui, avec le reste de leurs biens, avait échu à l'ordre des Hospitaliers après leur condamnation. Ils n'avaient pas imaginé trouver le lieu aussi dégradé. La porte béait, fracturée. Tout ce qui eût pu avoir quelque valeur avait disparu. Jusqu'au mobilier. Ne restaient que de maigres paillasses, mangées par des rats aussi gros que des avant-bras et qu'ils renoncèrent à embrocher. Le lieu puait. Des vilains avaient dû s'en servir de feuillets, car des excréments jonchaient le parquet qu'on avait défoncé par endroits pour en récupérer les planches.

— J'aime encore mieux un coin de luzerne, avait craché Luirieux en essuyant sa botte merdeuse sur l'arête d'une marche.

— Gagnons Sassenage, avait décidé Philibert de Montoison, repoussant d'autant les limites de son courage.

Il n'avait que trop tardé à rencontrer Sidonie. De fait, la bougresse les avait une fois de plus distancés. À peine avaient-ils mis pied à terre à la Bâtie qu'on leur avait annoncé qu'elle en était repartie trois jours plus tôt en litière, avec Philippine. Ne voulant pas exciter la curiosité de l'intendant du castel, ils ne s'étaient pas attardés. Après avoir déjeuné d'un solide ragoût dans une auberge à Saint-Romans, ils avaient attendu Garnier quatre heures durant à l'orée d'un bois qui dominait la grand-route et la rivière, estimant qu'il ne lui en faudrait pas davantage pour régler son affaire à Laurent de Beaumont et les rejoindre comme convenu. Mais ce diable avait dû lui donner du fil à retordre. Contre toute logique pour qui connaissait les aptitudes guerrières du géant, Garnier n'avait pas reparu. L'après-midi s'étirant, Philibert de Montoison avait décidé de lever le camp, certain qu'on informerait leur compagnon de leur destination dès lors qu'il se présenterait à son tour à la Bâtie.

Il tardait au chevalier de mettre enfin pied à terre. Comme pour soulager sa peine, les contours d'un hameau se dessinèrent au bout du chemin, par-delà le pont qui enjambait la rivière. D'un même geste, les quatre hommes tirèrent sur le licol pour calmer le pas de leurs bêtes. Elles s'immobilisèrent sur le gravier.

— Nous y sommes, assura Philibert de Montoison. Je reconnais l'endroit. Le castel est sur le promontoire.

— Attendons le petit jour pour nous annoncer, nous y serons mieux reçus, suggéra Luirieux.

Philibert de Montoison hocha la tête. Il n'aspirait qu'à dormir, se savait les traits tirés et le teint pâle. Or il se devait d'être à son avantage pour se présenter devant Philippine.

— Il y aura bien une auberge dans ce village, se prit à espérer le troisième de leur compagnon, un Berrichon nommé Burgot.

— Il nous faudrait faire tapage pour qu'on consente à nous ouvrir à cette heure. Je ne tiens pas à ce que les villageois s'interrogent. Le bois que nous venons de passer suffira. Nous y trouverons bien une clairière.

Burgot soupira, résigné, avant de tourner bride à la suite de son chef. Luirieux s'était détaché du groupe pour faire boire son cheval dans le Furon, légèrement en contrebas. Ils le rejoignirent, mirent pied à terre et s'abreuvèrent à côté des bêtes, baignés de l'ombre des aulnes sur l'autre rive. Debout sur une pierre plate, Philibert de Montoison s'étira pour soulager l'articulation meurtrie de son épaule. Face à lui, la masse sombre d'un mur d'enceinte se découpait en surplomb du chemin qu'ils avaient quitté. Si son souvenir était bon, il devait s'agir de la métairie. Il se demanda si l'homme distillait encore cet alcool de myrtille qu'il avait offert une fois à Sidonie en sa présence. Il s'en serait volontiers fait voleur pour tromper sa faiblesse. Son regard accrocha la herse. Il sursauta. Malgré l'ombre qui baignait le porche, il aurait pu jurer qu'elle était relevée. C'était contraire à toute prudence. Il se trouva instinctivement sur ses gardes. Si des voleurs s'étaient introduits là, malmenant les habitants, il aurait été mal vu au château qu'il n'intervienne pas avec ses hommes. Une bouffée d'adrénaline lui fouetta le sang.

— À moi les chevaliers, souffla-t-il en pivotant dans leur direction.

Ils portèrent aussitôt la main à leur baudrier. En deux pas, ils furent à ses côtés, silencieux et prompts à dégainer leur épée, nouant la longe des bêtes à la branche d'un tronc crevé qui blanchissait sur la rive.

Philibert de Montoison tendit le doigt vers la bâtisse.

Ils hochèrent la tête. Le doute qui l'avait saisi devenait certitude. Une silhouette encapuchonnée de noir venait de franchir le passage.

— Burgot à droite, Fabre à gauche, Luirieux avec moi, décida-t-il comme l'ombre se dressait face à la herse et levait les bras vers le ciel.

Ils s'élancèrent de concert pour lui barrer la retraite.

21.

Algonde écarta d'un mouvement vif les tentures qui obscurcissaient la chambre. Des cernes de fatigue se creusaient sous ses yeux, conséquence d'un sommeil glauque peuplé de harpies grimaçantes qui tournoyaient au-dessus d'elle avant de fondre sur l'épervier pour le réduire en pièces. À ce cauchemar avait succédé un état comateux où le ricanement démoniaque de Marthe se mêlait aux suppliques de Philippine, qu'elle tenait captive dans cette même tour, tandis qu'Algonde s'en éloignait pour rejoindre Mathieu. De toute évidence, la conscience de la jouvencelle se déchirait du choix qu'elle avait fait. Ce jourd'hui pourtant, elle ne parvenait à s'en sentir ni coupable ni attristée.

— Debout, damoiselle, le soleil est déjà haut, lança-t-elle gaiement, en se plantant au pied du lit de cette dernière.

Philippine ouvrit un œil, le referma aussitôt sur un grognement et, pour bien marquer sa désapprobation, rabattit le drap sur son visage.

— Comme vous voudrez, s'amusa Algonde, mais sachez qu'un chevalier s'est présenté ce matin, de fort bonne heure, et vous espère en ce moment même.

— Un chevalier ? Quel chevalier ?

— Je ne vous dirai rien tant que vous ne consentirez pas à quitter cette couche, menaça Algonde.

Les yeux réapparurent, puis le nez, froncé.

— As-tu seulement idée du nombre de levers aux aurores que j'ai dû subir en cinq années, pour me rabattre en prière dans le froid et l'austérité d'une chapelle ?

— Celui-ci les compense allègrement. Il est dix heures. Vous avez manqué la messe et le matinel. Debout. Je vous ai apporté ce dernier avec votre déjeuner.

La jouvencelle poussa un soupir à fendre l'âme, mais rejeta la courtepointe. Algonde s'approcha pour lui tendre un mantel d'intérieur.

— Je te trouve bien impertinente ce matin, ronchonna Philippine, tandis qu'elle l'aidait à l'enfiler par-dessus sa chemise de nuit.

— Vous vous en plaindrez à dame Sidonie qui a insisté pour que je vous bouscule un peu.

— Peste soit de ma cousine !

Philippine s'avança jusqu'à la croisée qu'Algonde avait laissée ouverte, et, face à la vallée, s'étira comme un jeune chat.

— Je n'ai jamais aussi bien dormi, avoua-t-elle en se retournant.

Sur la table, un œuf mollet voisinait avec un potage, un morceau de poulet aux épices et une pomme. Algonde lui beurrait une tranche de pain blanc. Cette attention la toucha, inexplicablement. À l'abbaye, le repas était si triste qu'elle en avait oublié la saveur.

— Allons, maîtresse, ce sera froid…

Leurs regards se croisèrent. Philippine lui sourit, reprise comme la veille, à son arrivée, par une surprenante bouffée de tendresse.

— Appelle-moi Hélène, exigea-t-elle en s'attablant devant ce festin.

— Ce serait contraire à l'usage. Et vous me feriez battre un autre matin en me taxant encore d'impertinence.

Philippine mordit dans sa tartine tandis que la soupe que lui versait Algonde coulait de la louche dans son écuelle d'argent. Même à la Bâtie elle ne s'était pas sentie aussi légère. Elle avala sa bouchée en soupirant d'aise.

— Tu m'appelleras Hélène lorsque nous serons seules, c'est un ordre. Et puis ne reste pas plantée là à me regarder manger. Ça me gâte mon plaisir. Assieds-toi. Sers-toi. Il y a bien assez de petits pains pour deux.

Algonde y consentit.

— À présent, parle-moi un peu de ce chevalier. Qui est-il ? Que veut-il ? s'enquit Philippine avant d'engloutir un nouveau morceau.

— Vous m'en demandez trop. Je sais seulement qu'il appartient à l'ordre des Hospitaliers et qu'il s'est présenté avec trois autres au corps de garde. C'est sire Dumas qui les a accueillis. Ils se sont reposés dans ses quartiers jusqu'à ce que le baron et dame Sidonie soient levés et disposés à les recevoir. J'ignore ce qu'ils se sont dit, mais le baron leur a offert l'hospitalité. J'étais en cuisine lorsque leur chef s'est avancé, guidé par Marthe, qui pérorait d'importance. Maître Janisse lui a servi collation. Lorsque je suis remontée, dame Sidonie m'a demandé de vous réveiller.

— C'est tout ?

— C'est tout. Je n'ai pas pour habitude d'écouter aux portes.

— Dommage. Pour cette fois du moins, tempéra Philippine avant de se désoler. Tu ne manges rien…

— Mathieu m'a offert sa première fournée de brioche, s'excusa la jouvencelle, l'œil brillant.

— Tu l'aimes ?

— Plus que tout.

Elle baissa les yeux, agacée comme la veille de ce que cela impliquait pour Philippine.

— À Saint-Just, deux hommes se sont battus pour moi. L'un d'eux était un Hospitalier. Il était moribond lorsque j'en suis partie. J'espère que ceux-là ne viennent pas nous apprendre son décès.

— Vous n'en seriez pas responsable.

— Qu'en sais-tu ?

— J'en crois ce que dame Sidonie a dit à ma mère. Et ce que je vois.

— Ah ? Et que vois-tu ?

— Votre beauté, Hélène. Troublante et attachante…

Elle ne poursuivit pas. Gênée d'une émotion étrange que venait d'éveiller l'évidence de ce constat. De nouveau, ses yeux balayèrent la surface de la table.

— Je te retourne le compliment, Algonde, enchaîna la voix légèrement éraillée de Philippine.

Elle l'éclaircit d'un toussotement et poursuivit :

— Mais cela ne change rien à l'affaire. Je me sens coupable, quoi qu'on m'en dise, quoi que j'y fasse. Je t'envie, sais-tu, de pouvoir aimer sans contrainte. Moi, je préfère me garder des hommes plutôt que de risquer de revivre semblable affrontement.

— Vous aimerez pourtant, assura Algonde, pour adoucir cette angoisse qu'elle devinait latente au plus secret d'elle.

Que n'aurait-elle donné en cet instant pour lui dire à quel point elle la comprenait…

— Jamais, je te dis.

Algonde n'insista pas. Philippine repoussa son bol. Le souvenir de Philibert de Montoison lui avait coupé l'appétit.

— Merci pour ta tartine. Ma mère me les préparait pareillement lorsque j'étais enfant. Ce souvenir-là était un souvenir heureux. Je souhaite que nous en partagions d'autres. Beaucoup d'autres.

Algonde hocha la tête, troublée de nouveau par la douceur de son regard. Pas d'homme, avait-elle dit. Cela sous-entendait-il pour elle quelque attachement contre nature ? Elle chassa l'idée, surprise toutefois de la concevoir avec moins d'écœurement qu'elle ne l'aurait imaginé quelques jours plus tôt. La faute sans doute au plaisir que Mathieu avait réveillé en elle par ses caresses et le baron par son entêtement.

— Allons à présent. Puisqu'on m'attend, faisons face avec panache. Choisis-moi une robe de circonstance, sobre mais point trop austère, décida Philippine en écartant sa chaise.

Algonde se leva à son tour et se dirigea sans hésitation vers le coffre dans lequel elle avait soigneusement rangé les effets de Philippine la veille.

Philibert de Montoison écoutait d'une oreille distraite les divagations culinaires de maître Janisse sur l'art et la manière de réussir le pâté en croûte de lapin aux girolles pour lequel il avait eu la mauvaise idée de trop le féliciter. Intarissable depuis dix minutes, le cuisinier bombait le torse et moulinait des mains, sous l'œil moqueur de ses marmitons, dont le plus âgé, voyant l'Hospitalier en peine, s'était empressé de lui porter son dessert. Cela n'avait pas perturbé le maître, trop heureux de la reconnaissance de son talent.

— Une gousse d'ail, mon bon, une gousse, pas davantage, trop, cela emporte la bouche, pas assez, il en serait fade. Une gousse, voilà la bonne mesure, mais attention, chevalier, pas n'importe quelle gousse, non non non non… Il la faut charnue et fraîche, au cœur d'un blanc limpide. S'il est vert déjà, il vous collera mauvaise haleine. Mettez votre main, là, devant votre bouche et soufflez, si si, j'insiste, soufflez et dites-moi un peu si vous empestez…

— Inutile, je vous crois sur parole, affirma pour s'en débarrasser Philibert de Montoison, avant d'enfourner dans sa bouche le dernier morceau de la part de tarte qu'on lui avait servie, envieux du silence que devaient goûter ses compagnons demeurés auprès de l'escadre de sire Dumas.

— Ah ! messire, quand on a affaire à un homme de votre qualité, servi à la table des princes, le moindre dosage est crucial. Que dis-je… Vital ! Imaginez-vous sortir de table puant l'ail sans vous en douter ? Vous rendre auprès de quelque belle, porteur de cette infirmité ? Lui déclarer votre flamme et la voir se reculer ? Non, je vous le répète. Une gousse, une seule, virginale à souhait, voilà mon secret !

— Je le garde et vous en remercie, maître Janisse, mais je dois vous laisser, se dressa Philibert de Montoison, profitant de ce qu'il reprenait son souffle.

Le cuisinier se fendit d'une courbette puis d'une autre, et d'une troisième plus basse encore que son excès, tout autant que sa corpulence, rendit hautement ridicule.

— Faites, faites, monseigneur. Je suis votre obligé, quelle que soit l'heure.

Philibert de Montoison se hâta vers la sortie sans se retourner, de crainte de le relancer. Il dévala les escaliers du donjon, rattrapé par la fournaise. L'air était irrespirable. De toute évidence, un orage violent crèverait en soirée. Pour l'heure, il était agacé, non de la volubilité de maître Janisse, mais du fait que rien depuis l'aube ne se passait comme il le voulait.

À commencer par cette rencontre improbable devant la métairie et leur étonnement à tous quatre en voyant la herse s'abaisser lentement au rythme des bras étendus de la créature qui lui faisait face. Elle avait pivoté d'un bloc au bruit de leurs bottes sur le chemin, le visage comme un trou d'ombre sous son capuchon, les mains aux doigts crochus ramenées comme les serres d'un rapace devant sa poitrine. Ils avaient reculé, instinctivement, pressentant quelque diablerie.

Armé seulement de la dague que lui avait remise Luirieux quand les autres avaient sorti leurs épées, Philibert de Montoison l'avait pourtant toisée.

— Découvre-toi, sorcière.

— Tiens-tu tant que cela à mourir, chevalier ?

— Dieu nous garde, avait osé crânement Luirieux.

D'un simple mouvement du poignet, elle avait envoyé leurs lames à terre, comme si on les leur avait arrachées.

— Cela vous suffit-il ou faudra-t-il aussi que je vous broie les entrailles ?

Ils s'étaient écartés pour la laisser passer.

— Ne vous mêlez pas de mes affaires si vous ne voulez pas que je m'immisce dans les vôtres, avait-elle ajouté d'une voix rauque avant de les planter au milieu du chemin et de se perdre dans la nuit.

Dans la cour de la métairie, les chiens s'étaient mis à hurler. Les volets de la bâtisse étaient restés clos. Pas une lumière n'y avait filtré.

Ils avaient ramassé leurs épées, récupéré leurs montures qui écumaient encore des naseaux, la terreur au fond des yeux, et gagné le bois en silence.

— Je me demande bien ce que cette diablesse avait à faire dans cette cour, avait finalement dit Burgot comme ils sabraient les fougères pour se faire un matelas dans une petite clairière.

— Cela ne nous concerne en rien, avait décidé Philibert de Montoison en s'allongeant à terre, bientôt imité par les autres, tout aussi déterminés que lui à oublier cette aventure dans un sommeil réparateur.

Le chant conjugué des coqs du village et de la métairie les avait éveillés au petit jour. Philibert de Montoison n'était que courbatures. Son épaule était douloureuse, mais sa fatigue en avait eu raison pour la nuit. Il avait dormi d'une traite. Il s'était étiré, l'œil vif et le ventre creux.

— J'ai rêvé que nous avions croisé une sorcière, avait bâillé Fabre en se frottant la barbe.

Tous avaient immobilisé leur regard sur lui, rattrapés par le même souvenir. Fabre avait craché entre l'index et le majeur de sa main droite pour conjurer une éventuelle malédiction.

— C'est un peu tard, ne crois-tu pas ? s'était moqué Luirieux en époussetant ses braies piquées de brindilles.

Fabre en avait convenu en haussant les épaules. C'était la seule allusion qu'ils avaient concédée à l'affaire. Il était des mystères en ce bas monde dont il était périlleux pour l'âme de chercher les clefs.

Ils avaient récupéré leurs bêtes attachées à un arbre, avaient regagné la rivière pour une toilette sommaire et étaient remontés en selle. Il tardait à Philibert de Montoison de pousser enfin jusqu'au château. Dumas les y avait accueillis et ils avaient partagé avec lui un matinel qui les avait ragaillardis. L'homme, affable, leur avait conseillé toutefois de laisser passer quelques heures avant de s'annoncer devant Leurs Seigneuries. Un rire vulgaire avait laissé entendre que les retrouvailles du baron et de sa dame annonçaient une grasse matinée qu'il serait malséant de déranger. Philibert de Montoison en avait profité pour rafraîchir la taille de sa barbe comme la broussaille de ses cheveux. Lorsqu'il s'était présenté, propre et soigné, devant Sidonie et son amant, il était neuf heures.

— Quel bonheur de vous revoir ! On m'avait affirmé que vous étiez mourant à Saint-Just, il y a seulement quelques jours ! l'avait-elle accueilli, une étincelle dans les yeux, preuve, telle qu'il la connaissait, que Dumas avait raison et que la nuit…

— Je l'étais, dame Sidonie, je l'étais, mais Notre-Seigneur tout-puissant a jugé qu'il me fallait encore le servir quelque temps sur cette terre. Me voici donc, miraculeusement ragaillardi devant vous.

— À quel titre ? était intervenu le baron d'un ton plus sec que son accueil l'avait laissé prévoir.

Philibert de Montoison l'avait attribué au fait que, rattrapé par la fulgurante et intacte beauté de Sidonie, il avait étreint la main de cette dernière plus longtemps que ne le permettait l'usage. Il s'était aussitôt repris. Aiguiser la jalousie du baron revenait à s'en faire un ennemi. Or il avait besoin de son double consentement pour servir ses ambitions.

— Je suis en charge d'une mission de la plus haute importance et discrétion, avait-il ajouté en glissant un regard vers le visage disgracieux de la chambrière de Sidonie, qui, occupée au rouet, s'était tournée méchamment vers lui.

Il n'avait pu réprimer un frisson en la voyant relever la main dans sa direction et la crisper sur ses ongles recourbés. Il avait aussitôt reconnu les griffes de la sorcière. Et entendu la menace silencieuse. Il s'était empressé d'ajouter :

— Je la tiens du grand prieur d'Auvergne et, sauf votre respect, celle-ci ne concerne en rien votre servante…

— J'allais vous laisser, avait consenti Marthe dans un rictus satisfait.

Il n'en avait pas été soulagé pour autant. Il avait gardé en sa mémoire la détestable impression qu'elle lui avait laissée autrefois à chacune de ses visites à Sidonie. La découvrir détentrice de pouvoirs démoniaques ne lui disait rien qui vaille.

— Asseyez-vous donc, avait proposé Sidonie, qui n'avait rien remarqué.

L'œil du baron était, quant à lui, resté inquisiteur. Philibert de Montoison n'avait pas douté un seul instant qu'il avait relevé son trouble et l'avait mis sur le compte de ses souvenirs charnels. S'il y avait une chose qu'un homme amoureux percevait sans faillir, c'était assurément les anciens amants de sa belle. Il s'était hâté de le détromper :

— Avant toute chose, baron, permettez-moi de prendre des nouvelles de votre fille, Philippine. On m'a rapporté à mon réveil en quel tourment notre duel l'avait mise. Cette lettre même qu'elle avait eu soin de me laisser m'a bouleversé. Et je ne saurai rien entreprendre avant de la supplier de me pardonner.

Jacques de Sassenage avait froncé les sourcils.

— Et en quoi seriez-vous coupable ?

— Vous le savez mieux que quiconque, mon ami, avait soupiré Philibert de Montoison, vous qui allez épouser la femme que vous aimez. La jalousie est une écharde. J'ai voulu l'ôter.

— Avec la pointe de votre branc, avait précisé Sidonie dans un éclat de rire.

— Las, avait admis Philibert de Montoison avec un rictus navré. Je pourrais arguer pour ma défense ces batailles en Orient qui m'ont forgé la lame et trempé le caractère. Il n'en est rien. J'aime votre fille, baron, de toute mon âme.

Jacques s'était relâché.

— Vous certifiez donc qu'elle n'est pour rien dans votre échauffourée ?

Philibert de Montoison s'était dressé.

— Ce serait lui faire injure que seulement l'imaginer.

— Vous le lui direz vous-même lorsqu'elle sera réveillée, avait conclu Sidonie. Car vous êtes notre invité, n'est-ce pas, Jacques ?

— Certes, certes, avait consenti le baron, visiblement à regret.

Il avait lui-même enchaîné la conversation sur le second objet de sa visite.

— Que nous veut Guy de Blanchefort, que vous ne pouviez révéler devant une servante ?

— L'hospitalité, mon bon, mais une hospitalité toute particulière.

Il leur avait raconté la version officielle. Djem sultan déchu de son trône, Bayezid son frère qui complotait pour l'assassiner. Les Hospitaliers attachés à sa sécurité. Le roi de France qui, bien que fort malade, se disait prêt à aider l'exilé. Les intérêts économiques, politiques. Et l'espoir enfin d'un lieu retranché des grandes routes et des possessions de l'Ordre pour mieux protéger Djem des attentats qui le visaient.

— Nous avons pensé à Sassenage, avait conclu Philibert de Montoison, fort de son discours.

Lui avait succédé un long silence. C'est Sidonie qui contre toute attente l'avait brisé.

— Nous ne saurions nous engager dans l'heure, mon cher. C'est une lourde responsabilité. Vous me parlez de deux cents hommes au total. Ce château est modeste. Y loger autant de monde tout un hiver, quand bien même il ne s'agirait que du prince et de ses valets, me semble difficile.

— Il faudrait en effet y effectuer des aménagements et mettre à contribution les villageois. Bien sûr, vous seriez largement dédommagé.

Le baron avait hoché la tête, une moue circonspecte à la commissure des lèvres. Sidonie quant à elle s'était levée pour lui donner congé.

— Je vous trouve encore bien pâlot, mon bon Philibert. Les conséquences sans doute de vos blessures aggravées par cette chevauchée. Prenez tout le repos qui vous sera nécessaire. Si nous n'avons pas de chambre à vous offrir, vous ne vous offusquerez pas, je le sais, de partager avec vos compagnons le logis de sire Dumas. Nous serons peu en ces murs quant à nous, tout aux préparatifs de notre hyménée, mais je suis certaine que Philippine, heureuse de votre guérison, vous accordera la compagnie que vous espérez. Pour le reste, nous vous ferons demain connaître notre décision. Elle sera commune, puisque dans quelques jours le baron et moi ne ferons plus qu'un.

Il s'était incliné, certain déjà de leur réserve. Furieux de ne pas la comprendre. Sur le palier, Marthe l'attendait, adossée à la vis de l'escalier.

— Ton commerce ne m'intéresse pas, sorcière. J'ai d'autres affaires à régler, avait-il grommelé.

— J'en ai autant à ton service. Une collation t'a été préparée en cuisine. Je vais t'y mener.

— Je connais le chemin, l'as-tu oublié ?

— Non point, avait-elle soufflé, d'autant que tu as laissé quelque chose à ta dernière visite. Quelque chose que j'estime précieux.

Il s'était immobilisé sur les marches, Marthe sur ses talons.

— Il y a fort longtemps de cela, mais je suis certain du contraire. Et quand bien même, en quoi cela te concernerait ?

— En rien, tu as raison. Mais tu aurais une dette envers moi…

Son sourire goguenard l'avait glacé. Elle savait de toute évidence quelque chose qu'il ignorait. Sa curiosité l'avait emporté. Il avait hoché la tête.

— Parle donc, créature du diable. Qu'ai-je bien pu laisser qui puisse aujourd'hui m'intéresser ?

— Un fils, chevalier, que Sidonie a prénommé Enguerrand.

Il avait marqué une seconde de surprise avant de hausser les épaules.

— Il ne serait pas le premier bâtard que j'aurais semé.

— Certes, mais le vieillard qui aurait pu le légitimer était mort quand il est né…

Constamment affamé depuis qu'il était sorti de sa léthargie, il n'avait pas daigné répondre, et s'était remis à descendre les marches jusqu'aux cuisines. Que cet enfant soit le sien ou non lui était indifférent. En d'autres temps peut-être, avant qu'il ne s'engage à Rhodes aux côtés des Hospitaliers, il aurait pu épouser Sidonie devenue veuve, élever leur fils. Autres temps. Ce jourd'hui, s'il la trouvait toujours aussi désirable, c'était de Philippine qu'il s'était épris, plus follement qu'il ne l'avait jamais été, et cette vieille histoire n'avait pas même le goût des regrets.

À présent pourtant qu'il se dirigeait vers la cour extérieure pour retrouver ses hommes au logis de Dumas, il se demandait si cette sorcière n'avait pas raison, et si cette information ne lui serait pas utile en fin de compte tôt ou tard pour servir ses intérêts.

22.

— Tout me semble en ordre, ma bonne Gersende, la félicita Sidonie en refermant le registre des dépenses prévisionnelles que l'intendante lui avait étalé sous le nez.

Attablées côte à côte dans l'appartement de Leurs Seigneuries, elles étudiaient les chiffres depuis presque une heure, baignées d'un rayon de soleil qui traversait les vitres.

— Comme vous l'avez pu voir, reprit Gersende, ce sont les cochons de lait qui nous feront le plus défaut. Compte tenu des réjouissances et de leur étalement sur trois jours…

— Trois ?

Sidonie se tourna vers Jacques qui, depuis son faudesteuil, se frottait la barbiche d'une main nerveuse.

— Est-ce bien nécessaire ? Deux n'y suffiraient-ils pas ?

— Trois, pas moins. Je vous épouse et entends bien qu'on le sache.

Sidonie n'insista pas. La visite de Philibert de Montoison l'avait de toute évidence laissé bougon et elle s'en serait inquiétée si Gersende ne s'était annoncée. Nous étions le 19 août. Il ne restait que six jours avant le mariage et l'intendante comptait bien tout passer en détail. Ils n'avaient que trop tardé.

— Maître Janisse trouvera une solution pour remplacer les porcelets, je lui fais confiance. À vous aussi, Gersende.

Celle-ci contint son exaspération. De toute évidence, dame Sidonie ne mesurait pas un seul instant l'ampleur de sa tâche ! Elle enchaîna :

— Pour la noce elle-même, il va falloir vous entendre avec la couturière dès ce tantôt, sans quoi le temps lui manquera pour festonner votre traîne.

— Soit. Qu'elle vienne sitôt le dîner. Nous prendrons d'ailleurs celui-ci dans la salle de réception avec nos visiteurs, c'est le moins que nous puissions faire pour ce pauvre Philibert de Montoison, n'est-ce pas, Jacques ?

Le baron grommela quelque chose d'incompréhensible que Sidonie préféra prendre pour un assentiment.

— J'ai déjà pris l'initiative d'en informer maître Janisse, acquiesça Gersende.

— Autre chose ? demanda Sidonie, pressée d'éclaircir la raison de l'étrange comportement de son amant.

— Autre chose ? Sauf votre respect, dame Sidonie, il en reste bien assez pour me tenir éveillée sans interruption jusqu'à vos noces, la bouscula Gersende.

— Peut-être que dame Sidonie n'est plus aussi pressée de convoler après tout…

Cette fois, Sidonie ne pouvait faire comme si de rien n'était.

— Laissez-nous, Gersende. Je vous promets de me pencher sur le moindre détail tout à l'heure. Convoquez pour ce faire qui vous semblera nécessaire. Avant ce soir, tout sera à plat.

L'intendante hocha la tête et s'effaça, rattrapée par la tension qui régnait dans la pièce. Pour une fois, elle ne pouvait l'imputer à Marthe, absente. À peine la porte se fut-elle refermée sur elle que Sidonie se dressa devant Jacques, tristement déconcertée.

— Mais enfin qu'avez-vous ?

Il bondit de son siège.

— J'ai… J'ai que je ne suis pas aveugle ! Vieux, oui ! Trop sans doute ! Mais pas aveugle ! Voilà ce que j'ai. Osez dire que…

— Que quoi ? interrogea Sidonie, perplexe.

Le baron se mit à arpenter le parquet, les mains dans le dos pour contenir sa jalousie qui n'avait cessé de croître au fil des minutes.

— Vous le savez bien. Vous et Philibert de Montoison ! Vous avez été sa maîtresse !

— Oui, le faucha Sidonie, un sourire soudain léger aux lèvres.

Tout était clair désormais.

Il s'immobilisa, défait.

— Vous avouez ? bredouilla-t-il.

— Pourquoi en ferais-je mystère quand cette histoire appartient au passé ? Vous l'avez entendu vous-même d'ailleurs, il ne vibre plus ce jourd'hui que pour votre fille.

Elle noua ses bras autour de son cou et planta son regard dans le sien.

— Je vous aime, Jacques. En doutez-vous encore pour vous tourmenter de la sorte ?

— Il a l'œil vif, les traits réguliers, les épaules charpentées, fringant en somme, quand je ne le suis plus.

— Et prompt à courir les chemins comme ceux de son acabit, sitôt le jour levé. Combien en ai-je connu, de ces lendemains à refermer mes doigts sur du vide ? Gloire et pouvoir les accaparent. Ils n'aiment rien d'autre que la liberté. Montoison différent ? J'en doute. Même s'il veut aujourd'hui rompre ses vœux pour épouser Hélène, il la laisserait se faner à l'ombre d'un château tandis qu'il reprendrait ses chevauchées. Pour ma part, croyez-moi, je continue à préférer vos rides.

Il la serra contre lui. À peine rassuré.

— Elles font ombrage à votre beauté, ma douce. Et je me demande bien ce que vous me trouvez.

— Tout ce que les autres n'ont pas et ne me donneront jamais. À l'exception d'un fils. Enguerrand a l'âge que Montoison avait lorsqu'il m'a engrossée.

Jacques s'écarta, rouge de nouveau d'une bouffée d'angoisse.

— Je n'ai pas jugé bon de lui révéler sa paternité, de crainte qu'il ne me force au mariage, ajouta-t-elle, un sourire facétieux aux lèvres. Voyez-vous, mon ami, je rêvais d'un autre. De vous déjà, grand benêt.

Il l'étreignit avec fougue. L'embrassa tout autant. Brûlant de marquer une fois de plus son territoire, comme un animal qu'un autre viendrait défier.

— Je ne supporterais pas de vous perdre, gémit-il dans ce souffle qu'elle reprenait.

— Et moi pas davantage. N'en parlons plus, voulez-vous ?

— Je ne lui donnerai pas Hélène, renchérit pourtant le baron, vengeur.

— Tant mieux, elle n'en veut pas.

— Je n'imposerai pas non plus à nos gens les rustres manières de ce Turc. Pas davantage à ceux de la contrée les débordements d'un régiment. Fût-il celui des Hospitaliers.

— Je vous approuve tout à fait.

Leurs regards s'embrasèrent.

On toqua à la porte. Ils s'écartèrent l'un de l'autre à regret.

Marthe franchit le seuil, un plateau d'argent à la main surmonté d'un hanap et d'un pichet.

— Votre cervoise, messire, annonça-t-elle en le posant sur la table avant d'en servir une pleine rasade au baron, comme chaque jour à cette heure.

— Merci, ma bonne Marthe, dit Sidonie.

Profitant que le baron leur tournait le dos, un œil glacial, chargé de malsaines promesses, lui répondit. Malgré sa nuit démoniaque, la colère de Marthe à son encontre n'était pas retombée. À la première occasion…

Sidonie déglutit. Jouer le jeu. Comme si de rien n'était. N'était-elle pas habituée depuis le temps que cela durait ? Elle se reprit.

— As-tu vu Hélène ? demanda-t-elle.

— Point encore, ma dame, mais Algonde est montée il y a presque une heure avec son matinel. Elle ne tardera plus.

— Le chevalier ?

— Reparti auprès de ses hommes. J'ai promis de l'envoyer quérir dès que damoiselle Hélène serait apprêtée. Avec les préparatifs du mariage, Gersende est débordée.

— Tu as bien fait. Je compte sur toi pour les assister au mieux, elle et sa fille, dans les jours qui vont suivre. Tu prendras en charge tout ce qui touchera au logement de nos invités et à ma garde-robe, bien entendu.

Marthe, faussement servile, hocha la tête.

— Il me faudra, pour faire dresser leurs tentes, connaître l'emplacement exact des joutes. Je suppose, mon seigneur, que vous pourrez me l'indiquer.

Sidonie sursauta. Le baron aussi, qui foudroya la chambrière du regard.

— Vous avez organisé un tournoi ?

Jacques reposa avec agacement le hanap qu'il venait de vider.

— J'ignorais que vous en faisiez mystère à votre dame, quand la maison tout entière le sait, se défendit Marthe, vipère.

— Ce n'était pas un mystère, mais une surprise. Et ils avaient l'ordre de tenir leur langue, ce qui ne semble pas être votre fort.

Il soupira.

— Enfin, puisque le mal est fait, autant, ma mie, que vous sachiez toute la vérité. Enguerrand sera des nôtres.

Sidonie écarquilla les yeux.

— Le tournoi est à son intention ?

— Il me semble qu'il a assez montré sa valeur ces temps derniers.

Sidonie lui sauta au cou, prise soudain d'une joie puérile.

— Et vous doutiez encore de ce qui me fait tant vous aimer ! s'exclama-t-elle.

Malgré son désir de l'étreindre, il garda les bras ballants, gêné de la présence de Marthe dont les yeux s'étaient rétrécis pour mieux les jauger. De le sentir si distant soudain, Sidonie en perçut elle aussi la promiscuité. Elle se reprit aussitôt et s'écarta.

— Quand arrive-t-il ?

— Demain ou après-demain au plus tard. J'ai de même fait activer les travaux à la Rochette.

— Je suis comblée, Jacques, et mon fils le sera aussi tant il vous est attaché, assura-t-elle, émue.

Le baron lui prit les mains. Se troubla plus encore de les sentir trembler.

— Je le tiens moi aussi en sincère affection, et ce que vous m'avez appris n'y a rien changé.

Elle hocha la tête avant de la tourner vers Marthe qui s'était mise à tousser avant de renifler bruyamment.

— Allons bon, ma pauvre fille, voilà que les miasmes de la sottise vous sortent maintenant par le nez, se moqua le baron qui n'était pas dupe de son manège pour leur gâter le sentiment.

La harpie haussa les épaules. Sidonie se montra plus charitable :

— Buvez donc une gorgée d'eau pour vous adoucir.

Marthe secoua la tête, renifla encore puis se calma tout à fait. Elle s'éclaircit la voix.

— Inutile, affirma-t-elle, c'est passé.

— Tant mieux, vous allez pouvoir nous laisser et attendre qu'on vous appelle pour vous montrer, la cingla le baron.

Tandis qu'elle sortait, il réalisa qu'il supportait de plus en plus difficilement sa présence permanente. Dès qu'il serait marié, il faudrait qu'il ait avec son épouse une vraie conversation à ce sujet.

Peu enclin à croire qu'elle les laisserait tranquille, il barra la porte.

— Est-ce bien raisonnable ? se moqua Sidonie comme il revenait d'un pas décidé vers elle.

Pour toute réponse, il lui empoigna la taille et l'assit sans vergogne sur la table, à côté du plateau qu'il repoussa énergiquement. Sidonie gloussa tandis qu'il retroussait ses jupons, révélant la nudité de son entrejambe.

— Jacques, voyons…

— Plus un mot, ma douce, ou je pourrais m'en fâcher. Je vous veux, là maintenant, et ce n'est pas négociable.

Il glissa la tête entre ses cuisses qu'il venait d'écarter à pleines mains. Elle s'allongea sur le plateau de chêne en gémissant d'aise, la nuque pourtant brisée par l'arête de la table. Il était des arguments contre lesquels elle ne pouvait lutter. Elle s'y abandonna, le souffle court, l'impatience grandissante. C'était dans ces étreintes-là, avec lui et lui seul qu'elle oubliait ses actes passés, la domination de Marthe. Avec Jacques, elle goûtait l'illusion de sa liberté. Elle jouit en se mordant les lèvres, refusant d'alerter le reste de la maisonnée.

On toqua à la porte comme le baron se redressait, l'œil avide, la main à ses braies.

— Leurs Seigneuries ne sont pas visibles, l'abbé, perçurent-ils par-delà le battant.

Marthe. Sa sollicitude inquiéta Sidonie plus encore que sa colère.

— À cette heure ? s'étrangla le saint homme.

Sidonie n'entendit pas la suite de leur échange. D'un coup de reins, Jacques, aiguisé par les restes de sa jalousie, venait de la pénétrer. Oubliant tout le reste, elle se cabra en étouffant un cri avant de s'arc-bouter sur ses coudes pour répondre au va-et-vient, plus langoureux que d'ordinaire. Malgré le plaisir grandissant qu'il éveillait en elle, elle réalisa à l'œil soucieux et au visage crispé du baron que son ardeur ne répondait que mollement à son désir. Elle s'en contenta pourtant dans un spasme, espérant déjà le suivant qui la mènerait inévitablement vers l'orgasme. Les doigts agrippés à l'extérieur de ses cuisses, le front dégoulinant de la sueur de sa concentration, Jacques semblait souffrir de ne pouvoir lui-même se satisfaire. Il s'immobilisa en elle. Leurs bouches s'attirèrent. Il l'embrassa fougueusement tandis que les doigts agacés de son autre main défaisaient les lacets du corsage. De nouveau la danse lancinante de ce sexe à l'intérieur du sien, de ces doigts qui pétrissaient ses seins, de cette langue qui caressait son souffle. Sidonie s'agrippa aux épaules de son amant, consciente de la difficulté qu'il avait à se maintenir fermement en elle, et tout à la fois excitée par la crainte de ne pouvoir en jouir.

Une vingtaine d'allers-retours. Violents. Désespérés. Jacques la repoussa pour s'expulser d'elle, le visage rouge, haletant, avant de porter une main à son vit pour lui rendre un peu de sa superbe.

— Tourne-toi, ordonna-t-il, la voix basse et rauque.

Sans la moindre hésitation, Sidonie descendit de la table et colla son ventre contre le plateau. Ramenant sur ses épaules l'épaisseur de l'étoffe, elle lui offrit la vision de ses fesses, fermes et idéalement charnues. Il y avait longtemps qu'elle ne se contentait plus de se laisser prendre comme une dame respectable. Elle aimait la chair, ses jeux, ses vices, et Jacques de Sassenage était de loin l'amant le plus délicat et le plus expert qu'elle avait pu connaître. Cette fois pourtant, et malgré ses efforts, il ne lui offrit qu'une pâle caricature de sa verge et déclara forfait au bout de quelques minutes à s'escrimer tristement en elle.

Sans rancune, elle se redressa contre son torse pour laisser les battements désordonnés de leurs cœurs s'apaiser. Leurs mains se nouèrent. Jacques nicha ses lèvres dans le creux de son épaule.

— Il me semble, lâcha-t-il, amer contre lui-même, que j'ai trop présumé de mon tempérament…

— Un autre et pourtant plus jeune s'y serait abîmé de même, Jacques. Ne m'avez-vous pas beliné une partie de la nuit et au réveil encore ?

— Vingt années de moins et cette fois-ci n'aurait pas même suffi à me guérir du manque de vous.

Elle se tourna de quart pour caresser sa joue.

— Vingt années de moins et j'aurais crié grâce. Accordez-vous le repos du guerrier.

— Ai-je le choix ? soupira-t-il.

Elle sourit.

— Pour vous y aider, songez à ce pauvre abbé que nous avons sans doute scandalisé.

— Il lui en faudra davantage, croyez-moi. Je l'ai surpris qui se laissait butiner la verge pas plus tard qu'hier matin, derrière la tenture qui mène à la sacristie.

Elle se rassura de le retrouver plus léger. Il déposa un baiser tendre sur l'arrondi de son épaule puis s'écarta pour se rajuster.

Sidonie laissa ses jupons retomber sur ses mollets avant de lui faire face. Jacques releva une mèche qui s'était échappée de sa coiffe, la replaça derrière l'oreille.

– Là, dit-il, vos outrages sont effacés.

– Mettons-nous à l'ouvrage, alors. Ce lieu ne vaut pas la Bâtie pour de telles festivités, mais il me convient mieux qu'un autre, Jacques, car c'est ici que pour la première fois nous nous sommes aimés. Je veux qu'on le sache et que ceux qui viendront ne l'oublient jamais. conclut-elle en déposant un baiser léger sur ses lèvres avant de se diriger vers la porte pour la déverrouiller.

Elle l'ouvrit pour héler une servante et recevoir monsieur le curé. Marthe attendait, adossée au montant de l'escalier à vis. Le sourire cruel qu'elle lui offrit confirma à Sidonie ce dont elle se doutait. L'impuissance de Jacques n'était que le début de la punition qu'elle leur réservait.

Le soir même, contre toute attente, Philibert de Montoison repartait avec ses hommes. Il était furieux. À plus d'un titre.

Passé l'émotion de le revoir en bien meilleure mine qu'elle ne l'avait quitté, Philippine s'était drapée dans une fin de non-recevoir à peine le déjeuner terminé. Il avait pourtant fait élégamment les choses, s'était renseigné sur un endroit point trop éloigné des regards et pourtant isolé. Dame Gersende lui avait conseillé un banc à l'ombre d'un chêne séculaire dont la ramure s'étendait à l'est dans la cour extérieure, et sous lequel la coutume voulait à Sassenage qu'on échangeât son premier baiser. Philippine en fut-elle avertie par sa chambrière qui ne les quitta pas d'une semelle ? Toujours est-il qu'elle était restée sur la défensive, les mains croisées sur ses genoux, hochant la tête souvent en guise d'assentiment à ses questions, souriant à peine à ses traits d'esprit quand il se souvenait de son rire inconséquemment appuyé dans le verger de l'abbaye. Il avait ensuite tenté de l'étourdir par son mérite en lui racontant l'Orient et ses sortilèges, la beauté de l'île de Rhodes posée sur son rocher comme un diamant brut cerné de lapis-lazulis. Les batailles sanglantes que les pirates livraient en Méditerranée et les Turcs en embuscade. Il avait même évoqué le prince Djem, sans toutefois rien dévoiler de la mission dont on l'avait chargé.

Cette Algonde, fort jolie il en convenait, avait semblé plus curieuse que sa maîtresse, demandant où se situait l'Anatolie dont elle avait entendu parler. Philibert lui avait expliqué que le prince Djem en venait justement et qu'il s'était déclaré sultan de cette province au moment de sa guerre avec son frère Bayezid. Un instant, il avait semblé au chevalier que les rôles s'étaient inversés, tant Philippine se faisait distante et sa servante attentive. Au bout de deux heures de palabres stériles à son projet, Philippine s'était excusée, et, prétextant que le mariage prochain de son père mobilisait chacun et chacune au château, avait émis le souhait de rentrer. Il s'était infiltré dans la brèche qu'elle lui avait innocemment ouverte.

— Accordez-nous plutôt le temps d'évoquer le vôtre, avait-il susurré en lui prenant la main d'autorité.

Elle avait sursauté et l'avait retirée vivement.

— Il m'avait semblé être claire, messire, à ce sujet !

Il avait insisté. Elle n'avait rien voulu savoir ni de ses sentiments, ni de ses louanges, ni de ses promesses.

— Je ne vous aime pas, un point c'est tout, et vos discours n'y changeront rien. Je vous l'ai écrit et persiste. Je ne vous épouserai pas et ne veux plus en entendre parler !

Il avait dissimulé sa colère derrière un sourire affligé, avec l'envie, au creux des reins, de la culbuter sur l'herbe. Elle s'était levée. Il l'avait raccompagnée jusqu'au château, Algonde dans leurs traces, gardienne tenace de la vertu de sa maîtresse. Déjà il songeait au discours qu'il allait servir au père pour obtenir son consentement malgré elle. Après tout, elle ne serait pas la première à se plier à la raison à défaut d'amour. Sidonie, à qui il rafraîchirait la mémoire si besoin était, se rallierait à sa cause. Philippine serait sienne, il se l'était juré.

Resté seul au bas des marches du perron, il s'était renseigné sur l'endroit où il pouvait trouver Jacques de Sassenage. Longeant l'enseigne du maréchal-ferrant qui, tout à son ouvrage, n'avait pas même relevé la tête, il avait passé une des tours de guet de la cour intérieure en direction de la fauconnerie. Jacques de Sassenage s'était renfrogné à sa vue avant de répondre à sa demande par la négative.

— Mais enfin, messire, que me reprochez-vous ? s'était-il exclamé, à bout d'arguments pour l'infléchir.

— Rien, je l'avoue. Je suis au contraire flatté de l'intérêt que vous accordez à ma fille, mais je suis de ces pères qui se préoccupent du bonheur de leurs enfants.

— Iriez-vous jusqu'à la marier à un gueux si elle en était amourachée ?

— Non point, s'était refermé Jacques, vexé par l'insulte. Mais je veux croire à un hymen qui comblera son cœur autant que sa raison.

— Vous ne me la donnerez pas…

— À moins qu'elle ne m'en supplie, jamais.

Philibert de Montoison avait serré les poings. Face à lui, imperturbables, deux faucons somnolaient sur leurs piquets, emprisonnés par une corde reliée à une de leurs serres par un petit bracelet de fer. D'autres rapaces étaient de même attachés plus loin. Le regard du chevalier avait accroché la masure du fauconnier sous l'ombre de la falaise. L'homme vaquait à quelques pas. L'endroit était mal choisi pour une querelle.

Sans doute repris par le même constat, le baron s'était tourné pour avancer vers le château. Ils avaient marché un moment côte à côte, en silence, chacun à leurs sombres pensées, puis Philibert avait attaqué de nouveau :

— Et en ce qui concerne la requête du grand prieur ?

— Dites à Guy de Blanchefort que nous sommes flattés, mais ce château, comme vous pouvez en juger, n'est, hélas, pas disponible pour ses projets.

— Vous commettez une erreur, baron…

Jacques s'était arrêté brusquement pour lui faire face, les sourcils froncés.

— Des menaces, monsieur de Montoison ?

Ils s'étaient affrontés du regard. Philibert avait baissé le sien le premier. Par convenance.

— Il me faut avertir mes supérieurs. Comprenez en conséquence que je ne saurais rester davantage sous votre toit.

— Je ne vous retiens pas, l'avait éconduit le baron comme ils repassaient dans la cour intérieure.

La rage au ventre, et la tête lourde d'une méchante migraine, le chevalier n'avait pas jugé bon de le suivre pour saluer Sidonie, qu'on lui avait indiquée fort occupée tout le restant de la journée. Quant à Philippine, puisque c'était de son bon vouloir que tout dépendait, il trouverait bien tôt ou tard le moyen de la faire céder, dût-il pour cela massacrer tous ses rivaux ou pactiser avec la sorcière !

Cette certitude ne l'avait apaisé en rien. Pour comble, l'orage, aussi violent qu'il l'avait pressenti, avait crevé comme lui et ses hommes franchissaient la herse. Mais Philibert de Montoison aurait préféré être noyé sous son déluge plutôt que de rebrousser chemin et de s'avouer défait.

23.

Le lendemain, la longue caravane des artisans et des marchands, venus des quatre coins de la contrée, parvenait enfin au château. Elle s'était immobilisée aux abords, boueux encore. Indifférents à salir leurs souliers, ils avaient sauté à bas de leurs carrioles et s'étaient annoncés tour à tour pour recevoir leurs ordres ou décharger leurs marchandises. Les drapiers orchestrèrent la danse des rayures et des festons destinés aux tentes des invités, tandis que, dès le tantôt, retentissaient dans la forêt alentour les coups répétés des haches sur les jeunes arbres. Il ne fut pas long avant qu'on fasse traîner les troncs par des bœufs jusqu'à la scierie en aval du Furon. Des charpentiers, chargés des tribunes du tournoi ou de l'estrade, investirent l'esplanade, à l'extérieur des murailles, d'un concert de grincements et de martèlements, à mesure que les planches leur arrivaient. Ce branle-bas se retrouvait de même à l'intérieur du donjon. Des marmitons supplémentaires avaient envahi la cuisine, et maître Janisse ne savait plus où donner de la tête ni du tempérament. Il suait à grosses gouttes. Tandis que Gersende faisait rentrer cervoise, vin, légumes, œufs, fruits et épices dans le cellier en sous-sol, quitte à surcharger les étagères et à empiler les tonneaux, lui vérifiait les réserves de bûches pour ses fourneaux, ordonnait qu'on en fende d'autres à bonne dimension, grognait, tempêtait, moulinait des bras, excessif comme à son habitude.

Dans la salle de réception du château envahie par les couturières, rires et commérages allaient bon train, au rythme des doigts qui mesuraient, découpaient, façonnaient, brodaient, enfilaient les aiguilles puis cousaient les ourlets. À l'étage au-dessus, tout comme Philippine dans sa chambre, Sidonie voyait des coupons de soie joncher la grande table, des dentelles et des voiles s'enrouler autour d'elle.

Les journées se succédèrent ainsi dès l'aube, harassantes et joyeuses, sous un ciel plombé par une chaleur entêtante. Au soir venu, les nuées crevaient au-dessus des préparatifs. Lorsque l'orage se calmait, roulant de l'est, la nuit laissait place à de belles retrouvailles sous le manteau des nuages qu'un vent tiède chassait. Tous s'attablaient alors à proximité du gros chêne, baignés de la lueur dansante et haute des flambeaux. La soupe coulait, épaisse, dans les écuelles. Les rires fusaient, les langues se déliaient. Puis un pipeau fendait l'air de son timbre aigrelet. D'autres mâtinés de chant lui répondaient, jusqu'à ce que l'on s'endorme sur des couvertures ou à même l'herbe humide encore de la pluie que la terre assoiffée dans la journée achevait de drainer.

Comme tous, Algonde était emportée dans ce tourbillon, de sorte qu'elle avait eu peu le temps de songer à ce qu'elle avait appris du chevalier de Montoison. Ses derniers doutes pourtant avaient été balayés par la présence en terre de France de ce prince ottoman. Certes, elle ignorait de quelle façon

Philippine le rencontrerait, d'autant que Philibert de Montoison s'avérerait, elle le pressentait, un obstacle de taille, mais, bien qu'elle le refusât de toutes ses forces, son destin était en marche, inexorablement. Elle s'accrochait pourtant encore à ses rêves de vie avec Mathieu. La veille, le jouvenceau s'était avancé jusqu'en leur logis, l'air benêt. Il tortillait comiquement son bonnet entre ses mains et dansait d'un pied sur l'autre en lui jetant de petits regards furtifs.

— Aurais-tu quelque bêtise à confesser ? lui avait demandé Gersende, amusée de son manège.

— Non point...

— C'est ton père qui t'envoie ?

— Non point...

— En ce cas, mon bon Mathieu, je te crois bien malade.

— Non point...

Algonde s'était esclaffée derrière sa main, se demandant comment sa mère qui pliait du linge de corps parvenait à garder son sérieux. Mathieu était si rouge de chercher les mots qu'il en devenait stupide. Gersende s'était plantée devant lui, les poings sur les hanches, l'œil soupçonneux.

— Te moquerais-tu de moi, garnement ?

— Non point, avait-il répété encore en secouant la tête.

Cette fois, Algonde avait éclaté de rire, comme lorsqu'il lui avait fait sa demande près de la rivière. Blessé dans son orgueil, il l'avait foudroyée du regard.

— Quand nous serons mariés... avait-il tempêté en agitant son index.

Gersende avait immobilisé celui-ci entre ses doigts boudinés et Mathieu avait baissé la tête devant son air faussement furieux.

— Pour cela, mon garçon, il faudrait mon consentement. Est-ce ce que tu es venu chercher ?

Avant qu'il n'ait eu ouvert la bouche, Gersende l'avait fauché d'un œil sombre.

– Réfléchis bien avant de répondre, car si, par malheur, j'entends encore un « non point », je te brise le doigt !

– Oui…

– Oui quoi, tu veux réfléchir ou tu veux l'épouser ?

– L'épouser.

– Là ! Tu vois que ce n'était pas si difficile ! avait ri Gersende.

La tension de Mathieu s'était relâchée et tous trois avaient terminé ensemble la soirée. Ils n'attendaient plus à présent que l'accord de Leurs Seigneuries pour officialiser leurs fiançailles.

Du coup, Algonde voulait croire encore qu'elle avait le choix. De refuser son héritage, d'être le jouet de ses ombres maléfiques. Mais elle sentait bien qu'une part d'elle, sans doute celle qui pourrissait ses entrailles du poison de la vouivre mêlé à la semence de Jacques, fléchissait sa détermination au contact de Philippine.

Elle avait chassé l'angoisse éprouvée à ce constat en se plongeant avec ferveur dans les préparatifs et, pour l'heure, comme d'autres jouvencelles de la maisonnée, était occupée à cueillir des fleurs dans un champ laissé en jachère. Courbée dans le fossé en bordure de la route, Algonde leva la tête au galop d'un cheval qui s'approchait. La silhouette de l'homme qui le menait lui était familière. Elle plissa les yeux et plaça sa main en visière pour s'en assurer. Son cœur tressauta dans sa poitrine. Enguerrand de Sassenage.

La brassée de fleurs dans son tablier relevé, elle l'attendit, le sourire aux lèvres. Bien que le baron Aymar de Grolée dont il était l'écuyer habitât à treize lieues de Grenoble dans son fief de

Bressieux, Enguerrand n'était pas revenu à Sassenage depuis deux années. Il tira sur le mors pour immobiliser son roncin devant elle.

— Avez-vous peur de manquer la noce ? Vous voilà bien pressé, messire, l'apostropha-t-elle.

— J'avais bien davantage hâte de t'embrasser ! s'époumona-t-il en sautant de cheval pour se précipiter vers elle sous le rire moqueur des servantes.

Révérencieusement, Algonde lui offrit sa main à baiser.

— Diable ! Autrefois, tu me tendais ta joue, s'offusqua-t-il en la portant pourtant à ses lèvres.

— Autrefois, je n'étais pas fiancée.

— Ah non ? Aurais-je rêvé ce crochet du droit que j'ai pris sur le nez quand j'avais dix ans ?

— Sans doute, puisque tu as affirmé avoir glissé sur un rocher…

Ils éclatèrent d'un rire complice.

Cette algarade avait définitivement cimenté leur amitié à tous trois. Enguerrand passait tout son temps auprès d'eux, jouant à leurs jeux, partageant leurs farces. Le jour des huit ans d'Algonde, Enguerrand lui avait offert un petit bijou d'ambre qu'il avait acheté à un colporteur avant de l'embrasser sur le coin de la bouche. Mathieu les avait surpris. Furieux, ce dernier en avait oublié la plus élémentaire des règles qui faisait de son seigneur le seul maître sur ses terres. Le coup de poing était parti. Trois jours plus tard, sans avoir dénoncé son ami, Enguerrand s'en venait les rejoindre et jurait solennellement à Mathieu qu'il se tiendrait loin d'Algonde.

— Comment va-t-il ?

— Comme tous ici, il croule sous la besogne.

— Bienvenue, messire Enguerrand, intervint la voix aigrelette d'une rouquine qui s'était rapprochée pour lui tendre son bouquet.

— Holà, n'es-tu point Fanette, la fille du maréchal-ferrant ?

— Si fait, rosit la jouvencelle.

— Te voilà bien plus jolie que je ne t'ai laissée.

— C'était pas ben difficile, pouffa une autre.

Fanette la foudroya du regard. Un rire roula. Les fleurs dans une main, la longe de son roncin dans l'autre, Enguerrand glissa un œil doucereux vers Algonde.

— Accompagne-moi, veux-tu ? Tu me donneras des nouvelles de chacun.

Algonde n'hésita qu'un instant avant d'allonger son pas dans le sien. Ils s'écartèrent du groupe.

— C'est pour quand ?

— Quoi donc ?

— Vos épousailles ?

— Bientôt je pense. Dès que le baron aura donné sa bénédiction.

Enguerrand dodelina de la tête avant de soupirer :

— Tout de même, il en aura mis du temps. Moi, à sa place… Enfin, ton bonheur avant tout puisque c'est lui que tu aimes.

— Cesse donc de me taquiner. Comme si un seigneur pouvait marier une servante !

— Un seigneur sans doute pas, mais moi…

Elle haussa les épaules.

— Toujours cette vieille rengaine. Elle ne t'a point quitté, à ce que je vois.

Il dégagea du pied un caillou plus gros que les autres en travers de son chemin.

— Si je savais quel sang coule en mes veines, ce serait différent peut-être.

— Demande à ta mère si cela a tant d'importance à tes yeux, parce que pour moi, ça n'en a pas, Enguerrand. Tu as davantage l'allure d'un prince que d'un garçon de ferme. Que crains-tu donc ? Que dame Sidonie ait fauté avec un jardinier ?

— Je préférerais maître Janisse...

Algonde ne put s'empêcher de pouffer.

— Sérieusement, Algonde. Jamais je ne lui ferais l'affront d'un tel doute, mais je sais bien que le père de mon frère ne peut être le mien. Nous nous ressemblons comme chien et chat, lui et moi. Et puis je n'ai pas l'âme d'un Sassenage. Je ne rêve que d'aventures, de contrées lointaines, et plus encore depuis que je sers Aymar de Grolée. Administrer des domaines, donner des fêtes, plier le genou comme un courtisan ? Cette seule idée me fait cauchemarder.

Algonde hésita un instant. Lui dire aurait gâché sa surprise, mais se taire...

— Je crains que ce ne soient pourtant là les ambitions de ta mère et du baron.

Il sursauta et tourna la tête vers elle.

— Dis-moi.

— Tu joueras les sots le moment venu ?

— N'est-ce pas mon rôle préféré ?

— La Rochette. On l'agrandit pour toi.

Enguerrand fronça les sourcils.

— J'avais donc raison. Aurait-on besoin de me faire ce cadeau si j'étais légitime ?

— Je ne sais pas, mais le baron t'aime comme un fils, cela devrait te suffire.

Ils arrivaient à la herse qui barrait le corps de garde de la cour extérieure et se turent. Jusqu'à la porte du donjon, ils furent accompagnés des gens de la maisonnée qui se précipitaient pour saluer le jouvenceau.

Mathieu les aperçut qui gravissaient les marches du perron comme il arrivait pour amener une panière à maître Janisse. Il interpella Enguerrand d'une voix joyeuse :

— Faudra-t-il donc que je te trouve toujours en travers de mon chemin ?

Enguerrand pivota dans sa direction, un sourire aux lèvres.

— Et j'entends bien le rester pour te serrer dans mes bras, affirma-t-il haut et clair, abolissant toute distance entre le maître et le valet.

24.

Guy de Blanchefort s'épongea le front qu'il avait haut et large, accablé par la fièvre à laquelle il refusait de se soumettre. Le grand prieur d'Auvergne, attaché à la garde du prince Djem, avait quitté sa couche aux prémices de l'aube, après une nuit d'insomnie, agacé dans sa chair par une rage de dents. Cette fois, sa décision était prise. Dans la journée, il verrait un arracheur et se débarrasserait de cette prémolaire qui lui faisait abcès. Il eût dû s'y résoudre la veille, mais en avait été distrait par la venue d'un coursier. La missive était brève. Le roi y était déclaré mourant, ce n'était plus qu'une question d'heures. De toute évidence, si l'on s'en tenait aux délais d'acheminement, il était même probablement déjà passé.

Or la mort de Louis XI ne serait pas sans conséquence pour leur affaire.

Jusque-là, Guy de Blanchefort avait affirmé à Djem que seule la maladie du roi avait empêché leur rencontre. Quel argument opposerait-il pour lui refuser de voir son successeur, le dauphin Charles ? Ou encore sa sœur, Anne de Beaujeu, désignée par feu Louis XI comme régente jusqu'à ce que son jeune frère soit en âge de gouverner la

France ? Les Hospitaliers jouaient double jeu avec les monarques de la chrétienté. Tous ignoraient que des sommes colossales leur étaient versées par Bayezid pour la captivité de son frère. Pour eux, Djem était en exil volontaire. Pour eux, il avait renoncé à reprendre le trône de l'Empire ottoman et n'était sous la protection des Hospitaliers que parce qu'il craignait pour sa vie. Djem avait pour lui, ici, dans la commanderie de Poët-Laval, une armée de trois cents janissaires armés jusqu'aux dents qui, jusque-là, s'étaient rangés à sa patience. Mais les jours passant, Guy de Blanchefort savait qu'elle s'émoussait. Tôt ou tard la vérité éclaterait, et non seulement Djem voudrait venger dans le sang son honneur bafoué, mais d'autres tenteraient de s'en emparer pour jouir des privilèges que l'Ordre s'était réservés.

Guy de Blanchefort n'avait plus le choix. Il devait au plus tôt désarmer les janissaires. Le temps des courbettes était terminé. Dans la journée, des courriers partiraient en direction des prieurés voisins avec ordre de ramener au plus vite huit cents hommes d'armes. De même, il fermerait aux visiteurs les portes de la commanderie dans laquelle ils résidaient depuis le début de l'été, s'opposant en cela à la règle de leur ordre. Cette dernière mesure le désolait, mais des rumeurs couraient déjà selon lesquelles le duc de Savoie fomentait un projet d'enlèvement du prince Djem. Djem s'était lié d'amitié avec le jeune duc à l'occasion d'une rencontre fortuite. Guy de Blanchefort ne s'était pas méfié et Djem, rattrapé par le doute à l'égard de leurs réelles intentions, avait failli une fois déjà leur échapper. Si l'on ajoutait à cela le fait que Bayezid avait commandité la mort de Djem pour n'avoir plus à payer son entretien, Guy de Blanchefort avait de bonnes raisons de rassembler une armée.

Pourtant le plus âgé de leur groupe avec ses cinquante ans, le grand prieur d'Auvergne était encore étonnamment gaillard. De constitution massive, il portait sur ses traits affaissés une naturelle autorité et savait en jouer. D'ordinaire. Ce jourd'hui il était las de feinter. Il lissa dans un geste machinal la barbe qu'il portait en pointe de lance à la mode orientale, avant d'avaler d'un trait un verre d'alcool de noyaux. Il s'en resservit une rasade, mais laissa son hanap à côté de la lettre qu'il peinait à terminer, distrait à la fois par sa douleur et par son agacement.

Au-dessus de lui, contre le mur dépouillé de tout artifice, un christ en croix le bénissait de son regard oblique de mourant. La pièce, trop grande, trop nue si l'on exceptait cette table de travail, deux faudesteuils à l'assise inconfortable, un banc et un coffre, offrait le même visage austère que le reste de l'étage partagé par les Hospitaliers. Djem se trouvait au-dessous, avec ses femmes, ses compagnons et ses serviteurs, dans le faste de ses affaires et de ses meubles orientaux trimbalés de place en place. Contraste. Guy de Blanchefort ne s'en troublait plus.

Il se leva de son bureau et ouvrit la fenêtre qui donnait sur les montagnes alentour. Il avait besoin, plus que d'ordinaire, de s'imprégner de leur souffle. Un bruit de clochettes lui parvint. Il fouilla les flancs du Poët, y dénicha un troupeau de moutons. Des parfums de sarriette et de fleurs sauvages chatouillèrent ses narines, amenés par un vent tiède. Il soupira, apaisé un instant. Même s'il éprouvait une certaine sympathie pour le prince, il ne parvenait pas à s'adapter à son mode de vie, un reste sans doute de cette haine qu'il portait aux musulmans. Force était pourtant pour le grand prieur d'Auvergne de constater que, loin de la barbarie de son défunt père, le prince Djem était bien plus raffiné que certains membres de sa confrérie.

Cette pensée le ramena à Philibert de Montoison dont il n'avait toujours pas de nouvelles. L'idée qu'il ne revienne pas de sa mission l'affectait. Philibert de Montoison lui avait toujours été un compagnon fidèle, loyal, mais depuis deux ans qu'ils avaient la charge du prince Djem, sa confiance en lui s'était émoussée. Rien de flagrant pourtant. Des détails. Une œillade concupiscente au cul d'une des esclaves du Turc, une autre sur une pierre précieuse dont Djem se parait à outrance. Des détails, oui, mais qui peu à peu lui avaient amené la certitude que Philibert de Montoison avait changé. Guy de Blanchefort n'était pas sans savoir la vie de débauche qui avait été la sienne avant qu'il ne les rejoigne à Rhodes. N'avait-il pas, lui-même, en son jeune temps, joui à outrance de tous les plaisirs de la vie, avant de se laisser gagner par l'appel du Seigneur et le désir plus puissant qu'un autre de défendre l'Église et la chrétienté, dans ses endroits les plus menacés, sans jamais abaisser la bannière, demander quartier, reculer ou se rendre ?

Depuis quelque temps, il ne croyait plus Philibert de Montoison animé des mêmes motivations. Certes, Guy de Blanchefort avait pour s'en consoler l'exemple de ces nombreux prélats ventripotents et bagués qui pour servir Dieu n'en satisfaisaient pas moins leur cupidité, et celui de Charles Allemand, commandeur de cette place et sodomite à ses heures. Pouvait-il dès lors condamner Philibert de Montoison de s'être laissé pervertir par cette ambiance dans laquelle ils baignaient tous au contact du Turc ? Le harem de ce dernier, composé d'esclaves venues de tous les rivages de la Méditerranée, était en lui-même un appel au vice. L'on menait depuis deux ans le train de vie d'une cour de belle noblesse. Ménestrels, danseurs, jongleurs succédaient aux jeux et aux chasses. De toute évidence, Philibert de Montoison y avait succombé. Il n'était pas le seul, Guy de Blanchefort le savait, mais les autres n'avaient pas été à son école, à lui, le grand prieur d'Auvergne. Sans parler du lien secret de leur parenté que tous, Philibert compris, ignoraient. Le fait était qu'il en voulait à ce dernier de n'avoir pas été à la hauteur de l'affection qu'il lui portait et des vœux qu'il avait prononcés : obéissance. Chasteté. Pauvreté. Guy de Blanchefort devait se rendre à l'évidence. Tôt ou tard, Philibert de Montoison les briserait. S'il n'allait pas jusqu'à le croire capable de les trahir, le grand prieur s'était pourtant senti soulagé qu'il parte en négociateur auprès de Jacques de Sassenage.

La semaine dernière, ne le voyant pas revenir, Charles Allemand avait contacté son neveu Barachim pour lui demander l'asile de son château de Rochechinard. Barachim avait accepté de les héberger par retour de courrier. Dès que Djem serait désarmé, ils se mettraient en route pour s'y installer.

Guy de Blanchefort revint vers sa table de travail et souleva son hanap.

« Diantre, pensa-t-il face aux élancements dans sa joue, cette garce m'asticote bien plus sûrement qu'une lame ! »

On toqua à la porte comme il se gargarisait pour purifier son haleine des relents putrides qui la troublaient.

— Entrez, dit-il après avoir avalé sa gorgée, surpris qu'on le dérange à cette heure matinale.

Il manqua s'étrangler en voyant justement Philibert de Montoison apparaître.

Crotté jusqu'aux oreilles, les yeux cernés d'un noir profond, la gueule cassée d'épuisement et mangée par la barbe, ce dernier n'était plus que l'ombre de lui-même. Guy de Blanchefort en oublia sur-le-champ ses tristes pensées pour se précipiter.

— Par tous les saints du paradis, Philibert, est-ce bien toi ?

— Plus en os qu'en chair, mon bon, mais oui, c'est bien moi, trouva la force de plaisanter le chevalier avant de lui tomber dans les bras.

Nonobstant sa crasse, Guy le frappa d'une franche accolade avant de s'écarter en l'entendant gémir. Connaissant la force de caractère de son compagnon face à la douleur, sa manifestation était pour le moins inquiétante. De fait, du sang frais qu'il n'avait pas remarqué de prime abord imprégnait la toile de ses vêtements le long du bras et sur la poitrine.

— Par Dieu, mais tu es blessé !

Pour tout commentaire, Philibert se dirigea vers l'écritoire, alléché par la vision de la bouteille. Il la porta en bouche et avala la moitié de son contenu à la régalade. Guy de Blanchefort fronça les sourcils, mais attendit, planté au milieu de la pièce, qu'il l'eût reposée et se fût essuyé les lèvres d'un revers de manche.

— Pardonne-moi, lâcha Philibert de Montoison, en se laissant choir à la place que Guy occupait précédemment, mais il me fallait bien ça avant de te faire mon rapport.

Guy de Blanchefort s'approcha de lui, soucieux de sa mine.

— Montre-moi ton bras.

— Ce n'est rien, juste une estafilade qui s'est rouverte au contact d'une branche.

Guy ne lui laissa pas le choix. Il prit un stylet sur la table et découpa le tissu.

— C'est méchamment infecté, diagnostiqua-t-il aussitôt.

— Je m'en doutais un peu en vérité, grimaça Philibert.

— Il faut curer les chairs et cautériser au fer rouge. Je vais t'accompagner à l'hospice.

Philibert le retint par sa main valide.

— Point encore, Guy. Je n'ai pas usé mes dernières forces à chevaucher nuit et jour pour m'écrouler une fois rendu au but.

— Il n'y a rien qui ne puisse attendre.

— Pas même la confession d'un ami qui a failli ?

Guy de Blanchefort déglutit. Ainsi donc, ses soupçons étaient fondés. Il prit sur lui et lui tapota l'épaule.

— Pas même.

Philibert de Montoison eut un rire amer.

— Je reconnais bien là ta grandeur d'âme. Tu m'entendras pourtant. Il le faut. Assieds-toi. J'ai quelques réserves encore et en trouverai d'autres si tu me fais porter un peu de fromage et de vin.

Guy de Blanchefort se dirigea vers la porte qu'il ouvrit en grand pour héler un des convers. Il la referma aussitôt son ordre passé, préférant laisser cette conversation à leur seule discrétion. Attirant un tabouret près de sa table de travail, il s'installa face à Philibert qui, se rinçant de nouveau la glotte, venait de vider la bouteille.

— Pour commencer, dit-il après avoir fait claquer sa langue dans sa bouche et s'être adossé au rembourrage du faudesteuil, il faut que tu saches que ma mission a échoué. Jacques de Sassenage n'est pas disposé à nous laisser son domaine, et si je ne me trompe de date…

— Nous sommes le 26…

— C'est cela, le 26.

Il eut un petit rire crâne.

— Messire de Sassenage est en train de convoler avec la mère de mon fils, grinça Philibert de Montoison.

Guy de Blanchefort sursauta, amenant un nouveau rire dans la gorge de Philibert. En plus de la sueur, de la tourbe et du sang, il empestait à présent l'alcool.

— Tu as bien entendu, Guy, mais rassure-toi, c'était bien avant que je ne fasse vœu de chasteté. Cela ne change rien à ce qui me tourmente. La vérité, c'est que je ne suis plus digne de ta confiance.

— Nous aurais-tu trahis ?

Philibert de Montoison dodelina de la tête, dans le doute. Était-ce la fatigue, l'alcool, ce sang qu'il avait perdu ? Il se sentait las soudain. Plus sûr de rien en vérité. Il passa une main sur son front.

— Réponds, Philibert, ordonna la voix tranchante de Guy de Blanchefort.

Elle le fit sursauter. Récupérer un peu de sa maîtrise. Il planta son regard dans le sien.

— D'une certaine manière, oui. Je suis amoureux.

Guy de Blanchefort se relâcha un peu. Il avait craint un instant que Philibert ne se soit lié avec les ennemis du prince.

— D'autres l'ont été avant toi. Tu t'en guériras.

Philibert serra les mâchoires.

— J'en doute, Guy. Je ne suis que colère. Cette garce me repousse. Or, puisque la mort de mon frère aîné m'en donne le droit, je la veux en épousailles. Je la veux, tu entends.

La violence contenue dans cette affirmation effraya Guy de Blanchefort. D'aussi loin qu'il se souvienne, son disciple n'en avait jamais manifesté autant. Il se devait avant toute chose de l'apaiser.

— Ne gâte pas tes forces, tempéra-t-il, et dis-moi plutôt qui elle est.

— La fille aînée de Jacques de Sassenage.

Philibert de Montoison se mit aussitôt en devoir de tout lui raconter, par le détail. N'omettant que sa tentative d'assassinat de Laurent de Beaumont qui avait échoué. Philibert l'avait appris en chemin après avoir lancé un de ses soldats sur la piste de Garnier. Ce dernier s'était fait découdre par une bande de brigands avant d'avoir seulement pu rejoindre Laurent de Beaumont.

Lorsqu'il eut achevé son récit, il avait mangé la moitié du fromage et de la boule de pain qu'on leur avait apportés. Quant au vin, il n'en restait plus une goutte. Guy de Blanchefort l'avait écouté sans broncher, ne sachant s'il devait se réjouir de cette aventure ou s'en désoler. Somme toute, la jouvencelle avait cristallisé ce qu'il avait deviné. Philibert de Montoison guérirait, de toute évidence, même si, pour l'heure, son orgueil et, sans doute, sa frustration d'homme en étaient malmenés. Le grand prieur d'Auvergne se relâcha tout à fait. Il avait craint le pire. Le pire n'était pas arrivé et n'arriverait plus désormais.

— Allons, lui dit-il en posant une main amicale sur son bras valide, quelle que soit l'issue de tout cela, rien ne presse plus que de te refaire.

— Je te déçois, n'est-ce pas ? demanda Philibert, un pli amer au coin de la bouche.

Guy de Blanchefort soupira. Comment lui reprocher ce qu'il avait lui-même fait autrefois et qui le rongeait de son secret ? Il tempéra.

— Nous avons tous nos faiblesses. La mienne tient en cette gourmandise qui me gâte la bouche. J'en souffre atrocement, mais ne peux m'empêcher d'y goûter… J'apprécie que tu m'aies confié la tienne. Cela ne te soulagera guère puisque tu ne veux pas en être absous, mais peine partagée est à moitié pardonnée.

Ils se sourirent. Lissant son scapulaire, Guy de Blanchefort se leva le premier.

L'instant d'après, ils descendaient l'escalier aux larges marches de pierre blanche qui menait vers l'hospice. Ils passèrent devant une porte massive sculptée dans son épaisseur du blason de l'Ordre. Deux janissaires armés de lances en gardaient l'entrée. De la musique filtrait par le bas.

— Le prince est levé, conclut Guy de Blanchefort.

— À propos, se souvint soudain Philibert de Montoison comme ils tournaient un angle de mur, nous avons rattrapé un Grec qui se dirigeait vers la ville. Il s'est inquiété de savoir si nous étions de la garde du prince. Nous lui avons servi d'escorte... Il doit se trouver avec Charles Allemand à l'heure qu'il est.

— Que ne le disais-tu point ! s'étrangla Guy.

— Il était sous bonne garde quand je suis monté...

— Hâtons-nous, décida Guy, avant de lui résumer la situation dans laquelle ils se trouvaient.

Il l'abandonna quelques minutes plus tard au chirurgien pour se rendre compte par lui-même de ce dont il retournait.

L'homme qu'il trouva, volubile, dans le cabinet de Charles Allemand lui déplut sur-le-champ. Malgré la richesse de ses atours, tout en son allure trahissait la fourberie. Dès que Guy de Blanchefort eut franchi la porte, d'ailleurs, le Grec se détourna de son interlocuteur et se précipita sur lui pour se jeter à ses pieds. Malgré son accent détestable, il parlait visiblement la langue franque.

— Béni sois-tu, seigneur, béni sois-tu, martela-t-il en levant vers lui un visage au sourire édenté et au regard de fouine.

Il puait le rance et les excréments.

— Assez ! Tes manières m'indisposent ! beugla Guy de Blanchefort qui avait suffisamment d'expérience pour ne pas se laisser tromper.

L'homme joignit les mains et recula, sans cesser pour autant de le saluer de ses courbettes déplacées.

— Qui es-tu ? Que veux-tu ?

— Il s'appelle Hussein bey, c'est un renégat grec, il se prétend envoyé par le sultan Bayezid, répondit à sa place le commandeur Charles Allemand, dont les traits un rien efféminés ne laissaient pas supposer son ardeur au combat.

— C'est comme il dit, seigneur. Béni sois-tu dans ta grande bonté.

Le Grec se mit à fouiller fébrilement le devant de sa tunique, en sortit un bref plié et le brandit comme un trophée.

— J'ai une lettre, seigneur. Une lettre pour le prince, de son frère, qu'Allah tout-puissant le protège.

— Donne, je la lui remettrai, décida Guy de Blanchefort en tendant la main.

Le Grec fourra aussitôt le pli dans ses linges et reprit ses salamalecs.

— Par le Dieu tout-puissant des chrétiens, seigneur, je le voudrais bien, mais j'ai promis. Au péril de ma vie, s'il le faut. Hussein, m'a dit mon maître, qu'Allah tout-puissant le protège, tu dois la donner toi-même.

Exaspéré, Guy de Blanchefort fonça sur lui. L'homme se ratatina en une courbette servile.

— Béni sois-tu, grand prieur, dans ta grande bon… Ahhhhh, termina-t-il en portant la main à son oreille que Guy de Blanchefort venait d'empoigner, faisant grandir le bougre de quelques lignes.

— Voyons donc qui tu vas invoquer cette fois, le Dieu des musulmans ou celui des chrétiens ?

— Celui que tu voudras, grand prieur, celui que tu voudras. Aïe, aïe, aïe !

Il se mit à tapoter cette main qui le martyrisait en tirant un peu plus encore. Charles éclata de rire avant de se camper devant lui pour récupérer la lettre, malgré les gigotements du bougre pour l'en empêcher.

— Tiens-toi donc tranquille, maudit vermisseau, ou je vais finir par te trancher en morceaux pour voir si tu repousses comme tes congénères.

— Pitié, pitié, seigneur. Je meurs si tu me dépouilles.

— Tu mourras plus sûrement si tu t'obstines, gronda cette fois Charles Allemand en lui piquant la gorge de son poignard.

Hussein bey cessa sur-le-champ de bouger.

— Ne me lâche pas, mon bon seigneur, j'ai douze enfants à nourrir, supplia-t-il en s'étirant le cou.

— Mais c'est la caverne d'Ali Baba, s'exclama le commandeur Charles en extirpant de dessous la toile de ses vêtements, en plus du bref de parchemin, un poignard courbe à la gaine de nacre richement ornée de pierreries.

— Pitié, pitié, se lamenta l'homme. Je ne suis qu'un émissaire. Mon maître le sultan me fera empaler.

— Grand bien lui fasse ! se moqua Charles en retirant sa lame.

Guy de Blanchefort le lâcha. Le ventre dégonflé, Hussein bey se frotta l'oreille, l'œil noir et rancunier, tandis que Charles dépliait le parchemin.

— Ce n'est pas du turc, ni du grec, constata-t-il.

S'il ne parlait pas ces langues, il savait en reconnaître les signes.

— Je ne sais pas, je le jure, je ne sais rien, s'aplatit Hussein bey en se protégeant les oreilles de ses mains, face au regard inquisiteur de Guy de Blanchefort.

— Comment se fait-il que tu parles aussi bien la langue franque ? demanda encore Charles Allemand.

— Je ne sais pas, je ne… voulut-il répéter, rendu sourd par le contact de ses paumes.

Le commandeur le menaça de sa lame. Hussein bey ôta ses doigts pour les joindre aussitôt en une prière muette. Charles Allemand répéta sa question dans un grondement qui augurait sans peine des sévices qu'il était prêt à lui réserver.

— Je suis un émissaire, messire. Le sultan mon maître, Allah tout…

L'œil noir de Guy de Blanchefort le ramena à plus de concision.

— Il m'a appris.

Les deux hommes se concertèrent du regard.

— Reste en ville. Si ta lettre appelle une réponse, nous te trouverons.

— Je peux avoir mon poignard ? Il faut bien que je me protège des brigands, hasarda-t-il en glissant un regard vers l'objet que Charles Allemand avait posé sur l'angle de son bureau.

Guy de Blanchefort le lui tendit, et l'homme détala sans demander son reste.

— Voyons nos interprètes, suggéra Guy de Blanchefort. Je préférerais connaître le contenu de cette missive avant de la remettre à Djem.

Forts de cette décision, ils quittèrent la pièce. La rage de dents de Guy de Blanchefort attendrait.

25.

En ce matin du 26 août de l'an de grâce 1483, le prince Djem était d'humeur sombre.

— Aime-moi encore, chuchota contre son oreille Almeïda la douce avant de la lui mordiller.

Il la repoussa d'un geste tendre mais ferme.

— Laisse-moi, je suis lassé de tes caresses.

Sachant qu'il valait mieux ne pas contrarier son maître lorsqu'il était ainsi tourmenté, Almeïda s'effaça en glissant sur les draps comme une panthère. La Grecque avait cette particularité, outre son incomparable beauté et la douceur soyeuse de sa peau ambrée, d'arriver sans qu'on la perçoive et de repartir de même. Elle était sa préférée des six femmes qui constituaient ce semblant de harem. Lorsque Djem tourna la tête, elle s'était déjà fondue dans la pénombre qui baignait la chambre et avait disparu. Seule perdura cette complainte jouée par un des musiciens qu'il avait emmenés dans son exil. Il ne pouvait le distinguer, mais il savait le vieil aveugle, comme à son habitude, rencogné dans le fond de la pièce. Djem avait besoin de cette mélopée chère à son âme pendant les fastes de l'amour. Elle lui venait de son grand-père Bayezid Ier, qui la tenait lui-même de sa mère. Elle lui permettait d'effacer le décor qui l'entourait, les humiliations doucereuses, les promesses avortées. Tant de duperies ! Il se fustigea cette fois encore. Que n'avait-il écouté ses conseillers !

« On ne peut faire confiance à ces chiens de chrétiens ! » avaient-ils scandé d'une même voix. Il avait refusé de les entendre. Au nom de sa mère et de sa foi, restée intacte au long de ces longues années à chérir son musulman d'époux. Depuis son enfance, Djem avait vu cette princesse, cousine du roi de Hongrie, prier pour ceux que Mehmed II le Conquérant transperçait de sa lance, et tout à la fois se réjouir de ses victoires.

— Nous avons tous le même Dieu, mon fils, seuls nos prophètes diffèrent. Sais-tu que la parole divine a été révélée à Mahomet par l'archange Gabriel ?

Non, il ne savait pas. Alors, elle entreprenait de lui raconter ce qu'elle gardait au fond de son cœur, fière d'être la Khanoum, celle qui dirigeait tous les corps de métier desquels dépendait la bonne marche du palais, mais plus encore la préférée du sultan, éclipsant par son inégalable beauté toutes les pensionnaires du harem Homayoun.

— Zizim, Zizim chéri, lui susurrait-elle à l'oreille, refusant, elle, depuis toujours de l'appeler Djem, ton père est le plus riche et le plus juste des hommes de cette terre. Vois son empire, de la Cilicie jusqu'aux Carpates et du Péloponnèse à la Crimée, il est si vaste qu'une vie entière de chevauchée ne suffirait à en explorer tous les villages. L'empereur règne sur le commerce de la mer Noire et de la Méditerranée. Mais ce n'est pas là son plus grand trésor. Sa richesse, sa fierté, c'est toi, Zizim.

— En quoi suis-je différent de mes frères, Annadjoun ?

— Tu es mon fils, répondait-elle en redressant la tête, plongeant dans l'éclat profond de ses yeux d'un bleu intense.

C'était d'elle que Djem détenait la beauté altière de son visage. Le nez aquilin, les sourcils épais mais bien dessinés, la bouche délicatement ourlée, le menton fin, la peau brune lui donnaient un charme incomparable que rehaussait sa haute stature aux muscles saillants. Sa mère s'enflammait de fierté à le regarder.

— Tu es mon fils, Zizim, mais aussi l'élu. L'enfant des deux mondes. Le chrétien, le musulman. La représentation vivante pour ton père de ce que Dieu lui a commandé en armant son bras : la tolérance, partout.

Elle s'enflammait.

— Tout est là, mon fils. Tout est là. Le pouvoir au service des disparités culturelles et religieuses. Tu en es la clef de voûte. C'est pour cela que le sultan t'a choisi, toi, pour lui succéder. Pour gouverner l'empire en préservant cela, avant tout. Sa gloire au royaume des cieux.

— Mais c'est contraire à nos coutumes. C'est Bayezid qui le devrait, c'est lui l'aîné.

Sophia, renommée Çiçek Hatoune, avait ce jour-là bombé le torse, à faire jaillir de sa tunique le galbe généreux de ses seins. Son visage s'était fendu d'un rictus de mépris, son poignet, ceint de multiples anneaux d'or, d'un geste d'agacement.

— Ce fourbe, ce paresseux qui transpire l'opium ? Que peut-il comprendre à tout cela ? Il ressemble à sa mère ! Bayezid le sait bien, va, qu'il est né d'un mariage de convenance politique et qu'il n'est bon à rien ! Tu t'empareras du trône et tu le feras exécuter, comme son frère Moustapha. Voilà ce qui doit être.

— Il n'empêche…

— Rien du tout. Assieds-toi que je t'apprenne les commandements de la religion chrétienne, et cesse de me contrarier. Tu seras sultan, mon fils. Ainsi que ton père, et par là même Dieu tout-puissant, l'a décidé.

Il avait dix ans alors, mais, depuis ce jour, Djem était déchiré entre ces deux mondes. Deux mondes qui s'étaient très vite révélés couverts de sang, d'honneur, de pouvoir derrière la foi. Deux mondes qu'il avait surtout découverts depuis trois ans aussi aveugles l'un que l'autre à la véritable miséricorde.

Sa mère s'était trompée. Il n'était pas l'élu de Dieu. Pas davantage celui d'Allah, comme le croyait son père.

Il n'était rien en vérité ce jourd'hui qu'un pieu qu'on avait planté en plein désert, et dont les scorpions se disputaient l'ombre.

Il referma les yeux. S'attacha à faire renaître les images qu'évoquait le déchirement du rebab. Une onde parcourut le poil noir et dense qui lui recouvrait le corps. Un frisson dont il nourrissait sa détresse secrète.

Il dessina du coin de ses rêves les contours en triangle de l'ancienne Constantinople, bordée au sud par la mer de Marmara, au nord par le golfe étroit de la Corne d'Or et d'est en ouest par les sept cents tours de ses fortifications qui protégeaient les maisons blanches et les palais sur plus de trois cents hectares. Il crayonna ensuite les nombreuses et épaisses portes sculptées qui avalaient chaque jour des marchands venus des quatre coins d'Europe ou d'Asie, juchés sur des charrettes tirées par des ânes. Il les voyait. Il les entendait qui répondaient aux soldats prétendus garder le passage, tandis que des enfants en guenilles escaladaient les chargements pour chaparder des dattes. Des pèlerins au visage recouvert de leur capuchon les croisaient, rasant les roues des chariots. D'autres, le front bas sous leur turban, voleurs le jour, assassins la nuit, tranchaient une bourse au passage des piétons. Dans la bousculade, personne n'y prenait garde. Tout n'était que mouvement. Renouvellement dans la multitude qui ondulait jusqu'au cœur de la ville en ses ruelles étroites baignées de poussière rouge. L'odeur du musc côtoyait celles de la crasse et de la sueur, de l'huile d'olive dans les jarres, des fruits trop mûrs que quelque singe s'appropriait avant de retrouver l'épaule de son maître. Il s'enfonça en pensée, au fil de sa mémoire, lui Zizim le sage, jusqu'au souk, attiré comme lorsqu'il était enfant par le parfum et la couleur des épices. Il reconnaissait leurs nuances : les poivres, du beige ocré couleur de sable au noir profond de la nuit, le paprika des montagnes d'Anatolie, le curcuma, la cannelle, là, dans ce coffret gardé comme un trésor, la fleur de safran, à nulle autre pareille. Autant de rouges et d'orangés volés au couchant somptueux et aux dunes mouvantes. Le mélange des parfums avalait toutes les odeurs ambiantes, purifiait l'air et lui donnait faim. Qu'à cela ne tienne, au détour d'un vieux mur blanchi à la chaux, l'attendrait un morceau de chèvre macéré dans des herbes fines et rôti à point, à moins qu'il n'enlève une cuisse à un poulet qui tournerait sur sa broche, et rendrait dans une coupelle posée à même la braise une graisse ambrée déglacée d'un jus de citron. Il s'en lécha les babines. Attendre encore. Prolonger la promenade. Ramener ses yeux sur les étals. Éviter les tapis persans étendus à ses pieds, caresser d'un doigt connaisseur des soieries de Damas, des étoffes moirées que le soleil en oblique rendait plus changeantes encore, là des narguilés, des pots de terre cuite, des théières en cuivre.

Il les dépassa. Il connaissait son chemin. Il cherchait cet homme aux yeux si rétrécis par l'épaisseur des rides qu'on l'en croyait démuni. Juste à côté des porteurs d'eau. Comment s'appelait-il déjà ? Ali

Ben Saïd. Oui, c'était cela. Ali Ben Saïd et ses étalons. Les plus belles bêtes du royaume, capturées dans les montagnes du Caucase, vives comme l'éclair, farouches comme des pucelles, à la robe d'un noir bleuté, aux muscles saillants. Les chevaux étaient bien là, tout à côté du marché des esclaves, retenus à peine par leur enclos. L'un d'eux se cabrait sur ses jambes arrière, battant l'air de celles de devant, l'œil sombre, les lèvres retroussées sur un hennissement de menace, rendu méfiant par la main d'un bedonnant derviche qui s'était tendue vers lui. Comme Djem aurait voulu le toucher lui aussi, lui souffler aux naseaux, effleurer sa croupe, le dompter, refermer ses doigts sur sa crinière et l'enfourcher à cru pour récupérer cette liberté dont il avait toujours été si friand. Ne faire plus qu'un avec lui, la joue contre son cou, et gagner la Corne d'Or. S'arrêter un instant sur le port pour regarder les *faluwa* qui, au milieu des voiliers de tout tonnage, tanguaient en un lent mouvement de roulis au souffle de la brise. Puis de nouveau, au triple galop, remonter les eaux miroitantes du Bosphore. Galoper à bride abattue jusqu'à l'ancien château byzantin. Là où son père lui avait confirmé pour la première fois ce que sa mère lui chuchotait tout bas : « Tu seras sultan, mon fils… »

Il tirerait le mors devant les portes qui, en se refermant ce jour-là, avaient emmuré son destin, et relèverait la tête pour suivre le vol d'un rapace, avant de dévaler la colline, puis de gravir le promontoire entre la Corne d'Or et la mer de Marmara. En surplomb s'élevait le palais de Topkapi, près de la brèche par laquelle son père était, quelques années plus tôt, entré en vainqueur dans l'arrogante cité, la rebaptisant Istanbul. De là-haut, il suivrait les dentelles ocrées du massif des Dardanelles, ébloui par ce reflet du soleil sur le dôme d'or d'Aya

Sofya, en se laissant bercer du chant d'un muezzin appelant à la prière. Sainte-Sophie. Le joyau de l'Orient. Cette perle sous le dôme de laquelle tant de croisés, leurs rois en tête, étaient venus se recueillir au fil des siècles. Combien de fois y était-il entré avant de prendre ses fonctions de gouverneur à Katmouni ? Combien de fois s'était-il agenouillé, lui le musulman, pour prier le Dieu des chrétiens, comme il le faisait avec Allah, de donner longue vie à son père ? Ce souvenir était si puissant à présent qu'il pouvait presque retrouver dans ses narines le parfum douceâtre de l'encens et devant ses yeux clos la lueur douce des milliers de bougies.

— Chien de Bayezid, murmura-t-il, bien certain que son père n'était pas mort de la goutte comme on le lui avait annoncé.

Il savait que son frère l'avait fait empoisonner. Djem emprisonna le drap dans son poing serré.

— Veux-tu que je continue de jouer, mon prince ? demanda le vieil aveugle, qui en perdant ses yeux avait développé son ouïe.

Depuis combien de temps la musique s'était-elle tue ? Djem n'aurait su le dire tant elle faisait partie de lui, comme les images de ce parcours imaginaire qu'il faisait chaque matin pour ne pas oublier, jamais.

— Donne-moi de cette complainte que me chantait ma mère, lui demanda Djem pour adoucir sa colère.

Il s'en berça, repris par la douceur du visage, la blondeur de la chevelure retenue par une résille de perles. Comme elle lui manquait ! Était-elle en vie encore ? Bayezid avait menacé de la tuer s'il s'acharnait. Il n'avait d'autre nouvelles d'elle que celles que son frère avait bien voulu lui donner.

Il soupira tristement, rattrapé par son fardeau.

Fourberie, mensonges. Il ne pouvait plus se fier qu'à lui-même, et à ses trois compagnons et amis,

Houchang, Nassouh et Anwar, les seuls qui ne l'aient jamais trahi. Ce matin encore, il devrait donner l'illusion de sa crédulité. Il en avait assez de ce rôle, mais c'était à ce prix que peut-être se jouerait sa liberté, si tant est que le jeune duc de Savoie tienne sa promesse de la faire évader. Il ouvrit les yeux. Les parfums d'épices de son enfance n'étaient plus que des leurres. Lui dont l'érudition surpassait de loin celle de la plupart des rois, lui qui avait à Katmouni côtoyé poètes et savants, appris la géographie, les sciences, l'histoire, savait traduire le persan et parler la langue franque, le grec et l'italien, serait tout à même de combattre avec l'énergie du désespoir ceux qui le méprisaient assez pour le croire stupide. Il était un lutteur, un cavalier et un bretteur bien meilleur qu'aucun de ses geôliers. Le moment venu, les Hospitaliers l'apprendraient à leurs dépens. Fort de cette réflexion, Djem se leva et tira sur la cordelette qui pendait au-dessus de sa couche.

Une servante parut aussitôt pour replier les volets intérieurs de la chambre.

— Avez-vous bien dormi, mon prince ? demanda-t-elle.

Il allait lui répondre lorsque l'impressionnante carrure de Houchang s'encadra dans la porte. Elle avait toujours eu pour Djem un côté rassurant. Rasée de près comme tous les matins, la peau brune de son compagnon luisait dans l'ovale régulier de son visage, presque autant que son regard pétillant. Sous les petites moustaches taillées ras, la bouche avait du mal à retenir le verbe. Djem congédia la servante. Le musicien la suivit, les doigts fatigués de jouer depuis des heures.

— Parle, lui dit-il lorsqu'ils furent seuls.

— Hussein bey était ici. Je l'ai croisé qui quittait la place comme je revenais de m'entraîner au maniement des armes. Il m'a dit avoir remis une lettre pour toi à ce chien galeux de Guy de Blanchefort qui n'a pas voulu le laisser t'approcher.

Djem serra les dents.

— S'il ne me l'apporte, j'irai la réclamer, assura-t-il. Rends-toi en ville et retrouve le Grec. Je doute que mon frère l'ait envoyé jusqu'ici seulement pour jouer les messagers. Il faut savoir ce que cela cache.

— La lettre était peut-être empoisonnée, hasarda Houchang.

— L'interprète des Francs la touchera en premier, se réjouit Djem.

— En ce cas, il n'y a plus de danger.

— Lorsque Hussein bey aura parlé, si cette lettre n'appelle pas de réponse, tue-le.

Houchang hocha sa belle tête que couvrait un fez rouge cerné de velours bleu. Rien ne pouvait lui faire plus plaisir que d'exécuter ce chacal.

Il sortit et Djem se leva pour faire ses ablutions et s'habiller.

Il n'eut pas besoin d'attendre longtemps. Il terminait sa collation, assis par terre sur un tapis persan au milieu des coussins et de ses femmes, lorsque Guy de Blanchefort s'annonça, le pli décacheté en main.

— Bien le bonjour à toi, prince Djem.

— *Salam aleikoum*, mon ami. Almeïda, fais une place au grand prieur.

La favorite s'écarta en ondulant de la croupe, révélant une cuisse fuselée. Sous la fourrure blanche de son manteau, on pouvait déceler sa nudité. Sa beauté n'en était que plus poignante et Djem savait que tout moine qu'il était, le chevalier n'y était pas insensible. Il en jouait à plaisir, mesquinement, comme d'une revanche dérisoire. Guy de Blanchefort s'assit et lui présenta le parchemin.

— On m'a remis ceci pour toi, de la part de ton frère, lui dit-il.

— Tu l'as ouverte et je t'en remercie. Cette prévenance pour me garder du poison qu'on aurait pu y répandre me touche infiniment, mon ami.

Guy de Blanchefort sourit, faiblement décontenancé. De toute évidence, c'était une hypothèse qu'il n'avait pas envisagée. Déjà, Djem parcourait les signes. Il comprenait pourquoi finalement on lui avait remis cette lettre. Elle était rédigée en farsi, langue qu'aucun des traducteurs n'utilisait. Il fronça le sourcil sur ses yeux d'azur.

Se félicitant intérieurement des ordres qu'il avait donnés à Houchang, Djem fit mine de se désoler et secoua la tête.

— Mon frère me demande d'admettre la légitimité de son règne et de rentrer en Istanbul. Il m'assure en retour de la vie sauve et de son affection. Son discours ne me trompe pas, hélas. Je connais la tradition mieux que quiconque. Il me fera décapiter à peine aurai-je mis le pied dans la ville souveraine.

— Je le crois aussi, Djem. La sagesse veut que vous nous fassiez confiance encore pour vous protéger. Même en terre de France, vous êtes en danger.

— Ma reconnaissance vous est acquise, affirma faussement Djem avant de taper dans ses mains et d'ajouter, aussi gaiement qu'il le pouvait : Femmes, dansez pour mon ami.

Espérant que ce serait un supplice de Tantale pour le grand prieur, il prit un réel plaisir lorsque la musique éclata, à les regarder onduler des hanches, des bras et des seins.

Lorsque Houchang revint en fin d'après-midi, Djem relâcha la pression qui l'avait tenu toute la journée derrière un masque de fête. Avant de mourir sous la pointe courbe de son propre poignard de nacre, Hussein bey avait révélé sa véritable mission. Elle consistait à rencontrer le roi de France. En échange de la promesse que Louis XI empêcherait par tous les moyens Djem de se dresser contre lui, Bayezid lui offrait, en plus d'une somme considérable, des reliques chrétiennes conservées à Istanbul. Mais le Grec avait échoué. Le roi n'avait voulu ni le recevoir ni l'entendre. Il était mourant.

Cette nouvelle laissa Djem dans l'expectative. La démarche de son frère prouvait qu'il le craignait encore ; tandis que la mort du roi amenait de nouvelles difficultés. Ombre et lumière. Toujours.

Son véritable réconfort lui vint d'un cri terrifiant en fin de journée. Il sortit de ses appartements pour s'informer de sa provenance et tomba sur Anwar, son frère de lait, le troisième de ses fidèles compagnons d'infortune, qui s'esclaffait avec Nassouh.

— C'est Blanchefort. La dent qu'il se faisait arracher s'est cassée et le bourreau fourrage depuis dix minutes dans ses chairs pour extraire la racine.

Si Djem ne lui avait autant gardé rancune de ses mensonges, il se serait précipité avec ce flacon de verre bleu serti d'une dentelle de fils d'argent que lui avait autrefois remis une sorcière en Anatolie. Deux gouttes seulement de l'élixir ambré qu'il contenait et le grand prieur aurait été instantanément soulagé. Au lieu de quoi, le prince se réjouit avec les autres du mauvais moment que son geôlier était en train de passer.

26.

En ce matin du 26 août, Sidonie se tortillait d'impatience dans sa robe que lui laçait Marthe. Tout à la fois pourtant elle était glacée. Les ongles de sa chambrière lui égratignaient le dos par moments, mais elle n'osait s'en plaindre.

— Là, te voilà prête pour ce pourceau, grinça Marthe.

La porte était bouclée. Elles étaient seules. Point n'était besoin d'un quelconque semblant. Sans ménagement, Marthe l'empoigna par les épaules et lui fit faire volte-face. La dureté de son regard n'autorisait aucune échappatoire.

— N'oublie pas, ce mariage n'a lieu que parce que je le permets. Un seul écart encore et il mourra. Un seul écart…

— Je ne peux pas tout contrôler, essaya Sidonie, refusant d'entrevoir ce dont elle serait capable pour la punir.

— Tu le devras pourtant. Je ne tolérerai plus qu'il me bafoue ainsi. Tu as compris ?

Les ongles de Marthe s'enfoncèrent dans ses reins tandis qu'elle l'attirait violemment contre elle. Un gémissement de douleur échappa à Sidonie, qui se perdit dans le souffle de son bourreau.

— Mais peut-être préférerais-tu que je lui raconte comment est véritablement mort ton premier mari ? Ou le plaisir que tu as pris à son agonie ?

— Tais-toi, supplia Sidonie en fermant les yeux.

Comme elle aurait voulu pouvoir effacer les images de ce démoniaque sabbat. Elle n'en était pas vraiment responsable. C'était Marthe qui avait tout orchestré, tout mené pour la perdre. Elle l'avait droguée, envoûtée.

— Embrasse-moi, ordonna la chambrière en enfonçant plus fort ses griffes.

Des larmes comme les gouttes de ce sang qu'elle sentait se noyer dans le grenat de sa robe piquèrent les yeux de Sidonie. Elle chercha la bouche venimeuse, entre le dégoût et le désir. Elle savait que le second l'emporterait, comme chaque fois que Marthe l'obligeait à s'abreuver d'elle. Elle avait beau essayer de s'en défaire, c'était comme un poison. Un poison que cette créature avait distillé dans ses veines lorsqu'elle l'avait violée par une nuit de pleine lune. Sidonie se cabra, le souffle court. Marthe la repoussa, dominatrice et cruelle.

— À la bonne heure, ricana-t-elle. C'est à moi que tu appartiens, à moi seule.

— Je ferai tout ce que tu voudras, mais ne fais pas de mal à Jacques. Tu sais à quel point je l'aime, l'implora Sidonie, désespérée une fois encore de ses propres réactions.

— Oh oui, je le sais. Ne lui ai-je pas ravi son épouse pour que tu l'aies ?

Sidonie ferma les yeux.

— Ne m'accable pas de ce crime. Si j'avais su ce que tu préparais, jamais je ne l'aurais permis. Jamais. Jeanne était une sainte femme, elle ne méritait pas ce que tu lui as fait.

Marthe ricana :

— De quoi te plains-tu ? Contre toute attente elle a survécu et toi, tu jouis de son époux ! Les choses ne sauraient être plus à ton avantage.

Sidonie eut envie de vomir.

— Chaque jour, je te découvre plus monstrueuse et inhumaine, murmura-t-elle, ne sachant si c'était à elle-même qu'elle s'adressait ou bien à Marthe.

— Mais c'est ce que je suis, chérie. Monstrueuse et inhumaine. Il suffit. Terminons de te parer pour tes noces, les cloches viennent de sonner et les abords grouillent de manants. Avec ces notables que Jacques a invités, ils n'attendent que de se remplir la panse.

Dans un silence morbide, Sidonie se laissa ajuster, coiffer, maquiller. Sa tristesse disparut sous le fard. Illusion. Comment en était-elle arrivée à se détester autant ? Il n'y avait qu'avec lui, Jacques de Sassenage, qu'elle se sentait renaître, qu'elle oubliait le joug imposé par cette sorcière. Pourquoi s'acharnait-elle ainsi sur elle ? Chaque fois qu'elle avait essayé de lui poser la question, elle s'était heurtée à un mur de mépris.

— Te faire souffrir m'aide à vivre, répondait-elle en grimaçant.

Marthe pouvait pourtant être d'une prévenance et d'une douceur extrêmes. Avec les enfants surtout. Mais ce n'était que calcul pour mieux resserrer son emprise. Combien de fois, après l'avoir vue se comporter ainsi, Sidonie avait-elle appris quelque diablerie dans le voisinage ? Elle ne lui pardonnait pas d'avoir engagé ces brigands pour découdre sa cousine Jeanne. Lorsque Marthe le lui avait avoué, elle avait tenté de mettre fin à ses jours en s'ouvrant les veines. Mais la démone l'avait trouvée qui se vidait de son sang, par terre, là où, quelque temps plus tôt, après avoir émasculé son époux, elle s'était donnée à plusieurs hommes.

— Moi seule ai droit de vie ou de mort sur toi, s'était emportée la chambrière en la soulevant dans ses bras.

Trois jours plus tard, il ne restait rien, pas même une cicatrice à son poignet. Ce jour-là, Sidonie avait réalisé l'ampleur de ses pouvoirs. Elle ne lui échapperait pas. À moins que…

— Pourquoi me l'as-tu donné ? Tu ne fais rien par bonté d'âme. Pourquoi me laisses-tu l'épouser puisque tu le détestes tant ? demanda-t-elle, rattrapée soudain par cette incongruité.

Marthe acheva d'ajuster le hennin, indifférente.

— Je sais que tu y trouves ton intérêt, insista Sidonie.

— Contente-toi du tien. Il ne durera peut-être pas éternellement, la menaça la chambrière.

Sidonie n'en saurait pas davantage. Mais une lueur d'espoir s'éveilla en elle. Marthe avait une faiblesse. Laquelle, elle l'ignorait, mais, de toute évidence, cet hymen en était la clef.

Elle se leva, se drapa dans sa gaieté habituelle. Une étincelle de ce bonheur que lui amenait son amant malgré le prix qu'elle le payait. Elle était prête, parée de la plus magnifique des façons. Oserait-elle rajouter à son collier la larme de Mélusine qu'elle avait fait monter en pendentif, sans en rien révéler à personne ? Non, lui répondit la voix de sa méfiance. Ce secret-là, c'est avec Jacques qu'elle l'avait partagé. Marthe ne savait rien, ni du rêve, ni du souterrain de la Rochette, ni des visions qui avaient troublé Jacques avant qu'il ne brise les scellés de la chambre. Comme si Mélusine était soudain devenue leur alliée. Cette pensée renforça son courage. Malgré tous ses pouvoirs, Marthe n'avait pas celui de lire dans l'avenir ni dans les pensées. Avec un peu de patience et de ruse, Sidonie apprendrait peut-être le moyen de se délivrer. Elle se dirigea vers la porte. Marthe la lui ouvrit, retrouvant instantanément la déférence qu'elle affichait pour tenir son rôle. Tant de fausseté. De mensonge. Si Sidonie n'avait autant craint pour sa famille, elle aurait tout jeté à plat dans le regard de Jacques. Au lieu de quoi elle s'avança en prenant le port d'une reine.

Dans la cour, au bas des marches du donjon, les siens l'attendaient, entourés des habitants du château. Elle sortit sous leurs acclamations, regrettant que son père ne fût plus là pour la mener à l'autel. Au diable les protocoles. Elle allait sur ses trente-neuf ans, et l'homme qu'elle aimait plus que sa vie même l'attendait sous le gros chêne. Ses enfants à ses côtés, elle se dirigea vers lui un franc sourire aux lèvres. Cela seul devait compter.

Assis entre les créneaux, les pieds battant le vide, des manants se tenaient le chapeau à la main, silencieux et recueillis. Quelques exclamations fusèrent qui prouvèrent à Sidonie à quel point elle était aimée de ses serfs. Ne l'avaient-ils pas adoptée pour leur dame dès lors qu'elle s'était installée là ? Au même titre que Jacques et Jeanne. Dans leur esprit, elle était une Sassenage. Le jeu des alliances, des fratries, leur était égal. Dès le premier jour, elle avait fait partie de leur vie. Rien d'étonnant en ce cas qu'ils se réjouissent autant. Tout comme l'abbé Vincent qui avait la larme à l'œil, sa bible en main. Fieffé coquin pourtant qui avait échoué là après une carrière de mercenaire et choisi la foi pour se garder de la potence. Sidonie était la seule à connaître son passé. N'avait-il pas été le compagnon d'armes d'un de ses anciens amants ? Ils s'étaient reconnus lorsqu'il avait été nommé curé de la paroisse. Elle lui avait fait comprendre qu'elle ne trahirait pas son secret. Depuis, il lui vouait la passion d'un homme d'église à une sainte, et d'un brigand à une putain. Mais il aurait préféré se faire clouer au pilori que de l'avouer. Près de lui, sous les guirlandes de fleurs, se tenait Jacques, tourné vers elle. Il la regardait s'avancer, fasciné, elle le savait, par sa beauté. S'en exalterait-il de même s'il apprenait que des onguents diaboliques la lui conservaient ? Elle chassa cette pensée en traversant la rangée de bancs. Cent convives. Petite ou grande noblesse, cousins, voisins, amis. En si peu de temps, Jacques n'avait pu joindre que les plus proches en distance. Ils lui suffisaient bien. Elle ne voulait pas les dévisager. Pas encore. S'attarder sur leur sourire, c'était perdre un peu de cette image qu'elle voulait fixer en elle à jamais : le regard de son amant baigné de lumière, sa main tendue vers elle, sa prestance que rehaussaient subtilement ses vêtements de noce dont le pourpre, le sable et l'or répondaient aux couleurs de sa robe.

Oui, cela seul. L'amour, tout cet amour immense qu'il lui donnait.

— Elle est magnifique, ne put s'empêcher de s'extasier Algonde, qui se tenait en retrait, du côté des domestiques, près de Mathieu qui l'avait rejointe.

— Bien moins que toi. Sang Dieu, cette robe te met tant en valeur que je te l'arracherais bien, souffla-t-il à son oreille tout en se tortillant, avec l'espoir insensé de donner un peu d'aisance à ce vit qui, dans son enthousiasme, tenait plus de place qu'il ne fallait.

Au milieu de tout ce monde, il n'allait quand même pas glisser sa main dans ses braies pour le repositionner ! Tout à son embarras que son œil dans le corsage d'Algonde ne risquait pas de calmer, il ne remarqua pas que cette dernière avait détourné la tête de l'autel qu'avait gagné Sidonie. Ce n'était pas vers la future dame de Sassenage qu'allait l'admiration d'Algonde, mais vers Philippine qui éclipsait sa cousine par son éclatante beauté. Malgré le trouble qu'elle en ressentait, Algonde réprima un bâillement. Cette nuit encore, elle n'avait dormi que quelques heures.

Elle se demanda un instant comment elle pouvait tenir debout avec toute cette fatigue accumulée, sans compter cette grossesse. Grosseur. À la vérité, elle ne savait trop de quel nom baptiser cette chose, qui, bien qu'imperceptible encore sous son corset, se développait en elle. Elle en chassa l'idée. Revint au cœur de sa réflexion. La tension nerveuse. Voilà ce qui lui donnait le courage de faire face. Combien de temps tiendrait-elle ? À peine s'était-elle assoupie la veille que des images l'avaient assaillie, violentes, déconcertantes. Elle s'était vue dans les bras d'Enguerrand, charnelle et passionnée. L'instant d'après, dissimulée par le tronc d'un arbre, elle voyait Mathieu, l'œil droit barré d'une vilaine cicatrice, dirigeant une attaque de bandits et poignardant froidement un marchand. Algonde s'était éveillée en sursaut, fébrile, croyant à un méchant rêve, mais cela avait continué à emplir la nuit autour d'elle, une scène chassant l'autre, comme si elle y assistait ou la vivait véritablement. Là, c'était un inconnu à la peau sombre qui se couchait sur Philippine, puis un enfançon velu aux yeux d'un bleu si pur que l'azur lui-même semblait s'y refléter. Une rivière de sang s'était ensuite mise à bouillonner autour du garçonnet, jusqu'à l'emporter. Des nuages noirs lui avaient succédé, bizarres et grimaçants. Ils talonnaient le galop d'un cheval sur lequel une jouvencelle armée d'un carquois filait en direction de montagnes étranges, comme des cônes étagés et plats en leur sommet. Un homme vêtu d'une tunique blanche attendait à leur pied, le front ceint d'une couronne d'or. Et Mathieu encore, qui se battait avec Enguerrand cette fois, mais pas comme autrefois, non. Leurs épées s'entrechoquaient sous un ciel métallique et ils suaient l'un et l'autre de leurs haines respectives. Un homme leur avait succédé aux portes d'un castel. Luirieux, le lieutenant de Philibert de Montoison, tirait en arrière les cheveux de deux femmes agenouillées, les mains liées dans le dos. Philippine et une autre. Si Algonde ne l'avait sue morte, elle aurait pu jurer qu'il s'agissait de sa mère, Jeanne de Commiers, dont le portrait ornait toujours la cheminée du logis de Leurs Seigneuries. Face à eux, un tertre, emprisonné dans une lueur bleutée. Puis plus rien, le trou noir, comme si tout cela avait été englouti, balayé par les ténèbres. Comme si le diable lui-même avait soudain interdit qu'elle y ait accès.

Elle ne savait plus que penser.

Pour l'heure, à ses côtés, Mathieu, indifférent à la foule, lui chuchotait des « je t'aime » à l'oreille. Comme elle aurait voulu lui prendre la main et courir sous le couvert des bois pour le sentir en elle, se rassurer de ses baisers, de son étreinte, se dire que ces visions n'étaient que la déformation de ses fantasmes, de sa peur de demain, de ce poison, et que rien de tout cela, quand bien même cela lui avait semblé si réel, non rien de tout cela ne pouvait réellement advenir. Elle ne voulait pas de ce destin de sang et de haine. Elle voulait son amour, à lui, Mathieu, et, comme Sidonie ce jourd'hui, lui dire qu'elle l'acceptait de tout son cœur et de toute son âme comme unique époux jusqu'à ce que la mort les sépare.

Un chant liturgique s'éleva à la fin de la bénédiction nuptiale. Algonde entonna le refrain, répondant à la voix de fausset de Mathieu qui, sans gêne aucune, massacrait allègrement notes et paroles. Tant qu'on se retourna vers lui pour, d'un regard noir, l'enjoindre de se taire.

— Moi qui espérais rentrer dans les bonnes grâces de l'abbé, persifla-t-il en se penchant vers elle.

— Tais-toi donc, mécréant, lui intima Gersende en se retournant de trois quarts.

Il baissa aussitôt le nez sur ses souliers. Algonde aussi pour échapper au regard sombre de la harpie qui, de même, les dévisageait sans complaisance.

Marthe ne chantait pas. Cette évidence replongea Algonde dans ses sombres pensées : « D'une seule note, la harpie pourrait faire de toi son esclave. Si tu vois ses narines se coller soudain aux os de son nez, prends garde et bouche-toi les oreilles avant de détaler », l'avait avertie Mélusine avant de la quitter dans la crypte où elle l'avait ramenée.

Pourquoi jusqu'à présent la harpie ne s'était-elle pas servie de ses sortilèges pour les détruire, elle et sa mère, puisque de toute évidence elle les détestait ? Était-ce parce que, malgré sa haine, elle avait conscience que Gersende était efficace dans sa gestion des domaines et qu'une autre aurait pu l'indisposer ? À moins qu'elle ne puisse utiliser ses pouvoirs aussi facilement qu'elle le voulait ? Et puis, pourquoi Mélusine n'avait-elle pas elle-même éliminé Marthe ? Ou l'inverse ? La raison en incombait-elle à leur immortalité respective qui ne pouvait être brisée que par cet enfant, ce galoup aux yeux d'azur qu'Algonde avait vu en prémonition ? Ou en existait-il une autre ? Qu'est-ce qui empêchait Marthe de se rendre dans les grottes ? La vouivre ? À moins qu'elle ne connaisse pas l'accès secret depuis la chambre. Et quand bien même. Si Marthe ne pouvait respirer dans l'eau, son immortalité la mettait à l'abri d'une noyade. Pourquoi n'avait-elle pas plongé dans les eaux du Furon ? Attendre la naissance de l'enfant, l'avènement de la prophétie, pour tuer tout le monde et régner. Tout cela paraissait à Algonde stupide. À la place de Marthe, elle aurait anticipé les événements, en assassinant toute descendance par exemple. Algonde demeurait persuadée que Mélusine lui cachait quelque chose d'essentiel. Mais quoi ? Et pourquoi ? Autre chose encore la rongeait : quel était son rôle, à elle, en vérité ? Amener l'enfant à Mélusine… Elle n'y croyait pas. Concevoir ce contrepoison, cette chose en elle chargée des pouvoirs conjoints de Mélior et de Mélusine, si indispensable à la protection de l'enfant ? Contre quoi ? La vouivre ? Absurde. Contre qui ? La harpie ? Improbable, car en ce cas, qu'Algonde livre le nourrisson à Mélusine ou pas ne changerait rien pour lui. Et puis quand bien même. Cela n'allait pas. Certes, elle n'avait aucune éducation, hors de savoir lire et écrire, car, de mère en fille, elles s'étaient transmis ce privilège. Mais l'histoire, la géographie, les sciences, la philosophie, rien n'était venu développer son instinct, l'enrichir de connaissances. Il n'en restait pas moins qu'elle sentait les choses et ne manquait pas de jugement d'ordinaire.

Or la complexité de tout cela la paralysait. Les paroles mêmes de la prophétie l'interpellaient : « Le pouvoir des trois, du mal triomphera, et l'enfant né velu d'Hélène et d'un prince d'Anatolie, les Hautes Terres conquerra. »

Le pouvoir des trois. Les explications conjointes de sa mère et de la fée à ce sujet, si elles lui avaient semblé cohérentes sur le moment, la laissaient à présent perplexe. Si la harpie, dont la prophétie ne parlait pas d'ailleurs, voulait s'approprier cet enfant tout comme Mélusine, c'était donc qu'il avait plus de pouvoir qu'on ne le lui avait dit. Cristallisait-il celui des trois sœurs ? Il eût fallu pour cela qu'il fût le descendant de Plantine par son père, le Turc. Or la prophétie parlait de l'Anatolie, pas de l'Aragon, où la troisième des sœurs avait été emprisonnée. À la vérité, et dans l'état actuel des choses, l'enfant naîtrait avec les pouvoirs dont elle, Algonde, disposait déjà. Tout cela n'avait pas de sens. Et en admettant qu'il manquât à Mélusine et Plantine celui de Mélior, comment elle, Algonde, qui savait à peine l'utiliser, pouvait-elle triompher du mal à leurs côtés ? Sans oublier ce simple détail : Plantine ne se trouvait pas à Sassenage. L'Aragon était vaste et une harpie devait la surveiller elle aussi. De quelque bout qu'elle retournât ces questions, Algonde en arrivait au même point. Il lui manquait une information. Une pièce pour faire le lien. Comprendre.

Sa seule certitude était que rien ne pouvait s'accomplir sans son sacrifice. Mais elle ne voulait pas de ce fardeau. Quelles conséquences aurait son désaveu ? Les images effrayantes de ses propres visions ?

« Mathieu tuera, Mathieu mourra si tu ne te plies à ton destin », lui avait assuré Mélusine le jour où elle l'avait sauvée avant de se rétracter lorsqu'elles s'étaient revues. Comme Algonde aurait préféré n'en rien savoir. Redevenir la bécaroïlle de maître Janisse. Elle frissonna, tourna la tête vers son promis, rencontra son regard, brûlant de désir, d'amour.

— Je ne pourrai pas attendre, lui murmura Mathieu.

— Attendre quoi ? demanda-t-elle pour se raccrocher à ce bonheur furtif.

— Nos épousailles. Faut que je te prenne, là, maintenant.

Algonde sursauta.

— Mais on ne peut pas…

— Viens, supplia-t-il en lui saisissant la main.

Tandis que devant l'autel, Sidonie et Jacques s'embrassaient, unis pour le meilleur et pour le pire, elle se laissa entraîner discrètement, reculer dans la foule qui se referma sur leur passage et leur tressa un rempart.

L'aimait-elle assez pour le protéger malgré lui ? L'aimait-elle assez pour renoncer à lui, et en souffrir jusqu'au restant de ses jours ?

Au moment où il la pénétra d'un coup de reins à quelques toises seulement de la foule qui ovationnait les époux, cachés derrière une charrette, elle gémit un oui qui était autant de plaisir que de souffrance.

27.

Ses jupons à peine rabaissés, Algonde s'était fondue à la foule des domestiques qui devaient assurer le service. De son côté, Mathieu avait rejoint son père pour trancher les miches et préparer les panières. Ils s'étaient séparés comme ils s'étaient aimés. Brusquement. Avec cette violence propre aux instants précieux parce qu'interdits. Sans un seul mot échangé.

La main sur le poing fermé de Jacques, Sidonie avait reçu l'hommage de leurs vassaux présents avant d'ouvrir le cortège. Précédés des hérauts, des ménestrels et des bouffons, ils longèrent les lices, pour permettre à leurs gens de les acclamer.

Sur leur passage, des pétales de fleur cascadaient des créneaux, relayant les hourras du petit peuple. Sidonie se rengorgea. Elle était heureuse. Le reste, tout ce reste qui avait fait de sa vie un cauchemar permanent, lui sembla, soudain, étonnamment dérisoire face à la promesse que venait de lui faire Jacques devant cette assemblée.

« Je te veux, Sidonie de La Tour-Sassenage, pour épouse, et m'engage à te protéger et à te chérir jusqu'à ce que la mort nous sépare. »

En retour, dans le secret de son âme, elle lui en avait consenti une autre, celle d'empêcher Marthe de lui faire du mal. Par tous les moyens. Le cœur battant de cette certitude, elle rayonnait.

Après avoir retrouvé avec plaisir son frère Hector et sa sœur Jeanne arrivés au matin, Enguerrand, troublé comme tant d'autres par la beauté de Philippine qu'il n'avait pas revue depuis cinq ans, s'était accordé le privilège de l'escorter. Philippine y avait consenti avec un réel plaisir. Au milieu des vassaux de son père, qui s'étaient empressés de lui présenter leurs hommages, Enguerrand était de loin le plus séduisant avec son visage carré aux traits réguliers, ses yeux noirs en amande et ses pommettes hautes. Ils avaient de nombreux souvenirs en commun qui dataient de l'époque où Enguerrand venait à la Bâtie avec sa mère rendre visite à Jeanne de Commiers. Ils les avaient évoqués le jour de l'arrivée du jouvenceau et se trouvaient inséparables depuis.

La parade achevée dans la bonne humeur avec les cabrioles et les jongleries des bouffons, le cortège se rabattit vers les tables recouvertes de nappes brodées aux initiales entremêlées des époux. Disposées en forme de fer à cheval, elles permettaient aux mariés qui siégeaient sous un dais à leurs armes, au centre, d'être visibles par tous, et aux divertissements de se succéder. Malgré la tonnelle en toile rayée qui gardait les invités à l'abri du soleil, brûlant en ce midi, l'argenterie étincelait au milieu des pétales de rose.

Tout autour, aussi loin que portait le regard, le petit peuple descendu des remparts s'installait peu à peu sur l'herbe, la transformant en un tapis de couleurs vives et disparates, le nez au vent qui charriait des odeurs alléchantes de pitance. Ils en auraient leur part. Le baron le leur avait promis. Trois jours durant. Ils étaient venus de toute la contrée pour en profiter.

Les époux prirent place, aussitôt imités par leurs proches de part et d'autre, puis par chacun selon son rang de noblesse. Le seul qui manquât véritablement au baron de Sassenage en cet instant était celui à qui il avait lui-même prêté tant de fois allégeance. Son cœur se pinça en songeant qu'il était en train de s'éteindre dans son château de Plessis-lès-Tours devant l'impuissance de ses médecins et celle de la sainte ampoule qu'il avait pourtant fait venir de Reims. Rassemblant ses dernières forces sans doute, Louis XI lui avait fait porter une lettre. S'il n'avait pas reconnu l'écriture, Jacques avait retrouvé le ton de celui dont il avait été le premier écuyer, puis le compagnon d'armes au cœur des batailles, avant d'en devenir le chambellan, jusqu'à ce qu'il décide de se retirer de la cour, trois ans plus tôt.

« *Festoie, mon bon Jacques,* avait dicté le roi dans un souffle. *Il me souvient de pareils moments où ton rire tonitruait à mes côtés. N'écoute ni les envieux ni les faux amis. À ton âge on ne se marie plus pour satisfaire quiconque ou par intérêt, mais bien parce que la dame nous plaît. Sois heureux donc. Envers et contre tous. Si je n'étais au plus mal, je viendrais en personne bénir cette union. Las, je me meurs et ne te reverrai point. En ce jour de liesse pourtant, réjouis-toi au lieu de me pleurer. C'est ainsi que doivent être les choses en ce bas monde et c'est ainsi que je veux qu'elles soient…* »

Le baron se devait de respecter ce qu'il accepta comme les dernières volontés du monarque. Il chassa ses tristes pensées. D'un geste de la main, il invita maître Janisse, lequel, ému, triturait son tablier immaculé au bout de l'allée, à s'avancer. Le chef cuisinier vint s'incliner devant eux, se racla la gorge pour leur présenter ses hommages, puis, plein de son importance, déroula le menu qu'il leur avait concocté. Un murmure général d'approbation donna au maître-queux les lettres de noblesse qui lui manquaient. Lorsqu'il se retira, il en était plus enorgueilli qu'un prince.

Ce fut ensuite au tour de Mathieu et de son père de s'annoncer sous les quelques notes rituelles d'une trompette. Sur un plateau qu'ils portaient à deux se trouvait une couronne de pâte à sel savamment tressée à la manière des épis de blé et entremêlée de rubans aux couleurs des Sassenage.

— Que ce modeste gage de notre attachement orne votre table, Vos Seigneuries, et vous garantisse bonheur et prospérité, clamèrent-ils ensemble en s'inclinant dans un mouvement longuement répété pour que la révérence présente en même temps l'objet.

— Quelle belle idée ! s'exclama Sidonie qui s'était jusque-là demandé à quoi était réservée cette place devant eux sur la nappe.

La couronne vint s'y insérer à merveille. Ils s'apprêtaient à se retirer lorsque Jacques interpella Mathieu :

— N'as-tu point, mon garçon, une requête à formuler ?

— Est-ce le bon moment, mon seigneur ? s'empourpra le jouvenceau, déconcerté.

— Le meilleur, puisque je t'y invite…

— En ce cas…

Comme maître Janisse tout à l'heure, il se racla la gorge, secoua la tête, lissa ses cheveux d'une main moite, chercha Algonde, supposa, ne la trouvant pas, qu'elle se préparait plus loin au service et se lança, sous l'œil encourageant de son père, indulgent de Sidonie et bienveillant du baron.

— Voilà, dit-il en préambule, c'est à propos d'Algonde…

— À laquelle tu veux du bien, s'amusa légèrement le baron.

— Grand bien, rectifia Mathieu.
— Assez pour l'épouser, s'entend.
— C'est cela, se réjouit Mathieu, comprenant qu'on lui facilitait la tâche.
— Y consent-elle ?
— Depuis toujours.
— Et sa mère ?
— Tout autant.
— Alors l'affaire est faite.
— Avec votre permission…
— Ne viens-je pas de te la donner à l'instant ? se mit à rire le baron.

Mathieu se fendit d'un sourire qui lui étira la bouche jusqu'aux oreilles. Pour un peu, il en aurait dansé.

— J'ai une objection à formuler, père.

Le bonheur de Mathieu se figea sur ses traits. Il tourna la tête vers Philippine qui, interrompant soudain sa conversation avec Enguerrand, s'était dressée.

— Je t'écoute, ma fille. Algonde est ta chambrière. Tu es donc libre d'en disposer.
— Justement. Et à ce titre, mon bon Mathieu, il te faut savoir que je n'ai pas l'intention de m'en séparer, même si tu l'épouses.
— Vous voulez dire que…

Il déglutit.

— Qu'elle me suivra à la Bâtie lorsque nous y repartirons.

Mathieu n'avait pas un seul instant envisagé cette éventualité. Comme lui, Algonde appartenait à Sassenage. Il s'y voyait depuis toujours vivre et prospérer avec elle.

— Je ne veux pas la quitter, osa-t-il, hardiment.
— Il le faudra pourtant si tu restes panetier.
— Bien sûr qu'il va le rester, répliqua le père, comme une évidence.

Mathieu était son fils aîné.

Le baron se frotta la barbe. Il ne s'était pas préparé à cette étonnante rivalité. Sidonie se pencha à son oreille et lui glissa quelques mots. Il hocha la tête. Mathieu, les poings serrés sur sa détermination, restait planté devant leur table en se rongeant la joue. Philippine, quant à elle, s'était rassise, ennuyée de le peiner, mais refusant d'en démordre. Elle s'était trop attachée à Algonde pour s'en passer. Et ce n'étaient pas les arguments que s'empressait de lui servir Enguerrand en faveur des promis qui y pourraient rien changer.

— Approche, Mathieu, et toi aussi, Jean, décida le baron.

Père et fils avancèrent d'un même pas.

— Songes-tu à prendre ta retraite, maître panetier ?

— Je ne suis point encore trop vieux.

— Un apprenti te ferait donc aussi bien l'affaire que ton fils.

— Aussi bien, aussi bien, comme vous y allez, tempéra l'homme qui sentait venir le piège.

— Vois sa mine désespérée et prétends le contraire, insista Jacques.

Le panetier jeta un œil vers son fils et haussa les épaules. Jacques de Sassenage avait raison. C'était un crève-cœur.

— Peut-être bien que je pourrais m'en accommoder quelque temps.

— Toi, Mathieu, suivrais-tu ta belle si l'occasion t'en était donnée ?

— Pour ne pas la perdre, je suis prêt à tout.

— Même au métier des armes ?

Mathieu sursauta. Jean étrangla un cri d'angoisse dans sa gorge. D'un battement de cils, Sidonie les rassura tous deux.

Mathieu reprit confiance.

— S'il le faut, affirma-t-il.

— En ce cas, je maintiens ma bénédiction. Tu épouseras Algonde et intégreras l'escouade du sire Dumas. À compter de ce jour, panetier, ton fils délaissera ton fournil pour apprendre auprès des soldats son nouveau métier.

— Et ma retraite ?

— Ton cadet y pourvoira. Hélène ?

— Cela me va, assura cette dernière, détendue.

— Alors voilà qui est réglé. Vous pouvez disposer.

Algonde survint à cet instant, tenant au pli du coude un bouquet somptueux de roses et de lys qu'elle avait confectionné avec sa mère. Les tiges en avaient été délicatement tressées avec des rubans semblables à ceux de la couronne de pain.

Mathieu intercepta la jouvencelle.

— C'est fait. Le baron vient de nous fiancer !

Les inquiétudes d'Algonde s'évanouirent aussitôt. Puisque le sort en était jeté, la décision ne lui appartenait plus. Elle serait l'épouse de Mathieu et demeurerait à Sassenage. Arriverait ce qui devait arriver !

— Va, je te raconterai tout plus tard, promit Mathieu.

Elle hocha la tête, le laissa détaler en bondissant comme un cabri, et, retrouvant d'un coup sa naturelle légèreté, s'esclaffa de voir le bouffon sautiller à outrance tout autour d'elle pour le contrefaire. Accompagnée du tintement des clochettes de son bonnet aux trois pointes, et de sa mère qui l'avait rejointe, Algonde s'en fut offrir son présent aux mariés.

Après l'apéritif composé d'hypocras, de vin aux herbes, de bâtons au fromage, de saucissons de sanglier et de boudins aux prunes, intermèdes et plats s'enchaînèrent une bonne partie de la journée, salués chaque fois par une volée de trompettes et leur présentation par le héraut. Dans le brouhaha des conversations de la tablée parvenait du coup un étonnant menu aux oreilles des invités.

— Potage au lait d'amandes.

— Bouffonnades et jongleries.

— Terrine de perdrix au genièvre sur pain de seigle.

— Tourte de foie de génisse aux fèves et aux épices.

— Messire Louis le Gasp et sa viole.

— Blanquette d'écrevisses aux girolles et herbes fines sur tranchoir.

— Les singes du sire Chapelier.

— Canard en civet à la sauce dodine.

— Cuissot de cerf rôti au miel, arrosé à l'esprit de mirabelles et les cracheurs de feu pour l'accompagner.

— Lait caillé aux condiments sur pain aux noix.

— La farandole des mariés sur les airs de leur choix à laquelle on est invité à s'accrocher au passage.

— Le singe de… comment ? Ah… Oui… Messire Chapelier vous prie de lui pardonner d'avance les extravagances de son singe qui s'est détaché. Il ne fera de mal à personne si on ne l'empêche pas de chaparder à manger. Viendront à la suite les doigts de fée aux filandres de caramel, arrosés de vin framboisé.

Les marmites en provenance de la cuisine, portées par deux hommes qui utilisaient un long morceau de bois passé dans l'anse pour ne pas se brûler, arrivaient sur une gigantesque table qu'on avait mise en retrait. Là, on étalait leur contenu sur des tranchoirs préalablement coupés dans les miches de pain rassis de trois jours avant d'amener le tout à l'aide de plateaux de bois, qu'il fallait être à deux pour transporter et un troisième pour servir. Quand il ne fallait pas aider à la découpe des viandes, décorer les plats de pétales de fleur, remplir les aiguières et les pichets de vin épicé, ou les corbeilles de pain, de fruits, de nougat noir. Sans parler des rince-doigts à l'eau de rose qu'il fallait présenter entre chaque plat, vider puis renouveler. Algonde était partout. À peine avait-elle le temps d'un coup d'œil sur les divertissements. Le singe, habillé d'une tunique et de braies, l'amusa beaucoup dès lors qu'il se mit à grimper aux poteaux de la tonnelle, suspendu de travée en travée pour échapper à son maître, dérobant ici une noix, là une cerise confite, là encore une bise sur la joue d'une dame qui hurla de frayeur. L'ours aussi fit grande impression à Algonde. Elle resta figée, comme tous, lorsque devant Sidonie et Jacques la bête se dressa sur ses pattes arrière en grognant. Un silence éloquent d'angoisse plomba un instant l'assistance, qui se transforma en un éclat de rire dès que l'animal se masqua les yeux de ses pattes comme un enfant grondé, puis, sur l'ordre de son maître qui le tenait en laisse, une cravache à la main, se mit à se trémousser d'une patte sur l'autre au rythme de la musique.

Jusqu'à la nuit tombée et longtemps encore pour quelques-uns, on fit ripaille de vin, de danse, de bonne chère et de gâteries dans les fourrés.

Sidonie et Jacques se retirèrent quant à eux les premiers. Marthe ayant levé sa punition, les époux belinèrent jusqu'à l'aube, et s'endormirent au chant du coq, enlacés et heureux d'être enfin l'un à l'autre et l'autre pour l'un en toute légitimité.

Philippine rêva d'Enguerrand, Enguerrand de son adoubement, et Mathieu d'Algonde. Cette dernière, exténuée, s'effondra, elle, sur sa couche après avoir brisé sur la nuque d'un seigneur soûl comme un goret la cruche de terre cuite qu'elle tenait en main. Cette nuit-là, de même que celle qui suivit, tout comme sa pire ennemie, elle sombra d'un bloc dans un profond néant.

Le troisième jour était celui des joutes. Jacques avait décidé qu'elles se tiendraient après le banquet. Le tournoi devait clore les festivités.

Dans la grande salle du château, on avait repoussé les tables contre les murs, enfonçant les coffres sous leurs plateaux. Au fond, les bancs avaient été soigneusement empilés. Jacques tenait à ce que tous ses invités assistent à l'adoubement d'Enguerrand de La Tour-Sassenage.

Lorsque celui-ci arriva, le cœur battant la chamade, la salle était déjà comble et, au bout de la pièce, devant l'autel qu'on y avait disposé, l'abbé Vincent et le baron Aymar de Grolée l'attendaient au côté de Jacques.

Sans hésiter, Enguerrand fendit la foule avant de poser un genou à terre devant Jacques de Sassenage.

— En ce vingt-neuvième d'août de l'an de grâce 1483, pour quelle raison, toi, sire Enguerrand de La Tour-Sassenage, désires-tu entrer dans la chevalerie ? Si tu recherches la richesse ou les honneurs, sache que tu n'en es pas digne.

Enguerrand posa une main sur l'Évangile que lui tendit le père Vincent.

— Je ne veux rien de tout cela et jure, sur la très sainte Bible, d'en observer les commandements, de protéger l'Église et de combattre les infidèles avec acharnement. Je promets de défendre tous les faibles et le pays où je suis né, de remplir mes devoirs féodaux, à condition qu'ils ne soient pas contraires à la loi divine, de ne jamais mentir, d'être libéral, généreux et fidèle à ma parole. Enfin, de demeurer toujours le champion du droit et du bien contre l'injustice et le mal.

Jacques de Sassenage tapa dans ses mains. Trois pages s'avancèrent à leur tour, chargés l'un de la cotte de mailles, l'autre de la cuirasse, le troisième des brassards et des éperons dorés. Ils déposèrent la tenue aux pieds d'Enguerrand et l'aidèrent à s'habiller.

À quelques pas, près de Sidonie, Philippine ne perdait rien de la cérémonie, et son cœur, troublé par la prestance du jouvenceau, tressautait dans sa poitrine. Ainsi revêtu de sa tenue de chevalier, Enguerrand de La Tour-Sassenage avait la plus belle des allures dont une dame pouvait rêver.

Jacques de Sassenage récupéra la lame qu'il avait fait forger et dont le plommel figurait deux serpents entrelacés autour d'un visage de femme. Il la présenta à la bénédiction de l'abbé, puis la tendit au jouvenceau, dont l'œil s'était teinté de fierté.

— Que ce branc désormais soit tien et rende sa justice ainsi que tu le promets.

Enguerrand la prit par le pommeau, déposa un baiser à l'arestuel, sur les joues de Mélusine, et la mit au fourreau avant de s'agenouiller pour recevoir la colée.

Jacques de Sassenage dégaina son épée et du plat de la lame frappa le jouvenceau de deux coups sur la joue, puis d'un troisième sur l'épaule gauche.

— C'est le dernier que tu ne rendras pas. Au nom de Dieu, de saint Michel et de saint Georges, sous le regard de ta famille et de tes amis, je te déclare, toi, Enguerrand de La Tour-Sassenage, et en mon âme et conscience, promu au rang de chevalier.

Aux joutes et passes d'armes qui jusqu'au soir eurent lieu dans les lices, Enguerrand se distingua joliment et gagna l'estime de ses adversaires. S'il se fit le héros de sa mère dans la première épreuve, dans la deuxième, il accrocha à sa lance la manche que lui donna Philippine. Elle lui fut arrachée sans difficulté par Aymar de Grolée qui lui avait appris tout ce qu'il savait.

28.

Comme presque tous les matins depuis qu'elle habitait au château de ses maîtres, Algonde allait retrouver Mathieu et partager avec lui les petits pains de sa première fournée. Ce 31 août, alors que le quotidien reprenait son cours à Sassenage, les derniers invités ayant quitté les lieux, elle sauta de son lit avec la même impatience qu'autrefois. Et plus encore. Elle était fiancée. Officiellement. Fourbus l'un et l'autre par leurs tâches respectives, ils n'avaient pas eu l'occasion d'échanger autre chose que quelques œillades. Le temps leur avait manqué. Quant à Philippine, trois jours durant, elle l'avait étourdie de ce petit rire haut perché qui sied à la noblesse lorsque le vin épicé monte légèrement à la tête. Au coucher, elle était débordante de gaieté, au matin, si migraineuse qu'elle râlait contre tout : le rayon de soleil sur sa joue, sa robe trop ajustée. Jusqu'à ce qu'invariablement Algonde ramasse quelques billets doux glissés à la faveur de la nuit sous sa porte. Nombreux étaient ceux qui, troublés par sa beauté, tentaient par quelque poème de lui faire leur cour :

« Sur mon âme blasée, une étoile à minuit s'est posée avec grâce. J'en garde à tout jamais la brûlure et la trace et mourrai s'il le faut pour un baiser de vous. » Philippine s'en étourdissait un moment, fronçait le sourcil pour accrocher un visage sur la signature, plissait le nez et la bouche avant de déclarer :

— La plume est plus belle que le galant. Tant pis.

Quand ce n'était pas l'inverse en vers de mirliton :

« Mon cœur se sent, ma tourterelle, tant charmé que j'en ai des ailes. Je vous respire dans votre entier, de votre sourire jusqu'à vos pieds, et ce parfum me fait revivre. Las, tout mon être de vous s'enivre ! »

— Qu'il cuve donc ! s'exclamait-elle dans un grand éclat de rire, avant de gémir sous l'assaut de ses tempes vrillées par l'écho de sa propre voix.

Algonde les lui massait alors avec une décoction de menthe et de mélisse, puis, lorsque Philippine ouvrait les yeux, apaisée, elle s'appliquait à la parer pour la journée. Pas une seule fois, elles n'avaient l'une ou l'autre fait allusion à Mathieu. Philippine se sentait très attirée par Enguerrand, certaine de ne pas lui être indifférente. Tout en se laissant coiffer et maquiller, elle commentait leurs échanges à Algonde. Échanges d'une grande banalité, mais qui, le vin aidant, donnaient à la jouvencelle l'impression qu'une éternité s'était écoulée depuis le couvent de Saint-Just.

Pour finir, elles se séparaient à la hauteur du deuxième palier, l'une pour permettre, par son travail, à l'autre de festoyer.

Cela avait été ainsi jusqu'à la veille, où les cloches, toutes les cloches de France, avaient sonné le tocsin. Le roi était mort. L'abbé Vincent avait dit une messe pour lui et tous ceux qui étaient encore en ces murs s'y étaient rendus. Jacques de Sassenage avait évoqué quelques-uns de ces moments où ils s'étaient trouvés tous deux côte à côte. Son émotion avait gagné chacun. La tristesse avait succédé au rire.

Dans la foulée, Enguerrand avait annoncé à sa mère qu'il comptait s'embarquer pour Rhodes, se mettre au service des Hospitaliers, et qu'il serait heureux qu'elle administrât la Rochette en son absence. Contrairement à ce qu'il avait craint, Jacques l'avait encouragé dans cette décision, assurant qu'il avait ressenti au même âge le besoin de se prouver sa valeur.

Après avoir félicité et salué encore Mathieu et Algonde, Enguerrand était reparti.

Pareillement chagrinées de son départ précipité, Sidonie et Philippine avaient joué aux échecs le restant de la journée avant de se coucher tôt et, l'une comme l'autre, de donner congé à leur chambrière jusqu'au lendemain dix heures.

Algonde aurait pu en profiter pour récupérer à son tour de cette fatigue qui plombait ses épaules, mais l'envie de Mathieu la tenait tout entière, et avec elle ce parfum de pain blond qu'il portait en permanence jusqu'en ses cheveux.

Elle s'habilla en chantonnant, sachant sa mère déjà à l'ouvrage auprès de maître Janisse qui finissait son inventaire commencé la veille, puis dévala les escaliers le cœur en fête. Les réjouissances des autres terminées, elle allait en toute quiétude pouvoir songer aux siennes. Devant le fournil pourtant, c'est Louis qu'elle trouva. De carrure plus frêle que son aîné, il peinait à enfourner ses miches.

— Holà, l'interpella-t-elle.

En voulant tourner la tête vers elle, il manqua chavirer son chargement.

— Fais donc attention, gronda Jean, qu'elle n'avait pas entendu venir.

— Oui, p'pa, transpira le garçonnet en tirant la langue.

Joviale, Algonde fit face au maître panetier qui essuyait ses mains poisseuses de pâte et de farine sur son tablier.

— Il est où le Mathieu ? Pas malade, j'espère ?

Jean avait les traits tirés, l'air bien moins chaleureux que celui qu'elle lui connaissait de toujours. Le ton d'ailleurs était froid.

— Occupé à son nouveau métier, je suppose. Pas vu ce matin.

Un pincement au cœur d'Algonde. Sentiment furtif d'angoisse. Accrochée dans l'œil sombre de Jean.

— Quel nouveau métier ? Il ne m'en a rien dit.

La rancœur soudaine du panetier retomba. Il l'aimait comme sa fille, cette petite. Elle n'était pas responsable de ce qui arrivait, après tout. Il lui pinça affectueusement le menton entre ses gros doigts, comme il le faisait souvent, et lui sourit tristement.

— Il a pas dû en avoir le temps avec tout ça. C'est pas à moi de te l'annoncer. Je m'y fais pas, ma bécaroïlle. Tu y es pour rien mais je m'y fais pas, répéta-t-il avant de lui tapoter la joue d'une main molle, y laissant quelques traces blanches.

Elle déglutit avec peine, de plus en plus inquiète.

— Où je peux le trouver, selon vous ?

— Dans les lices.

Elle sursauta.

— Là où se tenait le tournoi ?

— C'est ça…

Besoin de savoir. Elle tourna les talons. La voix cassée de Jean la cueillit dans son dos, avant qu'elle ne démarre.

— Prends donc du courage avec toi, ma bécaroïlle, on sait jamais, des fois qu'ça t'plairait pas.

Mais déjà elle savait, elle sentait que, comme disait Jean, ça ne lui plairait pas. La première chose qu'elle entendit en s'approchant des ballots de paille qui avaient servi à délimiter l'aire des joutes, ce fut le tintement de l'acier. Son cœur s'emballa tant qu'elle faillit en perdre le souffle et trébucha dans un fragment de carcasse qu'un chien avait dû enterrer là. Chair en putréfaction. Mauvais présage ? Elle reprit l'équilibre et courut de plus belle. Elle contourna le dernier ballot de la rangée, celui qui avait servi de portail, et déboucha sur le terrain.

Mathieu s'y trouvait, encerclé par des soldats. Si ceux-ci s'entraînaient à la lutte à mains nues, d'autres à croiser le fer, le jouvenceau s'appliquait à manier un braquemart en reproduisant les mouvements qu'on lui montrait.

« Plus haut le coude. Serre le poing. Plus fort. Il faudra t'aguerrir, mon garçon. Un poignard te désarmerait. Souple, le balancé, souple. On dirait que tu veux sabrer du blé. Les genoux fléchis. Pas trop, on dirait que tu veux chier. Regarde ! C'est pas difficile pourtant, l'asticotait son maître d'armes. »

Algonde étouffa un cri dans la paume de sa main. Immobilisée brusquement sur l'herbe, comme si une barrière infranchissable s'était dressée entre elle et lui, elle ne pouvait détacher ses yeux du visage de Mathieu, qui, tout à son effort, ne l'avait pas encore vue. Il suait à grosses gouttes, tirait la langue comme tout à l'heure son frère, essayait de bien faire, sans y parvenir pourtant. Chaque mouvement qu'il imposait à cette épée courte et large, aussi maladroit soit-il, renvoyait pourtant Algonde à sa prémonition. Elle était terrifiée. Il ne pouvait pas, il ne devait pas. Faire quelque chose. Lui enlever cette idée stupide. Un geste, un seul. L'arracher à son destin. Mais son corps refusait de répondre. Comme un paralytique, elle était incapable de bouger.

C'est ainsi qu'il la découvrit soudain. Il lui sourit et abaissa sa garde.

— Alors quoi, déjà fatigué, mon garçon ? se moqua son instructeur.

D'un mouvement du menton, Mathieu lui désigna Algonde. Le soldat comprit aussitôt.

— Va, dit-il. Les pucelles sont toutes les mêmes. Elles rêvent de preux chevaliers, mais se liquéfient dès qu'elles les voient combattre. Ça lui passera, crois-en ma vieille expérience.

Mathieu lui rendit le braquemart et s'avança vers elle.

— Viens, lui dit-il en arrivant à portée.

Voyant qu'elle ne bougeait pas, il lui prit la main et l'entraîna. Elle se laissa faire. Parler, hurler, empêcher, convaincre. Son cerveau énumérait en silence la longue liste des verbes qui répondaient à sa volonté. Rien ne franchissait ses lèvres. Lorsque Mathieu s'arrêta plus loin derrière une barrique vide, pour les isoler un peu des regards indiscrets, elle était sans force. La seule chose qui franchit ses lèvres fut un pitoyable :

— Pourquoi ?

— Pour te suivre à La Bâtie, parbleu ! Ta maîtresse voulait te garder. Moi tout autant. Alors, le baron m'a enrôlé, dit-il en éclatant de rire.

Elle le foudroya du regard.

— C'est un métier dangereux, Mathieu, tu n'en mesures pas tous les risques, parvint-elle enfin à articuler.

— Bien moins que de te laisser à la merci d'un autre. Ne fais pas cette tête. D'accord, je ne suis pas bien dégourdi, mais ça viendra avec l'entraînement.

Un sursaut de colère, en réponse à ce désespoir qui la rongeait, lui fit enfin retrouver sa verve.

— Bon sang Mathieu, tu n'es pas fait pour ça. Ils sont tous des mercenaires. Toi, tu es un panetier ! C'est ça ta vocation.

— Des vocations, on en change. Alors quoi, tu ne veux pas que je t'accompagne, tu ne veux plus qu'on se marie ? se rembrunit-il.

— Ce n'est pas ça. J'ai peur, c'est tout.

— De quoi ? Le pays est paisible. Vois ces hommes ! Avec le baron Jacques, ils ont été de tous les combats contre Charles le Téméraire. À peine l'un d'eux peut-il s'enorgueillir d'une égratignure. Ils m'enseigneront l'art de me défendre mieux que quiconque, si tant est que nous soyons de nouveau en guerre.

— Elle pourrait venir sans prévenir, essaya-t-elle.

Mais elle savait déjà qu'elle avait perdu. Il la prit dans ses bras et lui caressa la nuque.

— Je ne m'engage pas, Algonde. Je saisis cette chance qu'on me donne parce que je ne veux pas te perdre. Le jour où la baronne sera lassée de toi, nous reviendrons au pays et je reprendrai le travail de mon père, je te le promets.

— Ton frère t'y remplace déjà.

— Qu'importe ! Nous irons à la Rochette. Enguerrand a toujours aimé mon pain.

Enguerrand. De nouveau cette image. Lui et Mathieu, dressés l'un contre l'autre. La chasser. Oui, la chasser puisqu'elle n'y pourrait rien changer. Algonde s'écarta.

— Ne me demande pas de me réjouir, Mathieu. Pour l'heure, j'en suis incapable. Ce n'est pas ainsi que je voulais que soit notre vie.

Il la prit par le menton, comme tout à l'heure l'avait fait son père, fouilla son regard aux couleurs du Furon.

— M'aimes-tu, Algonde, assez pour croire en moi ?

Un sanglot s'étrangla dans la gorge de la jouvencelle. Elle baissa les yeux.

— Assez pour croire en nous, hoqueta-t-elle.

— Alors fais-moi confiance. Rien ne nous arrivera de mauvais.

Il chercha ses lèvres tremblantes. Algonde s'y abreuva longuement. Elle avait mal. D'une douleur sans nom mais pas sans visage. Celui de Mélusine s'y incrustait.

— Va, lui dit-elle lorsqu'ils s'écartèrent l'un de l'autre.

Il lui prit la main et la porta encore à ses lèvres avant de détaler. Elle ferma un instant les yeux, s'adossa à la barrique pour cacher les larmes qui la dévastaient. Elle n'avait qu'un moyen de les soulager. Les mêler aux eaux sombres du torrent. Elle partit à la course, sans se retourner, le bas de ses jupes dans ses poings serrés.

Elle longea la rive jusqu'à atteindre le goulet où le Furon disparaissait sous la roche. Sans réfléchir plus avant, elle ferma les yeux et se laissa avaler.

Ballottée par les remous, elle ne songea pas un instant à se protéger des rochers qui l'écorchaient au passage le long des boyaux. Ils l'amenèrent jusqu'à la grotte souterraine où Mélusine, la première fois, l'avait ranimée. Le jeu du courant la jeta dans le petit déversoir sur le côté. Elle se hissa sur sa berge, sombre. Le grondement de la rivière était plus fort encore qu'à la surface, répercuté par la chambre d'écho que formait la voûte. Algonde se mit à claquer des dents. Pourrait-elle remonter seule ? Elle en doutait, mais cela n'avait soudain plus la moindre importance. Où était-elle la petite Algonde qui riait en attrapant des gardons ? Où était-elle la bécaroïlle de maître Janisse qui faisait des grimaces devant ses œufs au lait ? Elle n'était pas née pour le désespoir. Pas née pour la peur. Pas née pour le sang. Elle était faite pour rire et faire des farces à Mathieu. Elle éclata en sanglots. Ici, personne ne pouvait les entendre. Le Furon avalait son chagrin comme il avait avalé son bonheur.

Peu à peu pourtant elle s'apaisa. Comme si la violence des eaux noires autour d'elle entraînait la sienne vers d'autres rives. Le dernier hoquet la laissa vide.

Elle ferma les yeux. Il lui suffirait d'appeler Mélusine pour qu'elle vienne, elle le savait. En avait-elle envie ? Tenait-elle à connaître les réponses aux questions qu'elle s'était posées ? Se rassurer d'un mensonge de plus ?

— Non, jeta-t-elle comme une évidence dans le tumulte.

Ni Mélusine ni personne. Juste elle. L'enfant d'hier, la femme d'aujourd'hui, la veuve de demain. Face à cette trinité. Et composer.

La première chose qui lui vint fut un chant. Un son qu'elle n'avait jamais encore produit, comme un souffle de printemps sur un bourgeon. Elle se mit à genoux, les mains sur les cuisses, le laissa jaillir d'elle en dodelinant de la tête. Elle le sentait tour à tour léger ou puissant. Pas d'images. Juste une vibration qui semblait s'emparer de chaque cellule de son corps pour la régénérer. Elle s'en berça jusqu'à la plénitude. Alors seulement, elle accepta de voir au-delà, de s'approprier ces pouvoirs en elle. Hier elle commandait à l'épervier. Il n'était pas revenu. Où est-il ce jourd'hui ?

Au sommet d'un arbre, près d'une source claire. Une grotte naturelle à flanc de montagne. Des rochers escarpés. Le Vercors. Il attend. Elle est en communion avec lui. Avec qui d'autre. Mathieu ? Elle se concentre sur son visage. Les lices. Il s'essaye au fléau d'arme, le lève, l'abat sur le mannequin en se pinçant méchamment les doigts entre le manche et la chaîne du boulet hérissé de pointes. Il lâche l'arme et souffle sur son ongle meurtri en sautillant d'un pied sur l'autre. L'image se perd. Elle en cherche une nouvelle. Philippine. La chambre est dans la pénombre. Elle dort, paisible, une mèche lui balaye le visage. Gersende ? Elle s'esclaffe. Un marmiton a fait tomber un œuf de son panier et maître Janisse vient de l'écraser du talon. Marthe ? Elle est dans la chambre de Sidonie et tend les draps. Elle lève la tête brusquement, suspend son geste. Fouille la pièce des yeux, sur la défensive. Algonde chasse l'image aussitôt, troublée par la certitude que la harpie a perçu son inquisition. Mélusine ? Dans la grotte sous la Rochette. Elle lisse ses cheveux à l'aide d'un peigne d'écaille. Ses yeux sont tristes. Son chant aussi. Comme la harpie, elle lève la tête, marque un temps de surprise puis lui sourit avec tendresse. Algonde s'éloigne. Chercher. Plus loin. Une raison de revenir. Le blanc. Un blanc vaporeux comme un serpentin de mousseline. Une femme debout, les mains ouvertes. Le brouillard s'écarte devant elle. Une barque glisse. Elle est à la proue. Algonde la connaît. Se reconnaît malgré la chevelure blanche qui cascade sur ses épaules, les rides sur son visage. Devant, dans la trouée, les pourtours d'un rivage. Une silhouette sur le ponton. Un homme. Vieilli, balafré sur le coin de l'œil droit. Mathieu.

Le brouillard se referme, les avale. Imitant son double, elle écarte les bras, ouvre les paumes vers le ciel puis, lentement, les yeux. Une lumière douce irradie la grotte. Une lumière qu'elle génère. Elle la connaît. Cette lueur verdâtre a guidé ses pas vers la vouivre. Les murs en étaient tapissés.

Elle baissa la tête. Dans le réservoir à ses pieds, une multitude de poissons battaient l'onde, la gueule à la surface. Algonde y plongea ses doigts pour les caresser. Elle était en paix. Il y avait une échappatoire à la mort. Une vie possible dans l'amour. Le moyen d'infléchir le destin. Le moment venu, elle saurait s'en saisir. Elle s'immergea dans l'onde vive et joua avec le banc de gardons jusqu'à ce que son aura s'éteigne tout à fait. Lorsqu'ils la guidèrent vers le boyau, luttant contre le courant, elle sut qu'elle remonterait le cours sans difficulté.

Elle rejaillit à l'air libre et, d'un battement de pieds plus puissant encore, refranchit le goulet.

Elle s'arracha au torrent et s'allongea sur la berge, au soleil, pour se sécher un peu. Elle se sentait libre. Mathieu vivrait. Il lui suffisait de le décider.

Lorsqu'elle regagna le château deux heures plus tard, pour réveiller Philippine, elle en était tellement persuadée qu'elle chantonnait de sa voix humaine et retrouvée.

29.

Djem avait toujours senti ces choses-là. La lame du poignard qu'il gardait sous son oreiller était plus froide les jours où la mort rôdait. Enfant, il avait parfois l'impression d'en respirer la putréfaction et se retournait vivement pour s'assurer qu'elle ne le suivait pas. Il était né avec. Son père l'avait érigé en loi. Celui qui était couronné sultan se devait de trancher la tête de ses frères et des fils de ses frères. Longtemps, Djem avait sursauté en entendant le chuintement du cimeterre au moment d'une exécution. Longtemps, il avait gardé autour de son cou la marque que lui avait faite Bayezid une nuit avec un cordon trempé de *hinna*. La promesse de sa fin lorsqu'il accéderait au trône en qualité d'aîné. Il ne se souvenait plus comment il avait vaincu cette peur. Grâce à sa mère sans doute et à sa certitude qu'il serait sultan à la place de son frère. Grâce à son père. Peu importait aujourd'hui. Il en gardait la relique en lui. Comme d'une victoire remportée sur soi-même autant que sur les ombres. La première fois qu'il avait pris conscience de l'avoir surmontée, il se trouvait dans la vieille ville, au pied de Sainte-Sophie. Un mendiant s'était avancé, le visage dissimulé par une capuche. Un moine pèlerin de toute évidence. Djem lui avait pris le poignet d'autorité pour y glisser un peu de monnaie.

Le moine s'était dégagé violemment.

— Malheureux, avait-il murmuré, c'est la camarde qui te remerciera de ta bonté.

Il avait relevé sa manche. Les chairs décomposées de la lèpre étaient apparues à la lumière, aussitôt cachées. Djem n'avait pas bougé. Au contraire, il s'était rapproché pour qu'on ne puisse les entendre dans la multitude.

— Tu ne trouveras pas de léproserie en ville, veux-tu que je te conduise ?

— Je sais où elle est. Ce n'est pas elle que je cherche.

— En ce cas, laisse-moi t'aider. Si l'on te bouscule, tu mettrais d'autres vies en danger.

— La tienne ne t'importe donc pas ?

— La mienne est déjà condamnée. Dis-moi ce que tu veux trouver.

— Du savon d'Alep.

— En quoi cela peut-il t'intéresser ? s'était étonné Djem en lui frayant un passage dans le dédale des ruelles.

— Un vieux parchemin qui me tomba en main il y a fort longtemps prêtait à ce savon d'étonnantes qualités. Je veux l'essayer sur mes plaies.

Djem avait payé le marchand puis raccompagné le moine jusqu'aux portes de la léproserie. L'odeur de sa pourriture lui était restée dans le nez plusieurs jours durant, familière, identique à celle de son enfance. Au réveil, il regardait sa main, soignée, épilée, satinée, comme une curiosité, cherchant à faire renaître en lui l'angoisse tant de fois éprouvée. Aucune pustule n'était apparue. La peur pas davantage. Djem l'avait apprivoisée.

Lorsque les cloches s'étaient envolées, la veille, il n'avait pas eu besoin de voir surgir Guy de Blanchefort pour deviner que le roi de France avait passé.

« Son testament stipule que c'est Anne de Beaujeu qui exercera la tutelle sur son frère, Charles VIII, jusqu'à ce qu'il soit en âge de décider par lui-même. Mais les Valois, mon bon Djem, les Valois, avides de pouvoir, vont inciter Charlotte de Savoie, la mère du dauphin, à réclamer la régence. Une ordonnance royale de 1407 l'y autorise. Tout cela, vous le voyez, s'avère compliqué et retarde nos affaires, car nous ne savons aujourd'hui avec qui nous pouvons traiter. »

Djem s'était gardé de tout commentaire.

— Il y a autre chose… Hussein bey, l'envoyé de votre frère, a été retrouvé mort dans une venelle.

— On aura voulu le dépouiller…

— Sans doute, admit le grand prieur, de la voix un peu pâteuse que lui faisait sa langue gonflée et écorchée par les tenailles de l'arracheur.

Le temps d'une gorgée de thé échangée.

— Je vais vous affecter Philibert de Montoison à demeure. Il sera chargé de votre sécurité.

— Ma garde personnelle y suffit amplement, s'était durci Djem, comprenant que le discours du grand prieur d'Auvergne n'avait été qu'une ruse de plus pour amener en douceur cette nouvelle contrainte.

— La rumeur enfle, Votre Majesté. La menace est à nos portes. On m'a rapporté que Hussein bey avait été vu en compagnie d'un Turc cette funeste soirée.

— M'accuseriez-vous, grand prieur ?

— Non point, mais pouvez-vous être certain de la fidélité de vos janissaires ? On a pu vouloir l'empêcher de parler. De nous révéler sous la torture le nom de celui qu'on a chargé de vous assassiner.

— Quand bien même cela serait, je tiendrais aisément mes ennemis en respect.

— J'insiste pourtant. Philibert de Montoison sait se faire discret. Accommodez-vous de sa présence et, jusqu'à ce que nous en apprenions davantage sur cette affaire, restez dans vos quartiers. Votre vie m'est précieuse.

Djem avait serré les dents. Combien avait été grande à cet instant l'envie de se dresser. De lui dire ce qu'il savait des manigances de Bayezid avec l'Ordre. Mais il avait songé à son jeune ami, le duc de Savoie, qui attendait le bon moment pour agir. Ne pas faire de vagues, lui avait-il recommandé, demeurer à l'étale. Djem avait senti rouler en lui le tumulte intérieur des eaux de Méditerranée. Si calme en apparence avant qu'elle ne se déchaîne et ne brise qui voulait la dompter.

Depuis le matin donc, Philibert de Montoison s'était installé sur le tapis, au milieu de ses compagnons et de ses femmes. Il ne les quittait plus. Si ce rat pensait pouvoir empêcher Djem de communiquer avec ses compagnons, il se trompait. Nassouh était un tchélébi. Bien plus érudit que ne l'était aucun des Hospitaliers, il avait lu les auteurs grecs, italiens, latins, tout autant que les francs, mais, plus que tout, l'attachement aux poètes persans qu'il avait en commun avec Djem leur permettait d'échanger, sous le prétexte d'un vers dans une conversation en apparence anodine, l'essentiel de ce qu'ils avaient à se dire.

En début d'après-midi pourtant, devant les regards appuyés de Nassouh, Djem dut se rendre à l'évidence : cela ne pourrait suffire. Négligemment, il se pencha vers Mounia, la fille d'un haut dignitaire mamelouk que le sultan Keït bey lui avait donnée en épousailles en gage de son amitié. Almeïda, qui dirigeait le harem, ne la lui avait pas encore amenée en sa couche. Djem n'était pas dupe.

Il savait que sa favorite craignait qu'une autre ne la supplante, et Mounia était d'une grande beauté. S'amusant de cette rivalité, Djem n'avait jusque-là pas exigé Mounia. Ce jourd'hui il s'en félicitait. Plus qu'aucune autre, l'Égyptienne plaisait à Philibert de Montoison. Dans la mesure où il ne l'avait pas honorée, Djem n'éprouvait aucun scrupule à la sacrifier.

Il glissa quelques mots dans le creux de son oreille tandis qu'Anwar détournait l'attention du chevalier. Ils étaient si complices l'un et l'autre depuis l'enfance que son frère de lait avait compris d'un simple mouvement de doigt ce que Djem avait en tête. L'esclave acquiesça, soumise, tandis que Philibert de Montoison entrait dans le jeu de la flatterie.

Dupe, pas dupe ? Il n'en laissait rien paraître. Depuis que Philibert de Montoison était revenu de voyage, il ne tarissait pas d'éloges sur une femme dont il se prétendait éperdument épris, sans parvenir à la nommer. Anwar, dont la finesse de langage n'avait d'égale que sa préciosité, savait bien comment le ferrer.

— Aucune, mon ami, aucune ne l'égale, je vous dis. Sa beauté est semblable à ces songes merveilleux qui vous tiennent au matin comme la promesse d'un ange, s'exclama Philibert de Montoison.

— C'est que vous n'avez jamais pénétré nos harems, insista Anwar.

Un gémissement leur fit tourner la tête vers Mounia, qui se tenait le ventre. Elle glissa un regard fiévreux vers Philibert de Montoison avant de répondre en grec à Djem qu'elle souffrait atrocement malgré la médication qu'il lui avait donnée.

Djem fit mine d'en être affecté.

— Voulez-vous que notre apothicaire y regarde ? proposa Philibert de Montoison.

— Ce serait peut-être préférable en effet… Bien que cela ne soit pas dans nos coutumes.

— Je vais l'envoyer quérir… décida Philibert de Montoison en se redressant.

— Je crois qu'il vaut mieux vous en garder, intervint Djem. Guy de Blanchefort est formel, qui nous refuse toute visite en ces heures sombres. Vous le savez mieux que quiconque. Seuls quelques-uns des vôtres, qui ont reçu son sauf-conduit, ont le droit de nous approcher. Je ne voudrais pas lui déplaire.

Le regard de biais que lui lança l'Égyptienne se fit suppliant. Philibert de Montoison hésita un instant, debout au milieu des autres qui se faisaient passer négligemment le narguilé. Djem ordonna à la jeune femme de prendre son mal en patience. Elle baissa les yeux. Déjà le prince se désintéressait d'elle pour rire d'une plaisanterie que lui lançait Houchang.

Visiblement, songea Philibert de Montoison, l'heure n'est pas au complot. Depuis qu'il était rentré, il n'avait rien perçu d'anormal dans l'attitude de leur prisonnier. Guy de Blanchefort était trop tendu. Il se faisait des idées. La garce était belle, à demi nue sous ses voiles. Souffrait-elle vraiment ? Il en doutait. Sans cesse ravivée par le souvenir de Philippine, sa frustration était telle qu'il n'en pouvait plus de ce spectacle de cuisses, de nombrils ceints d'une émeraude, de seins débordant des bandeaux de soie. Sans parler de ces mains que promenait parfois le prince, comme une invitation permanente à l'amour. Pourquoi ne gardait-il pas ses femmes enfermées dans une pièce, à l'abri des regards, comme c'était de coutume dans son pays. Pour les éprouver ? Les punir ?

Un gémissement le décida. Mounia venait de descendre une main ornée de *hinna* de sa poitrine à son bas-ventre.

— Je vais l'accompagner moi-même, lâcha-t-il, suffisamment fort pour couvrir le bruit des conversations des amis de Djem.

Leurs souvenirs communs et heureux en étaient, comme à présent, le plus souvent l'objet.

Nassouh se dressa.

— C'est contraire à nos lois, chevalier.

Djem leva une main apaisante.

— Nous ne sommes pas chez nous, Nassouh. Puisque le chevalier le propose, je n'ai aucune raison de refuser. J'ai confiance en lui. Mounia sera aussi bien gardée que je le suis moi-même.

Philibert de Montoison ne releva pas le sous-entendu. L'Égyptienne passa sur ses épaules un mantel de soie.

— Nous ne serons pas longs, assura le chevalier avant de franchir la porte.

À peine fut-elle refermée que Djem tapa dans ses mains. Les femmes quittèrent la pièce.

— Parle, ordonna Djem à Nassouh.

— La ville pullule de soldats à la solde des Hospitaliers. Il en arrive par centaines de tous les chemins. Les tavernes en sont remplies. Chaque coin de rue de même. Je n'ai pu approcher l'envoyé du duc, pas même récupérer le moindre billet. La commanderie a été interdite aux pèlerins. Cette fois, c'est fait, nous sommes cernés.

Djem se frotta la barbiche.

— Alors ce sera cette nuit, décida-t-il. Demain, ils nous auront désarmés.

Les regards de ses compagnons convergèrent vers le sien.

— Toi, Houchang, fais passer le mot à l'agha. Que ses janissaires se tiennent prêts à empêcher les Hospitaliers de quérir leurs renforts. S'ils les ont appelés, c'est qu'ils craignent nos cimeterres. Nous tenterons une sortie discrète au moment du dernier office. Le cadilecher a sensiblement ma corpulence. Il prendra ma place. Alité, on s'y trompera. Je me joindrai à vous, grimé par son costume. Comme tous les soirs, vous sortirez pour prendre le frais.

— Et Philibert de Montoison ?

— J'en fais mon affaire. J'ai donné l'ordre à Mounia de ne pas succomber, juste de l'entreprendre. Dès que la nuit sera tombée, elle ira le rejoindre. Le cadilecher aura peu de temps pour que nous échangions nos rôles, mais cela devrait suffire.

Houchang secoua sa tête enturbannée.

— On ne nous laissera pas quitter la commanderie après le couvre-feu.

— Nous passerons par-derrière, à travers bois. Arrange-toi pour que trois accanguis y dissimulent leurs montures.

Nassouh passa une main soucieuse sur sa barbe en fer de lance.

— Même en pleine montagne, que pourrons-nous face à une armée ?

— Ma vie est trop précieuse à ces chiens pour qu'ils la risquent. De toute manière, dès que l'alerte sera donnée, le duc en sera informé. Avec un peu de chance…

Ils échangèrent un regard complice.

— Puisse Allah, cette nuit, nous l'accorder, pria Anwar.

— Et Dieu regarder de l'autre côté, ajouta Djem en tapotant l'épaule de son frère de lait.

L'instant d'après, les femmes les ayant rejoints, ils avaient retrouvé leurs mines détendues. Philibert de Montoison ne tarderait pas et il était essentiel pour la réussite de leur évasion de donner le change jusqu'à la dernière minute.

À peine Philibert de Montoison avait-il enfilé le corridor, si étroit et haut de plafond que la lueur des torches s'y perdait, que l'Égyptienne l'avait immobilisé en lui prenant le bras. Il avait sondé ses yeux noirs. La bouche était exquise, entrouverte, juste assez pour laisser entrevoir la rangée de dents, immaculées. Un rapide coup d'œil de droite à gauche pour s'assurer de leur isolement et elle se colla à lui, brièvement, pour l'embrasser.

— Viens, lui dit Philibert de Montoison, la verge haute.

S'il était pris, Djem exigerait réparation, et son épouse serait exécutée. Il l'entraîna vers un réduit qui servait à entreposer de vieux uniformes de l'Ordre. L'endroit, depuis longtemps abandonné, sans ouverture autre que cette petite porte si basse qu'il fallait se baisser pour la passer, puait la moisissure et une odeur rance que le chevalier aurait été incapable de nommer. Il n'avait pourtant pas d'autre endroit pour se satisfaire d'elle. Pas le temps non plus d'en chercher. Il la plaqua contre les étagères et l'étouffa de ses baisers. Les mots qu'elle tentait de prononcer, tout comme ses mains tendues pour le repousser, se perdirent dans la détermination que le chevalier mettait. Excités depuis trop longtemps, ses sens réclamaient leur dû avec violence. Mounia dut y trouver son compte puisque, émaillé de discrets gémissements, son souffle se fit court à peine l'eut-il pénétrée. Pour mieux l'en convaincre, elle enroula ses jambes autour de son bassin.

« Cette garce jouit comme une dame, mais se donne comme une putain », songea furtivement Philibert de Montoison. Le temps d'imaginer quelle amante serait Philippine qu'il se libérait en elle dans un hoquet étouffé. Si Djem passait derrière lui, l'un et l'autre seraient faits. Il s'écarta vivement.

— Il ne doit pas te toucher, dit-il en grec.

— Pas de risque, je ne lui plais pas. Et quand bien même, c'est lui qui me l'a demandé, ricana Mounia en langue franque mâtinée d'un accent prononcé.

Philibert de Montoison se figea, soudain en alerte. Avait-il bien entendu ? Dans l'obscurité du réduit, il ne pouvait voir son visage.

— Que dis-tu ?

— Qu'il voulait que je t'éloigne pour entendre le rapport de ses amis. Le prince se joue de toi et des autres.

Philibert de Montoison sentit une onde glaciale lui parcourir l'épine dorsale.

— Pourquoi te croirais-je ? Je n'ai rien perçu, hasarda-t-il.

— Leurs échanges se font en farsi au milieu des rires.

— Tu connais cette langue, toi ? cracha-t-il comme une injure.

Elle ne se laissa pas intimider.

— Tout comme la tienne. Mon père est un haut dignitaire. Il adore la poésie persane. Mes précepteurs me l'ont enseignée.

— Tu n'as aucun intérêt à trahir ton époux. Qu'attends-tu en retour ?

— La liberté.

— S'il s'évade, tu seras libre de même.

— Mais sans protection. Je veux quitter la France. Je t'aide, tu m'aides.

— Soit, décida Philibert de Montoison. Tu vas m'accompagner chez l'apothicaire et y resteras le temps que je fasse mon rapport à Guy de Blanchefort. Il jugera de la conduite à tenir. Ensuite nous ferons ce que Djem attend de nous. Gare à toi si tu m'as menti…

Ils sortirent aussi discrètement qu'ils étaient entrés.

Lorsqu'ils regagnèrent quelques longues minutes plus tard les appartements du prince, ils le trouvèrent en grande partie d'échecs.

— Te sens-tu mieux ? demanda celui-ci à son épouse, en levant les yeux de son échiquier.

Mounia hocha la tête avant de reprendre sa place parmi les autres femmes, qui, silencieusement, pour ne pas perturber la concentration de leur maître, jouaient aux osselets. Philibert de Montoison accepta les dés que lui proposa Anwar. Il s'installa en tailleur entre lui et Houchang et les fit rouler sur le tapis. Ils s'arrêtèrent sur un six.

— La chance te sourit, le félicita ce dernier à voix basse, en les ramassant.

— C'est le cas, souvent, avec les audacieux, répliqua Philibert de Montoison avec sur les lèvres le même sourire mielleux.

La partie entre eux, la vraie, venait de commencer.

30.

Djem s'était couché tôt ainsi qu'il l'avait décidé. Revêtu des vêtements du cadilecher que lui avait discrètement rapportés Nassouh en fin d'après-midi, il guettait chaque mouvement, chaque semblant de bruit alentour de sa couche. Ses mains moites trahissaient son appréhension tout autant que son excitation. Ce soir, plus de propos fleuris, de mielleuses feintes. Il était las de jouer les sots, lui dont l'intelligence et la vivacité d'esprit étaient louées dans tout l'empire. Il avait bien assez diverti ces rats. S'il était pris, il leur cracherait au visage. Il avait encore de la ressource.

On bougea derrière la tenture. Le cadilecher parut, la main sur le cœur.

— Mon prince…

Djem repoussa les draps. L'instant d'après il sortait dans le couloir, des fourmillements dans les doigts au contact du cimeterre à sa ceinture. Pour le cas où Allah regarderait ailleurs cette nuit, et qu'il soit repris, il avait laissé sous son matelas le poignard que lui avait offert sa mère pour son dixième anniversaire. S'il répugnait à s'en séparer, la prudence le lui avait dicté. Ne jamais mettre un pied devant sans assurer ses arrières, clamait son père. Il avait été à bonne école.

— Là !

Philibert de Montoison tendit un doigt ganté en direction des ombres qui se faufilaient dos au mur, dans celle plus noire encore du donjon. Sa voix n'avait été qu'un souffle à l'intention de Guy de Blanchefort à ses côtés. Il lui sembla pourtant que les fugitifs s'étaient immobilisés pour sonder l'obscurité. Sans la traîtrise de Mounia, l'évasion aurait pu réussir. Voilé de nuages, le maigre quartier de lune amenait à peine assez de clarté pour discerner un mouvement.

— Attendons, décida Guy de Blanchefort qui ne voulait plus continuer cette sordide mascarade.

Prendre Djem sur le fait était le meilleur des prétextes pour l'accomplissement de ses projets. Il porta le majeur et l'index à sa bouche. Une trille semblable à celle d'un oiseau monta dans l'air lourd, puis une autre encore et une troisième. Mélodie anodine en apparence, mais selon un code défini à l'avance pour signifier à ses soldats de se tenir prêts.

La main de Nassouh se posa sur le bras de Djem. Comme si les autres l'avaient perçue aussi, ils s'immobilisèrent à l'angle de la bâtisse. Là-bas, sous les arbres, près de la porte nord que Houchang s'était chargé de déverrouiller, les chevaux les attendaient. S'ils parvenaient à traverser l'espace à découvert qui les en séparait, ils auraient une chance.

— Sens-tu ? demanda-t-il.

Djem hocha la tête. La sueur. Le vent d'orage la leur avait apportée au milieu des parfums de la terre. Cette odeur-là, celle d'hommes avant la bataille, ils la connaissaient trop, tous, pour s'y tromper.

— Nous sommes joués, crissa Houchang en arrachant son cimeterre de sa ceinture de toile.

— Pas encore, décida Djem en portant la main à ses lèvres.

Un hululement s'éleva à son tour, long comme celui d'une chouette. Un hurlement y répondit à quelques secondes d'intervalle.

— Maintenant ! lança Djem.

D'un même élan, ils se mirent à courir vers la liberté.

— Ventrebleu ! gueula Philibert de Montoison de rage en les voyant détaler.

Avec Guy de Blanchefort, Jean Iseron, Imbert de Beauvoir et Jean Boniface, il s'élança à la course pour les rattraper.

Derrière eux, déjà, les lames s'entrechoquaient sur le parvis. Cimeterres contre épées. Janissaires contre chevaliers. Quatre-vingts aux fronts enrubannés contre les huit cents hommes que Guy de Blanchefort avait ralliés et qui jaillissaient de partout. On eût pu croire le combat perdu d'avance, mais les Turcs, par leur dextérité, le ramenaient presque à égalité. Pour un d'entre eux qui tombait, c'était dix des Francs qui s'agenouillaient, tête ou membre tranché.

Djem les voyait, ces maudits Hospitaliers, qui surgissaient de part et d'autre, accourant comme des chiens sur un gibier.

— Va ! hurla Houchang en faisant soudain volte-face pour couvrir ses arrières.

Anwar et Nassouh firent de même. Djem parcourut quelques toises encore. Le choc du métal accompagné du cri de guerre des siens derrière. Le hennissement apeuré des montures devant. Près de cette porte que barraient déjà huit soldats armés jusqu'aux dents. Djem savait qu'il lui serait facile de les massacrer. Fuir. C'était à sa portée. Il s'immobilisa pourtant. Que serait-il sans ses amis ? Un loup, blessé, harcelé, errant dans une montagne inconnue, une terre hostile. Se méprisant un peu plus chaque jour de les avoir abandonnés à une mort certaine et inutile. Il pivota. D'un regard bleu d'azur à la vision de rapace, l'oreille habituée à sonder la nuit pour en recomposer les mouvements, il engloba la scène. Sur les terrasses, ses janissaires faiblissaient. Combien en restait-il ? Une trentaine tout au plus à en juger par le bruit caractéristique de leur lame contre celle des Francs. Sueur et sang lui accrochaient le nez. Philibert de Montoison et Guy de Blanchefort n'étaient plus qu'à quelques foulées de ses compagnons qui contenaient un nombre grandissant de soldats en cotte de mailles. Avant longtemps, et malgré leur carnage, ils seraient terrassés. Une fraction de seconde. L'honneur ou la liberté. Djem n'hésita pas davantage et se jeta dans la mêlée au moment où Guy de Blanchefort dégainait son épée.

Chaque coup que portait Djem trouvait une résonance en sa chair, en ses muscles, en son âme. Entre lui et le grand prieur d'Auvergne, des cuirassiers se dressaient. On voulait l'encercler. Pauvres fols ! Il se mit à rire, comme lorsqu'il était enfant et que son père lui apprenait à sabrer cette corde qui virevoltait autour de lui. À la manière d'un derviche, il tournoya sur lui-même, le tranchant du cimeterre à l'horizontale, de telle façon et à telle vitesse malgré l'herbe qui collait à ses pieds qu'il décapita quatre de ses agresseurs dans la foulée. Les autres reculèrent, impressionnés. Il ne leur laissa pas le temps de se reprendre. Ils étaient quinze contre lui. Bondissant comme un diable, il les défit l'un après l'autre avec tant de facilité qu'on eût pu le croire détenteur de pouvoirs démoniaques. Mais peut-être était-ce simplement leur réserve qui les perdait. Guy de Blanchefort ne criait-il pas de le prendre vivant ? Plutôt que de l'affronter à présent, les Francs reculaient, l'entraînaient à leur poursuite. Il avait soif de leur sang. Soif de victoire. Soif de cette vérité que seul le visage de la mort lui avait toujours apportée. Il s'en régénérait. Se guérissait de son humiliation. Forçait l'admiration. Il était Djem le sultan, l'enfant chéri de sa mère, le successeur légitime de son père et la terreur de ses aînés. Il était Djemchid, le héros mythique de la Perse, dont il avait hérité le courage et la témérité. Il était invincible parce que trop convoité.

Lorsqu'il se rendit compte qu'on avait ainsi manœuvré pour l'isoler, il était trop en retrait des siens pour les rejoindre et Guy de Blanchefort se tenait en travers de son chemin. Seul. Les deux hommes se firent face.

— C'est fini, Djem, lui annonça le chevalier.

— Je mourrai donc, décida le jeune homme en relevant la tête et le cimeterre.

Contre toute attente, Guy de Blanchefort abaissa son branc et desserra les poings. L'épée tomba aux pieds du Turc.

— Prenez ma vie, mais gardez la vôtre, prince. Vous avez plus de valeur que je n'en ai.

— Combien ? grinça Djem en lui plaquant la pointe de son arme sous le menton.

Guy de Blanchefort ne cilla pas davantage qu'il n'esquissa un geste pour s'en détourner.

— Quarante mille ducats.

— Par jour ?

— Et la libre circulation en Méditerranée.

— Mon frère est bien plus généreux que je ne le croyais !

— Notre mission est autant de le garder de vous que de vous garder de lui. Il n'hésitera pas à vous faire assassiner si vous redevenez une menace. Il s'y emploie déjà malgré nos accords passés. J'ai fait serment de vous protéger. Je le tiendrai.

La colère de Djem retomba d'un bloc. Le ton de la voix n'était pas contrefait cette fois. L'attitude pas davantage. Il saisissait soudain à quel point lui et Guy de Blanchefort se ressemblaient. L'orgueil avant tout. L'honneur surtout. Respect. Mutuel.

— Un lion n'est pas fait pour la cage, grand prieur. Plus de mensonges.

— Plus de coups fourrés ?

— Si je vous en fais la promesse, me laisserez-vous libre d'aller et venir à ma guise, de recevoir les hommages de nos voisins, de chasser, chevaucher, festoyer ?

— Flanqué de Philibert de Montoison, vous pourrez vivre, oui. Avec tous les honneurs dus à votre rang. Mais comme un exilé.

— À jamais je suppose.

— À moins que mes ordres ne changent, j'en ai bien peur en effet.

Autour d'eux, le combat faisait rage. Houchang riait à gorge déployée, déchaînant cette tension qu'il avait trop longtemps contenue dans une fureur démoniaque. Nul ne lui résistait et son hilarité couvrait presque le fracas des armes. Sans les voir, Djem reconnaissait chaque coup que ses compagnons portaient. La pointe de son cimeterre fit perler une goutte de sang à la glotte du grand prieur.

— Je pourrais vous tuer.

Guy de Blanchefort resta de marbre.

— Un autre prendrait ma place. Ils sont plus de cent à pouvoir y prétendre. Moins complaisants peut-être.

— Je n'ai pas souvenir que vous l'ayez été, grinça Djem.

— M'avez-vous laissé d'autres choix que ceux que je vous ai imposés ? Qu'auriez-vous fait à ma place ?

La même chose. Sans hésiter, pensa Djem. Il retira sa lame. La lune découverte un instant lui révéla le visage de son adversaire. L'œil était vif. Franc.

— Je suis votre allié, Djem. J'aimerais que, malgré les circonstances, vous me le concédiez.

Pour toute réponse, le prince lui tourna le dos pour s'imprégner un instant encore de l'image de ce combat que ses compagnons menaient, invincibles, parmi des monceaux de cadavres ensanglantés. Le dernier sans doute de sa captivité. Puis il lança deux coups de sifflet, comme on donne du poignard. Brefs, stridents. Ils fendirent la nuit et le vacarme.

Le bruit du métal entrechoqué cessa sur l'instant. Seul Houchang battit l'air une fois encore de son bras vengeur. Une tête, une de plus, roula à terre, grimaçante. Le corps du soldat tressauta stupidement avant de s'effondrer. Philibert de Montoison fondit sur le géant, écumant de colère. Avant que quiconque ait eu le temps de s'interposer, Houchang parait la frappe meurtrière. À la croisée de leurs lames, les deux hommes s'affrontèrent d'un même regard de haine, si proches l'un de l'autre que leur souffle mêlé embua l'acier.

— Bas les armes, Montoison, aboya Guy de Blanchefort.

Les deux hommes restèrent ainsi soudés quelques secondes encore, haineux, avant que le chevalier n'obéisse et ne recule, sans pour autant baisser sa garde.

— Essaie encore et c'est en morceaux pour les chiens que je te découperai, lui jeta Houchang avant de cracher dans sa direction.

— Nous n'en resterons pas là, tu peux y compter, répliqua Philibert de Montoison avant de tourner les talons pour gagner la terrasse.

Ses pas nerveux crissèrent sur le sol, répondant aux gémissements des blessés.

— Donnez-moi votre cimeterre, ordonna Guy de Blanchefort en tendant la main vers Djem.

Ce dernier eut un mouvement de recul.

— C'est sans appel, insista Guy de Blanchefort. Je vous désarme, vous, vos amis et vos janissaires.

— Que me restera-t-il pour me protéger ?

— La confiance que vous devrez m'accorder.

— Soit. Mais j'exige une faveur en retour, se résigna-t-il en lui remettant son sabre.

— Vous l'avez, s'engagea Guy de Blanchefort.

— C'est une mise à mort que je veux. Celle du traître.

— Je sais. Votre code d'honneur est semblable au mien. Un de vos janissaires n'aura qu'à procéder sur le bateau qui la ramènera à Rhodes. Jusque-là, j'ai accordé mon sauf-conduit.

— Ce féminin désigne une de mes épouses. Son nom ?

— Mounia.

Djem ravala sa déception. Ce n'était pourtant pas une surprise. Son erreur avait été de sous-estimer l'orgueil de l'Égyptienne. Il n'est rien de pire qu'une femme humiliée. Sa mère, qui avait eu affaire à celle de Bayezid, rejetée, n'avait pourtant eu de cesse de le lui répéter. Lequel des deux était coupable en ce cas ? Lui pour l'avoir méprisée en la livrant comme une putain à Philibert de Montoison ? Ou elle pour s'être vengée ? Un instant, il fut tenté de lui accorder sa clémence, mais il ne le pouvait sans se renier. Ainsi était la loi dans son pays. Tout traître devait être exécuté. Elle ne pouvait y échapper.

— J'ai votre parole ? insista-t-il en emboîtant le pas au grand prieur.

— Vous l'avez, Djem. Elle mourra et votre homme ne sera pas inquiété.

Ils remontèrent l'allée jusqu'à la bâtisse, les bottes baignant dans les rigoles de sang que le sol ne parvenait à avaler. Les Hospitaliers se penchaient déjà sur les blessés, organisant leur transport dans l'hospice. Près du donjon de la commanderie, les janissaires valides et leur agha avaient été rassemblés et désarmés par les soldats sous le commandement de Luirieux.

— Vous comprendrez, je crois, que je ne puisse plus vous accorder d'autre escorte que la mienne. Je vous laisse trois janissaires de votre choix, leur capitaine et cinq accanguis, annonça Guy de Blanchefort à Djem comme ils arrivaient devant eux.

Djem désigna quelques têtes parmi ses hommes. Luirieux les libéra avant de diriger le reste du groupe vers l'intérieur du donjon.

— Je conserve mes compagnons, mes esclaves, mes femmes et mon cadilecher, énuméra Djem, contraint à l'impuissance.

— Les autres seront rapatriés à Rhodes. Ils se mettront en route dès demain.

Djem hocha la tête. Accord tacite. Il se sentait las et n'aspirait plus qu'à se laver de tout ce sang qui lui collait aux mains et aux habits.

— Si vous le permettez, grand prieur, je vais me retirer.

— Une chose encore, Djem. Nous partirons nous-mêmes sous huitaine pour le château de Rochechinard.

Djem lui offrit un sourire résigné.

— Là ou ailleurs…

Il se détourna pour monter l'escalier du corps de logis.

— Les forêts y sont giboyeuses à souhait…

La voix était amicale, chargée de promesses. Djem s'immobilisa sur le seuil, le cœur soudain plus léger.

— Il me faudra un destrier.

— Vous le choisirez vous-même, mais je serai heureux de vous y aider. Si vous y consentez…

Djem s'enfonça dans les profondeurs de la commanderie, le dos légèrement voûté. Il était épuisé. Douloureux aussi de la perte de ses hommes. Demain serait un autre jour. Puis un autre et un autre encore suivraient. Si Guy de Blanchefort y veillait, peut-être seraient-ils moins semblables. Il voulait croire qu'un matin se lèverait, s'il gardait l'espoir, où ses ambitions rejoindraient celles des Hospitaliers. Demain…

Il s'endormit en rêvant de longues chevauchées.

31.

Huit jours passèrent. À l'image du pays tout entier qui pleurait son roi défunt, Sassenage s'embourbait sous les trombes d'eau d'orages aussi violents que répétés. Entre deux, l'air était si lourd, la chaleur si malsaine que le moindre mouvement faisait enfler les chevilles. Dans les étables, les écuries, les bêtes raclaient du sabot, s'agitaient dans leurs stalles. Même les coqs, perturbés par ces fulgurances de lumière à la trouée d'un nuage, quand la pénombre régnait la plupart du temps, ne savaient plus distinguer le jour de la nuit et chantaient de-ci de-là, comme atteints de folie. Les ballots de paille laissés aux champs étaient perdus et l'on se lamentait déjà dans les fermes alentour, le nez raclant le papier huilé des fenêtres. Nul ne voulait prononcer le nom de Mélusine, mais chacun y songeait, comme chaque fois que les éléments se déchaînaient. Terrés dans les habitations, on voyait le Furon grossir jusqu'à caresser ses berges. La roue du moulin à huile tournait plus vite que d'ordinaire, entraînée par les gros d'eau. À certains endroits, la route s'était changée en mare. À l'entrée du village, le pont tenait bon, mais l'eau encerclait ses piliers de ses remous fantasques. Partout l'on priait, traçait sur sa poitrine un signe de croix lorsque la foudre s'abattait tout près. Dès que le soleil louvoyait entre les nuages, on sortait la tête. Vérifier que tout était encore debout autour de soi. La terre ruisselait vers le Furon, dévalait des collines comme autant de torrents noirâtres, charriant des branches brisées, des tuiles arrachées, ici un linge oublié à la fenêtre, là une charogne. Noyée ou foudroyée. On évitait ces coulées meurtrières, on faisait un bref état des lieux, se félicitant ou se désolant de leur passage devant la porte, dans le poulailler, le long de la rue principale. Quelques minutes d'accalmie dans le chaos, avant que de grosses gouttes ne balayent de nouveau celles en suspens au bord d'un toit et ne fassent se refermer les portes sur un air plus frais.

Philippine trompait son ennui auprès de Sidonie. Fenêtres bouclées, elles brodaient en conversant de tout, de rien, sous l'œil égal de Marthe, perdue dans son propre ouvrage. Parfois, le baron les distrayait d'un peu de musique. Sa voix alors couvrait la leur. Ils reprenaient ensemble un refrain, partageaient l'émotion d'un vers, tremblaient de l'évocation d'une bataille ou s'accordaient à partager l'épopée d'une chanson de geste. Échecs, jeu de dames, trictrac, cartes, alquerque, dés… On passait de l'un à l'autre en se disant que demain, on pourrait chasser, galoper.

Sidonie avait entrepris d'enseigner à Philippine les nouvelles danses en vogue à la cour de France. À la Bâtie, lui avait rappelé son père, les fêtes étaient fréquentes. La puissance des Sassenage s'y exprimait de la plus élégante des façons et les vassaux s'y succédaient pour rendre hommage au baron. Philippine se devait de briller par ses belles manières. Dès lors, refusant de mettre le nez dehors puisque ce temps la désorientait, elle s'appliquait à ses leçons deux heures par jour dans une atmosphère qui répondait à la tristesse ambiante par une belle et saine gaieté.

Entre le lever et le coucher, Algonde avait congé. Philippine lui avait proposé de se joindre à elles à l'exemple de Marthe, mais, justement à cause de cette dernière, la jouvencelle avait refusé. Vaquer dans le castel lui plaisait davantage. Algonde n'était pas faite pour demeurer des heures entières assise sous un chandelier à enfiler des aiguilles ou à tourner le rouet. Elle s'en lassait vite. Elle n'aimait rien tant que l'activité. Gersende ne pouvait guère lui en offrir cependant. Elle mettait à jour les comptes du mariage que le baron avait réclamés.

Retrouver Mathieu ? Algonde l'avait bien tenté, mais il ne quittait plus les soldats. À défaut de pouvoir s'entraîner, ceux-là riaient, buvaient, partageaient souvenirs graveleux et d'échauffourées. Mathieu écoutait, se forgeait un caractère qui jusque-là lui était étranger. À chaque éclaircie, il sortait avec son maître d'armes et mettait en pratique ce qu'on lui enseignait. Algonde avait beau faire, elle n'aimait pas voir cette dague cingler l'air devant elle. Elle n'aimait pas non plus ce rire qui lui naissait de l'entre-gorge à la manière des soudards. Avait-il besoin de les imiter pour devenir un des leurs ?

— Je m'imprègne de mon futur métier, s'était étonné le jouvenceau quand elle le lui avait fait remarquer à la faveur d'un des rares moments où elle avait pu lui parler en aparté.

— Leurs manières ne sont pas dans ta nature, Mathieu. Pourquoi veux-tu la forcer ?

Il avait haussé les épaules, l'œil pétillant.

— La nature est trompeuse. À dire vrai, je me sens bien mieux à suer de cette manière qu'à charger ma fournée.

Algonde avait senti son cœur se déchirer.
— Dois-je comprendre que cela te plaît ?
Il l'avait serrée dans ses bras, heureux comme lorsque, enfançon, il découvrait un nouveau jeu.
— C'est une grande chance, non ? Tu verras, d'ici quelques semaines, je serai à même de te protéger de tous les dangers. Comme lorsque nous étions enfants, tu te souviens ? Tu étais une princesse et moi un preux chevalier.
— Je ne suis qu'une servante et toi, un soldat. Nos rêves ne sont pas devenus réalité, Mathieu. Ils ne doivent pas nous tromper.
Il l'avait embrassée sur les lèvres, léger comme autrefois, imperméable à sa peur.
— Bien au contraire, ils nous rattrapent. N'allons-nous pas nous marier ?
Appelé à ses leçons, il avait filé en sifflotant cet air qui les tenait autrefois à la veille d'une farce. Algonde avait ravalé son angoisse et entonné le refrain d'une voix claire. Il y trouvait son content. Cela ne valait-il pas mieux après tout ?
Dès le lendemain pourtant, elle s'était reprise à douter. Lors, pour ne plus avoir à penser, elle s'occupait à ses anciennes corvées. Frotter l'argenterie, balayer les escaliers, aider Fanette au service de Leurs Seigneuries ou maître Janisse à la cuisine. Le premier soir qu'elle s'en était aperçue, Philippine l'avait gentiment grondée :
— Tu es ma chambrière. Cela ne te suffit donc pas ? Quel besoin as-tu de t'activer davantage ? À la Bâtie, il faudra bien que tu t'en contentes.
— Je crois bien que j'en mourrai, s'était désolée Algonde dans une moue fataliste.
Philippine avait alors éclaté d'un rire haut.
— Vivement que le Mathieu t'engrosse. Comme ça au moins, tu auras de quoi t'occuper pendant la journée !

Cette pensée l'avait rassérénée. Et tout autant chagrinée l'instant d'après. Pouvait-elle mettre un enfant au monde en sachant ce qu'elle savait ? Une contradiction de plus à ajouter à cette humeur changeante qui la tenait. Entre le rire et les larmes, entre la jouvencelle d'hier et la petite sorcière d'aujourd'hui. Entre Mathieu et Philippine. Entre le soleil et la pluie. Décidément, songeait-elle, je suis comme une girouette, soumise à tous les vents. Il serait grand temps que je les affronte au lieu de les laisser me tournebouler !

Au-dessus de la commanderie de Poët-Laval, les éléments se déchaînaient de même. Djem avait vu la caravane de ses janissaires s'éloigner le long du chemin dès le lendemain de leur évasion manquée. Longeant la vallée de la Durance, ils seraient à Marseille sous une quinzaine si ce mauvais temps ne les contraignait pas à de trop fréquents arrêts.

— Ils n'ont toujours pas de passeport, s'était moqué Djem lorsque Guy de Blanchefort lui avait dévoilé leur itinéraire, bien plus direct qu'à l'aller.

Ils discutaient à présent sans faux-semblants et le prince en avait retrouvé le goût de parler. De fait, sans qu'ils s'en rendent compte l'un et l'autre, cette échauffourée les avait rapprochés.

Guy de Blanchefort avait souri et rabattu la carte du royaume qu'il avait étalée sur la grande table de son bureau pour répondre à la demande du prince concernant l'emplacement de Rochechinard.

— C'est vrai, mais les Hospitaliers ont en réalité libre circulation en terre de France. Ils ne seront pas inquiétés. Et quand bien même. À qui en référeraient-ils ? Le royaume est sans tête véritable pour le mener.

Djem en avait convenu et Guy de Blanchefort l'avait invité à sa table pour dîner.

Sur la terrasse, malgré la pluie battante et intermittente, le sang répandu s'était incrusté dans la jointure des pierres. Noirci et caillé, il témoignait de la trahison de son épouse. Djem l'avait vue se hisser sur une mule le lendemain de la bataille. Mounia lui avait adressé un regard fier. Le visage de la vengeance accomplie. Sans remords. La décision de Djem s'en était renforcée. Il avait détourné les yeux, les avait posés sur un des hommes en partance. Un clignement de paupières avait scellé leur accord. La nuit sanglante n'était pas achevée que Houchang était allé le trouver pour lui donner ses ordres. Djem savait qu'ils seraient exécutés à la lettre. L'Égyptienne ne reverrait pas sa terre.

« La pitié ne vaut que par la justice, mon fils », lui édictait son père.

Combien d'hommes tués, de compagnons blessés, pour combler la blessure d'orgueil de cette diablesse ? Plus de deux cents avaient été ensevelis. Turcs et Francs mêlés. La commanderie s'était transformée en charnier. Qu'elle meure donc ! Elle l'avait mérité. Djem l'avait regardée partir, rayonnante de son impunité. Hargneux en pensant à Anwar qui avait perdu une oreille dans la bataille, à Nassouh le tchélébi dont la main, si habile à tracer et à enluminer les versets du Coran, avait été abîmée.

Ses amis en avaient gardé une hargne inassouvie que la présence permanente de Philibert de Montoison ne faisait qu'attiser. Sans compter que jusqu'à leur propre départ pour Rochechinard, ils étaient tous consignés dans les quartiers de Djem. Plus personne ne pouvait descendre en ville. Sans leurs cimeterres, ils ne pouvaient plus s'entraîner au combat. La lutte même leur avait été interdite.

— Par mesure de sécurité. Mes hommes sont comme les vôtres, Djem, ils ont le sang vif et regrettent la perte des leurs, s'était justifié le grand prieur.

— Vous aviez promis.

— À Rochechinard, les risques seront moindres pour nous. Vous et vos compagnons aurez ce que vous souhaitez. Dans la mesure bien sûr de ce que je suis autorisé à vous concéder.

— C'est-à-dire ?

— Vous le savez bien, Djem. Tout, sauf la véritable liberté.

Djem avait dès lors tenté d'apaiser ses compagnons.

— Où que l'on aille, le duc de Savoie ne nous oubliera pas, avait grommelé Houchang l'impétueux, Houchang le belliqueux.

— J'ai prêté serment.

— Nous pas, avait souligné Anwar, un sourire mauvais aux lèvres.

— Prisonnier je suis, prisonnier je resterai. Je ne peux vous l'imposer. Libre à vous de partir si vous le voulez, avait soupiré Djem devant leur colère.

Leurs regards avaient convergé vers lui, attristés.

— Quels amis serions-nous pour te quitter ?

— C'est vrai. Tu as signé un traité. Ils ont promis noir sur blanc, la signature du grand maître de l'Ordre en bas à côté de celle de vos témoins respectifs. Je le sais. J'en étais. Ils ont juré sur la Bible de t'aider à récupérer le trône, de te conduire en Hongrie. Tu as prêté serment, dis-tu ? Qu'ils respectent le leur ! s'était emporté Nassouh.

— La parole d'un Turc vaut mieux que celle de cent Francs… N'est-ce pas ce que tu m'as dit, mon frère ?

Anwar, son frère de lait, avait secoué la tête, sa belle tête enrubannée non du turban, mais d'une bande que du sang maculait sur le côté.

— Je le maintiens et te donne la mienne, Djem. Si le duc tend une embuscade, je te contraindrai à le suivre, ainsi ton honneur sera sauf et le mien, vengé.

Les autres avaient approuvé et Djem avait fini par l'accepter. Ses compagnons ne se rendraient jamais. Peut-être restait-il encore un espoir, quelque part dans le regard d'Allah. Chaque nuit en entendant la pluie battre violemment contre sa vitre, il songeait à ce poignard sous son oreiller. La lame, courbe comme un croissant de lune, était désormais la seule arme qu'il possédait. Une autre chantait en son cœur que les poètes de Katmouni lui avaient offerte. Celle-là, personne ne la lui prendrait jamais. Elle avait pour nom l'amitié.

Avant de partir pour Aigues-Mortes, Enguerrand avait fait une halte à la Rochette. Quelques minutes, une heure, puis une nuit. Au deuxième jour passé sous son propre toit, il était encore à se demander s'il avait fait le bon choix. La beauté de Philippine l'avait touché. Elle avait l'âge de se marier et, d'après ce qu'il avait pu en juger, les prétendants ne manquaient pas. Pendant les festivités, il en avait croisé deux qui venaient de déposer un billet sous sa porte. Malgré cela, elle était restée à ses côtés, avait goûté sa compagnie, négligé les faveurs des autres. Mais il n'était pas dupe et pas assez stupide surtout pour ne pas savoir que l'éloignement aurait raison de l'intérêt qu'elle lui portait. Sans la gloire et la fortune, il ne se trouvait pas digne d'elle et ne ferait pas l'affront au baron, déjà si généreux à son endroit, de lui demander sa main. Il fallait donc qu'il la perde pour avoir le droit, peut-être, de l'aimer. Triste choix. Noble, à n'en pas douter. Digne en tout cas du chevalier qu'il était à présent. Mais combien il lui était pénible ! Assez pour douter. Assez pour rester ?

Lorsque le premier orage avait crevé, Enguerrand était si tourmenté que cette pluie diluvienne l'avait soulagé de toutes les larmes qu'il était incapable de verser. Il avait erré de pièce en pièce, s'appropriant les lieux trop vides.

Ne pouvait-il accepter ce fief, ce manoir, y régner en maître, donner des ordres, se comporter comme un seigneur ? Singer la manière des autres ? Sa mère y avait mis tant de cœur. Tant de cœur, oui, pour le réhabiliter. Rester, se contenter de ce que lui rapporteraient le fermage et la location de cet hôtel particulier à Grenoble, qu'elle lui avait offert le jour de ses quinze ans. Les mettre dans la corbeille d'épousailles de Philippine, avaler sans scrupules les domaines que cette dernière lui porterait en dot, entendre le rire des enfants, les siens, les leurs. Diriger cette maisonnée à la manière des lois de la chevalerie d'antan. Voilà ce que le bon sens lui dictait. Ne pas laisser passer sa chance.

Au troisième matin pourtant, il avait fait seller son cheval. Le plafond était si bas, les nuages si menaçants que l'animal avait failli le désarçonner en se cabrant d'énervement.

Reste, lui criait son cœur. Pars. Sans te retourner, insistait cette folie, cette envie d'ailleurs qui depuis trop longtemps lui rongeait le sang. Car il le savait bien en vérité. C'était Algonde qui en était la cause. Algonde qu'il avait laissée à Mathieu autrefois et tout autant difficilement aujourd'hui. Malgré sa beauté et sa noblesse, Philippine ne pouvait lui donner ce que la bécaroïlle de Sassenage lui avait offert, enfant. Un baiser interdit qu'il n'avait jamais oublié.

Il avait talonné sa monture, indifférent aux gouttes sur son mantel de voyage. L'épée à son baudrier lui battait la cuisse droite, le bouclier à sa selle, la gauche. Les pieds calés dans les éperons, il s'était dressé tout en cravachant sa monture sous les éclairs qui venaient à sa rencontre. Il mourrait dans le vent ou passerait le gué. Ainsi serait son destin. Ainsi avait-il toujours été.

32.

Était-elle amoureuse ? La question lui revenait sans cesse et Philippine avait beau la tourner et la retourner en tous sens, elle se sentait incapable d'y répondre. De l'émoi. De l'excitation. Cela oui, elle en était sûre. Elle en avait eu les symptômes caractéristiques. Mains qui tremblaient, sueurs froides, picotements dans le bas-ventre, battements du cœur désordonnés à chacune des œillades d'Enguerrand. Mais de l'amour ? Ça !

Elle n'avait cessé de penser à lui tout au long de ces journées pluvieuses. Ce n'était pas difficile, Sidonie prenait tant plaisir à commenter ses épousailles qu'il revenait à chaque coin de phrase, comme le refrain d'une comptine. Enguerrand, Enguerrand, Enguerrand, chantait un rire, une anecdote, un geste. Il était là, entre elles, sans répit. Tenant ses sens exacerbés.

Huit jours. Pouvait-on considérer que c'était une durée suffisante pour juger de la valeur d'un attachement ?

Le soleil était revenu.

Sidonie avait révélé sa grossesse à Philippine et s'était excusée de ne pas battre la campagne à cheval comme cette dernière en avait envie. À son âge, cela aurait été une folie. Porter cet enfant en était déjà une. Elle avait pu en juger par cette fatigue qui lui plombait inhabituellement les épaules depuis les festivités. Pour une fois, Sidonie s'était rangée à l'avis de son époux et de la sorcière qui l'avait visitée. Elle serait raisonnable. Elle s'accordait un véritable repos avant de regagner la Bâtie pour y attendre l'accouchement. Le voyage serait bien suffisant pour sa peine. Elle ne voulait en risquer d'autres.

À la Bâtie, les travaux seraient achevés sous quinzaine, avait affirmé Jacques qui avait, quant à lui, entrepris de visiter ses vassaux ou d'aller à la chasse. Ce n'était pas la place d'une jouvencelle. À la vérité, Philippine n'était pas dupe et se doutait bien qu'il ne tenait pas à laisser Sidonie trop souvent seule… avec Marthe… et qu'il comptait sur elle pour lui tenir compagnie. Or, privée de ces longues chevauchées durant son séjour à l'abbaye, et tout autant de liberté, Philippine ne rêvait que du vent dans ses cheveux et du flanc nerveux de la bête contre sa cuisse. Un reste sans doute de cette sensualité que les balades avec Enguerrand avaient éveillée en elle. Peut-être ce contact était-il aussi un moyen de balayer ses doutes. De faire la part des choses, comme avec le jeune convers à l'abbaye. Désir interdit ou amour impossible ? Les deux la séduisaient. Enguerrand lui manquait-il vraiment ou n'avait-il été là que pour la guérir définitivement de sa culpabilité envers Philibert de Montoison et Laurent de Beaumont ?

Il fallait qu'elle bouge, qu'elle vive, qu'elle sache. Qu'elle se découvre telle qu'elle était en vérité, sans faux-semblants, sans personne pour lui imposer la notion de bien ou de mal. Les deux premiers jours, elle s'était fait escorter d'un des soldats. Certes, elle avait éprouvé ce plaisir sauvage qu'elle recherchait, et l'épuisement qui en avait découlé, mais cela n'avait amené aucune réponse. Tout au contraire, une question supplémentaire. Que faisait Algonde pendant son absence ? Elle la devinait qui vaquait sans cesse de droite, de gauche, s'occupant la tête et les mains. À moins qu'elle n'en profite pour prendre du bon temps avec Mathieu. Après tout, ce serait légitime. Ils étaient fiancés. La date du mariage était même fixée à la veille de leur départ. Philippine aimait bien Mathieu. Il la faisait rire. Beaucoup moins lorsqu'il bisait sa promise. Et c'était là un nouveau dilemme. Pourquoi détestait-elle autant l'idée que ces deux-là se marient ? Pourquoi s'agaçait-elle lorsqu'on lui apprenait les progrès du jouvenceau ? Pourquoi brûlait-elle d'envie de lui interdire de les suivre ? De l'obliger à regagner son fournil ? De lui abandonner Algonde ? Pourquoi éprouvait-elle ce sentiment féroce de trahison dès qu'Algonde jurait qu'elle aimait le jouvenceau plus que tout ?

Au troisième jour d'une promenade solitaire, elle avait dû se rendre à l'évidence. L'idée qu'Enguerrand culbute une servante dans quelque auberge l'indisposait bien moins que d'imaginer Algonde occupée à encourager son promis, juchée sur une des bottes de paille du clos où il s'entraînait.

Elle tenait là la réponse à sa question. Une fois de plus, elle avait été abusée par ses sentiments. Elle aimait l'amour. La notion d'amour. Pas Enguerrand. De plus, elle était possessive. Terriblement. Elle n'empêcherait pas Algonde d'être heureuse, mais elle la voulait. Pour elle. Avec elle. Jusqu'à ce qu'à la Bâtie une autre, plus légitime de par sa condition, la remplace. Cela arriverait. Forcément. On les visiterait bien plus qu'ici puisque c'était la résidence principale de son père. Elle aurait ses propres courtisans. Dès lors, Algonde recouvrerait sa liberté.

Forte de cette évidence, et refusant de se sentir coupable, elle s'était précipitée pour vérifier que la jouvencelle était à ses corvées. Et, pour mieux l'empêcher de jouir de son galant, elle lui en avait ajouté d'autres jusqu'à la nuit tombée.

Au lendemain matin, sa décision était prise. Puisqu'elle aimait tant chevaucher, Algonde l'accompagnerait. Sitôt que sa chambrière avait achevé de lui tresser les cheveux, Philippine l'avait apostrophée.

— J'en ai assez que tu lustres, frottes, balaies ! Je n'ai pas besoin d'une souillon, mais d'une amie. Viens, avait-elle ajouté en l'entraînant dans les escaliers.

Habituée à présent au tempérament impulsif de sa maîtresse, Algonde n'avait pas même discuté jusqu'à ce qu'elle se retrouve nez à nez avec le cheval qu'on lui proposait.

— Je suis navrée, Hélène, mais je ne suis jamais montée, avait-elle avoué.

— Qu'à cela ne tienne, je vais t'apprendre ! s'était exclamée Philippine en refoulant sa brève déception.

Si la jouvencelle pensait pouvoir lui échapper, elle se trompait. N'avait-elle pas droit de vie et de mort sur elle ? Philippine découvrait avec une excitation mêlée de surprise que sa véritable nature s'était révélée dans le verger de l'abbaye. Elle aimait exercer son pouvoir. De séduction, de noblesse. Même si elle en avait tiré la leçon et ne voulait plus en abuser, elle savait à présent que l'abbesse lui avait menti en affirmant qu'on pouvait en être damné. Il n'était pas condamnable de faire preuve d'autorité et de détermination. Algonde n'avait eu d'autre choix que de s'incliner.

La journée durant, Algonde s'était prêtée aux exercices équestres sous l'œil goguenard de son promis et de Philippine, exaspérée par leur évidente complicité, mais résignée à en passer par là pour satisfaire son propre caprice.

Au soir venu, Algonde avait acquis suffisamment de maîtrise pour que Philippine puisse envisager, dès le lendemain, de la faire trotter à ses côtés.

C'est ainsi que, vaillamment malgré ses reins moulus, Algonde franchit le pont-levis en cet après-midi du 12 septembre 1483, bien heureuse finalement de sortir de l'enceinte du château pour se changer les idées. La veille, elle s'était désespérée secrètement de voir Mathieu s'acharner sur une quintaine avec tant de violence que le braquemart en avait crevé l'enveloppe. Mathieu s'était couvert de paille.

Plus il s'aguerrissait et moins elle s'y faisait.

Dans dix jours pourtant, elle serait son épouse. Alors qu'elle enfilait le chemin en direction de Grenoble au pas du roncin, précédée de Philippine et talonnée par trois soldats, dans ses appartements, la couturière travaillait à sa robe de noce. Philippine avait tenu à la lui offrir, de même que le costume de Mathieu. Le banquet se ferait sous le gros chêne une nouvelle fois, ou dans la salle de réception du château si le mauvais temps s'en mêlait. Ils seraient peu nombreux. Leurs Seigneuries qui présideraient, les résidents et la famille de Jean. Du côté d'Algonde, il ne restait personne à part sa mère. Mais cela ne la gênait pas. Algonde voulait de la sobriété. Une cérémonie toute simple par le père Vincent qui l'avait vue naître, et ses mets préférés que maître Janisse se faisait, d'avance, une joie de lui préparer. On danserait au son des violes jusqu'à l'aube sans doute. Ce serait une belle fête, sans commune mesure avec celle qui avait précédé, mais bien suffisante pour la combler. D'autant qu'au lendemain les malles seraient chargées. C'était ainsi qu'elle l'avait voulu en fixant la date avec sa mère. Pour emporter avec elle un souvenir heureux et frais encore. Espérant adoucir la tristesse des adieux.

— Sens-tu le balancement de la croupe ?

Elle tourna la tête vers Philippine qui avait ralenti son allure pour se laisser rattraper.

— Je ne sens plus grand-chose en vérité tant j'ai les fesses et les cuisses mâchées.

Philippine éclata d'un rire clair.

— Tu t'y feras, tu verras. Ne te raidis pas, au contraire, épouse le mouvement.

Algonde hocha la tête mais garda les cuisses tétanisées pour ne pas tomber. Épouser le mouvement. Voilà exactement ce qui l'attendait dès lors qu'elle quitterait Sassenage. Trois jours plus tôt, Mathieu était venu la trouver. Philippine était absente, partie au trot par les sentiers forestiers. Dans un champ voisin, Algonde ramassait une brassée de fleurs sauvages pour renouveler les jonchées dans les chambres. Il l'avait surprise alors qu'elle fauchait une marguerite en fredonnant.

— Pas une n'est aussi belle que toi, avait-il murmuré avant de l'attirer dans l'herbe, à l'ombre d'un rocher.

Il l'avait belinée avec douceur et tendresse cette fois, avant de rouler à ses côtés et de piquer une tige à la commissure de ses lèvres. Les yeux perdus dans les nuages qu'un vent d'est poussait, un bras replié sous sa tête, il lui avait offert l'autre pour qu'elle s'y blottisse. Comme autrefois, ils avaient laissé passer les minutes, crayonnant dans les cieux des formes fantasques au gré de leur imagination. Celle de Mathieu était bien plus guerrière, hélas, que bucolique, mais Algonde avait refusé de se laisser gâter ce moment. Il n'avait pas duré. Mathieu était retourné à ses exercices et elle à ses brassés abandonnées sur l'herbe, sans qu'ils aient évoqué autre chose que les préparatifs du mariage.

— Connais-tu un endroit appelé les Cuves ?

Algonde sursauta.

— Pourquoi ?

— Parce que c'est là que nous allons.

Le cœur d'Algonde se mit à battre plus vite. Ce sourire énigmatique aux lèvres de Philippine. Aurait-elle appris ? Comment ?

— C'est un endroit dangereux. Le Furon s'y enfonce dans la roche. Ce n'est pas une bonne idée, damoiselle Hélène, avec ces dernières pluies les berges ne sont pas stables.

— Guide-moi.

— Non.

Philippine sursauta.

— C'était un ordre, Algonde.

— Je ne le suivrai pas.

Et pour bien marquer sa détermination, elle tira sur le mors comme on le lui avait appris. Le cheval suspendit son pas. Philippine en fit autant. La route était déserte à cette heure. Les soldats, en retrait, derrière, ne pouvaient les entendre. Elles s'affrontèrent du regard.

— Si tu ne m'indiques pas le chemin, je le demanderai, si tu refuses d'avancer, les soldats t'y contraindront, quitte à t'attacher sur cette selle…

Algonde déglutit. Le ton, froid bien que posé, ne laissait aucun doute quant à sa détermination. Elle serra les dents et hocha la tête.

— Je vous aurai prévenue, Votre Seigneurie, lâcha-t-elle avant de talonner son cheval.

Pendant de longues minutes, elles restèrent silencieuses, côte à côte, puis Philippine soupira bruyamment. Une fois. Deux fois. Trois fois.

— Cesse de bouder, tu vas me gâter le plaisir de cette promenade, finit-elle par lâcher.

— C'est une corvée pour moi. J'y réponds par ma servilité. Je ne vous dois pas davantage, se buta Algonde.

— Mais enfin je ne suis pas une enfant. Je veux juste voir. Depuis la route. Je ne vais pas me noyer…

— Il n'y a rien à voir. La rivière, c'est la rivière, et un trou, un trou… C'est une idée stupide. Je me demande bien qui a pu vous la mettre en tête !

— Mélusine…

Le cœur d'Algonde manqua un battement. Elle refusa pourtant de rien laisser paraître de son trouble et haussa les épaules.

— Je reconnais que cela peut paraître impossible…

— C'est bien le mot en effet, se moqua Algonde.

— Cesse de prendre ces airs de reine outragée, c'est moi la fille du baron, pas toi, s'emporta Philippine, vexée.

— Inutile de me le rappeler… Mais ça ne change rien. Mélusine est une légende. Elle ne suffira pas pour me faire changer d'avis.

— Même si je te dis qu'elle m'a donné rendez-vous là-bas ?

Algonde se mura dans le silence, seule attitude qui lui permettait encore de contrôler ses émotions. Elle n'était qu'angoisse, rancœur et interrogation. Elle savait bien pour en avoir elle-même fait l'expérience que Mélusine pouvait avoir induit cette rencontre à trois par la seule portée d'un songe. Était-ce à cause de cela que Philippine avait soudain décidé de lui apprendre à monter à cheval ? La fée voulait-elle l'obliger à sa mission d'une manière ou d'une autre ?

— Tu ne veux pas savoir…

— Non, coupa encore Algonde.

— Décidément, grommela Philippine, je me demande bien ce que je te trouve !

« Et moi donc ! » songea Algonde, amère, en serrant les mâchoires. Si Philippine avait le bon goût de se désintéresser d'elle, quel soulagement cela serait ! Tout aurait peut-être une chance de redevenir comme avant. Mais inutile de se leurrer. Ce temps-là était révolu et bien révolu ! Mathieu ne rêvait plus que d'aventures et en avait même oublié le risque de l'engrosser avant leurs épousailles, comme la première fois à la rivière. Il se rengorgeait de son torse épaissi, de son agilité renforcée, de sa précision à l'arbalète, fier du plaisir qu'il lui donnait et de celui qu'il prenait en elle, sans le moindre état d'âme. Ce n'était plus d'une femme qu'il manquait, mais d'une lame. À lui seul. Le bougre jubilait. Dame ! Il aurait l'une et l'autre le même jour. L'une dans un fourreau de coton, l'autre de cuir. L'une à la peau blanche veinée de Furon, l'autre d'un acier aux reflets d'argent qu'on était en train de forger au château. Cadeau d'épousailles du forgeron ! Quel présent en vérité ! Quelle généreuse idée ! Il allait continuer à parader tandis qu'elle se morfondrait au service de cette damoiselle, un jour adulée, l'autre rejetée. Et tout ça au nom de quoi ? D'une fée si pitoyable qu'elle avait été incapable de régler elle-même ses problèmes !

Anticipant le passage qu'elle avait l'habitude d'emprunter et qui descendait en pente douce au milieu des fougères, Algonde quitta le chemin pour s'enfoncer dans le bois en contrebas, par un raidillon rocailleux. Le grondement du torrent lui parvenait, il rugissait en elle de la même manière.

— Est-ce loin encore ? demanda Philippine.

— Vous ne voulez pas renoncer ?

— Certainement pas ! Je suis plus excitée que je ne l'ai jamais été.

Algonde mit pied à terre sur le dernier terre-plein. Le sous-bois devant elle s'ouvrait sur un parterre de mûriers. Ah, Hélène voulait rencontrer Mélusine ! Ah, on voulait la contraindre à son destin !

— Les Cuves sont derrière la ligne des arbres, tout en bas.

Philippine apostropha les gardes et leur ordonna de les attendre avec les bêtes. Bien plus rageuse que courageuse, Algonde entreprit de descendre, le galon de la jupe battu par les ronciers.

— Il n'y a pas d'autre chemin ? se plaignit Philippine en zigzaguant à travers, les mollets déjà écorchés.

— Je vous l'ai dit, damoiselle Hélène. Et encore, c'est la partie la plus facile. On peut remonter si vous voulez…

— Non. Si tu l'as fait, je le peux aussi.

Indifférente à ses propres griffures, Algonde accéléra l'allure. Dans la trouée des troncs grisés de lichen, le Furon semblait la narguer. Tant pis pour Philippine si elle glissait sur ses berges et se faisait emporter. Elle ne plongerait pas pour la sauver ! Que Mélusine s'en charge elle-même ! Après tout, c'était son idée. Elle se mit à ricaner en sourdine de sa méchanceté contre nature. Voilà à quoi on la réduisait. À devenir aussi mauvaise que la harpie. Finalement, toutes deux étaient semblables, elles n'étaient que les jouets de ces créatures prétendument bénéfiques. Pas étonnant que Marthe soit aigrie et vengeresse. Était-elle condamnée à lui ressembler ?

En cet instant, rattrapée par tout ce qu'elle endurait depuis son premier plongeon, Algonde se dit qu'elle serait bien plus heureuse si Mathieu, blessé, ne pouvait plus manier les armes, et si Philippine ne revenait pas de cette folle équipée.

À peine avait-elle fini de le penser avec toute cette colère qu'elle ruminait que le grondement du torrent fut masqué par un hurlement en amont.

Un pan de tissu prisonnier d'un chardon qu'elle avait voulu enjamber entre deux pans de roche, elle ne put que pivoter du buste, assez pourtant pour voir l'épervier piquer sur la damoiselle de Sassenage, les serres en avant.

33.

Algonde ne bougea pas. Prétexter la tenaille des piquants aurait été mentir. À la vérité, elle était pétrifiée. Avertie par le cri du soldat qui avait vu descendre le rapace en piqué, Philippine s'était aussitôt accroupie entre les rochers et les épineux, se couvrant le visage de ses mains, tandis que l'homme dévalait le dénivelé pour la protéger. En voyant le trait d'arbalète fendre l'air à quelques pouces du bec de l'épervier, Algonde comprit que depuis le promontoire où il s'était campé, le second garde s'apprêtait à tirer de nouveau. Simultanément elle se souvint que c'étaient ses noires pensées qui commandaient l'oiseau. Étouffant définitivement sa rancœur, la peur lui noua le ventre. Une peur panique, née de ce qu'elle était capable d'engendrer et de l'idée de perdre Philippine.

Jugulé plus sûrement par cette dernière évidence que par les flèches qu'il évitait miraculeusement, le rapace remonta en quelques secondes hors de vue et de portée. Le garde avait rejoint Philippine. Terrorisée, la jouvencelle refusait de lever la tête. Un profond sentiment de culpabilité inonda Algonde tandis qu'elle s'arrachait enfin à son immobilisme pour les rejoindre. Elle s'accroupit devant sa maîtresse.

— C'est fini, il est parti, murmura-t-elle sans se rendre compte qu'elle-même pleurait.

— Il vaudrait mieux regagner le château, damoiselle Philippine, suggéra l'homme, surveillant l'azur du coin de l'œil.

Philippine redressa le buste puis la tête.

— C'était celui de l'autre jour, n'est-ce pas ? demanda-t-elle d'une voix craintive.

— Qui peut savoir ? voulut la rassurer Algonde, mais le garde la coupa net :

— Le même assurément. Je l'ai vu les deux fois d'assez près pour le certifier. Il lui manque une griffe à la serre gauche.

— Je croyais que le fauconnier s'en était occupé.

— Il n'a pu l'atteindre. À croire que cet animal est possédé du diable lui-même puisqu'il a disparu assez longtemps dans les montagnes pour se faire oublier ! Mais nous allons organiser une chasse, damoiselle, et je vous promets que nous l'aurons.

Aidée d'Algonde, Philippine se releva, rajusta son hennin sur sa tête puis lissa d'une main toujours tremblante les accrocs de ses vêtements. Bien que pâle encore et écorchée, elle avait repris de l'assurance.

— Rentrons, je me renseignerai pour trouver un passage plus praticable et nous reviendrons, lui promit Algonde, qui ne parvenait à se pardonner.

Sur son visage, des larmes de remords continuaient à couler, discrètes. C'est le doigt de Philippine sur leur sillon qui lui en fit prendre conscience. Si elle avait pu s'excuser sans devoir tout révéler !

— Je ne suis pas venue jusqu'ici pour renoncer, décida la jeune fille en lui souriant avec tendresse.

Elle tourna la tête vers le garde.

— J'étais tant impatiente tout à l'heure que l'idée ne m'a pas effleurée, mais quelques coups d'épée dans ces ronces seraient du plus bel effet, lieutenant.

— La prudence…

— Ne prêtez pas à cet oiseau plus d'intelligence qu'il n'en a. Il aura été abusé par la forme de ma coiffe qu'il aura prise pour une proie, voilà tout. Vous l'avez fait fuir. Il ne reviendra pas, j'en suis persuadée. Et quand bien même, d'ici vous le verriez arriver. Ouvrez-nous un passage jusqu'à la berge.

Il opina de la tête et tira son braquemart du fourreau.

Quelques minutes plus tard, congédié sur la rive boueuse et instable, l'homme regagnait son poste d'observation en s'aidant des racines déchaussées d'un aulne, et les deux jouvencelles se retrouvaient seules près de la falaise de granit. À son pied, au milieu du petit lac, le cratère formé par le dévidoir du torrent tourbillonnait plus fort que jamais.

Mathieu ne songeait plus qu'à cela. C'était devenu son obsession. Tous les soirs, lorsque la nuit tombait sur les lices, marquant la fin de son entraînement, il passait chez le forgeron pour voir s'affiner la lame de son braquemart. SA lame. Jamais il n'aurait pensé en posséder une. De fait, il s'avérait doué. Très. Le sire Dumas, qui passait souvent pour valider ses progrès, le lui avait répété à plusieurs reprises.

Même son père en avait convenu après l'avoir vu jouter contre une quintaine. À regret certes, mais tout de même. Mathieu aurait voulu qu'Algonde partage leur enthousiasme. Décidément, il la comprenait de moins en moins. Elle avait changé en quelques semaines. À moins que ce ne soit lui. Il ne trouvait pas la réponse à ce mystère et il était bien trop à son nouveau métier pour avoir envie de la chercher. Les événements s'étaient précipités, les avaient arrachés à l'enfance d'un coup. La cause était là sans doute. Ils s'entendaient toujours bien et s'aimaient plus qu'il ne fallait pour faire un heureux ménage, c'était tout ce qui importait. Le reste, elle finirait par s'en accommoder. D'autant qu'il était heureux comme il l'avait rarement été.

Et plus encore ce jourd'hui où le sire Dumas venait de lui signifier qu'au vu de ses capacités, il serait fin prêt à intégrer son escouade au moment du départ pour la Bâtie. Le baron, qui était venu lui aussi pour en juger, l'avait félicité, ajoutant même que le tempérament d'Algonde n'aurait pu se satisfaire d'un freluquet et qu'il était bien aise de le voir ainsi transformé.

Certes, pendant un moment, Mathieu s'était assombri, se demandant ce que Jacques de Sassenage pouvait connaître du tempérament de sa promise, mais sa confiance en elle était telle qu'il avait rejeté ce soupçon. Algonde ne lui avait-elle pas assuré que le baron n'avait pas seulement posé les yeux sur elle ? Trop candide, trop éprise de lui aussi, elle ne s'était visiblement pas aperçue qu'il la trouvait à son goût. Cela avait dû suffire pour que Sa Seigneurie, répugnant à la forcer, chasse en d'autres terres. Et c'était tant mieux, car il n'aurait pas supporté qu'un autre la touche, fût-il le roi de France en personne ! Oui, gare à celui qui jetterait un œil concupiscent sur elle. Il ne la partagerait pas. Jamais. Et cette dague qui tournoyait à son poignet avec agilité saurait faire entendre raison au plus tenace. Il en riait de certitude, seul au milieu des ballots de paille détrempés qui puaient la moisissure. Quelques rats y avaient élu domicile. Lorsqu'il en voyait un traverser le champ clos, il se lançait à sa poursuite comme sur un ennemi. Souvent, le rongeur lui échappait, mais quand il l'empalait d'une pique, Mathieu se pavanait comme un coq sur un tas de fumier. Son métier ressemblait à un jeu. Si proche de ceux qu'ils pratiquaient, Enguerrand et lui, qu'il savourait sa chance et demeurait persuadé qu'elle ne le quitterait jamais.

Le front dégoulinant de sueur, les jambes écartées et fléchies, il renversa la tête en arrière et bomba le torse pour inspirer profondément. Bien qu'épuisé par l'effort qu'il avait fourni depuis le matin, il avait refusé deux heures plus tôt de rentrer avec les autres. Il voulait juger de ses propres limites, renforcer son endurance. Espérant ambitieusement devenir le meilleur d'entre eux.

Il écarta les doigts et la lame tomba dans l'herbe.

Il ouvrit ses bras encore et encore jusqu'à sentir ses muscles durcis par l'effort emprisonner sa colonne vertébrale de chaque côté. Le soleil en point de mire lui fit cligner des yeux. Il s'efforça un instant de soutenir la luminosité, le rire aux lèvres, puis, n'y tenant plus, ferma les paupières. Il était bien. Ce tantôt il déclarait forfait. Quelques minutes à s'étirer comme on le lui avait appris et il piquerait une tête dans la rivière, là, où Algonde et lui avaient beliné pour la première fois. Leur endroit. Il aimait sa peau, il aimait son souffle, la douceur de ce nid entre ses cuisses offertes. Il aimait, même seul, se coucher au milieu des rochers et s'en souvenir jusqu'à en jouir. Il éclata d'un rire insouciant en sentant son vit se dresser, à cette seule évocation.

C'était si bon ! Oui. Si bon de se sentir puissamment vivant.

Refusant de s'asseoir à même la rive bourbeuse, Philippine grimpa sur un petit rocher qui affleurait l'onde, suffisamment en amont du cratère pour ne pas risquer d'être entraînée par la violence du courant.

— Viens près de moi…

Algonde obtempéra et à l'exemple de sa maîtresse ôta ses chaussures pour laisser l'eau glacée apaiser les griffures à ses mollets.

— Nous voilà bien arrangées ! s'amusa Philippine en clapotant des doigts de pied.

— Par ma faute. Je vous en demande pardon. Je n'aurais pas dû vous entraîner par ce chemin.

— Tu en connaissais un autre, n'est-ce pas ?

— Un peu plus loin et sans danger, avoua Algonde en haussant les épaules.

Philippine y enroula un bras affectueux et l'attira dans un rire léger.

— Je crois que je me serais vengée de même si j'avais été à ta place. Et c'est sans doute pour cela que je t'aime autant, ma bonne Algonde, parce que nous sommes plus semblables que tu ne l'imagines.

Leurs tempes se joignirent, puis leurs doigts.

— Je vous aime aussi, damoiselle Hélène.

Un aveu en forme de souffle dans le tumulte des eaux vives. Une évidence. Le regard fixe sur ces volutes en mouvement qui éclaboussaient les berges. Quelques secondes de complicité. Philippine les rompit.

— Autant que Mathieu ?

— Autant qu'Enguerrand ?

Nouveau rire de la petite baronne de Sassenage.

— Qu'il aille au diable…

Les doigts serrèrent plus fort ceux d'Algonde.

— Je crois que toutes ces années au couvent m'ont rendue plus proche des femmes que des hommes. Je ne les comprends pas. Ils m'attirent. Me troublent agréablement, mais il me suffit de penser à cette chose molle entre leurs cuisses pour en avoir le dégoût aux lèvres.

— Elle n'est pas toujours molle…

— Ah non ?

— Pas celle de Mathieu en tout cas.

Elles pouffèrent de concert. Philippine relâcha son étreinte pour planter ses yeux moqueurs dans les siens.

— Est-ce agréable, comme le prétend Sidonie ?

— Irremplaçable, assura sans hésiter Algonde, les joues piquées d'un fard.

Philippine grimaça, fataliste :

— Il faudra donc que je m'y fasse. Mais après avoir soigné Philibert de Montoison, j'avoue que j'ai peine à croire ce que tu m'en dis.

— Ce n'est pas une corvée lorsque le cœur nous y mène.

L'œil se fit brûlant dans celui d'Algonde, la voix soudain plus rauque.

— C'est là tout le problème. Mon cœur…

Algonde baissa les paupières. Ce qui avait précédé avec l'épervier avait annihilé sa volonté, sa raison. Arriverait ce qui devait arriver. Ce jourd'hui. Demain. Elle ne voulait plus se laisser gagner par la haine, refouler ses sentiments jusqu'à l'étouffement. La seule personne qu'elle espérait encore sauver d'elle-même était Mathieu.

Elle s'attendait à la douceur d'un baiser, mais c'est un petit cri de surprise qui vint. Algonde se tourna instinctivement vers la falaise que fixait Philippine, les yeux écarquillés.

Le buste émergeant du tourbillon, Mélusine les dévisageait derrière le voile ajouré de ses longs cheveux filasse, un sourire bienveillant aux lèvres. Sa main se tendit et Algonde soupira. Elle ne s'était pas trompée. À quoi bon lutter ? Il était trop tard désormais.

— Venez, dit-elle à Philippine en se laissant glisser du rocher.

La damoiselle ne bougea pas d'un pouce, autant fascinée qu'apeurée. Algonde se planta devant elle et lui prit les mains.

— Il n'y a pas de danger.
Philippine secoua la tête.
— Je ne suis plus sûre. Elle va nous entraîner dans le gouffre avec elle et nous serons perdues.
— Faites-moi confiance. Elle veut seulement vous parler.
Philippine sursauta. Un voile de méfiance brouilla ses traits.
— Qu'en sais-tu ? Tantôt tu ne voulais pas même croire qu'elle existait.
— Tantôt j'espérais encore en garder le secret.
Renonçant à la convaincre, Algonde lui tourna le dos et s'avança vers la fée. Philippine hésita quelques secondes avant que la curiosité ne l'emporte sur son appréhension. Elle la rejoignit dans l'eau à grandes enjambées.
— N'approchez pas davantage ou vous seriez aspirées, les retint Mélusine lorsqu'elles furent à portée de voix.
Elles s'immobilisèrent côte à côte, l'onde vive leur battant les genoux avec tant de violence qu'elles avaient du mal à garder leur équilibre. Les doigts de Philippine crochetèrent ceux d'Algonde comme une enfant qui chercherait le refuge d'un adulte. Un qui sait. Mais Algonde ne savait rien en cet instant, rien des intentions réelles de la fée.
— Heureuse de te revoir, Algonde, tu as meilleure mine que le jour où je t'ai sauvée de la noyade.
Au tressaillement des doigts dans les siens, Algonde comprit que l'argument avait suffi à expliquer sa connivence avec la fée et tout autant à rassurer la jouvencelle. Elle s'en trouva soulagée. Visiblement, Mélusine ne souhaitait pas évoquer son rôle dans la prophétie. Déjà elle se tournait vers Philippine.
— Ainsi donc, c'est pour toi que l'on a brisé les scellés de ma chambre.

— Je n'en suis pas responsable, bredouilla Philippine, mal à l'aise.

Le rire cristallin jaillit comme une eau de source, faisant sursauter la jeune baronne.

— Diable, je le sais bien ! Et ne t'en veux pas, mon enfant. Au contraire.

— Alors qu'attendez-vous de moi ? demanda Philippinc, toujours sur la défensive.

— Rien. Ou plutôt si. Je voulais que tu t'endormes chaque soir en sachant que je n'étais pas qu'une légende. Ce lieu a compté pour moi. Il me fut heureux. Infiniment. Je ne voulais pas qu'il te devienne ordinaire. J'espérais depuis longtemps qu'il revive, qu'un Sassenage ose briser l'anathème de mon époux. Je me sens libérée depuis que c'est fait. Et ma foi, satisfaite d'avoir été bien inspirée de repêcher cette écervelée. Car c'est toi, Algonde, qui as tout rénové, n'est-ce pas ?

— En effet, répondit celle-ci, peu convaincue par les arguments de la fée.

Elle la connaissait trop à présent pour savoir que ce verbiage n'était qu'un moyen d'endormir la méfiance de Philippine et d'arriver à ses fins véritables. Restait à savoir lesquelles. Algonde n'avait aucune crainte, cela viendrait. Pour preuve déjà, la fée enchaînait, doucereuse et un rien pathétique comme elle aimait à se présenter. Fourbe, pensa Algonde, tandis que Mélusine susurrait dans le ronronnement du torrent :

— Aurais-tu arrangé cet endroit de même si nous ne nous étions pas rencontrées ?

— Sans doute que non, consentit Algonde.

La fée se tourna de nouveau vers Philippine.

— Comprends-tu à présent pourquoi tu es ici ?

Ses craintes envolées, la jeune baronne hocha la tête :

— Vous voulez que cet endroit garde son âme. Votre âme. À travers moi.

— Et je vais t'en remercier.

Nous y voilà, songea Algonde en retenant un sourire cynique. Comme la fée lui devenait prévisible. Cela en était presque décevant.

— Je peux lire en ton cœur. L'amour te tourmente. Je veux que tu puisses connaître ton destin pour pouvoir l'infléchir si tu le souhaites, à l'inverse de moi qui, en mon jeune temps, n'ai rien pu empêcher. Alors retiens ceci : Algonde à tes côtés te sera seule fidèle car, je te le prédis, tu auras trois époux. Le premier pour te sauver du déshonneur, le second pour t'en punir, le troisième pour t'en délivrer.

Algonde, qui s'attendait à entendre parler du Turc et de l'enfant, fronça les sourcils. Un rien désarçonnée.

— Mais lequel aimerai-je ? demanda Philippine, blême.

Déjà le buste de Mélusine s'enfonçait dans le tourbillon qu'il bouchait.

— Aucun des trois, hélas, mais un autre auquel, pourtant, tu devras renoncer. Tout comme toi, Algonde. Et c'est en cela que vous êtes liées. Vos destins sont semblables. Puissiez-vous, ensemble, les affronter, leur livra-t-elle encore avant de disparaître tout à fait.

Elles restèrent un moment immobiles, ballottées par le flux autour d'elles, à fixer le cratère, pareillement troublées. Algonde réagit la première, rageuse de s'être laissé manipuler une fois encore. Double sens, double jeu. Ce discours nébuleux ne la concernait en rien. Elle se demandait même en quoi il pouvait être utile à la prophétie. Elle haussa les épaules, dépitée. Décidément, plus le temps passait, plus elle se sentait détachée de la fée !

— Venez. Le courant est plus violent depuis qu'elle a disparu. Si nous perdons pied, nous serons entraînées.

S'aidant mutuellement à remonter la rivière, elles regagnèrent la rive.

— Crois-tu que cela soit vrai ? demanda Philippine en se hissant sur le rocher.

— Tout ce que je sais, c'est qu'elle m'a sauvée. Le reste m'indiffère, avoua Algonde en récupérant ses chaussures sur le bord.

— Cela t'est égal de savoir que je serai malheureuse ?

Algonde se planta devant elle, un sourire aux lèvres.

— Vous êtes trop jolie pour attirer le malheur, alors n'y pensez plus.

— Mais…

— Remettez vos souliers damoiselle Hélène, et rentrons. Le temps se couvre et nous sommes bien assez mouillées pour la journée, coupa Algonde en lui tendant sa bottine.

Philippine soupira, plissa le nez, dodelina de la tête pour chasser les relents amers de ce qui venait de se passer puis, finalement, releva ses jupes trempées et lui tendit son mollet en riant.

— Chambrière, mon amie, auriez-vous oublié ce pour quoi vous êtes née ?

— Un instant, hélas, se reprit Algonde en baissant les yeux avant d'enfiler la chaussure à son pied.

Elles remontèrent en selle sous un ciel de plus en plus bas. Un éclair zébra un ciel métallique à l'ouest.

— L'orage est sur la Bâtie, annonça le soldat avant de tourner bride pour s'engager sur le raidillon.

Quelques pierres se décrochèrent du talus. Algonde les vit rouler jusqu'à elle. Son cheval n'y accorda, lui, pas la moindre importance. Quelques minutes plus tard, dans le pas de celui de Philippine, elle empruntait la route en se disant que Mélusine n'avait peut-être pas d'autre intention après tout que de les lier par le secret.

Elles n'avaient pas fait un quart de lieue qu'un groupe de cavaliers au galop s'annonça en sens inverse dans un bruit fracassant de sabots. De toute évidence, ils descendaient du castel. Un des gardes jura dans le dos des jouvencelles avant de talonner sa monture pour se précipiter à leur rencontre. Algonde et Philippine échangèrent un regard inquiet avant de le détourner vers l'autre garde qui était arrivé à leur hauteur.

— Il se passe quelque chose d'anormal, annonça-t-il.

— Allons, décida Philippine en talonnant son cheval.

Les sens en alerte, Algonde l'imita, oubliant qu'elle ne s'était pas jusque-là essayée au trot. Rattrapé par le soldat, le groupe s'était immobilisé au mitan du chemin. Dumas et le baron en tête. Algonde reconnut le fauconnier à leurs côtés et son cœur se serra. Elle chercha Mathieu. Ne le trouva pas parmi eux. Cette sensation, furtive, glaciale en ses veines. Elle tira sur le mors en même temps que Philippine et leurs montures piétinèrent devant les autres. Le soldat achevait de narrer au baron l'épisode de l'épervier.

— Tu n'as pas de mal ? s'enquit aussitôt Jacques en levant sur sa fille un visage défait.

— Rien, père. Mais vous ? Est-il arrivé malheur au château ?

Jacques de Sassenage se tourna aussitôt vers Algonde, mais déjà elle savait. Elle savait aux regards gênés des nouveaux compagnons de son aimé qui se détournaient des siens alors qu'elle fouillait leurs rangs.

— C'est Mathieu, Algonde.

Des larmes se mirent à couler sur ses joues tandis que Philippine étouffait un petit cri derrière ses mains.

— Nous l'avons trouvé dans les lices où il s'entraînait. Seul.

— J'ai vu l'épervier piquer sur lui, mais j'étais trop loin, je n'ai rien pu faire, ajouta le fauconnier.

Elle se mit à trembler convulsivement. Ce silence autour d'elle et ces mots figés dans sa gorge. Philippine les prononça pour elle :

— Est-il… ?

— Non. Grâce à Dieu, il en a réchappé, mais je crains que sa carrière en nos rangs ne soit terminée avant d'avoir commencé…

34.

Était-elle soulagée par les derniers mots du baron ? Dans sa détresse, Algonde était incapable de l'envisager. Et puis dans cette chambre où on avait transporté le jouvenceau, en plus des lamentations de Jean, il y avait le regard de Gersende qu'elle sentait peser sur ses épaules, lourd d'incompréhension et de reproche. Sa mère savait qu'à travers le rapace, c'était elle la coupable. Pourrait-elle comprendre ce qu'elle-même refusait d'admettre ? Ce que lui criait son cœur comme une injure ? Elle s'était trompée. Elle pensait protéger Mathieu de lui-même quand le seul véritable danger pour lui, c'était elle. Elle seule.

Elle serra plus fort la main valide du jouvenceau dans la sienne. Il dormait, abruti par les médecines de la sorcière qu'on avait aussitôt envoyé quérir. Algonde, à son chevet depuis qu'elle avait talonné sa monture pour regagner au plus vite le château, était incapable d'un sanglot, incapable de détourner les yeux de ce bandage rougi déjà qui lui recouvrait l'œil droit. Elle demeurait figée, comme si le temps pouvait se suspendre jusqu'à régresser. Si seulement elle en avait le pouvoir. Si seulement elle pouvait tout changer. Mais il se contenta de passer, inexorablement, sur son promis défiguré.

— Les entailles sont profondes. L'arcade sourcilière cicatrisera, mais je crains que l'œil ne soit perdu. Quant à sa dextre…

Algonde sursauta en reconnaissant la voix de la sorcière que, tout à son tourment et à celui de Mathieu, elle n'avait pas entendue revenir. Algonde tourna la tête vers elle. Gersende avait disparu avec Jean. Probablement dans la paneterie voisine, à en juger par le timbre assourdi de leurs voix. Elles étaient seules.

— … Des nerfs ont été sectionnés par l'impact des griffes entre le majeur et l'index. Serrer quelque chose lui sera désormais impossible, poursuivit la vieille femme en sortant de sa besace une gourde de peau.

Elle la lui tendit, un sourire bienveillant aux lèvres. Algonde répugnait à quitter Mathieu, mais la sorcière ne faisant pas mine de s'avancer davantage, elle prit appui sur le lit et se leva pour la prendre. À peine avait-elle fait un pas vers elle que la sorcière recula jusqu'à un des angles de la pièce en lui faisant signe d'approcher. Comprenant qu'elle voulait éviter que Mathieu ne les entende, Algonde la rejoignit sans hésiter.

— Ceci aidera à la cicatrisation et favorisera un état de léthargie réparateur. Tu en verseras une demi-cuillerée sur sa langue toutes les heures, nuit comprise, trois jours durant.

— Merci, murmura Algonde en empochant la potion, étonnée de sa voix si basse pour si peu de mystère.

La sorcière marqua un temps de pause, l'oreille tendue, puis, voyant que la jouvencelle s'apprêtait à s'en retourner, lui prit le bras pour la retenir.

— Je sais qui tu es, Algonde. Si tu veux qu'il vive, je te conseille de faire en sorte que l'épervier soit abattu, aujourd'hui même…

Algonde blêmit.

— Je ne vois pas…

— Le temps presse. On t'a menti. Fais ce que je te dis. L'épervier n'est immortel que par la croyance que tu en as. Si toi tu le condamnes, il mourra.

— Qui êtes-vous ? déglutit Algonde.

— Pas ici. Elle me sentirait. Chez moi. Quand tout sera rentré dans l'ordre.

— Qui, elle ?

— La harpie, chuchota encore la sorcière avant de la repousser d'une main ferme et de disparaître dans l'encadrement de la porte, sans se retourner.

Algonde demeura plantée de longues minutes, perplexe, angoissée. Puis Mathieu gémit en s'agitant sur sa couche et elle retourna à son chevet.

L'escouade qu'Algonde et Philippine avaient croisée en venant s'était constituée sitôt l'agression pour mettre fin aux agissements anormaux de l'animal. Apprendre qu'il s'était attaqué à sa fille quelques instants plus tôt n'avait fait que renforcer la détermination de Jacques de Sassenage. Quand bien même ils passeraient des jours entiers à le chasser, il fallait en terminer avec ce diable. Algonde ferma les yeux. Elle pouvait voir où ils étaient. Elle pouvait diriger l'animal sur eux. Mais en avait-elle envie ? Pouvait-elle être sûre de ce qu'on venait de lui dire ? La sorcière avait aidé sa mère à la mettre au monde. Mathieu était né de ses mains lui aussi et Algonde n'avait pas le souvenir qu'on lui ait imputé de méchantes actions, à l'inverse de cette autre, la Bérasse, qui faisait commerce de magie noire et avait fini lapidée par les habitants. Elle était morte déjà quand on l'avait attachée au bûcher. Algonde s'en souvenait. Elle avait dix ans à l'époque et, avec Mathieu, l'odeur des chairs brûlées les avait marqués. La sorcière était là, mêlée à la foule, à regarder les flammes lécher la Bérasse jusqu'à ce que le vent rabatte la fumée et disperse les badauds. Aucune autre depuis n'était venue s'installer dans la contrée. On y vivait paisible et plus vieux que dans d'autres, voisines. Algonde ne savait plus que penser. Visiblement la sorcière savait beaucoup de choses. L'avait-elle surprise avec Mélusine ? Comment connaissait-elle la véritable identité de Marthe ? Le fait qu'elle la craigne était en lui-même un argument en sa faveur. Son regard parcourut le visage bandé de Mathieu. Depuis qu'elle lui avait versé de la potion sur la langue, il paraissait détendu de nouveau. Elle se pencha sur ses lèvres et y déposa un baiser léger. Elle n'avait pas voulu cela. Elle n'avait rien demandé. Juste à un instant, au plus fort de sa peur, espéré qu'il se blesse pour qu'il prenne la mesure du risque auquel ce métier l'exposait. L'épervier n'avait rien compris. Rien. Était-il incontrôlable ?

Une main sur son épaule. Sa mère s'agenouilla à ses côtés.

— Il a attaqué l'œil en premier, comme ce fut le cas pour l'amant de Mélior, murmura-t-elle d'une voix éteinte.

Des larmes piquèrent aussitôt les paupières d'Algonde. Le parallèle était pour le moins significatif, et pourtant…

— Pourquoi l'aurais-je sacrifié, mère ? Mélior avait une raison, pas moi ! Tu sais à quel point je l'aime, gémit la jouvencelle en offrant à sa mère son visage ravagé.

Gersende dodelina de la tête, les yeux rétrécis dans ses orbites creusées par le chagrin.

— Certaines choses dépassent le conscient, Algonde. Il semble que l'épervier voie plus loin que nos émotions. Il est dangereux.

— Tu crois qu'il y avait une part de maléfique en Mélior ?

— Je crois qu'il y a toujours une part de maléfique en nous.

Algonde en frémit.

— Il a attaqué Philippine aussi.

— Elle vient de me l'apprendre. Il faut te méfier, Algonde. Je n'ai pas les pouvoirs dont tu as hérité, mais je te connais bien. Je sais que tu ne m'as pas tout raconté, je sais que tu as peur de demain. Ce fardeau te ronge, c'est visible. Si tu le laisses t'altérer, si tu perds ta vérité, alors cette noirceur qui habita le cœur des trois sœurs te gagnera tout entière.

Les larmes roulèrent sur les joues d'Algonde. Elle passa un doigt sur la joue râpeuse de barbe de Mathieu. Sa voix se fit murmure.

— Et s'il était trop tard déjà...

— Il n'est jamais trop tard. Il vit. Vous vous aimez.

— Mais c'est à Philippine que j'appartiens, tu le sais.

Gersende planta son regard clair dans le sien. Il n'était que tendresse.

— Il n'adviendra que ce que tu voudras qu'il advienne, pas ce que l'on voudra t'imposer.

— C'est ce que j'ai cru. Je n'en suis plus sûre. J'ai l'impression de ne rien contrôler.

— En qui as-tu confiance ?

— Pas en Mélusine en tout cas. Ni en la prophétie. Quelque chose sonne faux. Où, quoi ? Je l'ignore, mais j'ai conscience qu'on me cache quelque chose, qu'on me manipule. Je ne me reconnais plus, mère.

Le silence retomba. Intense d'une réflexion commune. Gersende le rompit.

— Tout ce que je sais me vient de ce que Mélior a voulu transmettre à sa descendance. Je n'ai jamais cherché à en percer le sens. Peut-être aurais-je dû. Mais comment aurais-je pu prévoir que tu serais celle qui la remplacerait ? À dire vrai, j'avais presque fini par oublier toute cette histoire. C'était en moi comme une de ces comptines qui se transmettent de mère en fille. Rien d'autre. Ne te trompe pas, Algonde. Comme toi, depuis que je sais, l'angoisse me noue le ventre. Toutes les mères rêvent d'un grand destin pour leurs enfants. Je devrais être de celles-là. Je n'y parviens pas parce que je te sens en danger. Pire encore, malheureuse, toi ma bécaroïlle, qui n'étais jusque-là que gaieté.

Leurs doigts se nouèrent, tristement complices.

— Que dois-je faire, mère ?

Gersende secoua la tête en soupirant.

— Je n'ai pas la réponse à cette question, hélas.

— Si tu pouvais tuer l'épervier, le ferais-tu ?

Les yeux de Gersende balayèrent ceux, fermés, de Mathieu. Dans ce sommeil léthargique il semblait en paix. Il souriait même.

— Si c'était possible, oui, sans hésiter, finit-elle par répondre.

— Tu as vu ce qui s'est passé ?

— Je secouais un drap à notre fenêtre, face aux lices. Mathieu s'offrait au soleil les bras ouverts, un sourire aux lèvres, les yeux fermés. Il ne l'a pas vu venir. Moi si. J'ai tenté de le dévier de toutes les forces de ma pensée, espérant qu'elles trouveraient un écho dans la tienne. Un instant l'épervier a tourné la tête vers moi, comme s'il sentait mon influence mais refusait de l'entendre. J'ai hurlé pour alerter le fauconnier. Mais c'était déjà trop tard. Le cri de Mathieu me résonne encore dans les tympans. Ce fut si rapide ! Avant même qu'il prenne conscience de ce qui se passait, l'oiseau était remonté.

— Je ne le contrôlais pas, mère. J'étais avec Philippine et Mélusine lorsque c'est arrivé, révéla Algonde.

Gersende n'en demanda pas davantage. Comprendre ce qui venait de se passer était plus urgent. Ses sourcils se froncèrent sur un souvenir furtif.

— Avant de dévaler les escaliers, il m'a semblé apercevoir Marthe près des lices. Mais j'étais tant bouleversée que je ne pourrais en jurer.

— Elle n'a pas ce pouvoir, mère.

— Alors qui ?

Algonde ne répondit pas. Tout effrayante que soit cette hypothèse, elle lui ôtait une part de responsabilité. Fallait-il se leurrer pour autant ?

Elle allait lui parler de la sorcière lorsqu'un pas léger leur parvint. Algonde tourna la tête. Philippine venait d'entrer.

— Sidonie m'envoie vous chercher, chuchota-t-elle.

Gersende se leva aussitôt pour répondre à l'appel de la baronne. Philippine s'approcha du lit.

— Il semble si paisible…

Algonde haussa les épaules.

— Il le sera moins lorsqu'il s'éveillera et découvrira ce qu'il en est.

— Je peux rester avec toi ? demanda Philippine.

— Ce n'est pas votre place, damoiselle.

Philippine haussa les épaules.

— Tu as raison, c'est à la sienne que je devrais être…

— Ce n'est pas ce que je voulais dire.

— Alors laisse-moi le veiller. Tous trois, nous sommes liés, désormais.

Algonde n'eut pas le cœur de la repousser. Elle joignit ses mains en prière à l'exemple de sa maîtresse et baissa la tête. Sa décision était prise. Sa pensée se cristallisa sur l'escouade de Dumas.

Depuis qu'on ouvrait d'autres ports sur la Méditerranée, celui d'Aigues-Mortes, longtemps le seul qui fût français, était devenu un repaire de brigands de toute espèce. Certains se mêlaient à la population de marins, pour mieux tromper leur monde, guettant l'occasion de s'enrôler sur un riche navire en partance. Au cours de la traversée, l'oreille aux aguets, ils glanaient des informations sur sa cargaison, sa route, puis s'enfuyaient au premier mouillage pour revendre un bon prix aux pirates leurs informations. Enguerrand le savait, qui franchit la porte face à la mer entre les tours des Bourguignons et de la Poudrière, sous un soleil de plomb. Depuis qu'il était entré dans le bourg, il était attentif à tous ceux qui serraient les flancs de sa monture d'un peu trop près. Déjà, sur la place principale, il avait vu un trousse-chemise s'emparer de la bourse d'un pèlerin et disparaître dans l'ombre de l'église Notre-Dame-des-Sablons, sous les haros de sa victime, sans qu'on songe seulement à l'arrêter. L'envie l'en avait saisi, mais la foule était si compacte en ce jour de marché qu'elle lui sembla infranchissable. Il jugea plus sûr de se tenir en alerte pour n'être pas lui-même détroussé.

Il déboucha sur le port encombré. Une dizaine de navires y battaient pavillon. Vénitiens pour la plupart. D'autres catalans et génois rappelaient que saint Louis avait été aidé dans son entreprise de construction de cette forteresse. Au pas de son cheval, Enguerrand longea les échoppes jusqu'aux entrepôts. Au milieu des caisses, des fûts, des ballots qu'on chargeait à dos d'homme, des rats filaient que des enfants en guenilles poursuivaient à l'aide de lance-pierres. Un gaillard ventru, les mains sur les hanches, un long fouet à la ceinture de toile, donnait un peu de monnaie à l'un d'eux en échange de leur capture. Dame, on savait que trop de ces bestioles sur un navire gâtait le chargement avant qu'il ne parvienne à son destinataire. Si l'on ne pouvait les éradiquer, au moins pouvait-on les contenir un peu. Ceux que les garnements ne pouvaient attraper devenaient la proie des chats, sur le quai ou dans les navires. C'était toujours ça de gagné.

Enguerrand aborda un des drôles, qui lui indiqua qu'un vaisseau aux couleurs des Hospitaliers était au mouillage à l'extrémité du quai.

Il s'y rendit dans un nuage d'épices. Rongée par la vermine, la corde d'un des palans qui servait à décharger une nef en provenance d'Orient venait de lâcher. Le ballot s'était écrasé sur le quai, fort heureusement sans faire de victimes. Il n'en restait pas moins que le poivre, le girofle, la cannelle et le gingembre étaient perdus. Enguerrand passa sa route, éternua une fois, deux fois, trois fois. À la quatrième lui répondit le sifflement aigu du fouet. De toute évidence, celui qui maniait le palan connaîtrait le sort de ceux qui l'avaient rongé.

— Holà du navire ! appela-t-il les mains en porte-voix.

Il insista jusqu'à voir une tête se pencher à la rambarde. Un mousse. Le garçonnet écarquilla les yeux puis disparut. L'instant d'après, un homme dévalait la passerelle en balayant le quai d'un regard étonné.

— Où sont les Turcs ? demanda-t-il à Enguerrand.

— Là où ils doivent être, en Orient, je présume, se moqua le chevalier de Sassenage.

La réponse fit froncer les sourcils de l'homme, qui le détailla davantage.

— Vous n'êtes pas Philibert de Montoison.

— Pas que je sache.

L'homme hocha la tête, visiblement ennuyé de sa méprise.

— Pardonnez-moi. Je suis le capitaine Richard. Que puis-je pour vous, chevalier ?

— Me conduire à Rhodes. Je paierai la traversée.

L'homme hésita.

— C'est que j'attends déjà des passagers.

— Ce messire de Montoison, je présume. Et des Turcs…

Le capitaine serra les mâchoires. Lui, le vieux loup de mer, s'était comporté comme un imbécile. Le matin même, le lieutenant Luirieux, détaché du convoi, était venu annoncer son arrivée prochaine en lui recommandant la plus grande discrétion. S'il laissait repartir ce bougre et qu'il s'épanche, c'est lui qu'on punirait. D'un autre côté, l'embarquer sans en référer… Certes, le lieutenant n'avait pas mentionné le nom de Philibert de Montoison. Mais le capitaine Richard savait que ce dernier n'appréciait guère que ses ordres ne soient pas respectés. Il soupira, ennuyé.

— Vous trouverez le sire de Luirieux à la taverne des Trois Écus. Voyez-le pour votre affaire. C'est lui qui vous fixera le prix et les conditions du voyage.

— Les Trois Écus…

— C'est celle qui jouxte la tour de la Poudrière.

Enguerrand hocha la tête et accrocha un sourire à son visage satisfait.

— Détendez-vous, capitaine. Je suis un homme d'honneur et ne parle ni sous l'emprise de l'alcool ni à la vue d'une bourse déliée…

Sur ce, il tourna bride et remonta le quai.

Il trouva Luirieux attablé devant un pot de soupe au lard, au milieu des marins avinés qui louchaient sur le cul des filles de joie en levant leur hanap de cervoise. Il se glissa sur le banc en face du lieutenant après avoir commandé de quoi manger à l'aubergiste, qui le lui avait désigné. Luirieux leva la tête, fronça les sourcils, puis enfourna la cuillère dans sa bouche. Un filet de bouillon glissa le long des fils de sa barbe brune qu'il ne prit pas la peine d'essuyer.

— J'ai appris qu'un navire était en partance pour Rhodes et que c'est à vous qu'il fallait s'adresser pour embarquer.

— À quel titre ? demanda Luirieux, aussitôt sur la défensive.

Ses ordres étaient formels. Se méfier de tous. En espions potentiels.

— Je souhaite mettre ma lame au service des Hospitaliers. Je suis le chevalier Enguerrand de La Tour- Sassenage.

Luirieux manqua s'étrangler mais se reprit aussitôt. La ressemblance ne l'avait donc pas trompé. Au vu pourtant de ce que lui avait dit Philibert de Montoison, il doutait que ce dernier soit enchanté de se retrouver flanqué de sa progéniture comme d'un boulet. Autant donc l'éloigner. S'il était de confiance, il ferait sans nul doute une bonne recrue à Rhodes, sinon, il serait toujours temps de le faire disparaître. Luirieux n'était pas de ces êtres qui s'embarrassent de sentiments.

— Le navire lèvera l'ancre dans trois jours. Si vous êtes ce que vous prétendez, il ne vous en coûtera rien pour la traversée.

Enguerrand hocha la tête. La menace était claire derrière l'apparente générosité.

— J'y serai, dit-il en piquant du nez sur l'écuelle fumante qu'une des serveuses venait de lui apporter.

Luirieux termina la sienne en silence avant de se lever. De toute évidence, il ne tenait ni à faire connaissance ni à se laisser aller à des confidences. L'affaire était donc d'importance, songea Enguerrand, avant de héler l'aubergiste qui passait à portée. Il avait besoin d'une chambre jusqu'au départ. Ce bouge lui convenait aussi bien qu'un autre…

35.

L'épervier était mort. Le baron l'avait ramené comme un trophée. Ils avaient battu les chemins avec un leurre que le fauconnier avait préparé pour l'appâter. De longues heures durant, l'oiseau n'avait pas daigné se montrer. Puis, alors que le soir déclinait, il avait surgi de nulle part, s'était mis à survoler leur groupe en lents glissés, les narguant de ses cris, hors d'atteinte. Nul ne s'expliquait pourquoi il avait soudainement choisi de se poser sur un tronc d'arbre décapité, à quelques toises des archers, ni pourquoi il avait écarté les ailes. Ils n'avaient retenu que ses cris perçants, déchirants, tandis qu'il offrait son poitrail à leur vengeance.

Il était tombé en arrière, emporté par la puissance du tir qui l'avait fauché. Un silence étrange avait succédé, comme si la forêt tout entière s'était mise en deuil et, machinalement, comme l'on fait pour conjurer un mauvais sort, le baron de Sassenage s'était signé. Ensuite le fauconnier était allé le ramasser.

Depuis, le rapace se décomposait dans la cour. La pointe d'une lance avait remplacé la flèche et le maintenait à la verticale devant la maison du panetier où, lentement et grâce à la médication de la sorcière, Mathieu se remettait. Algonde ne l'avait pas quitté. Philippine à peine. Non seulement elle avait donné congé à sa chambrière, mais elle la rejoignait sitôt son matinel avalé. Ni le baron ni Sidonie n'avaient eu le cœur de lui rappeler que ce n'était pas la place d'une damoiselle, tant elle trouvait sa démarche légitime. N'avait-elle pas une certaine expérience des blessés ?

Dans moins d'une semaine à présent, Algonde devait épouser Mathieu. Gersende avait refusé de repousser la date. Attendant comme tous au château que la gourde de peau soit vide et que le jouvenceau ouvre l'œil qui lui restait.

C'était ce jourd'hui et Algonde, qui lui avait versé la dernière goutte une heure plus tôt, se tordait les mains. Elle était exténuée de n'avoir pas dormi depuis trois jours. Gersende avait proposé de la relayer, mais elle l'avait repoussée. Elle seule, avait dit la sorcière. Persuadée qu'il y avait une raison à cela, Algonde s'était interdit de flancher. Elle ne quittait le jouvenceau que lorsque ses besoins naturels l'y contraignaient.

Une pression sur ses doigts. Un tressaillement du bras. Le cœur d'Algonde se serra.

— Soif… fut le premier mot de son promis.

Philippine saisit une autre gourde emplie d'eau pure et la tendit à Algonde avant de s'effacer sur la pointe des pieds. Ce moment-là leur appartenait. Elle ne voulait pas le leur prendre. Il lui suffisait bien d'avoir insisté auprès de son père pour que Mathieu reste à Sassenage lorsqu'ils en repartiraient. C'était aussi la requête du maître panetier. Le baron s'était rangé à leurs arguments. Le handicap de Mathieu ne trouverait pas sa place dans la soldatesque. Ici, il aiderait son père. D'une manière ou d'une autre. Jacques avait suggéré à Philippine de se séparer d'Algonde. Il ne manquait pas de jouvencelles qui se verraient honorées de la remplacer. Philippine avait tenté de faire preuve de compassion et de charité. Mais cela lui était si insupportable qu'elle y avait renoncé pour l'instant. Elle s'en voulait. Amèrement. Et espérait de tout son cœur que la prière l'aiderait le moment venu à trouver la force qui lui manquait pour les laisser ensemble et en paix.

— Soif, répéta Mathieu, avant de sentir le bec verseur de la gourde lui effleurer les lèvres.

Il s'en régala à longues goulées tandis qu'Algonde lui maintenait la tête surélevée. Lorsqu'il voulut repousser l'objet de sa main droite pour signifier qu'il en avait assez, le bandage crissa sur sa barbe. Il ouvrit les yeux de surprise et balaya le visage d'Algonde au-dessus de lui. La mémoire lui revint aussitôt. Aidée sans doute par cette vision partielle.

— L'épervier… C'est vraiment arrivé, n'est-ce pas ?

Elle hocha la tête, voulut déposer un baiser sur ses lèvres, mais il les détourna.

— Je veux voir.

— C'est trop tôt, Mathieu.

— Va me chercher un miroir… S'il te plaît, Algonde, insista-t-il.

Elle se leva, résignée. Aujourd'hui ou demain, quelle importance !

Elle sortit de la maison basse, attenante au fournil, cligna des yeux au soleil de midi. Jean se précipita aussitôt, essuyant ses larges mains sur son tablier.

— Il est réveillé, dit-elle.

Le panetier héla son cadet qui immobilisa son geste. Ils pénétrèrent ensemble dans la masure et soulevèrent la tenture derrière laquelle ils dormaient tous trois. Tous trois et Algonde depuis que c'était arrivé. Sans un regard pour l'épervier qu'elle avait condamné, cette dernière se pressa jusqu'à l'intérieur du donjon, non sans répondre par l'affirmative à tous ceux qu'elle croisa et qui, comme elle, avaient compté les jours au calendrier de la sorcière.

Lorsqu'elle revint, Mathieu était assis sur le bord du lit et avait défait le pansement à sa main. Un silence de mort plombait les trois hommes tandis qu'il examinait la blessure. Les chairs s'étaient recollées autour des fils que la sorcière avait cousus. La cicatrice n'était pas vilaine, mais, comme la vieille femme l'avait supposé, les doigts ne répondaient plus. Le panetier s'écarta pour laisser passer la jouvencelle.

Algonde s'appliqua avec délicatesse à dérouler le second bandage. Elle aussi avait besoin de savoir. Elle serra les dents en découvrant l'œil tuméfié, l'arcade gonflée, les fils qui prenaient la paupière sur le côté extérieur et la rattachaient à la tempe. Elle contrôla le tremblement de ses doigts pour lui tendre son face-à-main. À senestre.

Mathieu s'examina longuement sans mot dire.

— On l'a tué, tu sais, il pourrit devant la porte et je crache dessus tous les matins, lâcha son frère.

Mathieu leva la tête et soudain, contre toute attente, éclata d'un rire qui les figea plus sûrement qu'un sanglot.

— À vous voir pareille mine, j'ai cru que j'étais défiguré. C'est juste une estafilade ! se moqua-t-il de lui-même en reposant le miroir sur la courtepointe.

Ils ne voulurent pas le détromper. D'autant qu'il se levait et s'étirait comme si de rien n'était.

— J'ai une faim de loup. Je suis sûr que maître Janisse a de quoi la sustenter.

— Laisse-moi te refaire…

Méprisant la rigidité de ses doigts, comme, sans doute, sa douleur, Mathieu l'enlaça de son bras droit et l'attira à lui.

— Rien du tout. Je me sens parfaitement bien. Tu veux parier qu'ils attendent tous que je sorte ? Qu'ils voient donc. Il n'est rien de meilleur que l'air pur pour sécher les plaies. Allons découvrir cette méchante bête, ajouta-t-il en froissant la tignasse de son frère.

— Tu vas cracher dessus toi aussi ?

— Pisser me conviendrait mieux en vérité. Ma vessie va éclater. Bon sang, Algonde, depuis combien de temps ne t'ai-je pas bisée ?

— Trois jours, lui répondit son père qui, comme Algonde, n'aimait pas cette insouciance que le jouvenceau affichait.

Il n'était pas bien difficile de deviner la détresse derrière l'orgueil.

Tous trois sortirent et, sous le regard de ceux qui le connaissaient depuis l'enfance et attendaient, comme il l'avait prédit, qu'on leur donne des nouvelles, Mathieu se débraguetta de sa main gauche devant le cadavre de l'épervier.

Il pissa allègrement en regardant le ciel, sous le rire des badauds, et Algonde dut se faire violence pour maîtriser ces sanglots qui lui battaient la gorge avec la certitude que quelque chose en lui s'était irrémédiablement brisé.

Il parada la journée durant, faisant à qui voulait l'entendre le récit de son aventure, montrant ostensiblement ses cicatrices, tant qu'au soir venu sa langue était sèche, ses plaies légèrement sanguinolentes et son œil valide brûlant d'avoir dû compenser. Il ne s'en plaignit pas pourtant et assura même au sire Dumas qu'il serait à même de reprendre l'entraînement à la Bâtie dès qu'on lui enlèverait ses points.

— Dès demain, je retourne dans les lices. Il est grand temps que ma senestre apprenne ce que la droite sait, ajouta-t-il dans un nouvel éclat de rire.

Sire Dumas n'osa rien lui répondre. Tous firent semblant. Mathieu en faisait trop. Et ce trop, à l'inverse de ce qu'il voulait, était bien plus pitoyable que la triste vérité.

— Ne veux-tu pas qu'on en parle ? essaya Algonde comme elle le raccompagnait chez son père après avoir soupé avec lui et maître Janisse en cuisine.

Le maître-queux était sans doute le seul au château à avoir été dupe tant il les aimait tous deux. La nuit était tombée et le couvre-feu ne tarderait plus. Il se planta devant elle.

— Ce n'est pas de parler dont j'ai envie avec toi.

— S'il te plaît, essaya-t-elle.

Il se rembrunit.

— Je peux m'accommoder de tout, Algonde, si toi tu m'aimes comme avant.

Elle se jeta dans ses bras.

— Tu mens, tu mens, mais je ferai comme tu voudras.

Il chercha l'ombre de la tour, balaya de son œil unique l'obscurité. Personne. Dans le modeste logis de son père, la chandelle était mouchée déjà. Il l'adossa au mur et lui releva les jupons en ricanant :

— Tu vois. Je me débrouillerai toujours pour que tu jouisses de moi.

Il lui fit mal. Trop gauche, trop pressé, trop malheureux. Comme lui tantôt, elle fit semblant jusqu'à ce qu'il se rajuste.

— Je t'aime, Algonde. Je ne veux pas que tu t'inquiètes pour moi. Tout va bien à présent. Alors, rentre chez toi, tu as besoin de dormir, la congédia-t-il avec un dernier baiser dans le pli du cou.

Elle hocha la tête. Elle était épuisée. Il se détourna en sifflotant. Crâne. Un rayon de lune éclaira la silhouette macabre de l'épervier. Un instant, dans cette lumière et cette rigidité que lui conférait l'empalement, on l'eût pu croire vivant, attendant son heure. Mathieu ne lui jeta pas un regard et referma la porte derrière lui, déterminé à sa solitude. Algonde s'arracha à la muraille et s'en alla se jeter sur son oreiller.

Il tardait à Djem de parvenir à destination. Le pas monotone des chevaux calé sur celui des mules finissait par l'exaspérer. Son seul plaisir, il le prenait au moment des haltes. Non dans quelque auberge ou monastère, mais à la belle étoile, comme il aimait à le faire autrefois, dans son pays.

— La décision de gagner ce château nous a été dictée par la prudence, Djem. Vos ennemis vous cherchent dans nos commanderies, il faut les tromper. Nous quitterons Poët-Laval de nuit pour ne pas éveiller les soupçons et cheminerons jusqu'à la prochaine, hors des grands axes. Nous sommes nombreux et armés. Les brigands nous éviteront, avait expliqué Guy de Blanchefort.

Djem avait approuvé avant de souligner d'un sourire :

— Avouez, grand prieur, que vous craignez davantage de rencontrer le duc de Savoie qu'un quelconque envoyé de Bayezid.

Leur amitié allait grandissant et Guy de Blanchefort en avait convenu avant d'ajouter :

— Quoi que vous en pensiez, je demeure celui qui vous veut le plus de bien en ce bas monde. Quelles que soient les mains entre lesquelles vous tomberiez, elles ne seraient qu'intérêt personnel, fourberie, mensonge. Personne ne veut vous voir remplacer Bayezid, en vérité. Ce qu'ils souhaitent, c'est le contraindre à ses accords, c'est maintenir la paix que votre captivité offre à la chrétienté.

Djem savait qu'il avait raison. Plus il examinait la situation, plus elle lui apparaissait sous cet angle. Seuls ses amis refusaient d'entendre et se tenaient en alerte, parés à l'éventualité d'une embuscade. Jusque-là, elle n'avait pas eu lieu.

Au-dessus de leur campement en arc de cercle, une myriade d'étoiles promettait encore une belle journée. La dernière avant d'apercevoir Rochechinard.

— Ne vous formalisez pas de son allure, prince. C'est un nid d'aigle sur un promontoire. Imprenable. Austère. Il vous pincera le cœur, vous qui êtes coutumier de ces palais chatoyants.

Djem s'était rembruni.

— Pourquoi me désespérer déjà ?

— Pour que vous ne m'accusiez pas de trahison. Il y a quelques jours encore, vos sentiments à mon égard m'indifféraient. Ce jourd'hui, par la faveur de l'amitié que je vous porte, ils me chagrineraient.

— Il ne me restera donc que de la colère à défaut de ressentiment.

— Sans doute, mais elle passera dès que vous vous pencherez à la fenêtre de la tour. Le château surplombe la vallée de l'Isère et les terres du baron Jacques de Sassenage. Ce sont les plus belles du Dauphiné. Je me fais fort d'obtenir que vous puissiez y galoper et chasser. Son château de la Bâtie n'est qu'à quelques lieues. Les fêtes qu'il organise aux beaux jours sont réputées. Je tiendrai ma promesse. Malgré la désagréable impression que vous en aurez, vous et vos compagnons, en parvenant à son pied, Rochechinard vous rendra heureux, autant en tout cas que vous puissiez l'être dans votre exil.

Guy de Blanchefort l'avait convaincu. Qu'importait la forteresse s'il pouvait à loisir s'en évader ?

Djem croisa les bras sur sa nuque, les yeux grands ouverts vers les nuées. À ses côtés, Anwar, Houchang et Nassouh ronflaient, se répondant l'un dans les aigus, les deux autres dans les graves. Ses femmes dormaient sous une tente pour protéger leur peau fragile des moustiques. Elles étaient les seules. Comme les Turcs, les Hospitaliers couchaient à même le sol sur une couverture, sécurisés par les guetteurs qui encerclaient le campement. Il suivit le tracé fugitif d'une étoile filante. Pour un peu, il se serait cru dans les montagnes d'Anatolie. Djem enferma l'image et se laissa aller en songeant que Guy de Blanchefort avait eu raison la veille de le lui faire remarquer : malgré ses dispositions exceptionnelles au combat, il avait davantage l'âme poète que guerrière.

Le navire avait quitté Aigues-Mortes en plein cœur de la journée et, malgré sa détermination, Enguerrand avait ressenti un pincement au cœur en regardant le littoral battu par les eaux calmes de la Méditerranée s'éloigner. Il n'avait pas vu les Turcs au moment de son embarquement. Luirieux l'avait salué d'un signe de tête et le capitaine lui avait désigné une paillasse au pont inférieur de la caravelle, au milieu de celles des matelots. Loin des autres passagers. Au moment du repas, il avait partagé l'ordinaire des marins, biscuits, poisson salé et légumes, le tout arrosé de vin, sans se plaindre. Il eût pu sans peine étaler sa bourse et sa condition pour obtenir meilleur traitement, mais il n'en avait éprouvé ni le besoin ni l'envie, jugeant qu'on voulait sans doute le mettre à l'épreuve. N'était-ce pas de toute manière ce qu'il était venu chercher ?

Luirieux se présenta à lui à la nuit tombée.

— Venez, lui dit-il.

Enguerrand ne posa pas de questions. Il se leva de sa couche dans l'indifférence générale et le suivit jusqu'à la cabine du capitaine. Celui-ci les y attendait, de même qu'une femme d'une grande beauté, assise sur le cuir usé d'une banquette. Elle le salua d'un regard pénétrant. Il y répondit par un léger signe de tête.

— Puisque votre intention est de rallier l'Ordre, j'ai une mission à vous confier, annonça sans préambule Luirieux, lorsque la porte refermée les eut isolés tous trois.

— Je vous écoute, accepta aussitôt Enguerrand.

Luirieux se tourna vers la jeune femme.

— Voici Mounia. Elle est la fille d'un important dignitaire mamelouk en Égypte, proche du sultan Keït bey, et l'épouse d'un prince ottoman que l'Ordre est chargé de protéger. Pour des raisons politiques qu'il serait trop long de vous expliquer, elle a été répudiée et condamnée par son époux à une mort certaine. Un des janissaires du prince a reçu l'ordre de l'assassiner au cours de la traversée. Si l'un de nous essaie de l'en empêcher, cela créera un incident diplomatique. Si, au contraire, quelqu'un d'innocent à l'affaire se dressait entre elle et cet homme au moment où il frappera, nous n'aurions rien à nous reprocher et pourrions arguer d'un malencontreux hasard.

— Je vous en serai infiniment reconnaissante, chevalier, susurra l'Égyptienne en langue franque.

— Je suppose que l'homme devra disparaître.

— Ce serait préférable, en effet.

— Soit. Considérez dès à présent que je suis votre obligé, assura Enguerrand.

Il reçut en retour un regard de velours qui le troubla plus qu'il ne l'aurait imaginé.

Lorsqu'il ressortit de là une bonne heure plus tard après une solide collation et l'assurance d'une couche plus digne de son rang près des Hospitaliers, ce fut le cœur plus léger.

De toute évidence, il avait fait le bon choix et ne doutait plus qu'un grand et noble destin l'attendait.

36.

La première chose que vit Algonde en écartant les volets intérieurs de sa chambre fut, au loin, le champ clos des lices. La seconde, la silhouette de Mathieu qui tournait l'angle d'un ballot en décomposition pour y pénétrer. Un braquemart sur l'épaule gauche, il marcha d'un pas décidé vers le centre, se campa sur ses jambes écartées et balaya le levant d'un mouvement incertain. Elle resta un moment à le regarder sabrer ainsi l'air, le visage contracté par l'effort que lui imposait la maladresse de ses gestes. Il ne lui offrait que son profil intact et fier. Pourtant, lorsqu'il tourna la tête dans sa direction, elle se rejeta de côté, le cœur battant, comme une enfant prise en faute. S'il était venu là, à cette heure où le castel s'éveillait à peine, c'était de toute évidence pour prendre la véritable mesure de son handicap, sans témoins. Mathieu face à lui-même. Le cœur serré, elle refusa de regarder encore. Derrière la courtine, le pas de sa mère martela le plancher puis s'immobilisa. Un glissement d'étoffe. Gersende s'habillait. Algonde attendit quelques minutes, puis s'avança pour la rejoindre.

— Comment te sens-tu ? demanda Gersende en la voyant paraître, moins marquée par la fatigue que la veille, mais blême encore.

— Il est dehors…

Gersende hocha la tête. Cela suffisait pour qu'elle comprenne son tourment. Elles n'avaient pas eu l'occasion de se retrouver seules depuis le jour de l'agression. Elles n'avaient échangé qu'un regard lorsque le baron avait rapporté l'épervier. Une interrogation dans celui de Gersende, surprise, une affirmation dans celui d'Algonde. Pas d'explication. Juste un constat. Gersende avait semblé soulagée.

— Il ne partira pas avec toi. Jean s'y oppose. Philippine aussi.

Algonde ne s'en étonna pas.

— Le sait-il ?

— Pas encore. Je crois que le baron t'apprécie assez pour réserver sa décision quelques jours de plus, le temps de voir l'évolution de ses blessures. L'œil ne pose pas de problème en soi. La main davantage. À moins qu'il ne soit ambidextre.

— Nous savons toi et moi que ce n'est pas le cas.

— Tu pourrais essayer de convaincre Philippine de se passer de toi.

Algonde haussa les épaules.

— Les choses seront ce qu'elles doivent être, mère. Il s'y fera.

Gersende l'attira contre elle. La jouvencelle se grisa du parfum de sa peau, printanier comme ces fleurs odorantes que Gersende glissait sous leurs draps. Odeur d'enfance. Sécurisante. Gersende la berça doucement.

— Maître Janisse sera content de te préparer ton matinel. Ajoutée à ce drame, l'idée de ton départ prochain le désespère.

— Je n'ai pas grand-faim, mère.

— Te laisser périr ne changera rien, ma bécaroïlle.

Comme Algonde aurait voulu rester là, toujours, entre ces bras épais. Comme sa mère lui manquerait là-bas. Elle s'arracha pourtant à son étreinte.

— Que sais-tu de la sorcière ?

Gersende lui sourit.

— Rien de plus que ce qu'on en dit. C'est une brave femme. Ton père a toujours pensé qu'il était né d'elle, mais elle ne l'a jamais avoué.

Le front d'Algonde se plissa.

— J'ignorais qu'il était un enfant trouvé…

— C'est ma propre mère qui l'a ramassé en bordure du Furon. Nous avons été élevés ensemble à son sein. Nos épousailles allaient de soi. C'était un garçon taciturne, mais nous nous aimions. Un soir, il est rentré du travail, abattu, bougon. Quelque chose s'était passé. Il n'a jamais voulu me révéler quoi. C'est à partir de là que tout s'est dégradé entre nous, qu'il s'est mis à boire.

— Tu crois que cela pouvait être en rapport avec la sorcière ?

— Non. Je suis sûre que non. Elle a toujours été bienveillante à notre égard.

Algonde l'embrassa sur la joue avec tendresse.

— Dis à maître Janisse que je viendrai. Plus tard.

— Pourquoi m'as-tu parlé d'elle ?

— Je te raconterai, lui promit Algonde en se dirigeant vers la porte.

Fanette l'avait remplacée auprès de Philippine ces jours derniers. La baronne ne l'attendait pas. Algonde avait tout son temps pour résoudre ce mystère et peut-être trouver le moyen d'aider Mathieu à s'accepter.

Sur le palier, elle se retrouva nez à nez avec Marthe qui descendait en cuisine prendre son matinel. La harpie lui adressa un sourire grimacier, mauvais.

Depuis la fenêtre de la chambre de Mathieu, le lendemain de l'agression, Algonde avait vu Marthe s'approcher de l'épervier. Son visage avait trahi son trouble devant la serre amputée du rapace, confirmant ce que les soldats de Dumas avaient révélé. Algonde s'en était réjouie. Ce pavé dans la mare de leurs certitudes à toutes deux prouvait qu'elle ne se trompait pas. Derrière cette prophétie se cachait quelque chose. Ou quelqu'un, autre que les protagonistes qu'on lui avait présentés jusque-là. Le seul moyen de le savoir était de se rendre chez la sorcière. Car Algonde en était convaincue à présent. C'était elle qui détenait les clefs.

Anticipant quelque fiel en la bouche de Marthe, Algonde la bouscula légèrement. Sans s'excuser, elle s'élança dans l'escalier pour dévaler les marches quatre à quatre.

La sorcière vivait près d'une source, dans une cabane de rondins en plein cœur de la forêt qui couvrait les flancs de la montagne au sud-ouest. On y accédait par un chemin étroit entre les conifères. La jouvencelle s'y engagea à peine franchi le mur d'enceinte du château. Vingt minutes plus tard, elle toquait à la porte vermoulue et noueuse de la masure, si couverte de mousse qu'elle se fondait dans la végétation alentour.

La porte s'ouvrit.

— Je t'attendais, lui dit la vieille femme en s'effaçant pour la laisser entrer.

De mémoire de villageois, la jouvencelle devait être la première à en recevoir le privilège. Une odeur forte d'épices lui piqua les narines à peine se fut-elle avancée. La pièce était sombre, sommairement meublée d'une table encombrée de plantes et de racines, de fruits dans une coupelle, et d'un pichet d'étain qui jouxtait un pot de terre cuite empli visiblement de saindoux. Contre l'un des murs, un coffre ancien aux ferrures ouvragées montait jusqu'à l'appui d'une fenêtre d'une forme incertaine, née de l'intersection des branches tortueuses de la construction. Des étagères basses surchargées de pots de tailles diverses flanquaient les autres parois. Enfants, Algonde et Mathieu s'étaient souvent demandé à quoi pouvait ressembler cet antre. Tout, y compris la cheminée à ciel ouvert au-dessus de laquelle glougloutait du liquide dans un chaudron noirâtre, oui, tout était conforme à ce que leur imagination avait pu concevoir. Tout. Sauf ce somptueux lit dont le ciel était orné de rideaux de velours prune et recouvert d'une courtepointe joliment ouvragée de damiers. Cela et une surprenante propreté.

— Mon intérieur te plaît ? se moqua la vieille femme.

Algonde rougit aussitôt de son indiscrétion.

— Pardonnez-moi.

— D'être curieuse ? Tu l'as toujours été. Allons, viens t'asseoir. Ici, nous pourrons parler sans être inquiétées.

Algonde s'installa sur le banc que la sorcière venait de tirer tout en lorgnant suspicieusement vers les ingrédients qui se trouvaient sur la table.

— Ce n'est qu'une bonne soupe pour ma semaine à venir, la taquina-t-elle encore en faisant glisser les végétaux dans son tablier qu'elle venait de relever par les pointes.

De son pas traînant, elle s'en fut les jeter dans le bouillon frémissant d'épices. Elle ramena le couvercle sur le pot, puis, sur une étagère, récupéra un gobelet et un flacon bleu octogonal serti d'une dentelle de fils d'argent. Elle déboucha ce dernier et versa un peu du liquide translucide qu'il contenait dans le hanap.

— Avale, cela te remettra. Tu es cadavérique.

Forte de ce que lui avait dit Gersende, Algonde obtempéra sans discuter. À peine l'élixir coula-t-il dans sa gorge qu'elle s'en trouva revigorée.

— Vous aviez raison pour l'épervier. Il est mort.

— Je sais. C'était une sage décision, Algonde.

— C'était la vôtre. Pourquoi ? Parce qu'il a blessé Mathieu ou parce qu'il a tué mon père ? Il était votre fils, n'est-ce pas ?

La vieille femme hocha la tête.

Algonde scruta son visage parcheminé. Avalé par les rides épaisses qui alourdissaient ses paupières, le regard de la vieille femme était d'un bleu pur. D'une douceur sans âge. Sans malice. Bien qu'elle se sentît en sécurité dans cet endroit étrange, Algonde refusa de s'y laisser prendre. Leur parentèle n'y changeait rien. Tout au contraire. Le mystère que la sorcière en avait fait était lui-même suspect.

— Qui me prouve que vous n'avez pas seulement voulu vous venger ?

— Je ne suis pas ton ennemie, mais celle de la harpie. Cela te suffit-il pour me faire confiance ?

— Pas tant que je ne saurai pas qui vous êtes en réalité.

— La seule qui sache la vérité. Toute la vérité. Mais puisqu'il faut t'en convaincre…

Elle écarta les bras, paumes ouvertes vers le ciel. Il lui suffit d'une incantation pour que la pièce tout entière se perde dans un halo bleuté sous les yeux émerveillés d'Algonde.

Mathieu s'était battu de la main gauche contre la quintaine jusqu'à la limite de ses forces avant de se laisser choir, haletant, derrière un ballot, à l'abri des regards. Il avait craint ceux des soldats, mais seuls quelques garnements étaient venus l'encourager avant de se lasser de ses efforts désespérés et de retourner à d'autres jeux. Il abaissa son œil ouvert sur sa main droite et tordit la bouche en la découvrant gonflée et suintante à l'endroit où le fil pénétrait les chairs. De toute évidence, sa sueur avait envenimé la plaie. La douleur lui remontait jusque sous l'aisselle. Il tenta une nouvelle fois d'ouvrir les doigts, mais n'y parvint pas.

Avec du temps peut-être, essaya-t-il de se convaincre malgré ce que son père lui avait annoncé ce matin du diagnostic de la sorcière.

— Il te reste le fournil, avait voulu le consoler le panetier.

Mathieu avait bien compris ce que cela sous-entendait. La colère était montée de ses pieds à ses doigts, mais n'avait pas passé sa gorge. Son père n'était pas responsable. Il n'avait pas à lui faire payer ce qui était arrivé. Mathieu s'était contenté d'aller récupérer un braquemart à l'armoirie et de se mesurer à lui-même.

Il baissa la tête et ferma les yeux. La migraine était presque aussi intense que les élancements dans son bras. Il avait réagi de façon stupide. La pitié qu'il avait lue dans le regard d'Algonde lorsqu'elle lui avait ôté son bandage l'avait poignardé. Ses gémissements surfaits contre son oreille tout autant. Il aimait trop son plaisir pour ne pas avoir compris qu'elle le simulait. Rien ne serait plus comme avant. Quand bien même il récupérerait l'usage de ses doigts, de son œil. Quand bien même Philippine accepterait qu'Algonde reste à ses côtés.

— Tu as raison de te mettre à couvert, morveux, tu pues comme une charogne, ricana une voix à senestre.

Marthe.

Il releva la tête en serrant les mâchoires. Les poings sur les hanches, elle lui masquait le soleil dans son ombre noire.

— Je n'ai que faire de tes conseils, aboya-t-il.

Elle s'approcha et s'accroupit pour se ramener à sa hauteur.

— Pauvre Mathieu. Même sans ce providentiel carnage, tu croyais vraiment que tu quitterais Sassenage ? Que le baron te laisserait dans le sillage de sa putain ?

Il sursauta.

— Va cracher ton fiel ailleurs, sorcière, tu ne m'abuseras pas avec tes calomnies !

Elle se mit à rire.

— Tu as raison. Il vaut mieux laisser ton Algonde continuer son manège. Épouse-la donc, que le baron puisse l'engrosser à son aise.

Relayant celle qui sourdait en lui, la colère battit les tempes du jouvenceau, fauchant d'un coup sa migraine. Il se rua sur Marthe pour la faire taire.

Déséquilibrée par la soudaineté de son attaque, elle se retrouva sous lui, écrasée par son poids.

— Tu mens, tu mens, se rassura-t-il en l'étranglant de sa main valide.

Le regard se fit sournois dans les orbites creuses.

— Pauvre fol, crissa-t-elle dans le léger souffle qu'il lui laissait encore.

Elle eût pu d'un geste s'en débarrasser, mais sa vengeance était ailleurs. Dans ce pas qui s'approchait des lices, dans cette silhouette qu'elle avait vue revenir des bois un sourire aux lèvres. Algonde cherchait Mathieu. Cette petite garce allait payer pour ses impertinences, pour avoir osé les braver. Sombre idiote qui avait cru pouvoir leur échapper en se débarrassant de l'épervier. Non. Rien ne briserait ce qu'avec Mélusine elle avait mis tant de siècles à orchestrer. Et surtout pas ce bouseux.

Marthe toussa. Ignorant qu'il ne pouvait la tuer, Mathieu s'acharnait sur sa gorge, les traits mangés par la haine. Le mal. Le mal s'immisçait en lui. Lorsqu'elle jugea qu'il l'avait assez perverti, elle pinça ses narines. Le chant, ensorceleur, se faufila jusqu'aux tympans du jouvenceau.

Hébété, il desserra aussitôt sa tenaille, releva les jupons avec impatience et, sans même savoir pourquoi ni comment, planta son vit brutalement dressé entre les cuisses de l'infâme.

C'est cela qu'Algonde découvrit en débouchant dans le champ clos. Deux corps mêlés par un plaisir bestial. Elle s'immobilisa en les reconnaissant. Son cri de surprise et de détresse se perdit dans celui de Mathieu, qu'une jouissance démesurée cambrait longuement vers l'azur, face à elle. Ce visage ravagé, Algonde ne le lui connaissait pas. Elle se mit à trembler de tous ses membres.

Le charme retomba avec la voix de Marthe, dans un dernier spasme qui planta l'œil borgne de Mathieu dans celui d'Algonde à quelques pas de lui. Dans la douleur sans nom qu'il y lut, il prit conscience de ce qu'il venait de faire.

— NON ! hurla-t-il en tendant sa main déchirée vers elle.

Mais déjà elle s'était détournée pour fuir à toutes jambes.

Il s'arracha de ce ventre menteur, incapable de comprendre ce qui l'y avait poussé et, malgré ses plaies, recula comme un chien, à quatre pattes, autant effrayé qu'écœuré. Marthe s'assit et passa une langue gourmande sur ses lèvres qu'il avait mordues. Elle jubilait.

— Sorcière, sorcière, répéta-t-il en se relevant comme il le pouvait, la paume droite en feu, ensanglantée par le frottement des cailloux.

Une seule idée en tête. Algonde. La rattraper. Justifier l'inexplicable qui déjà le rongeait.

— Vous voici à égalité, ta catin et toi, ricana Marthe, demande-lui donc si elle jouit autant avec le baron…

Il s'enfuit sur les traces de son aimée.

Il rattrapa Algonde près de la rivière. Jusque-là, malgré ses appels, elle ne s'était pas retournée. Elle pleurait, assise sur le rocher où il lui avait fait sa demande en mariage. Incapable d'aller plus loin sans s'effondrer, il s'appuya un instant de la main gauche à un arbre en bordure de la clairière pour reprendre son souffle. Son regard baissé accrocha son sexe rabougri qui dépassait de sa brayette. Honteux, il voulut le ranger de sa dextre, mais ne sut que le couvrir de sang. L'image le faucha. À cet instant, il sut que Marthe avait dit vrai. Cette première fois avec Algonde aurait dû lui laisser la trace de sa virginité. Il se crispa sur cette évidence, comprenant qu'elle lui avait échappé ce jour-là. Il était trop heureux alors. Algonde lui avait menti. Il s'expliquait mieux soudain pourquoi elle avait simulé la veille. Du moment que le baron la contentait, qu'avait-elle à faire d'un infirme ? L'attaque de l'épervier avait été providentielle pour servir leurs intérêts. Jusqu'à quel point le baron ne l'avait-il commanditée à son fauconnier ? Ils étaient coupables tous deux de ce qui lui était arrivé, mais Algonde plus encore. Marthe avait raison. La garce n'avait besoin que d'un mari pour masquer ses turpitudes. Voilà pourquoi elle s'était rapprochée de lui après l'avoir tant repoussé. Lui qui s'en était enorgueilli. Imbécile ! Il aurait dû au contraire se méfier. Se souvenir du baiser qu'elle avait donné à Enguerrand autrefois. Plus peut-être ? Jusqu'à quel point pouvait-il s'y fier ? Quoi qu'il en soit, la bougresse s'était bien rattrapée !

Il serra les mâchoires sur sa désillusion. Le pardon qu'il s'apprêtait à quémander se heurta à celui qu'il se sentait soudain incapable de lui donner. Il se reboutonna gauchement avant de franchir l'espace qui les séparait.

— Tes larmes ne me touchent pas. Tu m'as trahi plus sûrement que je viens de le faire, grinça-t-il, mauvais.

Algonde se retourna vers lui. Elle savait que Marthe avait parlé. Peu importait comment celle-ci avait deviné pour le baron. C'était trop tard. Malgré tout ce qu'elle savait désormais. Elle ne chercha pas à nier.

— Il m'a contrainte, Mathieu.

— Pourquoi ne m'as-tu rien dit ?

— J'avais peur, avoua-t-elle, désespérée de son regard, unique et fou.

— C'est pour ça que tu ne voulais pas me voir apprendre le métier des armes ? Pour que je n'abîme pas la gueule de ton amant ?

— On t'aurait pendu.

— La belle affaire, ricana-t-il avant de lécher sa main ensanglantée, provocateur.

Algonde retint un sanglot. Ce Mathieu-là était un étranger. Elle détourna les yeux.

— Je le tuerai, Algonde. J'y mettrai le temps qu'il faudra mais je le tuerai. Alors seulement je pourrai te pardonner, menaça-t-il dans un souffle.

— Pas moi, je ne veux pas devenir l'épouse d'un meurtrier, osa-t-elle en relevant la tête, espérant encore le ramener à la raison.

Il eut un petit rire désabusé. Sur son visage défiguré par l'épervier tout autant que par la haine, la détresse emplissait son regard d'une lueur sauvage. Celui d'Algonde s'y accrocha un instant, empli de tout l'amour qu'elle lui portait. Il dodelina de la tête puis pivota d'un bloc.

— Tu peux décommander le curé.

Mathieu ne reparut pas au château de la journée. Pas davantage les jours qui suivirent. Il ne se passa pas une heure pourtant où Algonde n'espéra encore. La veille de la cérémonie, elle s'en fut trouver l'abbé Vincent pour l'annuler. Personne ne s'en étonna vraiment. Quelqu'un avait aperçu le jouvenceau, pitoyable dans les lices, brisé par ses efforts trop vains. La rumeur courut qu'il n'avait pu le supporter. Une autre laissa entendre qu'il s'était noyé, démentie l'après-midi même par un charretier qui assura l'avoir vu marcher le long de la route en direction de Grenoble.

– Il a dû se réfugier chez sa marraine à Fontaine. Tu le sais bien, il s'y rendait toujours lorsque vous vous disputiez. Il est fier, Algonde, il l'a toujours été, avait assuré le panetier en la serrant contre lui.

Algonde ne trouva pas le courage de le détromper. Qu'aurait-elle pu dire d'ailleurs ? L'essentiel, c'était à sa mère seule qu'elle l'avait confié.

Ce 17 septembre de l'an de grâce 1483, son maigre bagage chargé avec les autres sur la charrette, Algonde s'installa sur la banquette de cuir de la litière aux côtés de Philippine. Elle supporta sans ciller le visage réjoui de Marthe en face d'elle et, pour plaire à Philippine qui essayait par tous les moyens de la consoler, se laissa même aller à rire d'un trait d'esprit lancé par Sidonie.

Son destin était en marche. Celui de Mathieu aussi. Ils se retrouveraient. Dans le sang, dans les larmes. Mais, plus fort que tout, leur amour vaincrait. Elle en avait eu la certitude. Plus personne ne la duperait désormais. Non. Plus personne.

Jamais.

À l'abordage !

(Pocket n° 12862)

Les deux tomes de *Lady Pirate* sont disponibles chez Pocket

Londres, 1696. Élevée comme un garçon au nez et à la barbe de Lady Read, grand-mère riche et influente, Mary Jane, 17 ans, manie aussi bien le fleuret que l'alexandrin et n'a qu'une idée en tête : offrir une vie meilleure à sa mère. Mais à la mort de Lady Read, les espoirs s'effondrent : la jeune fille est chassée par son oncle Tobias, auquel elle vient de dérober un pendentif conduisant à un fabuleux trésor aztèque. Une seule solution : la fuite en tant que moussaillon à bord de *La Perle*. Mais des docks de Londres aux Caraïbes, la jeune fille ignore ce qui l'attend…

Il y a toujours un Pocket à découvrir

Aux sources du présent

(Pocket n° 13492)

Maud, 40 ans, entend une voix dans sa tête. Mais à qui en parler ? On la croirait folle.
Dans un grand hôpital, Vincent, brillant neurologue, tente de comprendre pourquoi il ne peut oublier une inconnue aperçue dans un magasin.
À l'autre bout de Paris, la nuit, un homme assouvit sa rage meurtrière sur des prostituées rousses.
Maud, Vincent et le tueur : trois chemins qui convergent inexorablement.
Et dont la rencontre a déjà provoqué la passion et le drame, il y a longtemps, très longtemps, dans un château du Moyen Âge…

Il y a toujours un Pocket à découvrir

La belle et les bêtes...

(Pocket n° 12183)

Les deux tomes du
***Bal des louves* sont**
disponibles chez Pocket

Hiver 1500. Au pied des remparts du château de Montguerlhe gît une jeune femme. Parce qu'elle s'est refusée au seigneur François de Chazeron, il a fait pendre son époux avant de la violer et de la jeter aux loups. Il ignorait qu'Isabeau n'est pas une femme ordinaire. Dotée comme ses sœurs de pouvoirs occultes, elle règne désormais dans la forêt et gouverne une meute de loups.
Et elle ne songe plus qu'à une chose. Se venger...

Il y a toujours un Pocket à découvrir

Faites de nouvelles découvertes sur **www.pocket.fr**

- Des 1ers chapitres à télécharger
- Les dernières parutions
- Toute l'actualité des auteurs
- Des jeux-concours

Il y a toujours
un **Pocket** à découvrir

Impression réalisée par

C P I

Brodard & Taupin

52762 – La Flèche (Sarthe), le 29-04-2009

Dépôt légal : mars 2009
Suite du premier tirage : mai 2009

POCKET – 12, avenue d'Italie - 75627 Paris cedex 13

Imprimé en France